Nena Tramountani

Twelve of Nights – Das gestohlene Herz

NENA TRAMOUNTANI

TWELVE OF NIGHTS

Das gestohlene Herz

Roman

PIPER

Wenn Ihnen dieser Roman gefallen hat, schreiben Sie uns unter Nennung des Titels »Twelve of Nights – Das gestohlene Herz« an *empfehlungen@piper.de*, und wir empfehlen Ihnen gerne vergleichbare Bücher.

Von Nena Tramountani liegen im Piper Verlag vor:
Twelve of Nights – Das gestohlene Herz
Twelve of Nights – Das verlorene Leben

»Twelve of Nights – Das gestohlene Herz« enthält Themen, die belasten können. Deshalb findet ihr am Ende dieses Buchs auf Seite 431 eine Inhaltswarnung.

Unser Versprechen für mehr Nachhaltigkeit
Klimaneutrales Produkt
FSC®-zertifiziertes Papier
Hergestellt in Deutschland

FSC
www.fsc.org
MIX
Papier | Fördert gute Waldnutzung
FSC® C014496

Originalausgabe
ISBN 978-3-492-70811-1

Redaktion: Melike Karamustafa
Satz: Satz für Satz, Wangen im Allgäu
Gesetzt aus der Adobe Caslon Pro
Druck und Bindung: GGP Media GmbH, Pößneck
Printed in Germany

FÜR DAS SCHLAGENDE HERZ
IN MEINER BRUST.

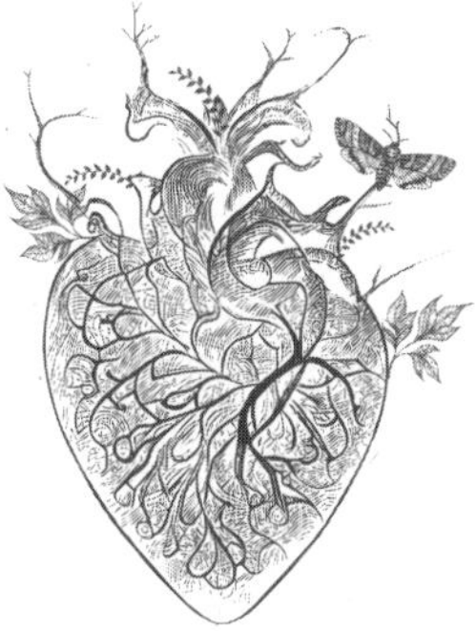

I

»Was, wenn ich jemanden gehabt hätte?
Jemanden, der mir hilft?«

»Du hattest niemanden.
Deshalb sind wir gekommen.«

»Aber was, wenn?«

»Dann hättest du diesen Jemand
mit in den Abgrund gezogen.«

Daphne

24. DEZEMBER
GEGENWART
KURZ VOR MITTERNACHT

In Griechenland wünscht man sich zu sämtlichen Feiertagen *Chronia polla,* das bedeutet wörtlich *Viele Jahre.* Viele Jahre zum Geburtstag. Viele Jahre zum Namenstag. Viele Jahre zu Ostern. Viele Jahre zu Weihnachten. Als hätte irgendjemand die Macht, darüber zu entscheiden. Als wäre Zeit das Schönste, was man verschenken kann.

Seit fünf Jahren benutze ich die Floskel nicht mehr. Der letzte Mensch, dem ich viele Jahre gewünscht habe, hat nicht mal mehr eines weitergelebt. Zeit ist der größte Fluch, wenn sie einen daran erinnert, was man verloren hat.

Aris Blick brennt auf mir. Er weiß, was ich fühle, auch wenn er mehrere Meter von mir entfernt auf einer der gegenüberliegenden Holzbänke sitzt. Es gibt nach wie vor eine strikte Trennung zwischen Männern und Frauen, weswegen er auf der linken Seite vom Mittelgang sitzt und meine Großmutter, seine Mutter und ich rechts. Die Kirche ist brechend voll.

Überall dicke Wintermäntel, frisierte Hinterköpfe, Menschen in Anzügen und spektakulären Kleidern, die Gesichter gezeichnet von Ungeduld. Meine Jiajia – meine Oma – nennt es das große Affentheater. Ansonsten lässt sich hier kaum jemand blicken, aber zweimal im Jahr, zur Geburt und zur Auferstehung Christi, strömt das ganze Dorf in die prunkvolle Kathedrale, die sich auf einem Bergvorsprung oberhalb des Ortes befindet. Aus diesem Grund sind wir schon vor Stunden aufgekreuzt, um noch einen Platz zu ergattern.

Auch ich bin Teil des Theaters. Zwar begleite ich meine Großmutter manchmal sonntags in den Gottesdienst, doch das liegt nicht an meinem Glauben. Früher ist Papou mit ihr hingegangen, auch wenn ich den Verdacht habe, dass er ebenso wenig gläubig war, wie ich es bin. Es bricht uns wohl einfach beiden das Herz, sie allein gehen zu lassen.

Endlich erwidere ich Aris Blick. Seine dunklen Augen glänzen mitfühlend. Er trägt einen silbergrauen Anzug, der gut mit seinen dunklen Locken harmoniert und ihn noch erwachsener aussehen lässt. »Gleich geschafft«, formt er mit den Lippen, und ein liebevolles Lächeln zupft an seinen Mundwinkeln.

Nicht ganz die Wahrheit. Nach der Mitternachtsmesse werden wir in das Gasthaus meiner Großeltern zurückkehren und dort die Dorfbewohner mit den Leckereien versorgen, die wir in den letzten Tagen zubereitet haben. Nach der vierzigtägigen Fastenzeit wollen sich alle die Bäuche vollschlagen. Am liebsten würde ich die Zeit vorspulen, bis ich mit Ari in unserem warmen Bett liegen und mich an ihn klammern kann. Ich brauche unsere kleine heile Welt. Seine Lippen auf meinen, geflüsterte Worte unter der Decke, das Gefühl von Geborgenheit, auch wenn es seit Langem nicht mehr dasselbe ist. An manchen Tagen frage ich mich, ob ich überhaupt noch in der Lage bin, etwas zu empfinden. Nicht nur in Bezug auf Ari, sondern auf mein gesamtes Leben. Die meiste Zeit empfinde ich nur Leere.

»Ich liebe dich«, gebe ich lautlos zurück. Das schlechte Gewissen klopft an wie jedes Mal, wenn ich die drei Worte zu ihm sage. Sein Lächeln kann ich nicht erwidern. Ari versteht, wie hart die Zeit von Weihnachten bis zum 6. Januar für mich ist. Mein Leben lang habe ich mich das ganze Jahr über darauf gefreut. Seit fünf Jahren, seit Papou nicht mehr ist, wünschte ich, wir könnten sie einfach überspringen.

Aris Mutter und meine Jiajia verlassen ihre Plätze und reihen sich in die Schlange ein, um die Kommunion zu empfangen. Da ich weder gefastet habe noch daran glaube, folge ich ihnen nicht. Außerdem kommt mir stets die Warnung meiner Vorschullehrerin in den Sinn, wenn ich den goldenen Kelch betrachte, in dem sich Wein und Brotstücke befinden, die sinnbildlich für das Blut und Fleisch Jesu stehen. Sollten Gottlose es wagen, die Kommunion zu empfangen, würden sich der Wein und das Brot noch im Mund in Blut und Menschenfleisch verwandeln. Danke, nein.

Ari sieht mich nach wie vor an, doch plötzlich hat sein Blick nichts Tröstliches mehr. Er engt mich ein. Genau wie die Menschenmenge. Und die Psalmen, die immer lauter gesungen werden. Das Knarzen in den Lautsprechern, wenn die Kirchenchormitglieder dem Mikrofon vorne zu nahe kommen. Die brennenden Kerzen, deren Hitze sich in der gesamten Kirche auszubreiten scheint. Der schwere Weihrauchgeruch. All das Gold an den Wänden, all die Ikonen, die auf mich niederstarren. Es ist Weihnachten, Daphne, scheinen sie zu sagen. Es ist Weihnachten, du solltest doch glücklich sein.

Die Kirchenglocken ertönen. Mein Puls schießt in die Höhe, meine Nackenhaare richten sich auf. Mitternacht. Ich muss raus hier. Die frische Dezemberluft inhalieren. Mich daran erinnern, dass es in Ordnung ist. Dass *ich* in Ordnung bin.

Es sind nur zwölf Tage, die ich überstehen muss, dann kann ich mich zurück in meinen Alltag flüchten. Ich greife nach meiner Handtasche, erhebe mich und dränge mich an Eleni Christophou vorbei, die mit uns in der Reihe sitzt und der die beste Zuckerbäckerei im Dorf gehört. Sie ist gerade dabei, ihre Töchter nach vorn zu scheuchen, und bemerkt mich nicht. Ari beobachtet mich, während ich mich an Frauen und Kindern, an Heiligenbildern, Opferkerzen und Tischen mit Spendenkörben vorbeiquetsche. Je weiter man Richtung Ausgang kommt, desto lauter wird das Geflüster.

»Hast du gesehen, wie tief der Ausschnitt von Anastasias Kleid ist?«

»Die Liturgien werden auch jedes Jahr länger, oder?«

»Ich hab Hunger, Mama!«

»Glaubst du, wenn wir kurz eine rauchen gehen, bekommen wir die Schlusspredigt noch mit?«

Als ich die schwere Holztür aufstoße, schlägt mir der heftige Wind Schneeflocken ins Gesicht, und meine langen schwarzen Locken fliegen nach hinten. Auf dem Platz vor der Kathedrale tummeln sich mindestens so viele Menschen wie im Inneren – vermutlich, weil sie keinen Platz mehr gefunden haben. Das Stimmengewirr wird durch das ohrenbetäubende Läuten der Glocken übertönt.

Für einen Moment verharre ich auf der Stelle und atme die frostige Luft ein. Es ist schön hier, nicht wahr? Die Bäume sind von einer dünnen Schneeschicht überzuckert, unten im Tal funkeln die Dorflichter wie ein Sternenmeer, Rauch steigt von den Schornsteinen in den Nachthimmel auf. Es ist magisch. Weiße Weihnachten, wer wünscht sich das nicht?

Innerhalb von Sekunden ist mein bodenlanger schwarzer Mantel von Schneepünktchen übersät. Mit gesenktem Kopf laufe ich wieder los, vorbei an den Menschen, um die Ecke, wo ich zwischen einem Baum und der Kirchenfassade etwas abseits der Menge Unterschlupf finde.

Ich lasse mich gegen die Außenmauer sinken. Mir ist schlecht, und mein Herz rast. Der 25. Dezember ist nicht nur Weihnachten. Das Datum markiert den Beginn der Raunächte. Die nächsten zwölf Tage wird sich das gesamte Dorf im Ausnahmezustand befinden, weil verschiedene Rituale bevorstehen. Alle bereiten sich auf den Jahreswechsel vor, nehmen Abschied von Altem und begrüßen neue Möglichkeiten. Doch ich will nichts Neues. Ich will wieder ein Kind sein und die faltige Hand meines Großvaters halten. Sein verschmitztes Lächeln sehen, seinen vertrauten Geruch nach würzigem Aftershave und Pfeifentabak riechen. Ich will doch einfach nur wieder etwas fühlen.

»Daphne.«

Mein Kopf ruckt hoch. Vor mir steht eine junge Frau. Sie kann kaum älter als ich sein, höchstens Mitte zwanzig. Ihre goldbraunen Haare sind glatt und reichen ihr bis zum Kinn, sie hat stechend schwarze Augen, mit langen seidigen Wimpern, darüber ebenso schwarze Brauen, ihr Mund glänzt burgunderrot, dieselbe Farbe wie ihr Mantel. Sie ist mindestens zehn Zentimeter größer als ich, obwohl ich Stiefel mit Absatz trage und sie flache Budapester.

Bestimmt ist sie eine Verwandte von jemandem und für die Feiertage hergekommen. Ich habe sie noch nie gesehen. Bei unter tausend Einwohnern fallen Neuankömmlinge in unserem Dorf auf wie bunte Hunde.

»Daphne«, wiederholt sie, diesmal leiser, beinahe zärtlich.

Mein Herz setzt einen Schlag aus. Woher kennt sie meinen

Namen? Aber das ist nicht der einzige Grund, aus dem ich erstarrt bin. Ihr Blick … Etwas in ihrem Blick scheint unsere gesamte Umgebung einfrieren zu lassen. So schaut man keine Fremde an. So schaut man jemanden an, den man besser als sein eigenes Leben kennt. Meine Großmutter hat meinen Großvater auf diese Weise angesehen. Er sie nicht. Ich habe mich immer gefragt, wieso.

Ich versuche mich an einem Lächeln. Seltsam, wie leicht es mir plötzlich fällt. »Du verwechselst mich.«

Statt einer Antwort zieht sie einen Briefumschlag aus ihrer Manteltasche und hält ihn mir hin. Ihre Augen füllen sich mit Tränen. Bevor ich mir einen Reim darauf machen kann, beugt sie sich blitzschnell vor – Orangenblüten, Jasmin, Zedernholz, alles wirbelt gleichzeitig auf und vermischt sich zu einem betörenden Strudel –, küsst mich rechts und links auf die Wangen und verharrt dann mit den Lippen an meinem Ohr. Nun scheint nicht nur unsere Umgebung eingefroren. Auch ich werde zu Eis, die Zeit steht still, die Glocken hoch oben im Kirchturm verharren in der Bewegung, genau wie die Schneeflocken um uns herum. Die gesamte Welt hört auf, sich zu drehen, während Gedankenfragmente mein Hirn fluten. Ein Wald. Raketen, zu früh abgeschossen. Der Geschmack von bitterem Rotwein auf meiner Zunge. Ein zugefrorener See. Knackendes Eis. Gelächter. Blicke, die mein Inneres verflüssigen. Worte wie hauchzarte Berührungen: »Ich könnte dich nicht nur seinen, sondern auch deinen eigenen Namen vergessen lassen.«

Berührungen wie Versprechen.

Woher kommen diese Gedanken?

»*Chronia polla.*« Kaum mehr als ein Hauchen. Sie spricht keinen Dorfdialekt, ihr Griechisch ist klar und deutlich, es klingt nach Großstadt, vielleicht sogar Athen.

Und in diesem Moment, nur für den Bruchteil eines Herzschlags, verstehe ich. Ich verstehe zum ersten Mal seit langer Zeit, wieso man jemandem *viele Jahre* wünscht. Denn in diesem Moment will ich nicht bloß viele Jahre, sondern eine ganze Ewigkeit, genau hier.

Die Fremde weicht zurück. Sie drückt mir den Brief in die Hand. Eine einzelne Träne läuft über ihre Wange, hinterlässt eine glänzende Spur auf ihrer Haut.

»Vernichte ihn, sobald du ihn gelesen hast«, flüstert sie.

Mit diesen Worten wendet sie sich um. Die Schneeflocken setzen sich wieder in Bewegung, wilder, erbarmungsloser, der Lärm der Kirchenglocken ist zurück, vermengt sich mit dem Geschnatter der Leute.

Zitternd atme ich aus, während meine Finger den Briefumschlag aufreißen. Immer wieder verschwimmt er vor meinen Augen.

Weine ich? Warum zur Hölle weine ich?

Der Brief besteht aus mehreren Blättern Papier, dicht beschrieben in geschwungener Schreibschrift mit dunkelroter Tinte.

Daphne, lese ich, während ein Schluchzen aus mir herausbricht und mich schüttelt. Eine dicke Schneeflocke landet auf meinem Namen, lässt ihn bluten. *Ich weiß, du kennst mich nicht, aber ich verspreche dir, du liebst mich.*

Ioanna

31. DEZEMBER
FÜNF JAHRE ZUVOR
KURZ VOR MITTERNACHT

Der Anfang. Ich erinnere mich genau an ihn. *Meine* Erinnerung ist unversehrt.

Ich sollte nicht mehr hier sein.

Sechs Tage in diesem Drecksloch von einem Kaff sollten ausreichen, um jemanden aufzuspüren. Wenn ich sie bis jetzt nicht gefunden hatte, konnte das nur bedeuten, dass sie nicht mehr hier war.

Unter meinen Schuhen knirschten die gefrorenen Grashalme, während ich den Hang hinauf durchs Dickicht rannte, als seien die Dorfbewohner hinter mir her. Ein bitteres Lachen entwich mir. Als wäre nicht *ich* diejenige, vor der sich das gesamte Dorf fürchten musste …

Ein irrsinniger Gedanke hatte mich davon abgehalten, vor Silvester zu gehen. Was, wenn sie hier sein würde? Was, wenn ihr Herzschlag mich um Mitternacht locken würde?

Aber so funktionierte die Magie nicht, das hatte mir Despina erklärt, als wir nackt und atemlos nebeneinander in ihrem Bett gelegen hatten. Schnell war ihr meine Fragerei auf den Zeiger gegangen, und sie war auf den Olymp geflüchtet, um ihre Ruhe zu haben. Es war erstaunlich, wie nervtötend ich selbst ohne Emotionen sein konnte.

Die anderen waren am 25. Dezember sofort ausgeströmt und hatten wie Drogensüchtige den Kontakt zu den Menschen im Ort gesucht. Mich dagegen interessierte nur ein einziger. Der Mensch, der mich aus purem Egoismus zu diesem Dasein verdammt hatte.

Rache kettete mich an diesen Ort.

Ich beschleunigte meine Schritte. Es war bitterkalt. Nicht dass mir die Kälte während der Raunächte ernsthaft etwas anhaben konnte, aber es tat gut, sie zu fühlen. Ich hatte keine wärmere Jacke angezogen, denn heute Nacht wollte ich *alles* fühlen.

Die Bäume lichteten sich ein wenig, und aus der Ferne war der Schrei einer Eule zu hören.

Die meisten Menschen feierten unten im Tal oder auf einem der Berggipfel, aber was, wenn sich auch jemand hierher verirrt hatte? Nur noch wenige Minuten, und niemand würde mehr sicher sein. Vor mir.

Würde ich mich dagegen wehren können? Hatte ich überhaupt eine Wahl?

Ich krallte meine Finger ineinander und grub meine Nägel in die Handrücken, bis scharfer Schmerz durch meinen Körper pulsierte. Schmerz war gut. Er war echt und klar, und schon bald würde ich ihn zusammen mit all den anderen Gefühlen vermissen.

Natürlich hatte ich eine Wahl. Vor etwa einem Jahr hatte ich die Wahl gehabt, das Schicksal seinen Lauf nehmen zu lassen. Und die letzten dreihundertsechzig Tage hatte ich jede

Sekunde die Wahl gehabt, einem Menschen in die Augen zu sehen und diese Welt schmerzfrei zu verlassen. Mensch oder kein Mensch, man hatte immer eine Wahl. Das war die Wahrheit. Ich war hier, weil ich es wollte. Die Hand auf den Brustkorb eines Menschen legen, das wilde Pulsieren spüren, das inzwischen nichts als eine ferne Erinnerung war, das Erkennen in ihrem Blick aufflackern sehen, meine Angst vom Vorjahr …

Ein regelmäßiges Pochen ließ mich innehalten. In den letzten Tagen waren die Herzschläge um mich herum immer lauter geworden, doch diese Intensität war neu. Sie ließ den Boden beben und erschütterte meine Knochen.

Fuck! Da war wirklich jemand.

Dies war meine letzte Chance umzukehren. Ich schaute auf meine Armbanduhr. Viertel nach elf. Noch war es nicht zu spät.

Im nächsten Moment ertönte ein Schniefen.

Vorsichtig setzte ich einen Fuß vor den anderen, registrierte nur am Rande, wie dornige Äste mich streiften. Sekunden später fand ich mich auf einer Lichtung mit kleinem See wieder, die von knochigen Ahornbäumen und Eichen umrahmt war. Die gefrorene Wasseroberfläche reflektierte das silbrige Mondlicht. Dahinter, auf der gegenüberliegenden Seite des Sees, ging es hangaufwärts. Und am Ufer, zwischen Schlittschuhen und Glasflaschen, saß ein Mensch mit dem Rücken zu mir im Gras.

Ihr wallendes schwarzes Haar reichte bis zur Mitte ihres Rückens. Allem Anschein nach war sie gerade dabei, sich von ihren Schlittschuhen zu befreien, scheiterte, fluchte, griff nach einer Weinflasche, nahm einen großen Schluck, stellte sie wieder ab und versuchte erneut, die Schnürsenkel zu lösen. Ohne Erfolg.

Gegen meinen Willen musste ich grinsen.

Obwohl das Gras unter meinen Schuhen knirschte, hörte sie mich nicht, bis ich neben ihr stand.

»Hi.«

Sie schaute hoch. Ihr Mantel war schwarz und kurz, genau wie das Kleid, das sie darunter trug.

»Was machst du hier ganz allein?«

Es sollte nicht wie eine Drohung klingen, doch ihr Herzschlag beschleunigte sich wie auf Knopfdruck.

Eine Gänsehaut jagte mir über den Rücken. Die letzten Tage war ich vielen Menschen begegnet, die mich unverhohlen gemustert, versucht hatten, mich in ein Gespräch zu verwickeln, oder mich plump angemacht hatten, aber Angst hatte niemand vor mir gehabt. Eine junge Frau wie ich, die allein unterwegs war, verbreitete wohl kaum Furcht und Schrecken. Außerdem hatte ich mir jeden Tag Mühe mit meinem Make-up und meiner Kleidung gegeben. Heute trug ich einen dunkelroten Overall aus Samt. Eine *schöne* junge Frau war noch viel weniger Angst einflößend.

Auch das Exemplar zu meinen Füßen sah gut aus. Verheult, aber süß. Ihre geröteten Augen traten leicht hervor, braun und tief, umrandet mit grünem Glitzerzeug, darunter lagen dunkle Schatten; auf ihren gepuderten Wangen waren Tränenspuren zu sehen. Ihre Nase war lang, leicht krumm, ihr Mund einen Tick zu groß, um zum Rest des Gesichts zu passen. Ich wollte eine Hand ausstrecken und ihre Lippen mit meinen Fingern nachzeichnen. Und dann wollte ich tiefer wandern, bis meine Hand auf ihrem Dekolleté lag, ihre Hitze spüren, das Hämmern in ihrem Brustkorb und …

»Meine Freunde sind abgehauen«, nuschelte sie. Mit einem weiteren Schniefen wischte sie sich übers Gesicht. Ihr Blick zuckte gehetzt über meine Gestalt, als könnte sie nicht einschätzen, in welche Kategorie sie mich stecken sollte. Freundin oder Feindin?

Mein Grinsen wurde breiter. Ich deutete auf ihre Schlittschuhe. »Brauchst du Hilfe damit?«

Mit großen Augen sah sie zu mir hoch. »Wer bist du?«

»Ioanna.« Ich streckte ihr die Hand hin. »Und du?«

Zögerlich nahm sie meine Hand. Aus einem Impuls heraus umklammerte ich ihre fester und zog sie ruckartig hoch.

Selbst mit den Schlittschuhen an den Füßen war sie kleiner als ich.

Ihr Atem stockte, ihre Wangen röteten sich. »Daphne«, erwiderte sie erstickt. »Wir kennen uns nicht, oder? Du kommst nicht von hier?«

Mit einem Kopfschütteln gab ich ihre Hand frei. »Ich würde mich definitiv an dich erinnern.«

Und du dich an mich.

Verwirrung zuckte über ihr Gesicht. Wäre ihr rasendes Herz nicht eine solche Ablenkung gewesen, hätte ich vielleicht gelacht.

Ich legte den Kopf schief und durchbohrte sie mit meinem Blick. »Wie heißt er?«

Mit neunundneunzigprozentiger Wahrscheinlichkeit gab es einen Kerl, wegen dem sie sich die Augen aus dem Kopf heulte.

Ihre Augen wurden noch größer. »Wie … Wie heißt *wer?*«

O ja, sie war definitiv der Typ Unschuld vom Lande, der sich in einen Jungen aus ihrer Schulklasse verknallte, ihn kurz nach ihrem Abschluss heiratete, sich unzählige Babys von ihm machen ließ und glücklich und zufrieden bis an ihr Lebensende mit ihrer Familie in demselben Kaff blieb, in dem sie geboren war.

Ich erwiderte nichts, starrte sie einfach nur an.

Meine Schwester hatte meinen Röntgenblick gehasst. »Bitte hör auf, Leute so anzuglotzen«, hatte sie mich angefleht. »Du ziehst zu viel Aufmerksamkeit auf dich. Das ist an einem Ort wie diesem besonders riskant.« Steriani war immer ein Fan von mit dem Hintergrund verschwimmen gewesen, besonders wenn es um mich ging. Natürlich machte sie sich Sorgen, immerhin war ich das schwarze Schaf der Familie. Der Grund, aus dem wir den Kontakt zu unseren Eltern abgebrochen hatten. Aber manchmal hatte ich mich gefragt, ob sie sich nicht bloß Sorgen um mich machte, sondern sich auch für mich schämte.

»Ari«, riss mich Daphnes Stimme aus meinen Gedanken. Sie seufzte laut. Es klang nach Aufgeben. »Er heißt Ari.«

Mein Grinsen kehrte zurück. »Was hat das Schwein getan?«

Ein Lachen entwich ihr. Sie selbst schien überrascht davon zu sein.

Es klang schön. Frei.

»Ich bin nur kurz in den Wald gegangen, weil ich mal pinkeln musste, und dann waren meine Freunde plötzlich weg.« Sie biss sich auf die volle Unterlippe. Mein Blick blieb zu lange daran hängen. »Ich habe gehofft, ihn um Mitternacht endlich zu küssen. Aber es sieht so aus, als würde er lieber Zeit mit Thalia verbringen wollen … Sie antworten mir alle nicht auf meine Nachrichten.«

Ich schaute auf die Schlittschuhe neben uns und wieder zurück in ihre dunklen Augen, und plötzlich spürte ich den Leichtsinn, der mein Inneres zum Tanzen brachte und die Verzweiflung der letzten Tage in den Hintergrund rücken ließ.

»Ich könnte dich seinen Namen vergessen lassen«, sagte ich.

Ihre Gesichtszüge entgleisten ihr. »Was?«

Mit einer gehobenen Braue deutete ich auf die Schlittschuhe vor uns. »Lust, eine Runde mit mir zu laufen?«

Ein paar Sekunden schien sie zu überlegen, dann zuckte sie mit den Schultern. »Okay. Warum nicht?«

Ich war wirklich nicht Angst einflößend genug.

Kurz darauf hatte ich meine Stiefel gegen Schlittschuhe getauscht, die mir eine halbe Nummer zu eng waren. Auch dieser Schmerz war willkommen.

Nur ein paar Minuten, bevor die anderen zurückkamen. Ich würde ihre Herzschläge hören, sobald sie in der Nähe waren. Nur ein paar Minuten Ablenkung, bevor ich mich wieder der Finsternis übergab. Das hatte ich mir verdient.

Die vereiste Oberfläche des Sees war von Fahrspuren zerkratzt, das Mondlicht offenbarte in den Tiefen darunter das dunkle Wasser. Daphne war etwas wackelig auf den Beinen, und ihr Blick zuckte immer wieder in Richtung Wald. Vermutlich hoffte sie, dass ihre Freunde jede Sekunde zurückkehren würden.

Nachdem wir beide ein paar Runden nebeneinander gefahren waren, beruhigte sich ihr Herzschlag. Die Stille drückte auf meine Ohren. Ich wollte keine Stille. Das ganze verfluchte Jahr lang hatte ich Stille gehabt. Abrupt blieb ich stehen, änderte meinen Kurs, sodass ich nun auf sie zulief, erwiderte ihr zaghaftes nervöses Lächeln nicht, sondern starrte ihr ausdruckslos in die Augen und beschleunigte. Ihr Herz begann wieder zu rattern. Sie wollte ausweichen, aber keine Chance, ich war viel zu schnell. Kurz bevor ich gegen sie prallen konnte, verlagerte ich mein Körpergewicht zur Seite, schnappte mir ihre Hand und riss sie herum. Sie schwankte, kämpfte um ihr Gleichgewicht, doch mein Griff war eisern, stützte sie.

»Was zum …«

»Vertrau mir«, wisperte ich. Und damit stieß ich sie von mir, nur um sie im nächsten Moment ruckartig an mich zu ziehen. Die Hitze unserer Körper war im Kontrast zur Kälte beinahe unerträglich. Wie lange war es her, dass ich die Wärme eines Menschen an mir gespürt hatte?

Daphne schnappte nach Luft, ihr Herz raste jetzt, ihre Augen blitzten, wurden ganz schmal. War sie wütend auf mich? Jedes ihrer Gefühle war ein gefundenes Fressen für das ausgehungerte Loch in meiner Brust. Mein Gott, ich hätte es von Anfang an den anderen gleichtun und mich an alle Menschen in Reichweite ranschmeißen sollen …

Ich griff auch nach ihrer anderen Hand, ehe ich begann, in Schlangenlinien rückwärts übers Eis zu gleiten und sie mitzuziehen. Der eisige Wind wirbelte meine Haare nach hinten und ihre nach vorn. Ihre dunklen Locken peitschten mir ins Gesicht. Sie trug Parfum. Etwas Süßliches, das mich an Honig und Zimt erinnerte.

Während wir über den See flogen, riss ich unsere Hände nach oben und krallte meine Nägel in ihre Haut. Mein Blick liebkoste ihr errötetes Gesicht. Ihre Lippen waren leicht geöffnet, als wollte sie etwas sagen, das ihr auf halber Strecke entfallen war.

»Was noch?«, rief ich gegen den brausenden Wind an, ließ unsere Hände wieder sinken, gab eine frei, um Daphne um ihre eigene Achse wirbeln zu können. Einmal, zweimal, dreimal.

Ein erstickter Laut entwich ihr. Erst als sich ihr Gesicht wieder vor meinem befand, realisierte ich, dass sie lachte. »Was?«, keuchte sie.

»Was willst du noch?«, fuhr ich fort, samtweich und eine Spur provozierend. Ich verringerte mein Tempo, sodass auch sie automatisch langsamer wurde. »Im Leben, meine ich. Außer einen Kuss von deinem Angebeteten.«

Ihre Wangen färbten sich noch röter. Und dann passierte

es. Nur für den Bruchteil einer ihrer viel zu hektischen Herzschläge zuckte ihr Blick zu meinem Mund. So schnell, dass man es für Einbildung hätte halten können. Hätte ich noch ein Herz gehabt, hätte es in diesem Moment vermutlich vergessen, dass es schlagen sollte.

»Herausfinden, wer ich bin, schätze ich«, murmelte sie. »Aber eigentlich will ich nur, dass es allen gut geht.«

Stirnrunzelnd ließ ich sie los. »Allen?«

»Meiner Familie, meinen Freunden. Wenn bei ihnen alles in Ordnung ist, bin ich glücklich.«

Erst kam der Neid, Sekunden später wurde er von Spott übertrumpft. »Und was ist mit *dir?*«, fragte ich höhnisch. »Wie willst du herausfinden, wer *du* bist, wenn dein Glück von anderen Menschen abhängt?«

»Vielleicht ist das meine Bestimmung. Vielleicht gibt es Menschen, die auf der Welt sind, um sich um andere zu kümmern. Ist das etwas Schlechtes?«

»Sich kümmern, ja klar.« Ein hohles Lachen entwich mir. »Du meinst, du bist dazu da, um anderen zu gefallen?« Sie war stehen geblieben, ich begann sie zu umkreisen. Erst langsam, dann immer schneller. »Das ist dein Lebensziel? Wie überaus inspirierend!«

Sie verdrehte die Augen. Doch da war etwas in ihrer Miene. Argwohn? Scham?

»Und du willst die Weltherrschaft, oder was?«

»Die Welt geht mir am Arsch vorbei.« Ich verließ den Kreis, den ich um sie gefahren war, und bewegte mich ein bisschen weiter weg.

Die Welt ist nichts, wenn du keinem Menschen in die Augen sehen darfst.

»Ich habe keine Ziele«, rief ich ihr über die Schulter zu. »Ich lebe nur im Jetzt.«

Ihr Lachen schien mich zu verfolgen. »Lügnerin.«

Bevor ich mir eine Antwort darauf überlegen konnte, erklangen ihre Schlittschuhe hinter mir, aggressiv und entschlossen trafen sie aufs Eis. Diesmal war sie diejenige, die nach meinen Händen griff, sie umklammerte und mich an sich riss, die begann, schneller übers Eis zu fahren und mich vor sich herzuschieben. Ich war viel zu perplex, um mich zu wehren. Ihre Augen glühten. Und obwohl ihr Herz immer noch so heftig in ihrer Brust schlug, dass es unsere Umgebung zum Vibrieren brachte, war von ihrer Unsicherheit nichts mehr zu spüren.

Kurz bevor wir das Ende des Sees erreichten, verzogen sich ihre Lippen zu einem schiefen Lächeln, sie fuhr eine scharfe Kurve und riss mich an sich, damit ich nicht ins Gras fiel. Ihr Mund war nur Millimeter von meinem Hals entfernt. Ihr heißer Atem strich über meine Haut. Die Schwere von Rotwein, vermischt mit etwas Süßem.

Mein Körper stand in Flammen. Ich wollte den See verlassen, sie mitzerren, zu Boden stoßen, mich über sie beugen und meine Lippen auf ihre pressen. Zur Hölle mit ihrem Herzen! Ich brauchte ihr Herz nicht. Ich brauchte nur ein paar Augenblicke …

»Wie alt bist du?«, fragte sie, ließ eine meiner Hände los, umklammerte die andere umso fester. Seite an Seite schwebten wir über den See. »Anfang zwanzig?«

Es war eine Herausforderung, nicht auf ihre Lippen zu starren. »Neunzehn.«

Erneut lachte sie, diesmal klang es allerdings traurig. »Eine Siebzehnjährige, die für andere, und eine Neunzehnjährige, die nur für den Moment leben will? Was meinst du, wer von uns beiden redet den überzeugenderen Blödsinn?«

Das Zischen einer Rakete ertönte, bevor sich Lichterkonfetti über den Nachthimmel ergoss. Ich sah es nur aus den Augenwinkeln. Und auch Daphne löste den Blick nicht von mir.

»Wahrheit gegen Wahrheit?«, flüsterte sie.

Ich konnte bloß nicken. Ihr Herz. Ihr wild pochendes Herz. Ihr Mund. Diese Augen.

Das Feuerwerk hatte begonnen. Die Zeit rannte davon. Ich musste weg von hier.

»Ich würde gern jemanden lieben.«

Meine Brauen schossen in die Höhe. »Was ist mit deinem Ari?«

Schon wieder errötete sie, aber das hielt sie nicht davon ab, genervt dreinzublicken. »Ich meine keine Schwärmerei. Ich meine das, wovon alle reden. Das einzig Wahre. Ich würde gern wissen, wie es sich anfühlt, sich vollkommen nach jemandem zu verzehren. Ich will nicht mehr atmen können, wenn er vor mir steht. Ich will Herzrasen und Verzweiflung und Leidenschaft. Alles auf einmal. Und dann will ich mich an ihn gewöhnen, mich öffnen und ihn öffnen, ich will, dass wir einander erkennen wie aus einem anderen Leben, unsere eigene Geheimsprache entwickeln. Ich will ihm jeden Moment erzählen, den er verpasst hat, und alles über ihn erfahren. Das ist es, was ich will.«

Sie war viel zu nah. Ihre Hand in meiner war glühend heiß.

Ich räusperte mich. »Und du glaubst nicht, das könntest du mit Ari haben?«

»Vielleicht schon.« Schulterzuckend biss sie sich auf die Unterlippe. »Keine Ahnung. Dafür müsste er mich erst mal beachten.«

»Glaubst du nicht, du hast jemanden verdient, der …«

»Ja, ja, ich weiß«, schnitt sie mir das Wort ab und lachte peinlich berührt.

Und plötzlich war die Hitze nicht nur an meiner Hand. Sie

breitete sich wie ein Lauffeuer aus, kroch meinen Arm empor, geradewegs in meine Brust, wo sie in Flammen aufging.

Das Donnern weiterer Raketen ertönte, diesmal näher. Wir zuckten gleichzeitig zusammen.

Als wir am Rand des Sees vorbeifuhren, stolperte ich vom Eis und zerrte sie mit mir. Wir wankten, und bevor sie ihr Gleichgewicht wiederfinden konnte, stieß ich sie zu Boden und beugte mich über sie. Mein Verstand hatte sich verabschiedet. Ich wollte Wärme. Ich wollte Gefühle. Ich wollte alles, alles, alles.

Daphnes Brustkorb hob und senkte sich viel zu hektisch. Doch da war keine Furcht in ihren Augen. Sie schaute zu mir auf, als sähe sie mich zum ersten Mal.

Mein Atem stockte, mein Mund war staubtrocken. »Ich könnte dich nicht nur seinen, sondern auch deinen eigenen Namen vergessen lassen.«

Als ihr Herz erneut schneller schlug, war mir für eine Sekunde, als befände es sich nicht in ihrer, sondern in meiner Brust.

Raketen. Feuerwerk. Gelächter. Ein Schrei aus weiter Ferne.

Daphne machte keine Anstalten, sich aufzurichten. Wieso war es so einfach? Wieso wehrte sie sich nicht? Wieso kamen ihre Freunde nicht zurück, um sie vor dem Monster zu retten, das über ihr kauerte?

»Ioanna.« Ein Lächeln zupfte an ihren Lippen, als bereitete es ihr Freude, meinen Namen auszusprechen. »Zeit für deine Wahrheit.«

Für ein paar Sekunden hatte ich keinen Schimmer, wovon sie sprach. Meine Wahrheit. Was wollte ich von meinem Leben? Wer wollte ich wirklich sein?

Sie hatte recht. Nur im Jetzt zu leben, war nicht genug.

»Ich will dir nichts antun«, hörte ich mich sagen, als wäre ich eine Fremde. »Ich will, dass du lebst.«

»W… wie bitte?« Zum ersten Mal schlich sich Furcht in ihre Stimme.

Plötzlich fiel mir das Schlucken schwer. »Du sollst leben. Du sollst alles bekommen, was du dir wünschst. Du sollst herausfinden, wer du bist. Du sollst jemanden lieben. Du sollst eine Chance haben.«

Nicht so wie ich.

Sie war ein Jahr jünger, als ich es gewesen war. Ich konnte ihr das nicht antun. Ich konnte das niemandem antun.

Mit all meiner Willenskraft zwang ich mich, den Blick von ihr abzuwenden. Ich ließ mich nach hinten fallen und begann, die Schlittschuhe aufzuknoten. Meine Finger zitterten. Ich fluchte, wurde aggressiver, ich musste weg von hier, jetzt sofort, sonst würde es zu spät sein, verdammt!

Als ich mich endlich von den Schuhen befreit hatte, schleuderte ich sie von mir, fluchte lauter, mied jeden Blick in ihre Richtung, während ich in meine Stiefel stieg. Nicht nur meine Hände, sondern mein ganzer Körper bebte inzwischen.

»Das ist keine richtige Antwort«, erwiderte Daphne ruhig. Sie schien keine Notiz davon zu nehmen, was mit mir geschah. »Es geht um dich. Was *du* willst. Ich war auch ehrlich zu dir.«

»Ich will dein Herz.« Meine Stimme war kaum mehr als ein Knurren.

Nun sah ich sie doch an. Zwar konnte sie nicht ahnen, wie wörtlich ich das meinte, aber mein Tonfall schien ihr zu verraten, dass ich nicht mehr flirtete, denn die Angst in ihren Zügen nahm zu.

»Hoffentlich sehen wir uns nie wieder«, sagte ich.

Ihr Herzschlag nahm all meine Sinne ein. So kräftig. So lebendig. Ich wollte sie an mich ziehen. Ich musste …

Nein! Mein eigenes Gesicht erschien vor mir. Mein unschuldiges naives Gesicht vom Vorjahr. Daran musste ich mich festklammern.

»Wenn du schlau bist, dann verlässt du dieses Dorf für heute Nacht. Solange du noch kannst«, würgte ich hervor.

Alles in mir schrie danach zu bleiben. Genau aus diesem Grund wirbelte ich herum und rannte. Ich würde nicht wie meine Schwester sein. Und auch nicht wie die anderen Monster.

Ich hatte eine Wahl.

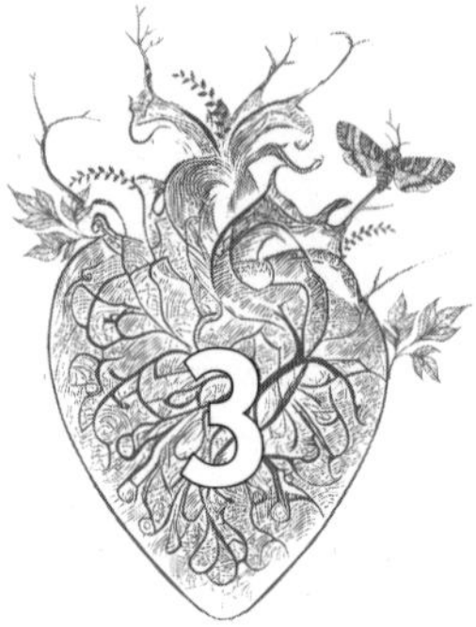

Ioanna

31. DEZEMBER
FÜNF JAHRE ZUVOR
MITTERNACHT

Ich erinnere mich noch gut an meine Verzweiflung damals.

Die Tränen verschleierten meine Sicht, und jeder Schritt bereitete mir Höllenqualen. Trotzdem wurde ich nicht langsamer. Ein Blick auf meine Armbanduhr verriet mir, dass ich keine Sekunde zu früh abgehauen war. Der ohrenbetäubende Feuerwerkslärm tat sein Übriges. Ein neues Jahr hatte begonnen und mit ihm die Wilde Jagd. Das bedeutete, ich musste einen Menschen markieren. Dafür war allein ich zuständig.

Daphnes Herzschlag vibrierte noch immer durch meinen Körper, aber je schneller ich rannte, desto mehr Herzschläge kamen hinzu.

Was hatte ich mir nur dabei gedacht, so kurz vor Mitternacht das Gespräch mit ihr zu suchen?

Ich rannte und rannte, bis ich nicht mehr gefrorene Erde, sondern Kopfsteinpflaster unter den Füßen hatte. Meine Umgebung verschwamm immer wieder vor meinen Augen. Es spielte keine Rolle mehr. Ich wusste, wo ich hinmusste. Meine Willenskraft hatte ausgereicht, um mich von Daphne loszueisen, nun war es allerdings zu spät. Etwas Dunkles, Mächtiges hatte übernommen. Ich war kein Mensch. Seit fast einem Jahr nicht mehr. Zu glauben, ich hätte eine Wahl, grenzte an Wahnsinn. Genau dieselbe Kraft, die mich in der Weihnachtsnacht vor sechs Tagen nach Dodekada – in dieses Dorf – getrieben hatte, führte mich jetzt. Vorbei an Straßenlaternen, geschlossenen Läden und aufgetürmten Müllsäcken. Ans Ende der Sackgasse, zu einem urigen dreistöckigen Gasthaus. Es weckte keine Erinnerung in mir. Genau wie die anderen Gebäude schien es verlassen zu sein, aber ich wusste es besser. Ich spürte das Pochen in meiner Nähe. Regelmäßig, nicht so hektisch wie Daphnes.

Das war der Grund, aus dem ich hier war. Der Herzschlag hatte mich gelockt.

Eine Goldplakette auf der hölzernen Tür verriet den Namen: *To asteraki. Restaurant und Pension.* Ich packte den Türgriff in Sternenform, rüttelte daran, doch es tat sich nichts. Neben der Tür befand sich ein Fenster, keinen halben Meter über dem Boden und gerade so groß, dass ich hindurchpassen würde.

Bevor ich wusste, was ich tat, hatte ich ausgeholt und meine Faust in die Scheibe gerammt. Beim ersten Mal knackte sie nur leicht, unter dem zweiten Schlag gab sie nach. Glas splitterte in alle Richtungen, Sekundenbruchteile später durchzuckte scharfer Schmerz meine Hand. Es war surreal, alles zu spüren und gleichzeitig einen Körper zu haben, der unversehrt blieb, egal, was ich ihm antat.

Bald. Bald war es geschafft.

Gerade als ich mich nach oben und ins Innere stemmen wollte, hörte ich einen Schlüssel, der von innen ins Schloss gesteckt wurde, und wie der Herzschlag des Menschen beschleunigte. Im nächsten Moment öffnete sich mit einem Knarzen die Haustür. Es war ein Mann, wahrscheinlich um die siebzig. Er trug ein silberfarbenes Hemd unter einem dunkelgrünen Pullunder, der über seinem Bauch spannte. Er hatte kaum mehr Haare auf dem Kopf, dafür einen dichten grauen Bart. Sein faltiges Gesicht war rund, seine Nase knollig, und in seinen Augen glänzte Verärgerung.

Er streckte seinen Kopf heraus, schaute auf das zerbrochene Fenster, dann auf meine Hand, die noch immer zur Faust geballt war, und schließlich in mein Gesicht. »Bist du noch bei Sinnen?«, donnerte er.

Ich schüttelte den Kopf. Nickte. Öffnete den Mund. Schloss ihn wieder. Und dann brach ich erneut in Tränen aus.

Fliehen Sie, wollte ich ihn anschreien. Fliehen Sie, denn ich kann es nicht mehr.

Siebzig war besser als siebzehn, aber verdammt noch mal, er war ein Mensch. Bestimmt hatte er Familie. Leute, die ihn liebten und auf ihn zählten.

Sein Herz schlug so laut, dass es mich schüttelte.

Bitte, ich will das nicht! Um Himmels willen, beruhigen Sie sich, die Aufregung macht es nur noch schlimmer.

Plötzlich veränderte sich seine Miene. Dann ging es ganz schnell. Er beugte sich vor, packte mich an den Schultern und zog mich ins Innere, ehe er die Tür hinter uns zuschlug.

Der Duft von Hefeteig und Nelken stieg mir in die Nase. Ich schwankte. Die Erinnerung an ein anderes Leben übermannte meine Gedanken. Meine Mutter, die am 31. Dezember in der Küche stand und den Neujahrskuchen buk, in dem sie eine Münze verbarg. Wer sie am 1. Januar in seinem Kuchenstück fand, würde das ganze Jahr über Glück haben. Ich hatte sie nie bekommen. Immer nur meine Schwester, Steriani, oder meine Eltern. Das hätte mir der erste Hinweis darauf sein sollen, wie gut es das Leben mit mir meinte.

Wieder und wieder schüttelte ich den Kopf, meine Tränen flogen in alle Richtungen. Dann stieß ich ihn von mir. »Verschwinden Sie«, japste ich zwischen zwei Schluchzern. »Bitte, ich …«

»Ioanna.« Seine Stimme klang rau wie Schmirgelpapier auf Holz.

Ich erstarrte.

»Du bist Ioanna, oder?

Für den Moment ließ mein Tränenfluss nach, und sein Gesicht wurde scharf.

»Ich erinnere mich an dich«, fuhr er im Flüsterton fort. Ein bedauerndes Lächeln erschien auf seinen Lippen. »Du bist mit deiner Schwester hergekommen, nicht wahr? Letztes Jahr, kurz vor Weihnachten?«

Er erinnerte sich. Wie konnte das sein? Wir hatten gerade mal die Hälfte der Raunächte hinter uns. Die meisten Dorfbewohner hatten bis zum 5. Januar keine Ahnung, wie ihnen geschah. Außerdem erinnerte *ich* mich nicht an *ihn*. Wir hatten nicht in dieser Pension übernachtet oder in diesem Gasthaus gegessen. Er musste uns irgendwo im Dorf gesehen haben. Fremde fielen hier sofort auf. Doch es gab jetzt Wichtigeres.

»Meine Schwester«, krächzte ich. »Steriani. Wissen Sie, wo …«

Wehmütig schüttelte er den Kopf. »Sie ist am 6. Januar verschwunden, genau wie du. Ein paar Tage lang habe ich mich nach ihr erkundigt, ich wollte sicherstellen, dass es ihr gut geht, weil …« Seine Stimme verlor sich.

Weil sie ihre Schwester verloren hatte.

Menschen erinnerten sich nach dem Ende der Raunächte zwar nicht mehr an die Magie, aber natürlich erinnerten sie sich an die Tote oder den Toten. Nur dass ich nie tot gewesen war. Es gab deutlich Schlimmeres als den Tod.

War Steriani deshalb verschwunden? Empfand ein Teil von ihr Reue, auch wenn sie nicht wusste, aus welchem Grund?

»Ioanna.« Jetzt klang er beinahe zärtlich.

Irgendwas stimmte nicht. Sein Herz. Es schlug jetzt ruhiger. Das konnte nicht sein. Wenn er sich erinnerte, dann wusste er auch, weshalb ich hier war.

»Fliehen Sie«, wiederholte ich, diesmal lauter. Scheiß auf meine Schwester. Ich musste weg. Nein, *er* musste weg.

»Ich bin Stefanos.« Schon wieder dieses mitfühlende Lächeln. Er hielt mir eine Hand hin. Der Ehering an seinem Mittelfinger blitzte auf.

Mir war kotzübel. Ich schlug seine Hand weg. Als meine Haut auf seine traf, wurde ich schon wieder geschüttelt. Alles in mir schrie danach. Ich brauchte es so sehr.

»VERSCHWINDE!«

Bei meinem Schrei fuhren wir beide zusammen.

»Sie haben keine Ahnung«, brachte ich hervor und tastete nach meiner Kehle. Ich konnte nicht atmen. Eine lächerliche, menschliche Geste. Wie konnte mein Körper Panikattacken haben, obwohl er unsterblich war? »Keine Ahnung, wer ich …«

»Ich weiß, wer du bist«, sagte er leise. »Und ich weiß, was du tun musst.«

»Nein.«

Nein, nein, nein.

»Sie können noch weg«, brachte ich hervor, hektisch, flehend wie im Wahn, während mein Atem immer abgehackter kam. »Sie … haben noch eine Chance. Sie sind mir körperlich überlegen. Ich kann nicht sterben, aber Sie können mich schlagen oder mir ein Messer in die Brust rammen. Es wird mich für ein paar Momente außer Gefecht setzen.«

Sein Blick wanderte zu seinem Arm, an dem eine silberne Uhr funkelte. »Zehn Minuten nach Mitternacht«, wisperte er kopfschüttelnd. »Wenn nicht ich, wer dann? Du musst jemanden markieren, Ioanna. Es ist in Ordnung. Ich bin froh, dass du hergekommen bist.«

Er trat einen Schritt auf mich zu. Automatisch machte ich einen zurück, presste meinen Rücken und meine Handflächen gegen die Tür hinter mir, obwohl ich den Arm ausstrecken und ihn berühren wollte.

Seine Hände auf meinen Schultern. Mein Schluchzen, das uns beide erbeben ließ.

»Ich hatte ein langes, ein gutes Leben. Ganz im Gegensatz zu dir.« Seine Stimme brach. Zum ersten Mal schien er mit den Tränen zu kämpfen. Im nächsten Moment hatte er mich an sich gezogen und in eine feste Umarmung geschlossen.

Ich versuchte, mich zu wehren, versuchte, mich loszureißen, doch sein Herzschlag so nah an meinem Körper war die reinste Erlösung.

»Es tut mir leid, was mit dir geschehen ist, mein Kind.« Behutsam fuhr er mir mit seiner großen Hand über den Hinterkopf und drückte mich an sich. »Das hast du nicht verdient. Du bist viel zu jung.«

Meine Zähne schlugen aufeinander. Er hielt mich, wie mich in den letzten Jahren nur ein einziger Mensch gehalten hatte. Er hielt mich, wie meine Eltern es nie wieder getan hatten, nachdem sie erfahren hatten, dass ich nicht hetero war. Er hielt mich, als könnte er all die Einsamkeit auslöschen.

Die nächsten Sekunden vergingen wie im Zeitraffer. Irgendwann realisierte ich, dass wir zu Boden gesunken waren. Ich heulte ihm sein Hemd voll, während er beruhigende Worte murmelte, die ich nicht verstand, weil sein Herzschlag alle anderen Geräusche verschluckte. Und schließlich, als ich nicht mehr weinen konnte und das Bedürfnis, ihn zu berühren, alles einnahm, da wich er zurück. Seine Augen waren feucht, doch er nickte mit einem Lächeln.

»Es ist nicht deine Schuld«, flüsterte er. »Vergiss das nie.«

Und mit diesen Worten presste er meine flache Hand auf sein Herz.

Aber nein, er hatte sich nicht gerührt. Ich war diejenige, die die Hand ausgestreckt hatte. Es war meine Entscheidung.

Die anderen hatten mich vorgewarnt. Hatten mir wieder und wieder beschrieben, wie es ablaufen würde. Doch genauso gut hätte ich unwissend sein können. Nichts hätte mich auf diesen Moment vorbereiten können.

Ein Erdbeben.

Stefanos und ich schnappten nach Luft. Die Welt wurde in Stücke gerissen und ich mit ihr. Die letzten sechs Tage waren nichts als ein billiger Abklatsch gewesen. Das hier, das war real. Es dauerte nicht einmal eine Sekunde. Für ihn zumindest. Er riss die Augen auf, gab ein Keuchen von sich – und schon war es vorbei. Es schmerzte nicht. Das wusste ich vom letzten Jahr. Nein, dieser Augenblick schmerzte kein bisschen. Der Schmerz würde später kommen, sollte er sich entscheiden zu bleiben.

Mein Leben flog an mir vorbei, im Takt seines Herzschlags, die Gesichter meiner Eltern, dann Sterianis, ein altes Backsteinhaus am Stadtrand, Nebel über schwarzem Meer, ein Underground-Club in Bahnhofsnähe, brennende Regenbogenflaggen auf einer Demo, nackte Haut auf nackter Haut, Kreuze über Klassenzimmertüren, der Geruch von verbranntem Kaffee, mein Kopf unter Wasser, das Messer in meiner Brust, Gurgeln, Schreie, Tränen.

Ein Herzschlag.

Nicht mehr *sein* Herzschlag.

Abrupt ließ ich meine Hand sinken und tastete nach meiner linken Brusthälfte. Es pochte, schlug, raste.

Nicht nur ich spürte seinen Herzschlag in meiner Brust, alle Monster in diesem Dorf hatten dank meines Opfers soeben einen erhalten. Dafür herrschte in Stefanos' Brustkorb jetzt nichts als Stille. Das war der Fluch. Ein menschliches Leben als Preis, damit Dutzende Herzlose sechs Tage lang etwas fühlen konnten.

Inmitten dieser Endlosigkeit wanderte mein Blick hinter ihn. Zum ersten Mal nahm ich unsere Umgebung richtig wahr. Wir befanden uns im Restaurantbereich, mehrere hölzerne Tische und Stühle, an den Wänden Bilder von verschneiten Bergen und Klöstern sowie ein Familienfoto.

Ich schaute weg, schaute wieder hin. Da waren Stefanos, eine Frau mit grauer Kurzhaarfrisur in seinem Alter und in ihrer Mitte … in ihrer Mitte stand ein Mädchen mit dunklen Locken, einem etwas zu großen Mund und naiver Hoffnung in den Augen.

Ein Mädchen, deren Leben ich heute Nacht verschont hatte.

Daphne.

4

Daphne

25. DEZEMBER
GEGENWART
KURZ NACH SONNENAUFGANG

Die Flammen verzehren die dicht beschriebenen Seiten. Ich lausche auf jedes kleine Geräusch, das aus dem Schlafzimmer zu hören ist, ehe ich ein weiteres Blatt Papier zerreiße und das Kaminfeuer damit füttere. Mein Kopf hämmert, mir ist übel, ich habe die ganze Nacht lang kein Auge zugetan. Die größte Herausforderung ist es gewesen, Ari davon zu überzeugen, dass alles in Ordnung ist, nachdem wir kurz nach zwei das Gasthaus verlassen haben und in unsere Wohnung zurückgekehrt sind.

Als Jiajia und er mich draußen vor der Kirche gefunden haben, habe ich am ganzen Leib gezittert und mir die Tränen von den Wangen gewischt. Sie haben jeweils einen Arm um mich gelegt und mich zum Auto geführt. Fragen haben sie keine gestellt. Das ist wohl der Vorteil, wenn Papous Todestag näher rückt – alle nehmen an, dass ich in meiner Trauer versinke. Vor meiner Großmutter ist mir das normalerweise unangenehm. Es fühlt sich falsch an, die Aufmerksamkeit auf mich zu ziehen, während sie stets die Fassung bewahrt. Schon auf der Beerdigung war das so. Ich ein Tränenmeer, sie ein Fels in der Brandung. Gestern Nacht hat es mich zum ersten Mal nicht gestört. Hauptsache, niemand merkt, was wirklich in mir vorgeht.

Insgesamt habe ich den Brief dreimal gelesen. Beim ersten Mal, im Schneesturm vor der Kathedrale, habe ich ihn noch als geschmacklosen Scherz abtun können. Nach dem zweiten Mal, in der Toilettenkabine im Gasthaus, bin ich zu Boden gesunken, habe mit bebenden Fingern die Kloschüssel umklammert und mich übergeben. Und beim dritten Mal, vor gerade mal einer Stunde, als ich mir sicher war, dass Ari tief und fest schläft, habe ich mir die Faust in den Mund gesteckt, um nicht die gesamte Nachbarschaft zusammenzuschreien.

Ja, Papous Tod setzt mir noch immer zu, aber das ist in Ordnung. Er hat zu meinen wichtigsten Bezugspersonen gehört, trotz allem, und nur weil es fast fünf Jahre her ist, heißt das nicht, dass ich mit Trauern aufhören muss. Der Tod ist Teil dieses Lebens, so schmerzhaft er auch sein mag. Das ist nichts Ungewöhnliches. Was in diesem Brief steht, ist dagegen kompletter Unsinn. Dennoch habe ich ihn dreimal gelesen und bin gerade dabei, die letzte Seite zu verbrennen.

Ich kann mir nicht erklären, wieso ich mit niemandem darüber gesprochen, wieso ich nicht einmal meinem eigenen Freund davon erzählt habe. Ari und ich könnten uns gemeinsam darüber lustig machen. Stattdessen kauere ich wie eine Kriminelle vor unserem Kamin und vernichte die Beweise, wie die Fremde es mir aufgetragen hat. Die Trauer stellt seltsame Dinge mit mir an. Daran muss es liegen. Es gibt keine andere Erklärung.

Mit einem Zischen umschließen die Flammen das letzte Fitzelchen Papier. Ein einziges Wort blitzt zwischen zwei Holzscheiten auf, bevor es langsam zu Asche wird: Ioanna. Damit hat sie unterschrieben.

Ioanna.

Ich kenne keine Ioanna.

Warum rast mein Herz dann so schnell, als würde es mir jeden Augenblick aus der Brust springen?

Mit einem leisen Stöhnen richte ich mich auf und schlinge den bronzefarbenen Morgenmantel enger um meinen Körper. Obwohl das Feuer seit unserer Rückkehr in der zurückliegenden Nacht brennt, ist es eisig kalt. Ich werde mich jetzt zurück ins warme Bett legen, mich an Ari kuscheln und …

Ein Klopfen ertönt an der Tür. Behutsam, fast schüchtern. Sekundenlang starre ich in die Richtung, bis es lauter wird. Und dann mischt sich unter den brausenden Wind der unverkennbare Klang einer Triangel.

Natürlich! Der Weihnachtsmorgen ist angebrochen, das bedeutet, die Kinder aus dem Dorf ziehen los, um die traditionellen *Kalanda* zu singen, so wie sie es auch an Neujahr und am 5. Januar machen. Da Ari und ich in Marktplatznähe wohnen und unsere Wohnung im Erdgeschoss eines Wohnhauses liegt, zu dem die anderen Parteien über einen Hintereingang Zutritt haben, gehören wir zu den Ersten, bei denen haltgemacht wird. Ein Blick auf die Wanduhr über dem Kamin verrät mir, dass es kurz nach halb acht ist. Das muss passen. Neben der Tür steht schon eine Schüssel mit süßem Gebäck und Geldscheinen bereit.

Für gewöhnlich liegen Ari und ich noch im Bett, wenn die Kinder klopfen, und dann diskutieren wir beide sekundenlang, wer von uns aufstehen soll, nur um schließlich gleichzeitig zur Tür zu stürmen und mit verschlafenen Gesichtern die hellwachen Kinder zu begrüßen, deren Eltern sie zum Singen verdonnert haben.

Ich laufe zur Tür, drehe den Schlüssel, der noch steckt, und setze ein Lächeln auf, bevor ich sie öffne. Eine Ladung Schneeregen peitscht mir ins Gesicht und nimmt mir kurzzeitig die Sicht.

»Frohe Weihnachten«, rufen mehrere Kinderstimmen im Chor. »*Chronia polla!*«

»Fröhliche Weihnachten«, gebe ich schwach zurück und fahre mir übers Gesicht.

Es sind insgesamt zehn, in bunten Mänteln, mit dicken Schals und Bommelmützen auf den Köpfen, und ich kenne sie alle aus dem Dorf. Einige von ihnen haben Trommeln, Triangeln und Mundharmonikas dabei. Ein paar Meter hinter ihnen steht Anastasia, die junge Religionslehrerin, deren Kinder die Zwillinge ganz vorn sind, unter einem Regenschirm und mit einem Thermobecher in der Hand, aus dem es kräftig dampft. Zum Gruß nickt sie mir knapp zu. Ich nicke zurück.

Die Häuser hinter ihr scheinen im Nebel zu versinken, der Schnee tut sein Übriges.

»Dürfen wir Weihnachtslieder für euch singen?«, ruft Niko, der aufmüpfigere der beiden Zwillinge, und grinst mich frech an.

»Ich bitte darum!«, gebe ich betont fröhlich zurück. »Also für mich. Aber wenn ihr laut genug singt, dann bekommt Ari vielleicht auch was mit.«

Vereinzelt ist Gekicher zu hören.

Sie sehen sich an, zählen gemeinsam bis drei, und dann legen sie los.

»Siehst du, wie der Schnee fällt?
Wintersonnenwende, Geburt des Lichts,
der kürzeste Tag im Jahr,
schöner ist nichts.
Erste Raunacht, weiße Weihnacht,
denk heute daran, was du hast geschafft,
und erinnere dich daran, wer dich hat hierhergebracht.«

Mein Atem stockt. Von wegen Weihnachtslieder. Ich habe mit *Stille Nacht* oder *O Tannenbaum* gerechnet. Das hier hat nichts mit Weihnachten zu tun.

Der Schnee scheint plötzlich noch heftiger zu werden, die hohen Kinderstimmen vermischen sich und werden vom brausenden Wind durch die ganze Straße getragen, die Hausfassade empor, bis in den silbergrauen Himmel. Eine Gänsehaut legt sich auf meinen Körper. Sie rührt nicht von der Kälte her.

Wer zum Teufel lässt die Kinder diesen Unsinn singen? Wie kann Anastasia das zulassen?

Es klingt gespenstisch.

»Riechst du, wie das Holz brennt?
Der Weltenbaum, die Wurzeln tief,
sie begannen an ihm zu sägen, während ich schlief.
Zweite Raunacht, schützende Feuer entfacht,
gegen herzlose Wesen voller Sehnsucht.
Deine einzige Rettung?
Flucht.«

Es ist bloß eine alte Sage. Ich muss mich beruhigen. Das Lied ist mir zwar fremd, aber das, worauf es sich bezieht, nicht. Der Text handelt von der Legende der Kalikanzari – böse koboldartige Wesen, die das ganze Jahr am sogenannten Weltenbaum sägen, um ihn zum Einsturz zu bringen und die Welt ins Chaos zu stürzen. In der Zeit zwischen Weihnachten und dem Epiphanienfest am 6. Januar kommen sie auf die Erde und treiben ihr Unwesen mit den Menschen. Wegen dieses Aberglaubens entzünden auch alle in der Weihnachtsnacht die heiligen Feuer – Kalikanzari verabscheuen angeblich Wärme.

Als ich ein Kind war, bin auch ich von Haus zu Haus gezogen, aber ich kann mich nicht daran erinnern, jemals dieses Lied gesungen zu haben. Die Kalikanzari hingegen haben mich damals oft in meinen Träumen heimgesucht, seit mir meine Grundschullehrerin davon erzählt hatte … Stets in anderer Gestalt, denn es gibt unterschiedliche Erzählungen: In manchen werden sie als kleine Monster mit behaartem Oberkörper, Affenarmen und gekrümmten Rücken beschrieben, die sich am liebsten von Würmern, Schlangen und Fröschen ernähren, in anderen wiederum als überirdisch schöne Dämonen, die Menschen mit nur einem Blick verführen können. Ein Teil von mir hat den Grusel und die Magie, die damit einhergehen, geliebt. Noch nie hat mich die Erwähnung dieser Wesen derart in Panik gestürzt.

»Hörst du, wie der Wind heult?
Ein Pakt mit den Göttern, die Verzweiflung einer Mutter.
Ach, hätte es bloß jemanden gegeben,
der ihr den Wunsch verwehrte;
ihr Herz, gepflanzt in heilige Erde.
Dritte Raunacht, Gelassenheit,
welch herrliche Pracht.
Sobald du spürst die Macht,
nimm dich vor jeder schönen Fremden in Acht.«

Atmen. Ein und aus. Wieder. Und wieder. Es ist in Ordnung. Die Frau, die mich gestern vor der Kathedrale angesprochen hat, ist irgendeine Märchenerzählerin. Jemand erlaubt sich einen Scherz. Ich glaube weder an das Jesuskind noch an Kobolde. Übersinnlichkeit widerspricht meinem gesunden Menschenverstand.

Und dennoch zittere ich so heftig, dass meine Zähne aufeinanderschlagen. Meine Knie werden butterweich. Die rotbackigen Gesichter der Kinder verschwimmen vor meinen Augen. Als ich mir sicher bin, dass ich jeden Moment Bekanntschaft mit dem verschneiten Boden machen werde, ertönt ein erlösender Schrei.

»Aufhören!«

Schlagartig herrscht Stille. Nur der brausende Wind und das Knacken des Kaminfeuers hinter mir sind noch zu hören.

Ich blinzele und keuche. Sobald ich die Gesichter der Kinder wieder richtig sehe, begreife ich, dass *ich* das Wort gebrüllt habe. Sie werfen sich ängstliche Blicke zu, ein paar schauen hilfesuchend zu Anastasia, die mich mit offenem Mund anstarrt.

Verdammt!

Wie ferngesteuert taste ich nach der Schüssel neben der Tür, packe sie mit beiden Händen und mache einen Schritt nach vorn, drücke sie dem kleinen Niko in die Hand, der nicht weiß, wie ihm geschieht. Das Geld und die Süßigkeiten sind für den ganzen Tag gedacht, es ziehen heute mehrere Kindergruppen durchs Dorf, aber darauf kann ich jetzt keine Rücksicht nehmen. Hauptsache, sie verschwinden und lassen mich in Ruhe.

Ohne eine weitere Reaktion abzuwarten, wirble ich auf dem Absatz herum und schlage die Tür hinter mir zu, bevor ich zweimal abschließe und mir die Hand vor den Mund presse, damit kein weiterer Schrei daraus entweichen kann.

5

Daphne

25. DEZEMBER
GEGENWART
KURZ NACH SONNENAUFGANG

Ich habe keine Ahnung, wie viel Zeit vergeht, bis das Gemurmel hinter der Tür aufhört und die Kinder weiterziehen. Zusammengekauert stehe ich im Flur und umklammere mich, den Blick stur aufs Kaminfeuer gerichtet, wo die letzten Überreste des verfluchten Briefs zu Asche werden. Sobald ich mir sicher bin, dass die Kinder nicht zurückkehren werden, setze ich mich auf Zehenspitzen in Bewegung. Ich laufe in die offene Küche und gieße mir ein Glas Wasser ein, leere es in einem Zug. Die kalte Flüssigkeit lässt mich noch mehr frösteln.

Als ich für einen Moment die Augen schließe und mich gegen den Kühlschrank lehne, passiert es. Ihr Gesicht, nur Millimeter von meinem entfernt. Jünger als gestern. Forscher. Blutrote Lippen und ein Blick, der die Welt zum Beben bringt. »Ich will dein Herz«, flüstert sie. Es klingt wie eine Drohung. Sie ist viel zu nah. Ich kann sie riechen. Verwirrung. Angst. Verlangen?

Ich stelle das Glas auf der Theke hinter mir ab und fahre mir mit beiden Handballen über die Stirn. Irgendwas ist mit meinem Kopf los. Das sind nicht meine Erinnerungen. Sie gehören einer Fremden. Genau wie der Brief nicht für mich bestimmt war.

Ich weiß, du kennst mich nicht, aber ich verspreche dir, du liebst mich.

Nein.

Erneut höre ich ihre Stimme in meinem Kopf, wie von weit her. »Das alles wird Sinn ergeben, Daphne. Mir ist klar, im Moment kannst du mir nicht glauben, aber mit jedem weiteren Tag wird deine Erinnerung zurückkehren. Ich kann dir helfen, sie zu beschleunigen. Dafür musst du …«

Nein, verdammt!

Ich zwinge meine Lider auf. Und dann tue ich das, was mir die Psychologin in Larisa, zu der Jiajia mich nach Papous Tod geschleppt hat, empfohlen hat, wenn ich mal wieder kurz vorm Ausrasten stehe.

Fünf Dinge, die ich sehen kann: die blau-gelb gepunkteten Porzellantassen im Glasschrank, die mintfarbenen Gardinen, die Ari und ich gleich nach unserem Einzug vor anderthalb Jahren gekauft haben, den Rattansessel, den Juteteppich, meine schwarz lackierten Fußnägel.

Fünf Dinge, die ich hören kann: das Knattern der alten Heizungsrohre, den Wind von draußen, das Knacken der Holzscheite, meine abgehackten Atemzüge, das Bellen eines Straßenhundes.

Fünf Dinge, die ich spüren kann: das kühle Parkett unter meinen Füßen, die Schlaflosigkeit der vergangenen Nacht, Verzweiflung, Panik und schließlich Entschlossenheit.

Ich setze einen Fuß vor den anderen. Nicht mehr auf Zehenspitzen, sodass der alte Dielenboden unter mir ächzt. In wenigen Schritten bin ich im Schlafzimmer und trete ans Bett. Ari liegt auf dem Rücken in der Mitte, die Decke zusammengeknüllt an seinen Füßen. Seine Lippen sind leicht geteilt, seine Miene ist friedlich.

Er ist real. Mein Leben mit ihm. Realer geht es nicht. Wir haben so viel Zeit miteinander verbracht. Schon in unserer Schulzeit habe ich ein Auge auf ihn geworfen, und drei Jahre nach Papous Tod ist er nicht nur mein Freund, sondern meine allergrößte Stütze geworden.

Ich streife meinen Morgenmantel ab und lasse ihn zu Boden gleiten, obwohl die Kälte mein Zittern verstärkt.

Aris Mund verzieht sich zu einem Lächeln, als mein Gewicht die Matratze senkt, und seine Hände tasten nach mir, ohne dass er die Augen öffnet. Ich liebe seine Locken, den dunklen Dreitagebart, die etwas zu großen Ohren und seine langen knochigen Finger.

»Mein Baby«, raunt er mit schlafbelegter Stimme.

»Guten Morgen«, gebe ich heiser zurück, stütze mich neben seinem Kopf ab und schmiege mich an seine Seite. Er trägt Boxershorts und ein T-Shirt, ich mein Pyjamaoberteil und einen Slip. Ein leises Keuchen entweicht ihm. »Du bist ein Eiszapfen!« Statt mich von sich zu stoßen, legt er einen Arm um mich und zieht mich näher. »Ich krieg dich wieder warm …«

Ich sollte lächeln. Leider ist mir eher nach Heulen zumute. Also schließe ich die Augen und inhaliere seinen vertrauten Duft. Morgens ist er besonders konzentriert. Ari wird mich beruhigen. Das schafft er immer.

»Ich hatte einen seltsamen Traum«, flüstert er und verteilt Küsse auf meinen Wangen und meinem Hals. »Erst hab ich Kinderstimmen gehört, die *Kalanda* singen, dann hat jemand geschrien, und es war plötzlich ruhig.«

Diesmal gelingt mir ein kleines Lachen. »Du hast schon immer sehr lebhaft geträumt.«

»Also hab ich die *Kalanda* nicht verpasst?«

»Doch, das ist tatsächlich passiert.«

Lächelnd weicht er zurück und rollt mich herum, sodass er sich über mir befindet. »Und du hast mich nicht geweckt, sondern bist ohne Protest aufgestanden?«, fragt er und legt seine Handfläche auf meine Stirn. »Geht's dir gut?«

Mein Lachen bleibt mir im Hals stecken. Glücklicherweise scheint er es nicht zu bemerken. »Waren die Teufelszwillinge dabei?«

»Was glaubst du?«

Bevor er noch eine Frage stellen kann, lege ich die Hände an sein Gesicht, ziehe es zu mir und presse meinen Mund auf seinen. Sekundenlang rührt er sich nicht, aber zu meiner Erleichterung erholt er sich schnell von seiner Überraschung und erwidert den Kuss mit der gleichen Leidenschaft. Wann habe ich das letzte Mal etwas zwischen uns initiiert? Ich kann mich nicht erinnern.

Als unsere Zungen aufeinandertreffen, stöhnt er leise, doch dann weicht er abrupt zurück. Seine dunklen Augenbrauen sind zusammengezogen. »Alles in Ordnung?«, scheint sein Blick zu fragen.

Bitte mach weiter, denke ich. Bitte, ich kann nicht allein mit diesem Unsinn in meinem Kopf sein.

Was auch immer er in meinen Zügen liest, es zerstreut seine Zweifel. Einen Moment später hat er nach meinen Händen getastet, sie rechts und links mit seinen neben meinen Kopf genagelt und den Abstand zwischen unseren Lippen wieder geschlossen.

Von Anfang an ist es so zwischen uns gewesen. Sobald ich die Kontrolle übernehmen und Ari intensiver berühren will, macht er dicht. Das liegt an einem Unfall, den er vor Jahren hatte. Ein Feuer ist in der Werkstatt seines Vaters ausgebrochen, und Ari hat sich schlimme Verbrennungen am Oberkörper zugezogen. Berührungen an den verbrannten Stellen erinnern ihn an das Trauma, also meide ich sie und überlasse ihm die Führung.

Binnen Sekunden wird meine innere Kälte durch loderndes Verlangen ersetzt. Ich dränge ihm mein Becken entgegen, schlinge meine nackten Beine um seine Mitte und erschaudere, als ich seine Härte an meinem Bauch spüre. Wir küssen uns wie Ausgehungerte. Und vielleicht sind wir das auch. Hungrig nach Nähe, und in meinem Fall nach Sicherheit und Normalität.

»Daphne«, raunt er zwischen unseren Küssen. »Ich hab dich vermisst.«

»Daphne«, echot es in meinen Gedanken. »Daphne, schau mich an. Du und ich, egal, ob du dich erinnerst. Du und ich, egal, ob ich es fühle. Du und ich, auch wenn du bei ihm bist. Du und ich, ja?«

Nein.

Die Stimme soll verschwinden. Ich werde sie zum Schweigen bringen.

Ich küsse Ari heftiger, lege alles in diesen Kuss, was ich habe.

»Fuck«, raunt er, ehe er zurückweicht, sich neben mich schmeißt, seine Hand meinen Körper abwärts wandern lässt, kurz über meinem rasenden Herz verharrt und schließlich tiefer gleitet und mir gibt, was ich brauchte.

»Wie kannst du es wagen?«, hallt meine eigene Stimme unnatürlich hoch in mir wider. Mit jedem Wort wird sie lauter. »Wenn ich bei ihm bin? Was ist falsch mit dir? Wieso sollte ich bei ihm bleiben, wenn ich mich erinnere?«

»Daphne.« Das ist wieder die andere Stimme. Flehend. Unterdrückt sie ein Schluchzen? »Du weißt nicht, was ich getan habe.«

»Ich weiß alles, und es ist mir egal! Ich will dich trotzdem, krieg das in deinen Kopf!«

Keuchend reiße ich die Augen auf. Aris Gesicht ist vor meinem. Seine Hand zwischen meinen Beinen ist verschwunden. »Daphne, was …«

Ich muss mir mehr Mühe geben. »Tut mir leid.« Ich zwinge mich zu einem Lächeln. »Können wir ein bisschen langsamer machen?«

Die Sorge in seiner Miene bleibt, doch er nickt sofort. »Natürlich. Möchtest du über irgendwas reden?«

»Nein, ich … ich will nicht reden.« Sonst müsste ich dir erklären, dass deine Freundin gerade dabei ist, durchzudrehen. »Ich will es nur langsamer. Kannst du mich sanfter küssen?«

Seine Augen funkeln plötzlich. »Nicht wie beim ersten Mal?«

Mein Lächeln fühlt sich echter an. »Nicht wie beim ersten Mal.«

Ari nimmt mein Gesicht zwischen seine Hände, streicht sanft mit den Daumen über meine Wangen, beugt sich über mich, reibt seine Nasenspitze an meiner, bis ich lache. Meine Lider fallen zu. Was sich als gewaltiger Fehler herausstellt.

»Ich habe noch nie eine Frau geküsst«, höre ich meine eigene Stimme, genau in dem Moment, als Aris Lippen auf meine treffen.

Nur dass es nicht mehr Aris sind.

Ihr perfektes Gesicht über meinem. Werde ich mich jemals daran gewöhnen?

Sie feixt.

»Was?«, entfährt es mir, halb lachend, halb stöhnend.

Um ein Haar erkenne ich meine eigene Stimme nicht wieder. Wann habe ich zuletzt so frei … so losgelöst geklungen?

»Sorry, sorry.« Sie lacht. »Das sagst du jedes Jahr.«

»NEIN!«

In einer Sekunde ist die Matratze noch gegen meinen Rücken gepresst, in der nächsten kauere ich am Bettrand und halte mich gerade noch rechtzeitig am Gestell hinter mir fest, bevor ich das Gleichgewicht verliere und runterfalle. Ari hält die Hände nach mir ausgestreckt, im Schock erstarrt. Sein Blick bricht mir das Herz.

»O Gott, sorry, ich weiß nicht, was mit mir los ist.« Tränen schießen mir in die Augen. »Es liegt nicht an dir, ich schwöre, ich …«

»Hey.« Ein trauriges Lächeln ziert seine Lippen. »Hey, nicht entschuldigen. Ich glaube, es ist gerade alles ein bisschen viel. Wie wäre es, wenn ich dir ein heißes Bad einlasse und uns Frühstück vorbereite, während du dich entspannst?«

Mein Magen zieht sich zusammen. Ich habe ihn nicht verdient. Eine Weile kann ich nichts erwidern, aber immerhin schaffe ich es, die Tränen zurückzudrängen.

»Okay«, bringe ich schließlich hervor.

»Okay.« Er beugt sich vor, streicht mir sanft über den Handrücken, nur kurz, als fürchte er, mich sonst erneut zu verschrecken. »Wir schaffen es, Daphne. Wir überstehen diese Tage gemeinsam. Du bist nicht allein.« Damit steht er auf und verschwindet ins Bad.

Zitternd atme ich aus. Gestern Nacht, als die Kirchenglocken Mitternacht geschlagen haben, ist etwas in mein Herz gekrochen und vergiftet mich nun von innen heraus.

Ich bin tatsächlich nicht mehr allein. Genau das ist mein Problem.

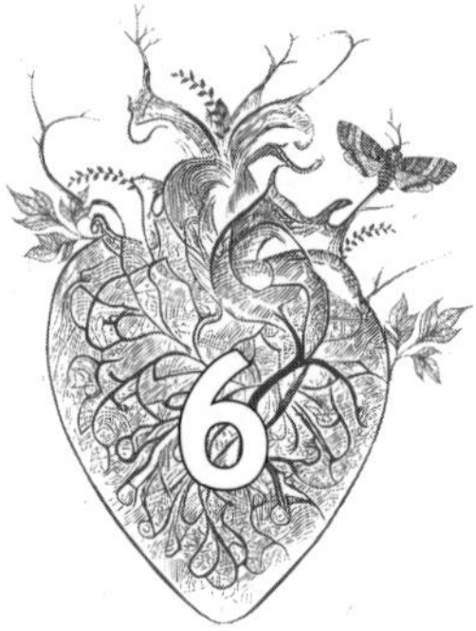

Daphne

25. DEZEMBER
GEGENWART
MORGEN

Das Bad hilft nicht. Zwar quälen mich keine seltsamen neuen Gedankenfetzen mehr, aber mein schlechtes Gewissen nimmt all meine Sinne ein. Und auch das Frühstück ist die reinste Tortur – jede Sekunde eine Herausforderung, Ari nichts von dem Brief zu erzählen. Er soll sich keine Sorgen um mich machen. Wenn ich ihm von dem Brief erzähle, muss ich auch erklären, wieso ich so heftig darauf reagiere. Und das weiß ich selbst nicht.

Als Jiajia mich anruft und fragt, ob ich doch schon früher ins Gasthaus kommen und bei den Vorbereitungen fürs Weihnachtsessen heute Mittag helfen kann, ergreife ich die Gelegenheit, auch wenn Aris enttäuschter Blick mein schlechtes Gewissen nur vergrößert.

»Du springst immer ein, selbst wenn du nicht offiziell eingeplant bist«, murmelt er in seine Kaffeetasse, nachdem ich aufgelegt habe. »Kann ihr nicht jemand anderes helfen?«

Für gewöhnlich kritisiert er mein Verhältnis zu meiner Großmutter nie, was mir verrät, dass ich ihn ernsthaft verletzt habe. Ich schiebe meinen Stuhl zurück, gehe um den Tisch herum, setze mich auf seinen Schoß und lege meine Arme um seinen Hals, ohne seinen Oberkörper zu streifen.

»Tut mir leid. Du weißt, sie braucht mich.«

Ari hat recht. Ich helfe wirklich zu oft außerhalb meiner regulären Schichten in der Gaststätte aus. Aber es ist nicht nur mein einziger Job, es ist eine Familienangelegenheit. Meine Großeltern haben das Gasthaus gemeinsam mit mir immer allein geführt, und auch nach Papous Tod haben wir niemand Neuen eingestellt. Wenn es knapp wird, hilft jemand aus dem Dorf aus, es finden sich immer Leute, die uns unter die Arme greifen, aber wir können es uns nicht leisten, noch eine Person regulär zu bezahlen. Selbst wenn ich eigentlich frei habe, kann ich also in der Regel nicht einfach absagen. Wie soll ich ihr einen Wunsch abschlagen, wenn sie die Einzige ist, die mir von meiner Familie geblieben ist?

Bei Ari ist es anders. Er arbeitet als freiberuflicher IT-Berater für verschiedene Kunden. Gibt es ein Problem, dann löst er es und macht anschließend Feierabend.

»Wie wäre es, wenn wir heute Abend einen Waldspaziergang machen, sobald der Trubel vorbei ist? Nur wir zwei?«

Seine Augen weiten sich leicht. Ari liebt die Wälder, die unser Dorf umgeben, während ich sie in der Regel wie die Pest meide. Sie sind mir unheimlich. Doch eine kleine Auszeit in der Natur ist das Mindeste, was ich ihm für sein unermüdliches Verständnis zurückgeben kann.

»Gern«, sagt er nach einer kleinen Pause und gibt mir einen Kuss auf die Wange.

Reflexartig versteife ich mich, doch es passiert nichts. Keine fremden Gedanken in meinem Kopf.

Als ich im Bad verschwinde, um mich für die Arbeit im Gasthaus fertig zu machen, fühle ich mich etwas leichter. Doch das schlechte Gewissen hält an, als ich mich von Ari verabschiede und in den Schneesturm trete.

Mit gesenktem Kopf kämpfe ich mich die Straße entlang. Der Wind scheint mit jeder Minute stärker zu werden. Aus der Ferne ertönen Weihnachtslieder. Immerhin keine mehr über die Raunächte – eine Gänsehaut bescheren sie mir trotzdem. Ich schlinge meinen dicken Strickschal enger um den Hals und biege nach links ab, wo eine enge Gasse den Hang hinabführt. Antiquitätenläden, eine Bäckerei und ein Buchladen befinden sich hier; normalerweise ist die Straße sehr belebt, wegen des Feiertags und des Wetters ist allerdings weit und breit niemand zu sehen.

Die Kälte ist plötzlich ein willkommenes Geschenk. Sie klärt meine Gedanken.

Wieso hast du den Waldspaziergang heute vorgeschlagen?, wispert der Wind. Wirklich nur, um Ari einen Gefallen zu tun? Oder hängt es vielleicht mit ein paar Worten in roter Schrift auf weißem Papier zusammen?

Nein.

Das hat nichts mit dem gottverfluchten Brief zu tun.

Der Brief hat nichts mit *mir* zu tun. Es ist mir egal, dass mir die Frau darin einen Treffpunkt um 18 Uhr im Wald vorgeschlagen hat, um mir alles zu erklären. Ich werde nicht hingehen. Ich brauche keine Erklärung. Was ich brauche, sind Ruhe und Gewohnheit.

Ach, und deshalb willst du in den Wald, wo du seit Ewigkeiten nicht mehr warst?

In meinen Ohren klingelt es. Die Straße verschwimmt vor meinen Augen. Meine Stiefelspitzen scheinen sich zu verdoppeln. Mir ist mit einem Mal heiß.

Bitte nicht. Ich habe es doch unter Kontrolle. Ich muss nur …

»Verschwinde!«, zischt eine glockenhelle Stimme. »Ich habe sie zuerst entdeckt.«

Abrupt reiße ich den Kopf hoch. Aus der Gasse rechts, die zum Marktplatz führt, treten zwei Menschen, die miteinander rangeln. Eine große Frau in einem blauen Satinkleid, das bis zum schneebedeckten Boden reicht, und ein Mann in gelber Anzughose und kurzärmligem Shirt in derselben Farbe. Ihr Alter ist mir ein Rätsel, es könnte alles zwischen zwanzig und vierzig sein – beide Gesichter sind mit dicken Make-up-Schichten bedeckt. Irgendwoher kommen sie mir bekannt vor. Doch das ist nicht der Grund, aus dem ich wie angewurzelt stehen bleibe und sie anstarre. Warum tragen sie keine Mäntel? Sie werden sich den Tod holen. Sind sie betrunken?

Als die beiden meinen Blick bemerken, lassen sie voneinander ab und straffen die Schultern. Ihre Mienen legen eine Hundertachtziggradwende hin. Wie Schulkinder, die von der Direktorin beim Rauchen erwischt wurden. Reflexartig greife ich nach meiner Handtasche und drücke sie an meinen Körper. Ich sollte verschwinden.

»Guten Tag, mein Herz«, ruft die Frau und zwinkert mir zu. »Dürfen wir dich ein Stück begleiten?«

Wer sind diese Leute? Und warum sprechen sie mit mir, als würden sie mich kennen?

Irgendetwas stimmt nicht mit ihnen.

Obwohl ich wohl wirklich besser ablehnen und abhauen sollte, heben sich meine Mundwinkel wie von allein. Widerstand ist zwecklos.

Nein, Daphne, untersteh dich. Daphne!

»Ja, gerne«, rufe ich zurück und lächle breit. »Seid ihr zu Besuch hier?«

Meine Höflichkeit wird mich noch ins Grab bringen. Eher früher als später, wie sich im nächsten Moment herausstellt.

Es passiert viel zu schnell. Die hellrot bemalten Lippen der Frau verziehen sich zu einem gierigen Lächeln, ehe sie sich auf mich stürzt. Sekunden später kracht mein Rücken gegen die Steinwand hinter mir, und meine Tasche fällt zu Boden. Mit beiden Händen reißt sie meinen Mantel auf, stöhnt leise, zerrt meinen Schal weg und wirft ihn beiseite.

Ist das ein Raubüberfall? Aber warum schnappen sie sich dann nicht einfach meine Tasche und rennen weg? Haben sie etwas viel Schlimmeres im Sinn? Am helllichten Tag, mitten auf der Straße?

Ein Japsen entweicht mir. Die Panik hat mich fest im Griff, ich leiste keine Gegenwehr.

Die Frau streckt eine Hand aus und legt ihren eisigen Mittel- und Zeigefinger an meine Halsschlagader. Heftig zucke ich zusammen. Sie atmet tief durch – und bricht in Tränen aus.

Was zur Hölle …?

Mir bietet sich keine Gelegenheit, die Frage laut auszusprechen oder nach Hilfe zu schreien.

Der Mann ist inzwischen bei uns angekommen, packt seine Begleitung von hinten an den Schultern und zieht sie von mir weg. Eine schwarze Locke hat sich aus seinen zurückgegelten Haaren gelöst und fällt ihm in die gerunzelte Stirn.

»Bitte entschuldige«, sagt er atemlos, bückt sich nach meinem Schal und meiner Tasche, hebt sie auf und hält sie mir hin. »Sie hat keine Manieren. Ich bin übrigens Menelaos. Und du?« In seinen blauen Augen glänzt die gleiche Gier wie im Lächeln der Frau.

Menelaos?! Wie der Kellner, der bis vor ein paar Jahren im Café der Christophou-Bäckerei gearbeitet hat und dann an Herzversagen gestorben ist?

Ioannas Brief. Menschen, die eigentlich tot sein sollten, aber am Leben sind. Menschen, die überhaupt keine Menschen sind. Es passt zusammen, oder?

Nein! Nein, das ist nicht möglich. Übersinnlicher Quatsch, sonst nichts.

Ich taste nach meinem Zeug, stoße mich von der Wand ab. Und dann tue ich das, was ich von Anfang an hätte tun sollen: Ich fliehe.

Ioanna

1. JANUAR
FÜNF JAHRE ZUVOR
MORGENGRAUEN

»Frohes neues Jahr! Gut geschlafen?«

An den fröhlichen Klang seiner Stimme würde ich mich immer erinnern. Auch später, besonders später, als mir bewusst wurde, wie unterschiedlich er Daphne und mich behandelte.

Ich kam schlaftrunken die Holztreppe herunter und war auf alles vorbereitet – nur nicht auf das strahlende Gesicht des alten Mannes, dessen Herzschlag ich vergangene Nacht geraubt hatte.

Stefanos hatte eine Schürze umgebunden, Mehlspuren im Gesicht und ein vergnügtes Glitzern in den Augen. Ganz als wäre heute ein gewöhnlicher Neujahrstag.

»Ich hätte nicht hier schlafen sollen«, krächzte ich und fuhr mir übers Gesicht. Das eingetrocknete Make-up von gestern klebte auf meiner Haut.

»Hast du Hunger?«, rief er, als hätte er mich nicht gehört,

und wandte sich ab, lief humpelnd Richtung Küche, aus der *Kalanda* erklangen.

Nachdem ich vergangene Nacht eine weitere Panikattacke erlitten hatte, hatte er mir einen *Tsipouro* hingestellt und mich anschließend mit sanfter Gewalt nach oben bugsiert.

Das Gasthaus hatte zehn Schlafzimmer, von denen nur die Hälfte belegt waren. Nach allem, was geschehen war, hätte ich niemals gedacht, dass ich in dieser Nacht Schlaf finden würde, doch sobald meine Wange auf das nach Harz riechende Kissen getroffen war, die Bettwäsche vom vielen Waschen ganz weich, hatte ich das Bewusstsein verloren.

Ich konnte nicht fassen, dass das wirklich passiert war.

Stöhnend lief ich den Rest der Treppe runter und folgte Stefanos in eine geräumige Gastronomieküche. Im Regal befand sich ein altes Radio, aus dem die Neujahrslieder tönten. Er stand an der Arbeitstheke vor einer Pfanne, deren Inhalt nach Spinat-Pita-Füllung aussah, und mehreren Teigkreisen auf bemehlter Arbeitsoberfläche.

»Ich bin in zehn Minuten hier fertig, dann kommen auch meine Frau und meine Enkelin zum schnellen Frühstück, bevor der Trubel anfängt. So lange musst du noch warten. Magst du lieber Bergtee oder Kaffee?«

Stille.

Mein Herzschlag füllte sie mühelos.

»Haben Sie den Verstand verloren?«, brachte ich hervor.

Er griff nach einem Teigstück, weitete es mit den Fingern, bis es so dünn war, dass man hindurchsehen konnte, und breitete es über einer dampfenden Spinat-Feta-Schicht auf einem tiefen runden Blech aus.

»Ist Ihnen bewusst, was gestern Nacht passiert ist?«

Keine Regung. Er machte einfach weiter.

»Hallo, ich rede mit Ihnen!«

Langsam wandte er sich mir zu. »Tee oder Kaffee?«, wiederholte er leise.

»Ich brauch kein Scheißgetränk! Das hier ist der absolute …«

»Du hast zehn Minuten, um dich zu beruhigen.« Seine Stimme klang noch immer freundlich, aber deutlich bestimmter. »Und um dein Gesicht zu waschen.« Mit zitternder Hand deutete er auf eine Tür links vom Herd. »Du wirst niemandem von gestern erzählen.«

Ein Schnauben entwich mir. »Was bringt das? In sechs Tagen werden es sowieso alle wissen.«

Lächelnd nickte er. »Sechs Tage sind eine lange Zeit.«

Der Alte war nicht mehr ganz bei Trost. Eine andere Erklärung gab es nicht.

»Und wie wollen Sie Ihrer Frau und Ihrer Enkelin meine Anwesenheit erklären?«

Er zuckte nicht mal mit der Wimper. »Du warst auf der Durchreise, aber wegen des Schneesturms wurde dein Bus gestrichen. Deshalb habe ich dir einen Schlafplatz angeboten.«

Drei Sekunden lang schaffte ich es, ruhig zu bleiben.

»Ich habe Ihr Leben zerstört!«

»Mein Mädchen, du hast nicht die Macht, mein Leben zu zerstören. Das hat höchstens der liebe Gott, aber auch da bin ich mir nicht so sicher. Und jetzt geh dich waschen, sie werden gleich da sein. Du wirst dich gut mit Daphne verstehen, sie ist in deinem Alter. Und unter uns gesagt, sie könnte ein bisschen frischen Wind an der Freundschaftsfront gebrauchen.«

Ioanna

1. JANUAR
FÜNF JAHRE ZUVOR
MORGEN

»Daphne, das ist Ioanna. Ioanna, meine Enkelin.«

Heute frage ich mich, ob er uns damals einander vorgestellt hätte, wenn er geahnt hätte, was aus uns werden würde.

Ich erinnere mich an jedes Detail von meiner ersten Raunacht mit ihr, aber ganz besonders an ihren Anblick zum ersten Mal bei Tageslicht.

Daphne sah müde aus, aber trotzdem deutlich weniger fertig als ich. Unter ihren braunen Augen lagen dunkle Halbmonde. Im Gegensatz zur vergangenen Nacht war sie ungeschminkt, was sie aus irgendeinem Grund älter erscheinen ließ, und ihr langes Haar war zu einem hohen Pferdeschwanz gebunden.

Bewegungslos starrte ich sie an. Sie starrte mit unergründlicher Miene zurück, dann zuckte ihr Blick zu ihrem Großvater, und ein Lächeln erschien auf ihren Lippen.

»Schön, dich kennenzulernen.«

Die feinen Härchen in meinem Nacken richteten sich auf. Ihre Stimme ließ mich augenblicklich an gestern Nacht zurückdenken.

Nie im Leben erinnerte sie sich nicht an mich. Selbst wenn sie betrunken gewesen war. Ich hatte mir die Schminke mit Olivenseife vom Gesicht gewaschen, aber ich trug sogar noch das Outfit von gestern. So oder so, ich war mir sicher, ich hatte Eindruck hinterlassen.

»Gleichfalls«, presste ich hervor.

Bevor wir weitere Belanglosigkeiten austauschen konnten, öffnete sich die Tür, und eine ältere Dame im Leopardenmantel und mit roten Lederhandschuhen betrat das Gasthaus. Ihr kurzes graues Haar war gelockt, ihre Lippen und Wangen rosa geschminkt. »Was ist denn mit dem Fenster passiert?«, rief sie.

Ich biss mir auf die Unterlippe. Jemand hatte es mit einem Pappstück und dickem Klebeband fixiert. Ein kühler Luftzug drang durch die Ritzen ins Gasthaus und ließ mich frösteln.

»Ein paar Kinder müssen sich einen Spaß erlaubt haben«, gab Stefanos prompt zurück und stellte mich auch ihr vor. Ihr Name lautete Kiriaki, sie war seine Frau und Daphnes Großmutter. Anschließend tischte er ihnen die Lügengeschichte auf, wie er mich angeblich kennengelernt hatte, und bedeutete uns dann, uns an den Tisch zu setzen, der sich direkt neben dem Eingang zur Küche befand.

Ich setzte mich als Einzige, die beiden Frauen huschten ihm hinterher in die Küche und halfen dabei, Teller und Schüsseln mit Brot, Käse, Oliven, *Bougatsa* und herzhaften Teigtaschen rauszutragen. Scham brannte in meinen Wangen, aber ich machte keine Anstalten, es ihnen nachzutun. Meine Gedanken überschlugen sich. Ich konnte nicht hierbleiben. Egal, wofür sich Stefanos in sechs Tagen entscheiden würde, ich hatte dem Leben, das er gekannt hatte, ein Ende bereitet.

Wie konnte er seine Mörderin beim Frühstück mit seiner Familie dabeihaben wollen?

Daphne stellte eine Schale mit cremigem Joghurt, Honig und Walnüssen vor mich, ohne mich anzusehen. »Ich soll dich fragen, ob du lieber Tee oder Kaffee willst.«

Um genau zu sein, will ich kotzen.

»Tee.«

Sie nickte, drehte sich um, doch ich packte ihr Handgelenk, bevor sie wieder in die Küche verschwinden konnte.

»Was soll das?«, zischte ich.

Ihre Augen weiteten sich. Sie atmete zittrig ein, schaute auf meine Finger, mir wieder ins Gesicht. »Sollte nicht ich dich das fragen?«

Es war *wirklich* seltsam, das wilde Pochen in meiner Brust zu spüren. Bis ich mich wieder daran gewöhnt hatte, würde es Geschichte sein.

»Verfolgst du mich?«, flüsterte sie, als ich keine Antwort gab.

Sekunden später ertönten Schritte, und ich ließ sie abrupt los. Mein ganzer Körper schien plötzlich in Flammen zu stehen. Die kurze Berührung hatte ausgereicht, um mich völlig aus dem Konzept zu bringen.

Daphnes Großmutter kam lächelnd zu uns. Mit feierlicher Miene stellte sie den Neujahrskuchen in die Mitte des Tischs und setzte sich. »Hast du gestern auch schön gefeiert, Ioanna?« Sie zwinkerte ihrer Enkelin zu und senkte die Stimme: »Unsere Daphne hier war erst nach drei zu Hause. Aber pssst, das verraten wir Fano nicht.«

Waren ihre Freunde zurückgekommen, nachdem ich sie verschont hatte? Hatte sie Spaß gehabt? Die Begegnung mit mir weit von sich geschoben?

»Ioanna war ziemlich durch den Wind«, antwortete Stefanos an meiner Stelle. Er war mit einem Tablett dampfender

Getränke zu uns gestoßen und setzte sich. »Sie war nicht in Feierlaune.«

Ich durchbohrte ihn mit bösen Blicken, die er mit ausdrucksloser Kälte erwiderte, ehe er begann, uns allen Essen auf die Teller zu häufen.

»Ah, das kann ich verstehen«, sagte seine Frau. »Dieses unberechenbare Wetter! Wo wolltest du eigentlich hin, Schätzchen?«

Ich griff nach der Teetasse, die mir zugeschoben wurde, und für den Bruchteil eines Moments stellte ich mir vor, wie ich sie samt brühend heißem Inhalt gegen die Steinwand pfefferte, bevor ich ihnen die Wahrheit entgegenbrüllte: Ich will nirgendwo hin. Ich habe kein Zuhause mehr. Bis zum Ende der Raunacht werde ich hier sein und meine Pflicht erfüllen. Ich habe mich geirrt. Ich habe keine Wahl. Nicht, solange ich das Herz in meiner Brust spüre.

»Athen«, brachte ich hervor.

Kiriaki lächelte. »Die Hauptstadt! Das hört man. Hast du dort Familie?«

Meine Gesichtszüge froren ein. »Nein.« Keine, die mich wollte, jedenfalls.

Ich konnte meinen Eltern verzeihen, dass sie mich für eine Schande hielten. Was ich ihnen nicht verzeihen konnte: dass sich meine Schwester ihretwegen für mich und gegen ihr Leben entschieden hatte. Denn damit hatte sie nicht nur sich selbst verdammt, sondern auch mich.

Ihr tränenüberströmtes Gesicht. Der leere Blick. Ihre langen Fingernägel, die sich in meine Schultern gruben. »Wenn du stirbst, sterbe ich auch«, hatte sie vor einem Jahr gesagt und damit mein Schicksal besiegelt.

Meine Finger begannen zu zittern. Hastig schaute ich zu Daphne, die den Kopf gesenkt hielt und gerade dabei war, ein

Stück *Kefalotyri* klein zu schneiden. »Was ist mit deinen Eltern?«

Sie sah nicht auf. Zuckte mit den Schultern. »Hab keine.«

»Mein Sohn ist nicht mehr«, klinkte sich Stefanos ein. »Und Daphnes Mutter wohnt leider nicht in der Nähe.«

Ich hätte Mitleid haben können. Inzwischen wäre ich dazu in der Lage gewesen. Es konnte nicht leicht sein, ohne Eltern aufzuwachsen. Aber immerhin hatte sie ihre Großeltern. Wen hatte ich?

»Und deine?«, fragte Daphne, als die Sekunden vergingen und wir alle zu essen begonnen hatten. Ihre Stimme klang nach Provokation.

»Daphne, es reicht.« Stefanos' Stimme duldete keinen Widerspruch. »Sie ist unser Gast, lass sie in Frieden.«

Fast beschämt senkte seine Enkelin den Blick. Gehorchte sie ihm immer so schnell?

Bevor ich etwas dazu sagen konnte, ertönte ein Klopfen von der Tür, gefolgt von Triangelklängen und Kindergelächter.

Stefanos und Kiriaki erhoben sich gleichzeitig und mit einem Ächzen.

»Bleibt sitzen«, wies ihre Großmutter Daphne an, als diese Anstalten machte, ebenfalls aufzustehen. »Esst weiter. Ihr könnt auch von hier aus zuhören.«

Sie schlurften zur Tür, öffneten sie, und eine Kinderstimme fragte, ob sie die *Kalanda* singen durften. Der Rest des Gesprächs verlor sich im Brausen des Windes.

Ich starrte Daphne an. Diesmal erwiderte sie meinen Blick mit unverhohlener Feindseligkeit.

Interessant. Und eine perfekte Ablenkung.

»Was *ist* mit deinen Eltern?«, wollte sie wissen. »Sind die nicht in Athen?«

»Doch.« Ich nahm einen großen Schluck Tee.

»Aber?«

Meine Lippen verzogen sich zu einem Grinsen. Genüsslich ließ ich den Blick von ihren Augen zu ihrem Mund und tiefer, zu ihrem Dekolleté, wandern. Ich nahm mir Zeit. Saugte jedes Detail auf. Heute trug sie einen violettfarbenen Strickpullover mit rundem Ausschnitt. An ihrem Hals funkelte ein Choker aus silberweißen Perlen.

Aus Richtung der Tür war jetzt Kindergesang zu hören.

Als Daphnes und meine Blicke sich wieder trafen, waren ihre Wangen gerötet.

»Rate«, wisperte ich. »Rate, wieso sie mich nicht mehr wollten.«

»Lass das.«

Mein Grinsen wurde breiter. »Was meinst du?«

»Wieso bist du hier?« Mit zusammengepressten Lippen griff sie nach ihrer Kaffeetasse. »Das kann doch kein Zufall sein.«

»Oh, glaubst du etwa, das ist alles ein großer Masterplan, um in deiner Nähe zu sein?«

Sie nahm einen großen Schluck, ohne mich anzusehen. »So ein Unsinn!«

Ich sollte nicht hier sein. Und vor allem sollte ich nicht so viel Spaß an diesem Gespräch haben. Aber das ausgehungerte Loch in meiner Brust verlangte nach mehr.

»Hast du deinen Kuss noch bekommen?«, fragte ich in unschuldigem Ton.

Statt einer Antwort spießte sie ein Käsestück etwas zu fest mit der Gabel auf und führte es zum Mund.

»Oder wolltest du etwas anderes, nachdem ich dich im Wald zurückgelassen habe?«

Die Röte in ihren Wangen verdunkelte sich. Sie stopfte sich Oliven in den Mund, riss ein Stück Brot entzwei, aß auch davon. Ihre aggressive Leidenschaft füllte meinen Bauch mit Wärme.

Stille breitete sich zwischen uns aus. Im Hintergrund schien der Gesang lauter zu werden. Als ich gerade zu einer weiteren Frage ausholen wollte, erklang ihre Stimme, leiser als zuvor. »Wieso bist du gegangen?«

Jegliche Freude in meinem Inneren löste sich in Luft auf. Diese Verletzlichkeit in ihrer Stimme …

Ich habe ein Herz gebraucht, wollte ich ihr antworten. Während der Wilden Jagd muss ein menschliches Herz zum Stillstand gezwungen werden. Ich habe dafür gesorgt, dass es nicht deines ist.

»Ich wollte nicht noch mehr deiner Zeit beanspruchen.«

Da hob sie wieder den Kopf. Erneut schlich sich Verärgerung in ihre Miene. »Ich glaube dir nicht.«

Wir bekamen keine Gelegenheit, das Gespräch fortzuführen. Ihre Großeltern hatten die Kinder mit Geld und Gebäck versorgt und kehrten an den Tisch zurück. Stefanos begann, den Neujahrskuchen in gleich große Stücke zu schneiden, und verteilte sie.

»Daphne, was hältst du davon, wenn du Ioanna später mitnimmst? Sie wird noch eine Weile im Dorf bleiben und hat bestimmt Lust, bei den verbleibenden Ritualen mitzumachen.« Er schaute zu mir. »Die Raunächte spielen hier eine große Rolle. Ich weiß nicht, wie viel du davon mitbekommen hast, aber …« Er ließ den Satz unbeendet.

Daphnes Gesichtszüge erstarrten für eine Sekunde, ehe sie sich wieder unter Kontrolle hatte und ein fröhliches Lächeln darüber malte. Sie hatte nicht zu viel versprochen. Es schien tatsächlich in ihrer Natur zu liegen, anderen Menschen zu gefallen.

»Klar«, sagte sie nach einer kurzen Pause, und um ein

Haar hätte ich es ihr abgenommen. »Gerne. Wie lang bleibst du?«

»Bis zum Ende der Raunächte«, antwortete Stefanos wieder an meiner Stelle. »Der nächste Bus geht ja erst wieder am 6. Januar, weil sich das Wetter voraussichtlich erst dann wieder beruhigen wird. Aber wir werden das Beste daraus machen!«

Was war falsch bei ihm?!

»Und jetzt esst!«, rief er. »Die *Vasilopita* zuerst.«

Ich griff nach dem Hefegebäck und biss ab, während mein Herz – sein Herz – immer schneller raste. Daphne tat es mir nach, doch ihre Großmutter starrte Stefanos an. Irgendetwas an ihrer Miene machte mir Angst.

Stefanos erwiderte ihren Blick seelenruhig und griff nach ihrer Hand, umschloss sie mit seiner. »Iss, mein Schatz.« Es klang eher wie eine Drohung als wie eine nette Bitte.

Seine Frau rührte sich nicht. Was auch immer sich gerade zwischen ihnen abspielte, ihrer Enkelin schien es nicht aufzufallen. Daphne war viel zu sehr mit Essen beschäftigt, oder besser gesagt damit, mich zu ignorieren.

Stefanos hob Kiriakis Hand und führte sie zu seiner Brust. Ich erstarrte, als er sie genau dort ablegte, wo sein Herz schlagen sollte.

Mein Blick haftete nun auf Kiriakis Gesicht. Die Veränderung war kaum merklich. Ein leichtes Zucken unter ihrem rechten Auge, ein minimales Schaudern. Dann füllten sich ihre Augen mit Tränen.

Ich schaute weg. Ich ertrug es nicht. Hatte sie begriffen, was geschehen war? Hatte ihr Mann es irgendwie geschafft, sie einzuweihen? *Er* hatte mich gestern Nacht immerhin sofort erkannt.

Mit einem lauten Geräusch schob sie ihren Stuhl zurück. »Entschuldigt mich für einen Moment.«

Erst jetzt schaute Daphne stirnrunzelnd zu ihren Großeltern.

»Alles in Ordnung?«, fragte sie Stefanos.

Dieser nickte ungeduldig. »Iss.«

Ich nahm noch einen Biss von meiner *Vasilopita*, obwohl mir wirklich übel war. Und noch einen. Und noch einen. Bis meine Zähne auf etwas Hartes trafen.

Wie in Trance ließ ich das Stück sinken, griff in den Teig und zog das funkelnde Geldstück hervor.

Zum ersten Mal in meinem Leben hatte ich Glück gehabt.

Daphne

25. DEZEMBER
GEGENWART
VORMITTAG

Dodekada, mein Heimatdorf, liegt ziemlich genau in der Mitte des griechischen Festlands und ist von bewaldeten Bergen umschlossen. Bis zur nächsten Stadt muss man mehrere Stunden fahren. Im Sommer kommen häufig Touristen, die sich unsere spitzen Sandsteinfelsen auf dem Weg zum nächsten Küstenstädtchen näher ansehen wollen. Davon gibt es insgesamt vierundzwanzig, die bis zu fünfhundert Meter in die Höhe ragen.

Im Winter fühlt es sich an, als wären wir nicht nur vom Rest des Landes, sondern von der ganzen Welt abgeschnitten. Außerdem scheint die Zeit hier stehen geblieben zu sein. Vor allem, wenn man allein in der Natur unterwegs ist, liegt es nahe, Dodekada eher dem Mittelalter als dem 21. Jahrhundert zuzuordnen. Normalerweise liebe ich die Atmosphäre des Dorfs, doch heute wünsche ich mir, an einem moderneren Ort zu wohnen, an dem die Existenz von Magie abwegiger erscheint.

Je näher ich dem Gasthaus komme, desto mehr Menschen sind auf den Straßen zu sehen.

Wobei, sind es wirklich Menschen? Oder Monster auf der Suche nach ihrem nächsten Opfer?

Ich schüttele den Kopf. Reiß dich zusammen, Daphne. Alles, was im Brief von dieser Ioanna stand, ist erfunden.

Einige der Leute kenne ich, es sind Freunde von Jiajia oder Elternteile von alten Schulkameraden, doch die meisten habe ich noch nie gesehen. Sie sind seltsam herausgeputzt. Das ist an Weihnachten nichts Ungewöhnliches, doch sie wirken eher, als würden sie an einem rauschenden Ballfest in einer Großstadt teilnehmen. Und die meisten von ihnen tragen keine Mäntel. Ihre Blicke verfolgen mich. Ich grüße niemanden. Ich renne, bedacht darauf, nicht abzurutschen. Die Umgebung, sonst so malerisch, besonders um diese Zeit, hat jetzt etwas Bedrohliches. Der Himmel ist bleiern, schneebesprenkelte Berge und Steinhügel ragen in die Höhe, ihre Spitzen versinken in einem undurchdringlichen Nebelmeer.

Was auch immer diese zwei Leute in der Nähe meiner Wohnung von mir wollten, es gibt bestimmt eine vernünftige Erklärung dafür. Es *muss* eine Erklärung geben, denn die Alternative würde bedeuten …

Nein! Denk an was Sicheres. Denk an Ari.

Bis ich *To asteraki* erreicht habe, werde ich das Gefühl nicht los, verfolgt zu werden. Als ich endlich in die Sackgasse einbiege, in der sich das Gasthaus meiner Großeltern befindet, wende ich ein letztes Mal den Kopf – und begegne einem dunklen Augenpaar. Mein Herz scheint mir fast aus der Brust zu springen. Sekunden später verschwindet das Gesicht hinter der Straßenecke.

»Hey!«, brülle ich und will gerade losrennen, als sich die Tür des Gasthauses mit einem Knarren öffnet.

»Daphne?« Jiajia streckt ihren Kopf nach draußen und schlingt ihren Cardigan enger um sich. »Du bist aber schnell gekommen!«

Ich starre meine Großmutter an, starre zurück zum Ende der Gasse, hin- und hergerissen, ob ich die Person verfolgen soll oder nicht. Das war keine Einbildung, oder?

Oder?

Mein Blick fällt auf das reparierte Fenster rechts von der Tür. Wieso habe ich mich nie gefragt, wie es kaputtgegangen ist?

»Daphne, ist alles in Ordnung?«

Die Sorge in Jiajias Stimme kettet mich ans Hier und Jetzt.

»A… alles in Ordnung.« Ich beuge mich vor, küsse sie rechts und links auf die Wangen und schlüpfe an ihr vorbei ins Warme, während mein Herz fröhlich weiterrast.

»Wie geht's dir? Gut geschlafen?«

»So gut, wie man bei einem Sturm schlafen kann.«

Ich ziehe meinen Mantel aus. Die Tische sind schon festlich geschmückt, das haben wir gestern Nacht noch vorbereitet, rotes und goldenes Gedeck, Tannenzweige, das ganze Programm. Auch das Feuer im Kamin knistert bereits.

»Jiajia?«

Meine Großmutter war gerade auf dem Weg zurück in die Küche und dreht sich nun fragend nach mir um. Ich hole tief Luft. »Sind dir draußen auch diese … Leute aufgefallen?«

»Oh, nicht du auch noch!« Sie stützt die Hände in die Hüften. »Anastasia kam vorhin mit den Kindern vorbei und hat mir von einer Touristengruppe erzählt. Ihr zufolge sind ein paar besonders seltsame Vögel darunter.« Missbilligend schnalzt sie mit der Zunge. »Sie kamen wohl gestern erst an, aber natürlich zerreißt sich das ganze Dorf jetzt schon das Maul über sie. Argiro hat mich heute früh, als ich das Haus verlassen habe, auch schon damit vollgeschwatzt. Die Menschen täten gut daran, sich um ihren eigenen Kram zu kümmern. Und du auch, mein Schatz.«

Touristen. Das ist doch eine vernünftige Erklärung, nicht wahr? Auch wenn um diese Jahreszeit sonst so gut wie nie welche nach Dodekada kommen. Das ist auf jeden Fall tausendmal logischer als die Erklärung im Brief.

»Du … Du hast recht«, murmele ich.

»Hast du schon gegessen?«, will Jiajia wissen, als wir in der Küche stehen und ich meine Hände wasche, bedacht darauf, nicht auf das gerahmte Bild über dem Waschbecken zu schauen. Die Erinnerung an meinen Großvater wird sich heute nur negativ auf meine geistige Gesundheit auswirken.

»Ja, mit Ari.«

Sie nickt, greift trotzdem nach einer Box mit *Melomakarona* und führt eins der Honig-Plätzchen an meine Lippen.

Mir ist schlecht, aber ich beiße trotzdem ab. Ich kann ihr nichts abschlagen. Der Geschmack nach Zimt, Orangenschalen und Cognac breitet sich in meinem Mund aus.

»Ist alles in Ordnung bei euch?«

Ich kaue länger als nötig. »Was?«

»Du hast gestern nach der Kirche unglücklich gewirkt.«

»Alles okay, Jiajia.« Die einzige Ausrede, die mir in den Sinn kommt, ist meine Trauer, und mit der will ich sie nicht belasten.

Sie streicht mir über den Rücken, während ich meine Hände abtrockne. »Er fehlt mir auch, weißt du? Besonders, wenn Schnee fällt und jemand *Kalanda* singt. ›Kiriaki‹, höre ich ihn dann rufen, ›Kiriaki, sie werden immer schlechter, glaubst du, wenn wir ihnen mehr Geld geben, hören sie schneller auf?‹.«

Mit zugeschnürter Kehle nicke ich. Seine Stimme klingt

ebenso glasklar in meinem Kopf, als wäre es Tage, nicht Jahre her, dass ich sie zuletzt gehört habe.

»Es ist wirklich alles okay.«

»Gut.« Die Berührung an meinem Rücken verschwindet. Es ist untypisch, dass sie so schnell lockerlässt. »Deine Mutter hat sich gemeldet.«

Ich fahre herum. »Sie ist nicht meine Mutter.«

Ein Seufzen entweicht ihr. »Sie hat gesagt, sie kann dich nicht erreichen. Sie wollte dir nur frohe Weihnachten wünschen, Daphne.«

Es wäre leicht, zu Weihnachten, zu Ostern und zu meinem Geburtstag ans Telefon zu gehen – die einzigen Male, die sie sich meldet –, und das restliche Jahr über so zu tun, als gäbe es sie nicht, aber ich will ihr diesen Gefallen nicht tun. Will ihr nicht das Gefühl geben, alles zwischen uns ist gut.

»Nur deinetwegen hat sie Aris und meine Nummer«, bringe ich hervor.

Jiajia ist ein Mensch, der anderen viel zu viele Chancen gibt, auch wenn sie es nicht verdient haben. Von wem ich mir das wohl abgeguckt habe …

Sie will etwas erwidern, doch ich schüttele entschieden den Kopf. »Lass uns arbeiten.«

Die nächste halbe Stunde lässt sie mich in Ruhe. Während sie nach dem Braten sieht und die letzten Beilagen vorbereitet, kümmere ich mich um den Abwasch, putze die Gästetoilette, brühe frischen Kaffee auf und lüfte den Restaurantbereich; dann kommen schon die ersten Gäste, die in der Pension übernachtet haben, die Treppe herunter, um es sich vor dem Kamin gemütlich zu machen. Der große Andrang erwartet uns erst zur Mittagszeit, wenn die Dorfbewohner zum Weihnachtsessen kommen. Die meisten verbringen das Fest zu Hause, aber es gibt auch diejenigen, die keine Familie haben, und

Leute, die einfach keinen Nerv haben, selbst zu kochen, sodass es bei uns immer brechend voll ist.

Ich komme gerade mit einem Blech voller Gebäck und Pralinen nach draußen, als ich sie sehe.

Zwischen einem Herrn mittleren Alters, der zum wiederholten Male seine Pfeife auspackt, obwohl ich ihn darauf hingewiesen habe, dass er zum Rauchen rausgehen muss, und einer Frau, die ihr Gesicht hinter der Tageszeitung verbirgt, sitzt sie im Ohrensessel. Ihr Blick ist auf ihre rot lackierten Fingernägel gerichtet. Sie trägt einen eleganten Zweiteiler aus schwarzer Seide, dazu Samtpantoffeln, und ihr goldbraunes Haar glänzt frisch frisiert wie gestern Nacht vor der Kirche.

Das Tablett in meiner Hand beginnt zu zittern, zwei Schüsseln stoßen klappernd gegeneinander.

Sie schaut auf. Ihre Augen glühen.

»*Chronia polla,* Daphne.«

Ich weiß nicht, wie mir geschieht. Im nächsten Moment habe ich das Tablett auf einem freien Tischchen neben mir abgestellt und bin dicht vor sie getreten.

»Komm mit«, zische ich. Heißkalte Stöße durchfahren mich. Ich spüre die Blicke der anderen Gäste auf mir, doch damit kann ich mich jetzt nicht auseinandersetzen.

Ohne zu zögern, beinahe als hätte sie darauf gewartet, erhebt sie sich.

»Wohin?«, haucht sie.

»Du hast hier ein Zimmer?« Es ist eine Herausforderung, die Worte nicht laut herauszuschreien. Ich weiß nicht, was ich zuerst fühlen soll. Wut? Verzweiflung? Angst?

Nein, ich werde garantiert keine Angst haben. Ich habe die Kontrolle. Ich werde sie zur Rede stellen, damit das alles endlich ein Ende hat.

Wir laufen die Treppe nach oben, sie schließt eins der Zimmer am Ende des Flurs auf, lässt mir den Vortritt.

Das Bett ist ungemacht, die Decke zerknüllt, die Luft stickig und zu heiß.

Sobald sie die Tür hinter sich schließt und sich zu mir umdreht, brechen die Worte aus mir hervor.

»Wieso bist du hier? Ausgerechnet in diesem Gasthaus?«

Ihr Blick ist warm. Geduldig. Fast liebevoll. Er löst das Bedürfnis in mir aus, nach vorn zu preschen, sie an den Schultern zu packen und zu schütteln, bis sie mir endlich sagt, was hier vor sich geht.

Sie antwortet nicht. Stattdessen sieht sie mich weiter an, als könnte sie sich nicht an mir sattsehen. Ich hasse ihre Augen. Schwarz und glänzend und groß. Ich hasse den perfekten Mund. Ich hasse ihr Schlüsselbein, das unter dem verrutschten Stoff sichtbar wird. Ich hasse es, dass ich in meinem Leben noch nie jemand Schöneres gesehen habe.

»Willst du mich provozieren?«, stoße ich hervor. In gewisser Weise ist es eine Erleichterung, die Gefühle rauszulassen, die seit gestern Nacht in mir gären. »Was ist das für ein krankes Spiel? Du pflanzt irgendeine Scheiße in mein Hirn und verfolgst mich so lange, bis ich zusammenbreche?«

»Du bist wütend.« Ihre Mundwinkel zucken. Ich will ihr wehtun. Erst ihr, dann mir. »Du wärst nicht wütend, würde ein Teil von dir mir nicht glauben.«

»Ich glaube dir kein Wort. Was in deinem Brief stand, ist nichts als Unsinn.«

Es ist nicht möglich. Es darf nicht möglich sein. Sonst wäre mein ganzes Leben eine Lüge.

Sie macht einen Schritt auf mich zu, streckt eine Hand nach mir aus. »Willst du einen Beweis?«

Automatisch weiche ich zurück. »Bleib, wo du bist.«

»Wieso? Angst davor, dich zu erinnern?«

»Du redest absoluten …«

»Ich bin nicht diejenige, deren Erinnerung gelöscht wurde.«

»Ich …«

»Was hast du gestern Nacht gefühlt, als ich dich auf die Wange geküsst habe, Daphne?«

Ich trete noch einen weiteren Schritt zurück und spüre etwas Hartes in meinem Rücken, vielleicht den Schrank. Ich kann mich nicht umdrehen. Ihre Augen halten mich gefangen.

Statt einer Antwort schüttele ich den Kopf.

»Hast du den Brief gelesen?«

Ich presse meine Lippen aufeinander. Das scheint ihr genug zu sagen.

»Hast du ihn danach verbrannt?«, will sie wissen.

»Lass mich in Ruhe«, flüstere ich.

»Wirst du später in den Wald kommen?«

»Lass mich in Ruhe!« Diesmal brülle ich es.

Sie zuckt nicht mal zusammen. Doch als sie spricht, klingt sie zum ersten Mal ebenfalls wütend. »Ich kann dich nicht in Ruhe lassen.«

»Und wieso nicht?«, schleudere ich ihr entgegen.

Erneut kommt sie näher, ohne sich von meinem warnenden Blick abbringen zu lassen. Sie steht jetzt so dicht vor mir, dass ich ihren Atem auf der Zunge schmecken kann. Mit einer Hand stützt sie sich links von meinem Kopf ab.

»Das steht in meinem Brief«, murmelt sie, schaut von meinen Augen zu meinem Mund und wieder zurück. »Ich habe es dir geschworen.«

Ein regelrechtes Erdbeben erschüttert meinen Körper. Mit aller Macht versuche ich, das Schaudern zu unterdrücken.

»Ich könnte meine Lippen hier und jetzt auf deine pressen und müsste kein Wort mehr darüber verlieren«, fährt sie fort.

»Ich bin in einer Beziehung.«

Ihr schallendes Lachen trifft mich aus dem Nichts. »Ist sie glücklich, deine Beziehung?«

»Fahr zur Hölle.«

Ein unwiderstehliches Grinsen breitet sich auf ihren Lippen aus. »Da komme ich gerade her. Noch elf Nächte, dann bin ich wieder dort.«

Raunächte. Herzlose Monster, die nur zwölf Tage und zwölf Nächte in Dodekada verweilen können. Gelöschte Erinnerungen. Jedes Jahr ab Weihnachten der gleiche Spuk. Das ist ein Märchen. Nichts weiter als ein Märchen.

»Mit dir stimmt was nicht.«

»Ist *er* alles, was du dir je erträumt hast, Daphne? Das redest du dir ein, oder? Du warst immerhin schon in deiner Schulzeit in Ari verknallt. Du denkst wirklich …«

»Woher …«

»Ich weiß alles über dich«, wispert sie. »Du hast es mir erzählt. Du hast es nur wieder vergessen. Und mir ist klar, dass es viel zu früh ist, um dir das zu sagen. Mir ist klar, dass wir bisher nur die erste Raunacht hinter uns haben. Aber du hast keine verdammte Ahnung, was ich durchgemacht habe. Ich kann nicht mehr. Ich kann nicht warten. Die Zeit läuft mir davon. Ich will … Ich will …« Sie wankt zwei Schritte zurück, schüttelt den Kopf, atmet tief durch wie ich heute am frühen Morgen, als die Kinder die Strophen dieses beschissenen Lieds gesungen haben.

»Was *du* durchgemacht hast?«, schreie ich. Ich weiß nicht, woher diese Worte kommen. Weshalb ich mich nicht an ihr vorbeidrücke und das Zimmer verlasse. Warum ich inzwischen am ganzen Körper zittere vor Wut. »Und was ist mit mir? Glaubst du, *mein* Leben macht mir Spaß? Glaubst du, es ist entspannt? Allein im letzten Jahr war ich schon tausendmal kurz davor …«

Was rede ich da?!

Es fühlt sich an, als hätte jemand anderes die Kontrolle übernommen. Jemand in mir, der mich zwingt, diese Sätze auszusprechen. Jemand, der ganz genau weiß, was Ioanna von mir will.

»Kurz vor was?«, gibt sie scharf zurück. Etwas Wildes schleicht sich in ihre Miene, das mir sogar noch mehr Furcht einflößt als die körperliche Nähe zu ihr.

Ich beiße die Zähne zusammen und drücke mich fest gegen das harte Möbelstück hinter mir.

»Daphne!« Ihre Stimme überschlägt sich. »Daphne, du hast es mir versprochen.«

»Ich habe keinen blassen Schimmer, wovon du redest!«

Es ist die Wahrheit. Eine der Wahrheiten. Eine andere ist, dass ich kurz vorm Hyperventilieren stehe.

Sie kommt wieder auf mich zu. Schneller diesmal. Ohne mir die Gelegenheit zu geben, mich dagegen zu wehren.

Seien wir ehrlich – ich wäre längst nicht mehr hier, würde ich mich wehren wollen.

Im nächsten Moment liegen ihre Hände auf mir. Erst auf meinen Schultern, dann wandern sie tiefer, schließen sich wie Fesseln um meine Handgelenke. Die Berührung durchfährt mich wie ein Stromstoß.

»Daphne«, bringt sie hervor, und erst jetzt sehe ich, dass sie weint. »Sag es mir, kurz vor *was?*«

»Ich muss dir gar nichts …«

Der Satz reißt ab wie ein zu fest gespanntes Seil. Da sind Bilder in meinem Kopf. Schweißüberzogene nackte Körper. Dann tanzende Körper. Musik. Gelächter. Ioannas dunkle

Augen, nur Millimeter von meinen entfernt. Schließlich ein dunkler kalter Raum. »Du musst es mir versprechen«, flüstert ihre Stimme. »Küss mich«, gibt meine zurück. »Versprich es mir erst.« Ich spüre förmlich, wie ich damals die Augen verdreht habe. »Ich verspreche dir, ich bringe mich nicht um, bis du wieder bei mir bist.«

»Ich meine es ernst!«, donnert ihre Stimme, und ich brauche einen Moment, um zu realisieren, dass sie die Worte nicht nur in meinem Kopf, sondern auch in der Realität brüllt. »Du hast mir versprochen, dass du dir nichts antust!«

Ich schlage die Augen auf. Wann habe ich sie geschlossen?

Ioannas Gesicht ist wutverzerrt. Noch immer berührt sie mich. Ich wünschte, sie würde damit aufhören. Ich wünschte, sie würde nie wieder etwas anderes tun.

Ein Keuchen entweicht mir. »Was passiert mit mir?«

So abrupt, wie sie mich berührt hat, lässt sie mich los und tritt zurück. »Deine Erinnerung kehrt zurück. Aber wenn wir es übertreiben, dann wird es dir zu viel und dein Körper macht dicht.« Sie blinzelt heftig, wischt sich mit dem Handrücken über die Wangen. »Beantworte meine Frage: Allein im letzten Jahr warst du schon tausendmal kurz wovor?«

Schon wieder überrumple ich mich, indem ich die Wahrheit ausspreche. »Ich habe oft darüber nachgedacht, meinem Leben ein Ende zu setzen.«

Es ist keine Wahrheit, für die ich bereit bin. Ich habe diese Worte noch nie ausgesprochen. Nicht mal vor der Therapeutin. Und jetzt steht diese Fremde vor mir, und die Worte gleiten mir mühelos über die Lippen.

Frische Tränen fluten ihr Gesicht. »Das kannst du mir nicht antun.«

Mein Puls rast nach wie vor, und jetzt wird mir auch noch schlecht.

»Ich bin stark geblieben.« Ihr Schluchzen zerreißt die Luft. »Also musst du auch stark bleiben. Wir hatten einen Deal, verdammte Scheiße!«

Sekunden vergehen. Ich kann nicht mehr. Es ist zu viel.

»Ich muss los.« Ich räuspere mich. Dieses Gespräch ist nicht zu Ende. Wieso ich mir dessen plötzlich so sicher bin, kann ich nicht sagen. Ein großer Teil von mir will immer noch alles vergessen, was in Ioannas Brief stand. Aber ein noch größerer sehnt sich nach Antworten. Wenn sie vor mir steht, wenn sie mich so ansieht, wenn sie mich berührt, kann ich mich nicht gegen das Bedürfnis danach wehren. »Wir sehen uns später im Wald.«

Schlagartig stoppt ihr Tränenfluss. Die Hoffnung in ihrem Gesicht lässt meine Knie weich werden.

Irgendetwas passiert in mir. Irgendetwas, wofür ich keine Worte habe, aber Ioanna schon.

Es kann nicht wahr sein. Es widerspricht all meinen Glaubenssätzen. Und dennoch fühlt es sich so … richtig an.

»Okay«, flüstert sie und tritt zur Seite. Um mir den Weg zur Tür frei zu machen, denke ich, doch dann streckt sie ihre Hand aus und greift nach ihrem roten Mantel, der über einem Stuhl hängt. Sie kramt in der Tasche nach etwas und hält es mir hin.

Mit gerunzelter Stirn greife ich danach. »Was ist das?«

Es ist offensichtlich ein Ein-Euro-Stück, aber so habe ich die Frage nicht gemeint.

Sie lächelt, obwohl es aussieht, als würde sie lieber weiterweinen.

»Glück«, wispert sie. »Bis später, Daphne.«

10

Ioanna

1. JANUAR
FÜNF JAHRE ZUVOR
MITTAG

Wie gut ich mich bis heute an Daphnes stille Wut während unserer ersten gemeinsamen Raunächte erinnere …

Wäre ich ein besserer Mensch gewesen, hätte ich mir eine Ausrede einfallen lassen und wäre abgehauen. Doch da ich weder besser noch ein Mensch war, stapfte ich Seite an Seite mit ihr durch den knöchelhohen Schnee den dicht bewachsenen Berg hinauf.

Die von Wäldern bedeckten Berge umgaben Dodekada wie eine Festung und verliehen dem Ort eine märchenhafte Atmosphäre. Dazu trugen auch die hohen Steinfelsen im Tal bei. Der Lykabettus in Athen – der höchste Punkt im Stadtzentrum, von dem aus man den perfekten Ausblick auf die Sehenswürdigkeiten hatte – war ein Witz dagegen.

»Du hättest deinem Papou sagen können, dass du keine Lust auf mich hast«, durchbrach ich unser Schweigen. »Du musst nicht immer das tun, was andere von dir erwarten, weißt du?«

Sie schnaubte. »Du hast keine Ahnung, wie wütend er werden kann, wenn man ihm nicht gehorcht.«

Nach unserem Frühstück hatte sie ihren Großeltern bei den Vorbereitungen fürs Mittagessen der Gäste geholfen, und ich hatte ebenfalls versucht, mich nützlich zu machen, obwohl ich zwei linke Hände besaß. Im Anschluss hatte Stefanos darauf gedrängt, dass wir loszogen, um bei den Ritualen für die achte Raunacht mitzumachen. Wahrscheinlich wollte er seine Enkelin loswerden, damit er sich in Ruhe mit seiner Frau über sein Schicksal unterhalten konnte. Warum er zuließ, dass seine Enkelin von seiner Mörderin begleitet wurde, war mir ein Rätsel.

Ich wollte das gesamte Dorf zusammenschreien. Die Scharade beenden. Daphne die Wahrheit sagen. Hauptsache, ich war nicht mehr allein mit der Schuld. Doch es stellte sich heraus, dass etwas Seltsames mit mir passierte, wenn ich in ihrer Nähe blieb. Meine gesamte Konzentration war auf sie gerichtet. Das fremde Herz hämmerte von innen auf mich ein, und es gab nichts mehr außer ihr.

Ich hätte in den letzten Tagen *wirklich* egoistischer sein und mehr Zeit in der Gesellschaft von Menschen verbringen sollen. Es war so viel angenehmer, von ihren Gefühlen eingenommen zu werden als von meinen eigenen.

Bevor wir in Richtung Wald losgezogen waren, hatten wir Wechselkleidung und Badeanzüge aus dem Haus geholt, in dem sie mit ihrem Großeltern wohnte – nur eine Parallelgasse vom Gasthaus entfernt. Mir war das Ritual noch vom letzten Jahr bekannt. Mitten im Wald befanden sich heiße Quellen auf einem Bergvorsprung. Zum Neujahr sollte man darin ein Bad nehmen, um Altes abzuwaschen und Neues zu begrüßen. Steriani hatte mich überredet, die Rituale mitzumachen, um mich auf andere Gedanken zu bringen.

»Hast du vor, mich den ganzen Weg über anzuschweigen?«, fragte ich, als der Aufstieg immer steiler wurde.

»Sagst du mir endlich die Wahrheit, wenn ich mit dir rede?«

Der dicke Schal und ihre Strickmütze verbargen den Großteil ihres Gesichts, aber ich sah trotzdem, wie sich das Rot ihrer Wangen vertiefte. Diesmal vor Wut, nicht vor Verlegenheit, nahm ich an.

Ich seufzte. »Frag mich, was du willst.«

Dünnes Eis. Aber was hatte ich zu verlieren? Wenn sie gestern nicht schon eins und eins zusammengezählt hatte, bedeutete es, dass sie ahnungslos war. Selbst wenn ich ihr die Wahrheit sagte, sie würde mir niemals glauben. Noch nicht zumindest. Es blieben noch vier Tage und vier Nächte, in denen ihre Erinnerung zurückkehren konnte.

Daphne holte tief Luft. »Bist du wirklich auf der Durchreise gewesen?«

»Ja und nein.«

Ihr böser Blick traf mich. »Was bedeutet das?«

»Dein Heimatdorf war von vornherein mein Ziel. Aber mir war auch bewusst, dass ich nicht hierbleiben kann.«

»Wieso nicht?«

»Der Fluch verhindert es.«

Nun lachte sie spöttisch. »Der Fluch?«

Ich zuckte mit den Schultern. »Na ja, ich könnte schon bleiben. Aber es wäre zu schwer, mich von Menschen fernzuhalten.«

»Warum solltest du dich von Menschen fernhalten?«

»Weil ich nach Ablauf der Raunächte sterben würde, wenn ich Kontakt zu ihnen aufnehme. Und ich will nicht sterben.«

Nicht, bevor ich meine Schwester gefunden und ihr dafür, was sie mir angetan hat, den Hals umgedreht habe.

Daphne blieb stehen. Ihre Augen wurden schmal. »Was ist das denn für ein Quatsch? Hör auf, dich über mich lustig zu machen.«

»Ich meine es ernst.«

Unser Blickkontakt wurde gefährlich. Ich konnte mich nicht losreißen, und auch ihr schien es schwerzufallen.

Und ihr Herz … Sein Pochen nahm all meine Sinne ein. Es schlug schneller.

»Du hast gesagt, du wirst ehrlich sein.«

»Ich bin ehrlich.«

Sie schob ihr Kinn vor. »Na schön. Was hat das mit den Raunächten zu tun? Und aus welchem Grund würdest du bei Menschenkontakt sterben?«

Der Fluch, wollte ich antworten. Wie ich bereits sagte. Hör mir zu, Daphne.

Aber das wütende Blitzen in ihren Augen verriet mir, dass sie kurz davor stand, handgreiflich zu werden. Lag das nur daran, dass sie dachte, ich log sie an? Oder war es einfacher für sie, sich auf ihre Wut zu konzentrieren, als sich damit auseinanderzusetzen, dass ich mit ihr flirtete?

»Unsterblichkeit hat ihren Preis. Genau wie die Abwesenheit von Schmerz.«

Ein paar Sekunden lang schien sie abzuwägen, ob sie mich beleidigen sollte, dann grinste sie plötzlich, wandte sich ab und begann wieder den Berg hochzulaufen. »Unsterblich, was?«, rief sie, und ich musste mich beeilen, um Schritt zu halten. »Beweise es.«

Mein Körper begann zu kribbeln. Der Leichtsinn in mir tanzte. »Deal. Sobald wir bei den Quellen sind.«

Eine Weile liefen wir schweigend. Der Pfad zwischen den Bäumen war matschig, unzählige Schuhabdrücke waren zu sehen.

»Bist du fertig?«, nahm ich das Gespräch wieder auf. »Darf ich jetzt auch was fragen?«

Sie verdrehte die Augen.

Wärme durchflutete mich. Ihre Feindseligkeit war nicht ganz verschwunden, doch sie nahm ab.

»Wird Ari bei den Quellen sein?«

Bei der Erwähnung seines Namens zuckte sie leicht zusammen. Ihr Herzschlag war beschleunigt, aber das konnte auch an der Anstrengung unseres Aufstiegs liegen. Selbst mein Herz schlug schneller. Seltsam, aus der Puste zu sein, obwohl der Tod einem nichts anhaben konnte.

»Ja.« Kaum mehr als ein Nuscheln. »Meine Freunde sind schon seit heute früh oben.«

»Freust du dich darauf, ihn wiederzusehen?«

Ich gab mir alle Mühe, neutral und freundlich zu klingen. Ich hatte sie genug provoziert. Für den Augenblick zumindest.

»Es ist kompliziert.«

»Willst du versuchen, es mir zu erklären?«

Ich war mir sicher, sie würde ablehnen. Doch da sprach sie weiter.

»Nachdem du gestern gegangen bist, sind er und die anderen wiedergekommen. Angeblich hat Nikoletta im Wald einen Wolf gesehen, den sie dann alle gemeinsam gesucht haben; und da ich gerade pinkeln war, konnten sie mir nicht Bescheid sagen. Ich glaube, Ari hat das als Anlass genommen, um mit Thalia in der Dunkelheit rumzumachen. Er hat sich danach ein bisschen mit mir unterhalten, aber es war mehr freundschaftlich, wenn überhaupt. Mit Thalia flirtet er immer, mit mir führt er so typische Großer-Bruder-Gespräche. ›Bist du sicher, dass du noch mehr Wein willst? Hast du genug Wasser getrunken? Bist du müde? Soll ich dich nach Hause bringen?‹ Es fühlt sich an, als würde er mich als Kind betrachten.«

»Könnte man das nicht auch als romantisches Interesse deuten?«, murmelte ich. »Er macht sich Sorgen um dich? Will, dass es dir gut geht?«

Männer hatten mich nie genug interessiert, dass ich mir den Kopf über ihr Verhalten zerbrochen hätte.

Sie schüttelte den Kopf. »Du kannst dich gleich selbst davon überzeugen. Er nimmt mich nicht für voll. Allein sein Tonfall …«

»Willst du ihn eifersüchtig machen?«

Diesmal beschleunigte sich ihr Herzschlag definitiv nicht wegen der körperlichen Anstrengung. Sie hielt den Blick stur geradeaus gerichtet. »Was?«

»Es ist *so* einfach, solche Typen eifersüchtig zu machen.«

»Du kennst ihn doch gar nicht!«

»Sie sind alle gleich.«

Ihr missbilligender Blick traf mich. »Du sprichst aus Erfahrung?«

»Sehe ich so aus?« Jetzt musste ich wieder grinsen. »Wenn man sie nicht als diese übermächtigen Wesen ansieht, hat man den Vorteil, in Sekundenschnelle ihr Spiel zu durchschauen.«

Kopfschüttelnd wandte sie sich von mir ab. »Ari ist nicht so.«

»Wollen wir wetten?«

Daphne

25. DEZEMBER
GEGENWART
VORMITTAG

Jeder Schritt nach unten in den Gastraum ist eine Zumutung. Mir ist schwindelig, mein Sichtfeld franst an den Rändern aus. Was ist gerade in Ioannas Zimmer passiert? Was stimmt nicht mit mir?

Ich umfasse das Treppengeländer mit beiden Händen, zwinge mich, die Stufen in Zeitlupe runterzusteigen. Ich will nicht stürzen. Nein, ich *darf* nicht stürzen. Es würde zu viel Aufsehen erregen.

Mein Atem kommt stoßweise. Alles in mir schreit danach, mich umzudrehen, zurück zu ihrem Zimmer zu rennen und das zu tun, was sie gesagt hat. Meine Lippen hier und jetzt auf ihre pressen. Mich erinnern. An das, was sie in ihrem Brief beschrieben hat.

»Daphne.«

Ich blinzele heftig. Mir ist nicht aufgefallen, dass ich das Ende der Treppe erreicht habe.

»Ari?«, wispere ich. »Was machst du hier?«

Er ist frisch geduscht, seine Haare sind noch feucht, obwohl es eisig kalt ist. Unter seinem offenen Mantel ist sein rot-weiß gemusterter Weihnachtspullover zu sehen. Sein Mund lächelt, aber in seinen vertrauten Augen verbirgt sich Sorge.

»Ich hab dich vermisst.«

Ein völlig unpassendes Lachen entweicht mir. Es klingt wie ein ersticktes Schluchzen. »Wir haben uns doch eben erst gesehen.« Und du wolltest nicht, dass ich meiner Jiajia unter die Arme greife.

Letzteres behalte ich für mich.

Sein Lächeln verschwindet. »Lasst mich helfen. Dann werden wir schneller fertig.«

Er greift nach meiner Hüfte, und ich schlinge ihm die Arme um den Hals. Es ist ein Automatismus. Als ich mich vorbeuge, um ihn zu küssen, befürchte ich, mein Herz wird stehen bleiben. Wird er den Verrat schmecken? Ich habe ihm den Brief verschwiegen. Wenn ich Ioannas Worte wirklich nur für ein Märchen halte, wieso habe ich Ari nichts gesagt? Und schlimmer noch, wieso bin ich ihr in ihr Zimmer gefolgt und habe mich von ihr berühren lassen?

Im nächsten Augenblick ertönt die Stimme meiner Großmutter. »Ari! Ich wusste gar nicht, dass du heute kommst.«

Wir lösen uns voneinander und wenden uns ihr beide zu. Sie trägt ein Tablett mit dampfenden Teetassen in den Händen.

»Mir war zu Hause langweilig«, erwidert er mit einem Lächeln, beugt sich vor und haucht ihr einen Kuss auf die faltige Wange. »Gibt's noch was für mich zu tun?«

Sie schmunzelt. »Im Moment nicht, aber in einer Stunde sicherlich.« Ihr Blick wandert zu mir. »Daphne, ich habe die Siegelstempel für die *Prosphora* zu Hause vergessen, könntest du sie holen gehen?«

Die *Prosphora* sind fünf gestempelte runde Weißbrote, die als Opfergabe für die Liturgien gebacken und nach der Segnung am Ende an alle Kirchengänger verteilt werden. Sie stehen symbolisch für die Speisung der Fünftausend mit fünf Broten und zwei Fischen aus der Bibel. Auch wenn Jiajia viel zu viel im Gasthaus zu tun hat, besteht sie darauf, sie zu backen, und der Priester rechnet fest damit. Ich habe nie bei der Vorbereitung helfen dürfen, denn vor dem Backen muss man fasten, beichten und regelmäßig beten.

»Natürlich!« Meine Stimme klingt viel zu schrill, aber die Gelegenheit kann ich mir nicht entgehen lassen. Bloß weg von hier! Vielleicht beruhigt sich mein Herzschlag dann endlich.

Fünf Minuten später habe ich mich dick eingepackt und laufe neben Ari im Schneeregen zum Haus meiner Großeltern, das nicht weit von der Pension entfernt liegt. Uns kommen mehrere Menschen entgegen. Bei dem Wetter, unter Hüten und Mützen, ist nicht immer leicht zu erkennen, ob es Leute aus dem Ort sind oder Gäste von außerhalb. Immerhin tragen sie Winterjacken. Ari grüßt sie alle und wünscht ihnen schöne Feiertage, was die meisten überschwänglich erwidern.

»So ein hübsches Paar«, ruft die alte Stavroula, eine der langjährigen Kirchenchormitglieder. »Wenn ihr euch bloß öfter im Gottesdienst blicken lassen würdet!«

Ari macht ihr ein Kompliment für ihren Mantel, ohne auf die zweite Bemerkung einzugehen.

Kostas, unser Postbote, zwinkert mir im Vorbeigehen zu. »Daphne, nicht so ernst gucken! Davon kriegst du Falten!«

Ich bemühe mich um ein höfliches, aber eindeutig falsch klingendes Lachen, das Ari mit einer hochgezogenen Augenbraue quittiert.

»Warum bist du wirklich nachgekommen?«, platze ich heraus, nachdem ich die Stille zwischen uns nicht mehr aushalte, und beiße mir gleich darauf auf die Lippen. Es klingt wie eine Anschuldigung. Dabei bin ich diejenige, die etwas vor ihm verheimlicht.

»Es hat sich falsch angefühlt, dich in dem Moment gehen zu lassen. Ich will nicht, dass etwas zwischen uns steht.«

Verdammt!

Habe ich ihm dieses Gefühl gegeben? Spürt er, dass mit mir etwas nicht stimmt? Etwas, das nichts mit der Trauer um meinen Großvater zu tun hat?

Wir sind vor dem Haus meiner Großeltern angekommen. Ich suche den richtigen Schlüssel an meinem Schlüsselbund heraus und öffne die Tür. Lasse Ari den Vortritt, wie Ioanna mir vor ihrem Zimmer den Vortritt gelassen hat. Stirnrunzelnd läuft er ins Innere. Sein Geruch steigt mir in die Nase, das würzige Duschgel, sein Deo, doch er wird sofort von der Erinnerung an ihren Duft überlagert.

Ich muss diese Gedanken loswerden. So schnell wie möglich.

Sobald ich die Tür hinter uns geschlossen und den Lichtschalter betätigt habe, treffen sich unsere Blicke.

»Ausziehen«, murmele ich, während ich mich schon von meinen Kleidungsschichten befreie. Mütze, Schal, Handschuhe, Mantel.

»Was …«

Ich ersticke den Rest seines Satzes mit einem langen Kuss.

Als wir uns voneinander lösen, sind seine Pupillen geweitet.

Ich greife nach seinem Mantel und streife ihn ab. Er lässt es bereitwillig geschehen. Mit einem Rascheln landet der Stoff auf dem Boden.

Lächeln, Daphne.

»Es dauert noch ein bisschen bis zum Ansturm im Gasthaus.«

Und dann küsse ich ihn wieder. Ich kralle meine Finger in

seine Haare, achte darauf, dass meine Brüste sich nicht zu fest gegen seinen Oberkörper drücken, und schiebe ihm meine Zunge in den Mund. Egal, was sich in meinem Kopf abspielt, diesmal werde ich mich nicht von meinem Vorhaben abbringen lassen.

Er stöhnt leise. Eine seiner Hände wandert an meinen Hinterkopf, zieht mich näher, zerrt leicht an meinen Haaren.

Genau so. Danke.

Unsere Küsse werden heftiger. Meine Gedanken laufen Amok. Bilderfetzen, Wortfragmente. Ihre Augen. Ihre Stimme. Verdammt, sogar ihr Stöhnen. Egal. Wenn ich sie nicht loswerden kann, dann tue ich es eben *mit* ihr. Ich werde ihr und mir selbst beweisen, dass ich einen freien Willen habe.

Als ich nach Aris Gürtel taste, schiebt er mich zurück. Eine Mischung aus Verlangen und Ungläubigkeit schlägt mir aus seiner Miene entgegen. »Hier? Im Ernst?«

Grinsend lecke ich mir über die Lippen. »Im Ernst.«

Bevor er weiterfragen kann, lege ich ihm eine Hand auf den Schritt, bewege sie hart auf und ab und fahre mit der anderen fort, Gürtel und Hose zu öffnen.

Er keucht auf. »Daphne …«

Mir ist klar, was er sagen will: Was ist los mit dir? So kenne ich dich gar nicht mehr.

Vielleicht ist es an der Zeit, dass diese Seite von mir zurückkehrt.

Der Jeansstoff unter meiner Hand spannt.

»Lass mich heute die Kontrolle haben«, ertönt meine eigene atemlose Stimme in meinem Kopf. »Ich will alles mit dir machen, was ich mir ausgemalt habe.«

»Daphne.« Aris Stimme klingt jetzt ernster. Ich habe es geschafft, ihm die Hose auszuziehen. Seine Hände liegen fest auf meinen Schultern.

»Willst du nicht?«, flüstere ich, stoppe mitten in der Bewegung.

Seine Augen werden schmal. »Willst *du* denn?«

»Natürlich.« Ich atme tief durch. »Natürlich will ich.«

»Du bist mir nichts schuldig.« Sein Griff festigt sich, bis er fast schmerzhaft ist. »Das weißt du, oder? Das ist nicht wegen vorhin zu Hause?«

Am liebsten würde ich ihn anbrüllen. Keine Ahnung, wieso. Er nimmt Rücksicht auf mich. Will sicherstellen, dass es mir gut geht und ich nicht gegen meine Bedürfnisse handele. In der Vergangenheit habe ich schon Probleme damit gehabt, Nein zu sagen, auch beim Sex.

»Ich will dich.« Ich hoffe, meine Stimme klingt fest genug. »Versprochen.«

Es ist nur ein Teil der Wahrheit. Der andere lautet: Ich will dich, aber gleichzeitig will ich noch jemand anderes – und ich weiß nicht, wieso.

Ein paar Sekunden lang sieht er mir noch prüfend in die Augen, dann zieht er mich wieder an sich. Während wir uns küssen, beginnt seine Hand abwärts zu wandern.

Ich weiche zurück und schüttele den Kopf. »Lass mich«, sage ich mit einem Lächeln.

Blitzschnell gehe ich in die Knie und ziehe ihm auch die Boxershorts runter. Die Kontrolle abzugeben, fällt ihm schwer, aber ich werde nicht seine Brust berühren. Das weiß er. Trotzdem würde es mich nicht wundern, wenn er das nicht zulassen kann … Sein lang gezogenes Stöhnen klingt wie ein Zuspruch. Als er mir dann auch noch sanft mit der Hand übers Haar streicht, fühlt es sich wie ein eindeutiges Ja an. Ich umfasse seine Erektion mit einer Hand und nehme die Spitze in den Mund.

Mein Name erklingt abgehackt über mir. Seine Erregung jagt Hitze durch meinen Körper.

»Erste Raunacht«, erklingt Ioannas Stimme in meinem Kopf. »Was hast du im letzten Jahr gelernt? Und was wünschst du dir fürs nächste?«

Ich nehme ihn tiefer in den Mund. Sauge. Lecke. Fahre parallel mit der Hand an seiner ganzen Länge auf und ab. Sein Griff in meinem Haar wird fester. Mit aller Macht scheint er sich davon abzuhalten, das Tempo vorzugeben.

Was ich in diesem Jahr gelernt habe? Dass nichts die Leere in mir füllt. Keine Menschen. Keine Routine.

Was ich mir fürs nächste wünsche? Aufgeben.

Der Gedanke sollte mir Angst bereiten. So nah am Abgrund zu stehen und herunterzuschauen. Doch in diesem Moment durchflutet mich nichts als Erleichterung, weil ich ihn endlich zugelassen habe.

Aris Atemzüge werden abgehackter. Ich weiß genau, was ich tun muss. Ich kenne seinen Körper, so wie er meinen kennt.

»Ich weiß alles über dich«, hat sie gesagt.

»Daphne?«, keucht Ari. Er ist kurz davor. Ich höre es an seiner Stimmlage. »Daphne, was hast du oben im Gasthaus gemacht?«

Abrupt stoppe ich, ziehe mich zurück, hebe den Kopf.

Sein Blick ist lustverschleiert, doch da ist noch etwas anderes. »Du bist die Treppe runtergekommen«, fährt er atemlos fort. »Wieso?«

12

Ioanna

1. JANUAR
FÜNF JAHRE ZUVOR
MITTAG

Wir brauchten eine Dreiviertelstunde, um die Anhöhe mit den Quellen zu erreichen. Das Areal war zu allen Seiten von Wald umschlossen, und es gab zehn Kalksteinbecken, die in Sinterterrassen angeordnet waren. Das türkisfarbene Wasser floss über einen großen Felsen in die natürlichen Thermalfelder. War ein vom Kalk weiß gefärbtes Becken voll, strömte das Wasser als kleiner Wasserfall ins nächste weiter. Das Rauschen war schon von Weitem zu hören gewesen.

Ich erinnere mich heute noch gut daran, dass es nur so vor Leuten wimmelte. Nicht nur Menschen, wie ich auf einen Blick erkannte. Die Monster saßen zwischen ihnen und waren voll und ganz damit beschäftigt, ihre Beute zu bezirzen. Manche subtil wie in Menelaos' Fall, manche ein bisschen zu forsch wie Virginia, die sich im Wasser so nah an einen armen Kerl Anfang zwanzig drängte, dass er puterrot anlief. Die Anwesenden hockten entweder mit heißen Getränken in den dampfenden Quellen oder liefen in Bademänteln in den Wald, um kleine Geschenke für die Natur und ihre Geister zu hinterlassen. Im letzten Jahr hatten auch Steriani und ich Nüsse, Äpfel und Wildblumen unter die ältesten Bäume gelegt. Andere hatten sogar selbst gemachten Schmuck oder kleine Tierfiguren aus Holz dort hinterlassen. Das war Teil des Rituals. Und natürlich völliger Unsinn. Es gab keine Geister.

Daphne war bemüht, so zu tun, als schaute sie sich nicht nach Ari und ihren Freunden um. Wir reihten uns in die Schlange ein, die sich vor einem improvisierten Eingang aus verschneitem Holz gebildet hatte.

»Ich hab kein Geld dabei«, murmelte ich Daphne zu, als ich mich daran erinnerte, dass Steriani letztes Jahr für uns gezahlt hatte.

»Papou hat mir genug für uns beide mitgegeben«, erwiderte sie gereizt und verschränkte die Arme vor der Brust.

Ich beugte mich näher zu ihr. »Siehst du ihn?«

Sie nickte kaum merklich, und ich folgte ihrem Blick.

In einem der unteren Becken weiter links, das sich direkt vor dem Hang befand, saßen ein Dutzend junger Leute, unter anderem ein großer Kerl mit lockigem dunklem Haar und eine Schwarzhaarige mit scharfkantigem Bob, die sich zusammen etwas abseits der Gruppe unterhielten.

»Willst du zu ihnen?«, raunte ich ihr zu.

Heftiges Kopfschütteln.

Wir waren an der Reihe, Daphne zahlte, und wir erhielten Bademäntel, Öl in kleinen Kristallfläschchen und goldfarbene runde Chips für Schließfächer.

Während wir den Weg an den Becken vorbei zu den Umkleiden nahmen, die in den Berg hineingebaut worden waren, stieß sie ein Seufzen aus. »Ich habe keine Lust, mich dazuzusetzen und schon wieder ihre Angriffsfläche zu sein.«

Stirnrunzelnd musterte ich ihr Profil. Das klang nicht nur nach Liebeskummer. »Die Angriffsfläche wofür?«

In diesem Moment kam eine Frau Anfang zwanzig mit dunkelrot gefärbten wilden Locken aus der Umkleide. »Daphne!« Sie beugte sich vor und küsste sie auf beide Wangen. Ihr Alkoholatem wehte bis zu mir. »Wir dachten nicht, dass du noch aufkreuzt! Gab's nichts mehr im Gasthaus zu tun?«

Die Frage hätte unverfänglich geklungen, wäre nicht noch ein gehässiges Lachen gefolgt.

Daphne verkrampfte sich. »Hallo, Nikoletta.« Ihre Stimme war mit einem Mal viel leiser. »Doch, schon, aber mein Papou meinte …«

Die andere lachte erneut, schien Daphnes Worte kaum zu registrieren. »Du wirst nicht glauben, was Ari vorhin gemacht hat! Ehrlich, dieser Typ übertrifft sich jedes Mal aufs Neue. Ich kann's nicht fassen, dass du das schon wieder verpasst hast. Genau wie gestern, als …«

»Hi«, schnitt ich ihr mit einem Lächeln das Wort ab. »Wir kennen uns noch nicht. Ich bin Ioanna.«

Ihr irritierter Blick traf mich. Okay, und jetzt?, schien er zu sagen.

Stefanos' Worte kamen mir in den Sinn: »Und unter uns gesagt, sie könnte ein bisschen frischen Wind an der Freundschaftsfront gebrauchen.«

»Du wirst nicht glauben, was Daphne und ich gestern noch erlebt haben«, fuhr ich fort und grinste breiter.

Mir ging es nicht bloß um Daphne, obwohl ihr Unwohlsein beinahe greifbar war, sondern darum, dass ich Leute wie Nikoletta nur allzu gut aus meiner eigenen Vergangenheit kannte. Mein erster Reflex war in Situationen wie dieser immer gewesen, einen Streit anzuzetteln oder gleich handgreiflich zu werden, je nach Stimmung. Das hatte ich mir Steriani zuliebe mit der Zeit abtrainieren müssen. Aber Steriani war nicht hier.

»Es war sooo krass.« Ich machte einen Schritt auf Nikoletta zu, die reflexartig einen zurückwich. »Schade, dass du nicht dabei warst. Das war die Nacht unseres Lebens. So eine kommt kein zweites Mal. Pech gehabt, würde ich sagen.«

Ihr Blick zuckte zu Daphne. »Wer ist das?«, zischte sie.

Bevor diese antworten konnte, lief eine Frau um die sechzig mit hochtoupiertem weißem Haar und knappem strasssteinbesetztem Bikini an uns vorbei und zwinkerte mir überdeutlich zu. »Gut gemacht, Ioanna«, raunte sie mir ins Ohr. Ihre Stimme klang von zu vielen Zigaretten rau. »Wir haben alle nicht daran geglaubt, dass du es in dir hast.«

Das war nicht ihr Ernst. Das war Chrisanthi, eine meiner erträglicheren Mitverdammten. Leiden konnte ich sie trotzdem nicht.

»Du mich auch«, murmelte ich ebenso leise.

Lachend drückte sich Chrisanthi an Nikoletta vorbei.

»Tut mir leid«, ertönte es in diesem Moment von Daphne. Sie packte mein Handgelenk. »Bis später.« Und dann zog sie mich mit überraschender Kraft weg von der Rothaarigen.

Diese schnappte hinter uns hörbar nach Luft, aber weder Daphne noch ich drehten uns um, bevor wir ebenfalls in eine der Sammelumkleiden verschwanden.

»Wofür hast du dich entschuldigt?«, wollte ich wissen, den Schreck von Chrisanthis Bemerkung noch in den Knochen.

»Was sollte das?«, fauchte Daphne statt einer Antwort. »Warum legst du dich mit meinen Freunden an?«

»Deine Freunde?« Ich schnaubte. »Wenn das deine Freunde sind, kann ich's kaum erwarten, deine Feinde kennenzulernen.«

»Wieso mischst du dich in Angelegenheiten ein, die dich nichts angehen?«

»Wieso lässt du dich als Fußabtreter benutzen?«, gab ich ungerührt zurück.

Für einen Moment war ich mir sicher, dass sie mir eine Beleidigung entgegenschleudern würde, doch dann wandte sie sich ab und eilte mit wütenden Schritten durch eine Tür vor uns, die als WC gekennzeichnet war, nachdem sie mir Handtuch und Badeanzug hingeworfen hatte.

Seufzend fuhr ich mir durch die Haare und steuerte die in Reihen angeordneten Spinds neben den Toiletten an. Das fremde Herz in meiner Brust schlug mir noch immer bis zum Hals. Chrisanthis Worte hallten in mir wider. Was tat ich hier? Wie lange würde es dauern, bis mich die Schuldgefühle zerfraßen?

Mechanisch begann ich, mich auszuziehen. Als ich bis auf die Unterwäsche nackt war, kam Chrisanthi durch die Tür. In ihrer Hand befand sich ein randvoll gefülltes Rotweinglas. Auf ihren Lippen lag ein strahlendes Lächeln.

»Na, wer ist deine kleine Freundin?«

Ich warf ihr einen »Leck mich«-Blick zu, aber natürlich war es zwecklos. Sie lehnte sich gegen die Steinwand neben mir. »Wo warst du die erste Hälfte der Raunächte?«

»Geht dich nichts an.« Ich zog mir meinen BH über den Kopf und machte mit dem Slip weiter.

»Du dachtest, du könnest dich dagegen wehren, nicht wahr?« Sie lachte rasselnd. »Du dachtest, du seist was Besseres als wir.«

Auf der Insel war sie nicht derart auf Krawall gebürstet. Auf der Insel hatte sie mich in Ruhe gelassen. Aber auf der Insel hatte sie auch keine Gefühle.

»Ich *bin* besser als du«, zischte ich und griff nach dem Badeanzug. »Der einzige Grund, aus dem ich hier bin …«

»Ja, ja, deine Schwester, erspar's mir. Wo ist sie? Sieht ganz so aus, als hätte sie dich aufgegeben, was?«

Der Badeanzug glitt mir aus der Hand. In einem Satz war ich bei ihr und packte ihre Kehle. Wein schnappte über den Rand ihres Glases.

»Halt den Mund!«, fuhr ich sie an. »Halt einfach deinen verdammten Mund.«

Chrisanthi machte keine Anstalten, sich zu wehren. Ohne Triumph in den Augen sah sie mich an. »Du wärst weitaus weniger einsam, würdest du uns als deine Familie, nicht als deine Widersacher betrachten.«

Ich drückte zu. Noch immer leistete sie keinen Widerstand.

»Familie.« Ich spie das Wort förmlich aus. »Ja, genau.«

»Despina ist beleidigt«, röchelte sie, jetzt kehrte das boshafte Funkeln in ihre blaugrünen Augen zurück. »Weil du dich in den letzten Tagen nicht hast blicken lassen. Sie meinte, ihr hattet ausgemacht, dass ihr euch ein Menschlein für eine Ménage-à-trois sucht … Sie wird nicht gerade begeistert sein, dass du ganz allein auf die Jagd gegangen bist.«

Das Bedürfnis, sie so lange zu würgen, bis sie zu Boden ging, wurde größer. Auch wenn es sinnlos war. Chrisanthi konnte während der Raunächte genauso wenig sterben wie ich.

Also nahm ich ein paar tiefe Atemzüge, ließ sie allerdings immer noch nicht los.

Despina würde es verkraften. Wir hatten uns gegenseitig kurzzeitige Erleichterung verschafft, obwohl ich eigentlich *ihr* dafür an die Gurgel hätte gehen sollen, was sie mir angetan hatte. Aber Sex ohne Gefühle und mit einem Monster war besser als überhaupt kein Sex.

»Ioanna?«

Abrupt riss ich den Kopf herum.

Daphne stand ein paar Meter von uns entfernt. In einem dunkelgrünen Badeanzug, den sie sich vermutlich in der Toilettenkabine angezogen hatte, den Bademantel hielt sie wie ein Schutzschild vor sich. Ihre Augen wurden riesig.

Fuck!

Ich ließ Chrisanthi los und trat einen Schritt zurück.

Daphnes Blick glitt blitzschnell über meinen Körper. Erst jetzt fiel mir auf, dass ich nackt war. Die Kälte war nichts als ein Hintergrundrauschen, obwohl meine Haut von einer Gänsehaut überzogen war.

»Ich bin gleich fertig«, murmelte ich und bückte mich nach dem Badeanzug.

Daphne wirkte, als wollte sie noch etwas sagen, doch zuerst drehte sie mir den Rücken zu. »W… was ist hier los?«

Eine kleine Pause entstand, in der Gelächter und Gegröle von draußen zu hören waren.

»Wir hatten lediglich eine kleine Meinungsverschiedenheit«, antwortete Chrisanthi. »Kein Grund zur Aufregung, Süße.« Sie nahm einen großen Schluck von ihrem Wein und stolzierte dann in Richtung Ausgang.

Ich stieg in den Badeanzug und zog ihn hoch. Er war mir untenrum zu klein, schnitt in meine Haut, und an den Brüsten zu weit, aber ich hatte gerade größere Probleme.

Daphnes Herz klopfte so schnell, dass es sich anfühlte, als würde der Boden unter unseren Füßen vibrieren. Auch die Herzschläge der anderen Menschen draußen hallten in mir wider, doch keiner so laut wie ihrer.

»Du kannst dich umdrehen«, sagte ich leise. »Würdest du mir mit den Trägern helfen?«

Es dauerte etliche Sekunden, bis sie meiner Bitte nachkam.

»Woher kennst du diese Frau?«

Ihre Stimme klang aufgekratzt. Sie zog die Träger enger. Ihre Finger an meinem Rücken bescherten mir eine weitere Gänsehaut. Bemerkte sie es?

»Wir haben uns gestern am Marktplatz getroffen, sie hat mich provoziert.«

Keine besonders tolle Ausrede, aber besser als die Wahrheit.

»Provoziert? Inwiefern?«

»Sie hat mich beleidigt.«

»Du würgst also alte Frauen, die dich beleidigen? Das ist deine Art, mit Konflikten umzugehen?«

Besser, als der gesamten Menschheit in den Arsch zu kriechen. Die Worte lagen mir auf der Zunge, aber ich schluckte sie herunter.

»Ich wollte dich nicht erschrecken«, sagte ich so sanft, wie ich konnte.

»Du hast mich nicht …« Sie brach ab und ließ die Träger los. »Eng genug?«

Mit einem Nicken drehte ich mich zu ihr um. »Danke.«

Die Panik in ihren Augen war offensichtlich. Verdammt!

»Du solltest das nicht sehen«, schob ich hinterher. Sterianis Stimme in meinem Kopf: »Du bist genau wie unser Vater. Du würdest lieber sterben, als dich zu entschuldigen.«

Ich war sehr wohl in der Lage, mich zu entschuldigen – sofern ich einen Fehler gemacht hatte.

»Hey. Ich werde mich ab jetzt benehmen. Ehrlich.«

Eine Weile lang starrte Daphne mich unverwandt an, während hinter ihr zwei Frauen durch die Toilettentür kamen und uns neugierige Blicke zuwarfen. Ihre Herzschläge flatterten wie winzige Vögel vorbei.

»Irgendetwas stimmt nicht«, flüsterte sie schließlich.

Du hast recht, wollte ich sagen, mit mir stimmt gar nichts.

»Da draußen sind so viele fremde Leute«, fuhr sie fort. »Und wer war diese Frau eben? So jemand fällt doch auf. In unsere Gegend verirren sich kaum Touristen, vor allem nicht zu dieser Jahreszeit.«

Mehr als die Hälfte mussten ihr von früher bekannt sein, auch wenn sie nicht wusste, was wirklich mit ihnen geschehen war. In einem Dorf wie diesem kannte jeder jeden. Von Despina und den anderen hatte ich erfahren, dass über die Hälfte von uns ehemalige Dorfbewohner waren. Mein Fall war ein unglücklicher Zufall.

Der grausamste Zufall der Welt, dass wir ausgerechnet hier haltgemacht hatten. »Komm, Ioanna, wir machen das Beste draus«, hatte Steriani gesagt, »komm, es ist nicht so schlimm.« Unverbesserliche Optimistin. Selbst im konservativsten Kaff versuchte sie, unser Leben wie ein Paradies erscheinen zu lassen …

Dodekada befand sich im Herzen des Landes, in der Nähe des Pindosgebirges und hundert Kilometer östlich von Larisa, der nächstgrößeren Stadt. Es hatte dank einer beschissenen Umleitung auf unserer Route von Athen nach Thessaloniki gelegen, und wegen eines Sturms hatten wir hierbleiben müssen. Außerdem hatte Steriani die berühmten Sandsteinfelsen sehen wollen. »Bei Nebel sehen sie aus, als würden sie schweben!«, hatte sie mit leuchtenden Augen gerufen. Es gab über zwanzig davon, umringt von geheimnisvollen Wäldern, und selbst ich hatte ihre Schönheit nicht leugnen können. Allerdings hatte das nichts daran geändert, dass wir in einem winzigen Dorf festgesessen hatten.

Ich schüttelte den Kopf. Konzentration! Selbst wenn Daphne sich erinnerte, dann nur daran, dass diese Leute gestorben waren. Und wer suchte in vermeintlich Unbekannten schon die Gesichter von Verstorbenen?

Manche von ihnen gaben sich Mühe mit Make-up und Outfits, so wie Chrisanthi, die zu Lebzeiten eine griesgrämige alte Dame gewesen war. Sie hatte mir Fotos gezeigt. Ihre Garderobe hatte ausschließlich aus Grautönen bestanden. Jetzt stolzierte sie halb nackt und in den grellsten Farben herum. Fast als hätte der Fluch wie ein erfrischender Selbstfindungstrip auf sie gewirkt.

»Ioanna? Hast du gehört, was ich gerade gesagt habe?«

Ich blinzelte heftig. Konzentration!

»Lass uns baden«, ging ich über ihre Bemerkung hinweg.

13

Ioanna

1. JANUAR
FÜNF JAHRE ZUVOR
NACHMITTAG

Der Dampf stieg um uns herum in die Höhe und hüllte uns in betörenden Nebel. Ich sah die anderen Menschen kaum, obwohl ihre Herzschläge überdeutlich in mir widerhallten. Daphne saß neben mir und warf immer wieder verstohlene Blicke ins Nebenbecken, wo ihre Freunde saßen. Sie hatte ihnen zugewunken, ehe sie mich zu einem anderen Becken geführt hatte. Nur dieser Ari hatte ihren Gruß erwidert, der Rest starrte lediglich mit versteinerten Mienen zu uns.

Daphne hatte mir im Flüsterton erzählt, wer sonst noch zur Clique gehörte: Alexandros – ein durchtrainierter Typ mit Buzz Cut und stechend blauen Augen, dessen Blick immer wieder zum Dekolleté der Schwarzhaarigen mit dem Bob wanderte. Das war Thalia, die wiederum nur Augen für Ari hatte. Nikolettas beste Freundin. Die beiden waren wohl unzertrennlich, lästerten aber bei Daphne gern über die jeweils andere. Und dann war da noch Michalis, ein unscheinbarer hagerer Typ, der über alles lachte, was Alexandros von sich gab, selbst wenn sonst niemand eine Miene verzog.

Nikoletta saß bei ihnen und hatte ihnen höchstwahrscheinlich alles über Daphnes liebreizende Begleitung erzählt.

Ich kümmerte mich nicht um sie. Meine ungeteilte Aufmerksamkeit galt Daphne. Nur mit einem Badeanzug bekleidet, war ihre Wirkung auf mich noch heftiger. Es gab kaum mehr eine Barriere zwischen ihrem pochenden Herzen und mir. Ich hatte angenommen, jetzt, da ich ein eigenes in der Brust hatte, würde es mich nicht mehr so beeinflussen, aber es schien eher das Gegenteil der Fall zu sein. Es war ein unfassbarer Rausch, hier mit ihr und den anderen Menschen zu sitzen.

Sie verschränkte ihre Arme vor der Brust, trotz der heißen Quellen schien sie alles andere als entspannt. Ich musste aufhören, so zu starren.

»Du wolltest einen Beweis für meine Unsterblichkeit?«, raunte ich ihr so leise ins Ohr, dass niemand sonst mich verstehen konnte.

Sie fuhr zusammen.

Mein Puls schoss in die Höhe.

»Ja.«

Sie war nicht bei der Sache. Ihre Stimme klang teilnahmslos. Mit großer Wahrscheinlichkeit war sie damit beschäftigt, sich wie eine Außenseiterin zu fühlen.

»Lass uns gemeinsam tauchen«, schlug ich genauso leise vor. »Ich kann beliebig lange unter Wasser bleiben.«

Ihr verärgerter Blick traf mich. »Natürlich.«

»Was, glaubst du, ist der Weltrekord im Luftanhalten? Zehn Minuten? Zwanzig?«

»Ich bin nicht in der Stimmung für Spielchen«, brachte sie hervor. Schon wieder ein Blick zum Nachbarbecken.

»In Ordnung.« Ich straffte die Schultern. »Sollen wir rübergehen? Willst du mit ihm reden?«

Wütend schüttelte sie den Kopf.

»Hast du eine bessere Idee, wie wir uns die Zeit vertreiben sollen? Oder willst du ihn einfach weiter anschmachten? Ich kann dir versichern, subtil ist es nicht.«

Sie presste die Lippen aufeinander. Es gefiel mir, wenn sie sauer auf mich war. Nicht auf diese »Du bist so niedlich, wenn du wütend bist«-Art. Sondern weil ich mir dann sicher sein konnte, dass sie ihre wahren Gefühle nicht der Höflichkeitsetikette zuliebe runterschluckte.

Als müsste sie sich vom Schreien abhalten, atmete sie ein paarmal durch. »Von mir aus. Auf drei.«

Lächelnd nickte ich. »Eins, zwei, drei.«

Zeitgleich holten wir tief Luft, zeitgleich tauchten wir ab. Ich ließ die Augen trotz des Salzwassers geöffnet. Das scharfe Brennen tat gut. Es war menschlich.

Die Geräusche an der Oberfläche waren jetzt alle gedämpft, dafür pulsierten unsere Herzen umso heftiger in meinen Ohren. Ich sah Daphne verschwommen, doch das reichte aus. Die Rundungen ihres Körpers, der dunkelgrüne Stoff, der sich an ihre Hüften schmiegte, die weißen Oberschenkel, ihr langes Haar, das wie Seetang um sie herum schwebte. Ihre Augen waren geschlossen, ihr Gesicht in höchster Konzentration angespannt.

Ich öffnete den Mund, atmete Wasser ein, krümmte mich, keuchte, schluckte noch mehr Wasser, kämpfte gegen den Drang, mich an die Oberfläche treiben zu lassen oder wild um mich zu schlagen. Es erforderte eine Menge Selbstdisziplin, den Schmerz zu ertragen. Das war nur fair.

Mit jeder weiteren Sekunde verkrampfte sich Daphnes Gesicht mehr.

Bald stand meine gesamte Kehle in Flammen. Meine Lunge brannte. Doch ich wehrte mich nicht. In weniger als einer Woche würde ich mich an die Erinnerung dieses Gefühls klammern. Je stärker eine Empfindung war, desto höher war die Wahrscheinlichkeit, dass mir der Gedanke daran später nicht sofort entglitt.

Als etwa eine Minute vergangen war, schwamm Daphne an die Oberfläche. Gedämpft hörte ich, wie sie gierig nach Luft schnappte.

Alles in mir schrie nach Erlösung. Sich nach etwas zu verzehren, schier umzukommen bei dem Gedanken daran … Es war das Gegengift zur Sinnlosigkeit. Ich war bereit für den Kontrast gewesen. Nur hätte ich nicht gedacht, dass es innerhalb dieser Raunächte ein stärkeres Gefühl als das der Rache an meiner Schwester geben würde. Doch jetzt fragte ich mich, ob es Sauerstoff oder dieses Mädchen war, wonach ich mich mehr verzehrte.

Während der Schmerz immer unausweichlicher wurde, erklangen wie aus weiter Ferne Stimmen.

»Alles gut bei dir?« Eine tiefe Tonlage. »Wieso kommst du nicht zu uns?«

Daphne schien nach wie vor nach Luft zu schnappen. »I… ich …«

Jede Wette, Ari war rübergekommen und stand jetzt vor unserem Wasserbecken.

»Wo ist deine Begleitung, Daphne? Willst du sie uns nicht vorstellen? Wir haben noch Platz für zwei.«

Die zweite Stimme war mir ebenfalls fremd. Nikolettas hätte ich definitiv erkannt, auch mit rauschendem Blut in den Ohren und Wasser in der Lunge.

Daphne druckste weiter herum.

Obwohl ich noch lange nicht das Limit erreicht hatte, damit sie mir das mit der Unsterblichkeit glaubte, schwamm ich mit zwei kräftigen Armbewegungen hoch und fand mich keuchend und Wasser spuckend an der Oberfläche wieder.

Daphne, mit hochrotem Kopf, schaute entsetzt zu mir, neben uns am Beckenrand stand, wie erwartet, der Kerl mit den dunklen Locken. Die zweite Stimme gehörte zu der jungen Frau mit dem schwarzen Bob, die vorhin neben ihm gesessen hatte. Er trug einen Bademantel, sie nur ihren Bikini, obwohl sie am ganzen Leib zitterte. Das nahm sie offenbar als Anlass, sich bei ihm unterzuhaken und sich an ihn zu drücken.

»Hi«, rief ich atemlos in die Runde und spürte augenblicklich, wie sich weitere Köpfe in unsere Richtung drehten. »Ich bin die Begleitung. Und Daphne ist zu nett, um euch zu sagen, dass ich wirklich *gar* keinen Bock auf neue Leute habe. Deshalb haben wir uns nicht zu euch gesetzt.«

Daphne zischte mir etwas zu, das ich nicht verstand, weil es zu leise war; der Typ streckte mir mit unbeweglicher Miene eine Hand hin. »Ich bin Aristotelis. Und du?«

Seine Kiefermuskeln zuckten.

Ich griff nach seiner Hand. Sekundenlang lieferten wir uns einen stummen Kampf, wer fester zudrücken konnte, dann ließ er abrupt los.

»Ioanna«, erwiderte ich mit ironischem Lächeln.

Sein Blick glitt über mein Gesicht, als suchte er etwas darin, eindeutig misstrauisch, prüfend.

Er nickte Daphne knapp zu. »Falls ihr es euch anders überlegt – ihr wisst ja, wo ihr uns findet.«

Damit wandte er sich ab und zog die Frau mit, obwohl sie schon den Mund geöffnet hatte, um etwas hinzuzufügen.

Ich wartete, bis sie außer Hörweite waren, ignorierte die Blicke der anderen Leute und beugte mich zu Daphne, die komplett verunsichert wirkte.

»Von wegen großer Bruder«, hauchte ich. »Der steht auf dich.«

Sie machte schon wieder den Eindruck, als hätte sie mich am liebsten beleidigt, doch meine Worte schienen ihr den Wind aus den Segeln zu nehmen.

»Red keinen Mist.«

Ich wedelte mit meiner rechten Hand vor ihrem Gesicht herum. »Der hat mir fast die Finger zerquetscht. Macho-Beschützer-Gehabe vom Feinsten, wenn du mich fragst. Ihm gefällt dein Umgang nicht.«

Ich grinste. Aus irgendeinem Grund gefiel *mir* das umso mehr.

Daphne

25. DEZEMBER
GEGENWART
NACHMITTAG

Irgendetwas stimmt nicht mit Ari. Seitdem wir ins Gasthaus zurückgekehrt sind und wie erwartet der große Ansturm begonnen hat, weicht er nicht von meiner Seite. Normalerweise hilft er meiner Großmutter bei allen möglichen Besorgungen oder wenn es etwas im Haus zu reparieren gibt, aber noch nie hat er darauf bestanden, in der Küche zu arbeiten. Verlasse ich den Raum auch nur für eine Minute, um in die Vorratskammer zu gehen, folgt er mir. Unterhalte ich mich beim Kellnern ein paar Sekunden länger mit einem Gast, spüre ich seinen Blick im Rücken. Und obwohl ich froh um seine Hilfe bin und er sich erstaunlich geschickt anstellt, nimmt meine Übelkeit mit jeder Stunde zu.

Schweiß rinnt mir über den Rücken, mein Shirt klebt wie eine zweite Haut an mir, und jedes Mal, wenn ich ins Restaurant laufe, scanne ich den Raum. Ob aus Angst oder in der Hoffnung, *sie* zu sehen, weiß ich nicht. Vielleicht ist es auch nur die Erleichterung, für einen Moment Abstand von Ari zu haben.

»Daphne, was hast du oben im Gasthaus gemacht?«, hat er gefragt.

»Frische Bettwäsche für einen Gast besorgt.«

Ich habe nicht mal nachgedacht, die Lüge ist mir mühelos entwischt. Ist er eifersüchtig? Macht er sich Sorgen um mich?

Er hat mir nie einen Grund gegeben, an uns zu zweifeln. Und ich bin auch nicht das einzige Problem in unserer Beziehung. Wir beide sind von Zeit zu Zeit zu traurig. Zu abwesend. Nicht, dass wir uns das jemals vorgeworfen haben.

»Hi, Süße, hast du noch mehr Retsina für uns?«

Mein Kopf ruckt nach links, an einen Sechsertisch, wo wie jedes Jahr ein paar alleinstehende Männer aus dem Dorf sitzen. Automatisch nicke ich ihnen mit einem breiten Lächeln zu. Der Unterschied zu sonst ist, dass sich unter ihnen eine Frau befindet, die ich noch nie gesehen habe. Sie ist älter als die meisten Männer, ihr pudriges Make-up hat sich in ihren unzähligen Falten abgesetzt. Sie trägt ein grünes Kostüm, hat langes weißes Haar, das im Licht schimmert wie eine Perücke, und an ihren Fingern funkeln mehrere Diamantringe. Vor fünf Minuten, als ich das letzte Mal die Küche verlassen habe, ist sie noch nicht da gewesen.

Ihr Blick findet meinen. »Hallo, Daphne. Frohe Weihnachten.«

Mein Lächeln droht zu verrutschen. »Kennen wir uns?«

Sekundenlang starrt sie mich an, und eine Gänsehaut überzieht meinen Körper, dann deutet sie auf ihre Sitznachbarn. »Panagiotis und der Rest sprechen in den höchsten Tönen von dir.« Sie streckt eine Hand aus, streicht mir über den Arm, verharrt einen Tick zu lange dort, scheint fast zu erschaudern, ehe sie sich zurückzieht. »Ich bin Chrisanthi. Bringst du noch ein Glas für mich?«

»K… klar, kommt sofort.«

Ich wende mich um. Meine Knie werden bei jedem Schritt weicher.

Was ist los mit mir? Auf einmal könnte ich schwören, dass ich sie doch schon mal irgendwo gesehen habe. Und auch ihr Name kommt mir bekannt vor. Ich kenne hier jede Menschenseele.

Es liegt an Ioanna. Sie hat mir diesen Unsinn in den Kopf gesetzt, und jetzt muss ich damit klarkommen, dass ich nicht nur meinen gesunden Menschenverstand und meine eigene Erinnerung anzweifele, sondern auch meine Beziehung mit Ari, der mir nichts als Zuneigung und Vertrauen entgegenbringt.

Mein Blick wird glasig. Die Umgebung verschwimmt vor mir, als ich die Küche betrete.

Einen Moment später liegen zwei Hände auf meinen Schultern.

»Daphne, alles in Ordnung?«

Es dauert ein paar Sekunden, bis ich Aris Gesicht fokussieren kann.

»Ist dir schlecht? Soll ich dich nach Hause bringen?«

»Alles gut.« Mein Ton ist schärfer als beabsichtigt. Das Bedürfnis, seine Hände abzuschütteln, trifft mich aus dem Nichts. Ich will weg. Mich niemandem erklären, nicht mehr vortäuschen müssen, ich sei okay.

Seine Hände bleiben, wo sie sind. Sein Blick verdunkelt sich. »Bist du sicher?«

Ich lächle. Normalerweise liegt das in meiner Natur. Jetzt denke ich, dass ich einen Mord begehen werde, wenn ich es heute noch ein weiteres Mal tun muss.

»Ja. Wir brauchen mehr Retsina für Tisch drei.«

Jiajia sieht kurz auf, mustert erst mich, dann Ari prüfend, bevor sie damit fortfährt, in einem dampfenden Topf zu rühren.

Nachdem ich eine Retsina-Flasche geöffnet und ein passendes Glas geholt habe, flüchte ich zurück in den Gastraum. Alles ist heute verkehrt. Die Küche sollte mein Zufluchtsort sein, die Küche und meine Lieblingsmenschen darin. Jetzt fühlt es sich an, als würde ich an ihrer Fürsorge ersticken.

Schon bevor ich am richtigen Tisch ankomme, ertönt die Stimme der älteren Frau. Sie erhebt sich über das restliche Gesprächsgewirr. »Niemand kennt den Ursprung dieser Geschichte, nicht wahr? Die meisten fangen an der Stelle an, wo die Kindersage beginnt.« Ihr rasselndes Lachen erklingt.

Die Männer am Tisch betrachten sie teils belustigt, teils gelangweilt. Ehe einer von ihnen etwas sagen kann, spricht sie weiter: »Alle halten die Kalikanzari für lästige kleine Biester, die einfach Freude daran haben, den Menschen auf der Nase herumzutanzen und Unruhe zu stiften. Aber niemand fragt sich, was sie dazu verleitet hat, während der zwölf Nächte nach Weihnachten auf die Erde zu kommen. Und was sie während der restlichen Tage des Jahres tun.«

Ich bin inzwischen am Tisch angekommen, doch niemand beachtet mich.

»Du wirst es uns sicherlich gleich erzählen«, höhnt Laki.

Panagiotis stößt ihn mahnend in die Seite und bedeutet Chrisanthi weiterzusprechen.

Ich tausche die leere Flasche gegen die volle und fülle das Glas auf, das ich mitgebracht habe. Ich will gehen. Ich *sollte* gehen. Da erklingt ihre Stimme wieder, leiser diesmal, mit geheimnisvollem Unterton.

»Der Ursprung der Sage geht auf dieses Dorf, auf Dodekada, zurück, wusstet ihr das? Es gibt verschiedene Versionen, aber alle sind sie fest hier verwurzelt. Diese Version ist mir ganz besonders in Erinnerung geblieben: Es war einmal eine arme Witwe, mit dem Kind ihres verstorbenen Liebsten im Bauch, überrascht, da es zuvor nie geklappt hatte. Das Baby kam gesund auf die Welt. Es war ihr kleines Wunder. Ihr Neuanfang. Es gab ihr Hoffnung auf ein besseres Leben. Doch dann wachte sie am Weihnachtsmorgen auf und fand es tot in seinem Bettchen vor. Sechs Tage lang rührte sie sich nicht. Schließlich wurde ihr Schmerz so groß, dass sie die Götter am Jahresende anflehte, ihr zu helfen. Sie war bereit, alles zu tun, um nicht mehr leiden zu müssen, und schloss einen Pakt mit ihnen. Die Götter würden ihr den Schmerz nehmen, dafür würde sie ihnen jedes Jahr eine neue Seele liefern. Die Frau schnitt sich ihr blutendes Herz aus der Brust und pflanzte es in gefrorene Erde; daraus wuchs der Weltenbaum, und sie wurde zur ersten Kalikanzari. Ihr Wunsch wurde erfüllt: Sie konnte bis auf zwölf Tage im Jahr ohne Schmerz leben. Aber wie das nun einmal mit Abmachungen dieser Art ist, gab es einen Haken. Mit dem Schmerz verlor sie auch den Rest ihrer Menschlichkeit und durfte das ganze Jahr über mit keinem Menschen interagieren. Im nächsten Jahr war sie in der Silvesternacht während der Wilden Jagd gezwungen, einem weiteren Dorfbewohner das gleiche Schicksal aufzubürden, indem sie ihn markierte, ihm sein Herz nahm. Im Folgejahr musste dieser dann ein Opfer markieren und so weiter. Das Abkommen mit den Göttern machte es unmöglich, sich dagegen zu wehren, jedes Jahr ein weiteres Opfer auszuwählen.«

Niemand schaut mehr gelangweilt. Alle Menschen, nicht nur an diesem Tisch, sondern im ganzen Restaurant, lauschen gebannt ihren Worten. Und ich kann mich nach wie vor nicht von der Stelle rühren, während mein Herz schneller und schneller klopft.

»Für das Markieren legte sie ihrem Opfer die Hand aufs Herz, bis das ganze Dorf unter dessen Herzschlag erbebte. Schließlich wurde der Herzschlag zu ihrem, und das Herz des Opfers blieb stehen. Trotzdem konnte dieses noch sechs Tage weiterleben, um die Entscheidung zu treffen, ob es ebenfalls zum Kalikanzari werden oder sterben wollte. Entschied es sich für Ersteres, musste es sich sein stummes Herz herausreißen und neben den Ursprungsbaum in die heilige Erde pflanzen. Viele Menschen entschieden sich aus Angst vor dem Tod für ein Leben als Kalikanzari, ohne zu ahnen, dass es weitaus Schlimmeres als den Tod gibt.«

Mein Körper gehorcht mir nicht mehr. Ich zittere so sehr, dass meine Zähne aufeinanderschlagen. Meine Sicht verschwimmt.

Chrisanthi dreht den Kopf zu mir. »Aber das hat dir Ioanna bestimmt schon erzählt, oder nicht?«

Ihre glänzenden Lippen verziehen sich zu einem Lächeln, während sie seelenruhig nach ihrem Glas greift und einen großen Schluck nimmt. »Oder gibt es einen anderen Grund dafür, dass dein Herz rast?«

In diesem Moment spüre ich eine Hand an meinem Rücken und zucke erschrocken zusammen. Das leere Tablett poltert zu Boden.

Nun schauen alle zu mir. Ich will mich bücken, doch Ari, der unbemerkt hinter mich getreten ist, ist schneller.

Unsere Blicke treffen sich. Seine Brauen sind zusammengezogen. In seinem Gesicht spiegelt sich nicht nur Sorge, für den Bruchteil einer Sekunde bilde ich mir ein, Feindseligkeit in seinen Zügen zu lesen. Doch sie scheint nicht mir zu gelten.

Er erhebt sich mit dem Tablett in der Hand und schaut zu Chrisanthi. Sein Kehlkopf hüpft.

Ich wende mich ab. Das alles ist mir zu viel. Wieso weiß die

Unbekannte von Ioanna? Was denkt sich Ari jetzt? Und wichtiger: Aus welchem Grund reagiert mein Körper derart heftig auf diese Geschichte?

Sobald du spürst die Macht, nimm dich vor jeder schönen Fremden in Acht.

Das verdammte Lied ... Alles passt. Und gleichzeitig ergibt nichts einen Sinn.

Meine Beine verselbstständigen sich. Ich laufe in die Küche und stoße prompt mit Jiajia zusammen.

»Daphne.« Sie wischt sich ihre Hand an der Schürze ab und legt sie mir anschließend an die Stirn. »Ist wirklich alles ...«

»Alles in Ordnung!«, brülle ich, während ich einen Schritt zurücktrete, um der Berührung zu entkommen. Wenn mich heute noch einmal jemand gegen meinen Willen berührt ...

»Ich brauche frische Luft«, bringe ich heraus, nachdem ich ein paar tiefe Atemzüge genommen habe.

Sie runzelt die Stirn. Nickt dann. »Nimm dir so viel Zeit, wie du brauchst.«

»Danke.« Ich ziehe meine Schürze aus, schnappe mir meinen Mantel und renne zum Hinterausgang. Dort befindet sich ein kleiner Hinterhof mit Mülleimern und einem Tor, das auf die Straße führt.

Als ich die eisige Luft auf meinem Gesicht spüre und die Tür zum Gasthaus hinter mir zuschlägt, schluchze ich auf. Es kommen keine Tränen, aber der Schmerz scheint meine Brust entzweizureißen. Schneeflocken wirbeln durch die Luft, Menschen lachen in der Ferne, ein Hund bellt.

Ich will mich gerade in Bewegung setzen, als sich die Tür hinter mir mit einem Quietschen öffnet.

Natürlich.

Er sagt nichts, aber ich spüre seine Anwesenheit, als hätte er meinen Namen geschrien.

»Ich gehe eine Runde spazieren«, murmele ich, und das so leise, dass sich meine Worte im brausenden Wind verlieren.

Er hört sie trotzdem. »Ich begleite dich.«

»Nein.« Es kostet mich sämtliche Willenskraft, nicht auch dieses Wort zu brüllen. »Ich möchte allein sein.«

Ich will den Schmerz in seinem Gesicht nicht sehen und auch nicht sein Verständnis, das gleich darauf folgt. Trotzdem zwinge ich mich, hinzuschauen. Heute früh habe ich ihn noch betrachtet und mir gewünscht, mich in seinen Armen zu vergraben, dortzubleiben, bis die Raunächte vorbei sind, jetzt bereitet mir sein vertrauter Anblick Bauchschmerzen.

Ari nickt. Am liebsten würde ich ihm das traurige Lächeln aus dem Gesicht schlagen.

»Alles, was du brauchst«, sagt er. »Melde dich, wann immer du willst.«

Ich nicke, will mich abwenden, da erklingt seine Stimme erneut.

»Daphne, wer ist Ioanna?«

Ich weiß es nicht, Ari, denke ich. Aber ich schwöre, ich werde es herausfinden.

15

Ioanna

2. JANUAR
FÜNF JAHRE ZUVOR
MORGENGRAUEN

»Tut mir leid, dass du schon wieder mit mir abhängen musst.«

Es tat mir nicht wirklich leid. Zum ersten Mal, seit ich in dieses gottverdammte Dorf zurückgekehrt war, war mein erster Gedanke beim Aufwachen nicht der an Steriani gewesen. Das konnte kein Zufall sein.

Daphne gab einen unbestimmten Laut von sich und vergrub ihr Gesicht in ihrem dicken Schal. Ihre Augen waren ganz klein vor Müdigkeit. Sie trug einen Rucksack voller Grablichter und Sturmfeuerzeugen und weigerte sich seit einer halben Stunde, sich damit helfen zu lassen.

Wir waren auf dem Weg zum tiefsten Punkt des Tals, wo sich zwischen mehreren hohen Steinfelsen ein Friedhof befand. Heute war die neunte Raunacht, die dazu da war, sich bei seinen Ahnen zu bedanken und Lichter für sie anzuzünden, während man sich neu orientierte, um gestärkt ins neue Jahr zu starten.

Stefanos hatte vorhin mit einer Tasse Tee an meiner Zimmertür geklopft. Er hatte hellwach gewirkt, obwohl es erst halb sechs gewesen war.

»Begleite Daphne heute zum Friedhof«, waren seine Worte gewesen. »Sie möchte das heutige Ritual hinter sich bringen, bevor die meisten aufwachen.«

»Will sie wirklich *mich* dabeihaben?«, hatte ich gähnend gefragt, noch zu sehr in einer Traumwelt gefangen, um ihn erneut damit zu konfrontieren, wie absurd es war, den Kontakt zwischen seiner Enkelin und mir zu befürworten.

Er hatte genickt. »Sie hat von sich aus nach dir gefragt.«

Spätestens seit wir durch den Schneesturm Richtung Friedhof losgelaufen waren, beschlich mich die Vermutung, dass Stefanos es mit der Wahrheit nicht so genau nahm. Solange wir mit ihren Großeltern in einem Raum waren, war Daphne nett zu mir. Sobald wir zu zweit waren, erwiderte sie meinen Blick nicht mehr und antwortete, wenn überhaupt, einsilbig.

»Hast du noch etwas von deinen Freunden gehört?«, fragte ich, als wir an einer Bäckerei vorbeikamen, die aussah, als sei sie geschlossen, obwohl ein betörender Duft nach frischem Brot aus der Backstube strömte.

Sie schüttelte den Kopf und beschleunigte ihre Schritte.

»Ich habe auch keine Freunde, weißt du?«, schob ich hinterher.

»Wie überraschend«, murmelte sie in ihren Schal. »Kann mir kaum vorstellen, woran das liegt.«

Ich grinste. Das war der längste Satz, den sie heute zu mir gesagt hatte. Also ein Erfolg.

»Das liegt daran, dass ich mich nicht mit dem Erstbesten zufriedengebe.«

»Und warum verbringst du dann Zeit mit mir?«

Weil du ein Mensch bist. Weil mir dein Herzschlag alle

möglichen Gefühle beschert, für die es eigentlich noch zu früh sein sollte. Weil ich deinen Großvater zum Tode verurteilt habe und er aus irgendeinem Grund trotzdem der Meinung ist, ich sei ein guter Umgang für dich.

»Unter deinen ganzen Schichten gibt es etwas, was mich interessiert«, erwiderte ich trocken.

Ihre Wangen röteten sich, aber sie gab einen höhnischen Laut von sich. »Mein Herz, meinst du.« Sie sprach es bewusst spöttisch aus, als hätte sie Angst, ich könnte die Worte zu ernst nehmen.

Ich lachte. Keine Sorge, das ist vorbei. Ich habe schon das deines Großvaters. »Ich glaube, du belügst jeden einzelnen Menschen in deinem Leben. Dich selbst inklusive. Das interessiert mich.«

»Du stehst auf Heuchlerinnen?«

Die Frage kam zu schnell. Mein Lachen blieb mir im Hals stecken. War das noch ein Erfolg?

»Ich stehe auf Herausforderungen – auf die Wahrheit unter den Heucheleien. Die ist besonders verlockend, wenn kaum jemand sie zu Gesicht bekommt.«

Sie wurde noch röter. Der Farbton bildete den perfekten Kontrast zu ihrem dunklen Haar und ihrer hellen Haut.

»Aber ich habe auch gelogen«, lenkte ich ein, als ihr Unwohlsein mir keine Freude mehr bereitete, sondern sich auf mich übertrug.

»Was, sag bloß, du bist doch sterblich?«

Grinsend schüttelte ich den Kopf. »Nein. Ich hatte nie die Wahl, ob ich mich mit dem Erstbesten zufriedengebe. Denn das Erstbeste hat sich nie mit mir zufriedengegeben. Also war es in gewisser Weise der einzige Weg für mich, alle auf Abstand zu halten und mir selbst genug zu sein.«

Eine weitere Lüge. Ich hatte immer Steriani gehabt. Die

Liebe meiner Schwester hatte das Loch gefüllt, das meine Eltern und fehlende Freunde hinterlassen hatten. Sie war meine beste Freundin gewesen, auch wenn ich nicht ihre gewesen war. Sie war mein Sicherheitsnetz gewesen. Meine größte Stütze. Meine Cheerleaderin. Mein Ein und Alles. Aber ein einziger Mensch konnte nicht für mich verantwortlich sein. Das hatten wir beide auf die harte Tour gelernt. Denn Steriani – umgänglich, diplomatisch, geliebt – hatte alle Brücken um sich herum verbrannt, nur um eine Insel für mich zu sein. Und das hatte zu unserem Untergang geführt.

Zum ersten Mal, seit wir das Gasthaus verlassen hatten, sah Daphne mir direkt ins Gesicht und ließ ihren Blick verweilen. »Wie meinst du das?«

»Ich war nicht gerade beliebt in meiner Schule. Ich war zu laut. Ich war nicht brav.« Mein Tonfall wurde bitter. »Ich habe nie auf Jungs gestanden.«

Angst zuckte über ihr Gesicht, doch sie sah nicht weg. »Hackst du deshalb wegen Ari auf mir herum? Du kannst nicht verstehen, dass man jemanden auf diese Weise will? Siehst du es als Schwäche, verliebt zu sein?«

Ich hob eine Braue. »Ich habe nur von Jungs gesprochen. Glaub mir, ich verstehe was von Obsession. Nur sind es bei mir eben Mädchen.«

Sie schien sich Mühe zu geben, ein Pokerface zu bewahren. »Ich dachte, du bist in Athen aufgewachsen. Da sind die Leute doch sicher nicht so … traditionell wie hier?«

Ich lachte. Eine nette Umschreibung.

»Es gibt natürlich Orte, an denen es anders ist. Aber ich hatte nicht das Glück, an diesen aufzuwachsen. Außerdem steht das Gesetz immer noch nicht auf unserer Seite.«

Steriani hatte mir vorgeschlagen, zusammen mit mir das Land zu verlassen. Es gab andere Optionen in Europa. Ich hatte sie von der Idee abgebracht. Egal, wie frei und offen eine Gesellschaft nach außen hin wirkte, wir waren noch unglaublich weit von wahrer Freiheit entfernt. Und meine Heimat war hier, egal, ob sie mich wollte oder nicht.

»Das tut mir leid.« Sie biss sich auf die Unterlippe. »Deine Eltern haben auch Probleme damit, nehme ich an?«

Ihre Frage klang routiniert, seltsam emotionskalt. Als wäre es für sie das Nachvollziehbarste der Welt, nutzlose Eltern zu haben.

»Wir sind nicht lange genug geblieben, um herauszufinden, ob sie eines Tages ihre Meinung ändern. Aber ja, sie hatten damals Probleme mit mir.«

Damals … Als wäre es nicht gerade einmal anderthalb Jahre her, sondern Ewigkeiten. Aber die vergangenen Monate hatten sich für mich länger als mein ganzes restliches Leben angefühlt.

»Wir?«

Mein Puls schoss in die Höhe. Verdammt!

»Meine Schwester.«

Was hatte es für einen Sinn, es vor ihr geheim zu halten?

Ein Leuchten in ihren Augen. »Ich habe mir immer Geschwister gewünscht.«

Ich zog meine Brauen zusammen und presste meine Lippen aufeinander. Die Sonne ging gerade auf, blinzelte durch eine dicke Wolkendecke, die Kälte war trotzdem allgegenwärtig. Und gleichzeitig durchfuhr mich heiße, schäumende Wut.

»Ihr habt kein gutes Verhältnis?«, mutmaßte sie.

»Doch«, würgte ich hervor. »Sie war alles für mich.«

Ihre Gesichtszüge entgleisten ihr. »O Gott, das tut mir leid.«

Ich brauchte einen Moment, um zu verstehen. Dann entfuhr mir ein hohles Lachen.

»Sie ist nicht tot. Glaube ich zumindest.«

»Aber?«

Aber ich wünschte, ich könnte sie umbringen. Oder ihr zumindest das antun, was sie mir angetan hat.

Ich räusperte mich. »Aber wir reden nicht mehr miteinander.«

Sie nickte hastig. »Du musst nicht darüber sprechen, wenn du nicht willst.«

»Ich weiß.«

Immer weniger Häuser waren zu sehen, die gigantischen Steine in der Ferne wirkten wir Riesen, die Seite an Seite im Nebel standen und dem Schnee trotzten. Wir hatten die Gräber fast erreicht.

Ich musste wirklich nicht darüber sprechen. Ich konnte tun und lassen, was ich wollte. Das Schlimmste war ohnehin schon eingetreten, und Daphne würde mir das nie verzeihen. Doch ich war so lange allein gewesen. Ich hatte so lange mit niemandem mehr gesprochen, der solche Reaktionen zeigte. Aufregung. Mitgefühl. Schmerz.

»Ich nehme an, du kennst die Legende der Kalikanzari.«

Ihr Kopf zuckte zu mir. Ungläubigkeit glänzte in ihren Augen.

Ich lächelte. »Ich weiß, ich weiß, nichts als eine Märchengeschichte für Kinder. Aber kennst du ihren wahren Ursprung?«

Daphne schien zu überlegen, ob sie sich auf dieses Gespräch einlassen oder genervt reagieren sollte.

»Nein«, sagte sie schließlich mit sarkastischem Unterton. »Aber ich bin mir sicher, du wirst mich gleich aufklären.«

Mein Lächeln vertiefte sich. »Die Kalikanzari sind keine koboldartigen hässlichen Wesen, zumindest nicht äußerlich, sie sind weder Vampir noch Werwolf oder gar ein Zentaur, obwohl ich verstehe, woher der Vergleich in den Legenden kommt. Sie waren alle einmal Menschen, und während der Raunächte sind sie immer noch welche, könnte man sagen. Zumindest kommen sie dem Dasein als Mensch in der Zeit nach wie vor sehr nahe.«

»Okay.« Daphne riss übertrieben interessiert die Augen auf. »Warum erzählst du mir das?«

»Weil du wissen sollst, mit wem du es zu tun hast.« Mir gelang es nicht, locker zu klingen. Obwohl ich egoistisch war und ihre Gesellschaft wollte, wehrte sich alles in mir dagegen, ihr die gleiche Normalität vorzugaukeln wie ihr Großvater.

Sie seufzte. »Gut, also Kalikanzari weilen momentan unter uns?« Der Spott, der in ihrer Stimme mitschwang, war nicht zu überhören. »Deshalb sollen wir ja auch die heiligen Feuer brennen lassen, alle Räume mit Weihrauch ausräuchern und so viel Knoblauch wie möglich essen, was? Und nicht zu vergessen: Siebe an die Haustür hängen, damit die Kalikanzari beim Versuch, die Löcher zu zählen, sterben?«

Einer Version der Sage zufolge konnten Kalikanzari nur bis zwei zählen – weil drei eine heilige Zahl war und die Aussprache dieser sie umbringen würde. Es gab viele dieser Überlieferungen. Manchen zufolge sollte man schwarze Kreuze an seine Türen pinseln, andere empfahlen, *Loukoumades* auf die Dächer zu legen, weil das süße Gebäck die kleinen Monster angeblich besänftigte. Alles Unfug natürlich. Aber Unfug mit einem wahren Kern.

»Das wird nichts bringen«, erwiderte ich. »Reiner Aberglaube der Menschen. Die einzig mögliche Rettung besteht darin, Dodekada vor Mitternacht in der Silvesternacht zu verlassen und erst am nächsten Tag zurückzukehren.«

»Warum?« Ein Kichern entfuhr ihr. »Weil uns die Kalikanzari sonst fressen?«

»Nein. Weil zwischen den Jahren die Pforten zur Unterwelt

offen stehen und die Wilde Jagd stattfindet. Sie wollen dich zu einer von ihnen machen.«

Wir. Nicht sie.

»Und wie machen sie das?« Ihre Tonlage erinnerte an die, in der man mit Kleinkindern sprach. Doch ich war einfach nur froh, dass sie sich auf das Gespräch einließ. Vielleicht würde sie dieses Wissen nächstes Jahr retten – sobald sie sich erinnerte …

»Indem eine oder einer von ihnen deinen Herzschlag stiehlt«, flüsterte ich.

Erkenntnis flackerte in ihren Augen auf. »Das heißt, als wir uns kennengelernt haben, hast du Theater gespielt? Du hast getan, als wolltest du mein Herz? Und *ich* dachte, du wolltest mit mir flirten!«

Ich starrte sie an. Ihr Herz ratterte beim letzten Satz.

»Das eine schließt das andere nicht aus«, murmelte ich. »Nur war es kein Theater.«

Unser Blickkontakt brach ab. Gefährliches Terrain.

Sie beschleunigte ihre Schritte. Wir hatten unser Ziel erreicht.

Der Friedhof war nicht eingezäunt. Die meisten Gräber waren so tief im Schnee versunken, dass man kaum die Inschriften auf den Grabsteinen entziffern konnte.

Daphne nahm den Rucksack ab und holte ein paar der Kerzen heraus, reichte sie mir, während sie nach einem Feuerzeug kramte. »Wir sind wirklich die Ersten«, flüsterte sie mit zufriedener Miene.

Falls uns jemand zuvorgekommen war, musste die Person nachts aufgetaucht sein – es waren keine Fußspuren im Schnee zu sehen und auch keine brennenden Lichter. Als ich mit Steriani vor einem Jahr nachmittags hier gewesen war, hatte uns ein Meer aus Kerzen und Blumen erwartet.

»Hast du vor, deinen Freunden die ganze Zeit über aus dem

Weg zu gehen?«, fragte ich, als wir begannen, die Grablichter anzuzünden und auf den ersten Gräbern zu verteilen.

Etwas Trotziges schlich sich in ihre Miene. »Sie sind nicht wirklich meine Freunde.« Sie seufzte. »Du hast recht. Ich mag sie nicht mal. Ich dachte, weil wir uns schon seit unserer Geburt kennen, haben wir eine besondere Bindung, aber es ist wahrscheinlich ähnlich wie mit Blutsverwandten. Es bedeutet nicht gleich, dass man sich respektiert und liebt. In meinem Fall ist es wohl eher eine Zweckgemeinschaft. Thalia und Nikoletta kreisen ständig umeinander. Egal, wie oft sie übereinander lästern oder sich in die Haare kriegen, sie halten zusammen. Ich bin das fünfte Rad am Wagen. Und die drei Jungs interessieren sich noch weniger für mich – ich bin einfach ein uncooles Anhängsel. Sie verbringen Zeit mit mir, weil ich immer für sie da bin, mir ihre Sorgen anhöre und sie mich als Spielball benutzen können, wenn sie sich langweilen. Und ich … Ich sehne mich so sehr nach … nach wahrer Freundschaft, dass ich mich an jeden noch so dünnen Strohhalm klammere und versuche, mich selbst davon zu überzeugen, dass wir echte Freunde sind. Dabei liebt mich niemand von denen richtig. Und ich sie auch nicht, wenn ich ehrlich bin.«

Ich nickte langsam. »Und trotzdem warst du all die Jahre mit ihnen befreundet. Was hat sich in den letzten Tagen verändert? Wieso gehst du ihnen jetzt aus dem Weg?«

Schon wieder stieg Röte in ihre Wangen. »Na ja, jetzt kann ich Zeit mit dir verbringen.«

Oh. Hatte Stefanos doch nicht gelogen? Sie wollte mich wirklich dabeihaben und tat es nicht nur ihrem Großvater zuliebe?

Der Gedanke zündete ein Feuer in meinem Inneren, doch es dauerte nicht lange, bis es wieder erlosch. Sobald die Raunächte vorbei waren, würde sie wieder allein sein und zu diesen Menschen zurückkehren, die sie nicht verstanden …

»Hast du schon mal daran gedacht, dass das Leben einfacher wäre, wenn man niemanden lieben würde?«, entfuhr es mir.

Sie hatte sich gerade zu einem Grab heruntergebückt und eine Kerze darauf abgestellt. Ich sah ihr Gesicht nicht, aber ich hörte ein Lachen. Ein echtes, das tief von innen kam und ihren Körper vibrieren ließ.

»Was für ein Quatsch!« Sie richtete sich auf. »Ich kann mir nichts Langweiligeres vorstellen. Das Schlimmste ist Monotonie.«

Meine schlagfertige Erwiderung blieb mir im Hals stecken. Von Monotonie konnte ich nach dem vergangenen Jahr ein Lied singen.

»Schmerz ist in Ordnung«, fuhr sie fort. »Mit Schmerz kann ich leben. Mit Verzweiflung auch. Dann habe ich eben noch nicht die richtigen Menschen gefunden. Ich weiß, dass ich sie finden werde. Und bis dahin gebe ich garantiert nicht die Hoffnung auf.«

Das weißt du nicht, wollte ich widersprechen. Niemand weiß, ob er jemals die richtigen Menschen finden wird.

Doch in diesem Moment nahm ich vor uns eine Bewegung wahr. Hastig schaute ich auf. Hinter einem der Steine, gut zwanzig Meter von uns entfernt, waren die Umrisse einer Gestalt zu sehen. Wegen des Nebels und des Schnees konnte ich keine Details erkennen, aber Zweifel waren ausgeschlossen – da stand jemand. Eine Sekunde lang starrte ich auf die Silhouette, bis diese vollständig hinter dem Stein verschwand.

»Da ist jemand«, wisperte ich.

Daphne stellte sich neben mich und folgte meinem Blick. »Wo?«

»Die Person hat sich versteckt.«

Mein Herz klopfte automatisch schneller, und einen Moment später galoppierte auch Daphnes Puls hinterher.

»Ist das Teil deiner Performance? Du erzählst mir erst von der Sage der Kalikanzari, und jetzt werden wir plötzlich verfolgt?« Sie klang belustigt, doch ich meinte, eine leise Beunruhigung herauszuhören.

»Ich schwöre, das ist keine Performance.« Mein Blick haftete nach wie vor auf dem Stein. »Warte hier«, wies ich sie an. Dann rannte ich los.

Der Schnee unter meinen Schuhen knirschte, der Wind schien wütender zu brausen, Schneeflocken versperrten mir die Sicht, aber ich wurde nicht langsamer, bis ich die Stelle erreicht hatte.

Und dort, seelenruhig gegen den Stein gelehnt und gerade dabei, sich eine Zigarette anzuzünden, stand der Kerl mit den dunklen Locken und dem besitzergreifenden Handschlag.

Ari.

Daphne

25. DEZEMBER
GEGENWART
KURZ VOR SONNENUNTERGANG

Auf dem höchsten Berg des Dorfs inmitten unzähliger Ahornbäume wächst eine einzelne Eiche, deren Wurzeln so dick sind, dass sie sich mehrere Meter über den Boden ziehen und dort jegliche andere Vegetation unmöglich machen. Triff mich dort morgen nach Sonnenuntergang.

Die detaillierte Beschreibung des Baums in Ioannas Brief ist unnötig, ich weiß genau, welcher gemeint ist. Wir nennen ihn den Geisterbaum. Als ich ein Kind war, erzählten mir meine Großeltern Gruselgeschichten darüber. In einer von ihnen haust ein alter Zauberer in ihm, der sich im Winter, während einer langen Reise, dort verkriecht, um der Kälte zu entkommen, und vor lauter Erschöpfung in einen tiefen Schlaf fällt. Nachdem er erwacht ist, stellt er zu seinem Schrecken fest, dass er mit dem Baum verwachsen ist. Fortan streckt er seine Hände, die zu Wurzeln geworden sind, immer weiter aus, um seinem hölzernen Gefängnis zu entkommen. Das Ächzen der Äste und Rascheln der Blätter sind seine Hilferufe.

»Wieso helfen wir ihm nicht?«, habe ich Papou damals gefragt. »Wir könnten den Baum fällen und den Zauberer befreien!«

Mein Großvater hat den Kopf geschüttelt. »Er ist inzwischen so sehr mit dem Baum verwachsen, dass wir dem Holz nichts anhaben könnten, ohne auch dem Zauberer zu schaden. Nur er selbst kann sich befreien. Er muss die Entscheidung treffen, frei sein zu wollen.«

»Also will er eigentlich gar nicht frei sein?«

Papou hat mit den Schultern gezuckt. »Ich glaube, ein Teil von ihm genießt die Gefangenschaft. Der Baum ist eng, aber es ist der Zustand, den er gewohnt ist. Die Welt da draußen ist viel ungewisser.«

Die Geschichte spukt in meinem Kopf herum, während ich mich über einen steilen Wanderweg den Berg hochkämpfe und stumm flehe, es rechtzeitig zu schaffen. Eine halbe Stunde werde ich mindestens noch brauchen. Der Schweiß läuft mir den Rücken herunter, meine Lunge brennt, doch ich verlangsame meine Schritte nicht. Ich brauche Antworten.

Normalerweise gibt es eine Gondel, die innerhalb von wenigen Minuten nach oben fährt, aber an Feiertagen ist diese außer Betrieb. Doch so stehen vielleicht meine Chancen besser, dass ich nicht verfolgt werde.

Und dass du abgestochen wirst, ergänzt eine ironische Stimme in meinem Kopf.

Man muss sehr viel Vertrauen haben, um sich zu dieser Jahreszeit in der Dunkelheit an einem dermaßen verlassenen Ort zu treffen. Oder man hat nichts mehr zu verlieren.

Mein Zeitgefühl kommt mir abhanden. Sekunden werden zu Minuten. Der Pfad wird immer schmaler, die Sonne wandert tiefer und blitzt nur ab und zu zwischen Wolkengrüppchen hervor.

Als ich endlich den Baum erreiche, bin ich so aus der Puste, dass meine Atemzüge wie eine schnaufende Eisenbahn klingen. Meine Knie geben unter mir nach, und ich mache Bekanntschaft mit dem vereisten Boden. Auf den Wurzeln und Blättern liegt Schnee. Von hier aus hat man den perfekten Blick aufs Tal und die umliegenden Gebirge. Dodekada wirkt aus dieser Perspektive wie gemalt. Die schneebedeckten Dächer, die Schornsteine, aus denen Rauch steigt, die kleinen Gassen, die sich wie Flüsse zwischen den Häusern hindurchschlängeln.

Mein Zuhause. Der Ort, an dem ich geboren bin. Der Ort, den ich nie verlassen habe, obwohl ich hier nie richtig glücklich war.

Nie? Wirklich nie?

Keuchend und japsend stütze ich mich am Baumstamm ab.

»Du bist gekommen.«

Ich wirble herum.

Wie gestern Nacht trägt sie den roten Mantel und hat sich sorgfältig geschminkt. Gold-, Braun- und Schwefeltöne lassen ihre Augen leuchten. Ihre Lippen glänzen burgunderrot.

»Du bist zu früh«, bringe ich hervor. »Die Sonne ist noch nicht untergegangen.«

Mein Magen zieht sich zusammen, als sie lächelt. »Du bist gekommen«, wiederholt sie so zärtlich, dass ich mich am liebsten umdrehen und wegrennen würde.

Natürlich bewege ich mich keinen Millimeter.

»Ich glaube dir kein Wort.«

»Das sagst du jedes Jahr, Daphne.«

Schwindel überfällt mich. Ob er noch von der Anstrengung

des Aufstiegs zeugt oder von ihrer Anwesenheit, kann ich nicht sagen.

»Ich will die Wahrheit«, verlange ich und füge dann leiser hinzu: »Ich will mich erinnern.«

Schmerz verzerrt ihre schönen Züge. »Komm her.«

Im Gegensatz zu heute Vormittag in ihrem Zimmer lässt sie mir jetzt die Wahl. *Ich* darf entscheiden, ob ich mich ihr nähere.

Und dennoch fühlt es sich nicht wie eine bewusste Entscheidung an, als ich mich auf sie zubewege. Mein Körper reagiert wie von allein.

Nur eine Armlänge von ihr entfernt bleibe ich stehen.

Unsere Atemzüge erzeugen weiße Nebelwolken und vermischen sich miteinander.

Ich merke erst, dass ich weine, als ich zu sprechen beginne. »Wir kennen uns seit fünf Jahren?«

Das hat sie in ihrem Brief geschrieben.

Auch Ioannas Augen glänzen. Sie nickt.

»Wir beide? Zwölf Tage und zwölf Nächte jedes Jahr?«

»In den ersten Raunächten haben wir uns erst in der Mitte kennengelernt. An Silvester.«

Wie in Trance hebe ich meine Hand und lege sie an ihre Wange. Sie erzittert, aber rührt sich nicht von der Stelle. Pure Glückseligkeit springt mir aus ihrem Blick entgegen. Als habe sie ein Leben lang darauf gewartet, von mir berührt zu werden.

17

Ioanna

3. JANUAR
FÜNF JAHRE ZUVOR
MORGENGRAUEN

Ein Klopfen riss mich aus dem Schlaf. Die anderen hatten mir geraten, während der Raunächte Maßnahmen zu ergreifen, um möglichst wenig Zeit zu verschwenden. Die meisten von ihnen schliefen mithilfe von Aufputschmitteln und anderen Drogen überhaupt nicht. Wenn wir schon nicht sterben konnten …

Bisher war ich mit drei Stunden pro Nacht ausgekommen, doch seit der Wilden Jagd war die Erschöpfung unvermeidbar. Als hätte der fremde Herzschlag in meiner Brust mich daran erinnert, dass Gefühle verdammt anstrengend waren.

Ich vergrub meinen Kopf unter dem Kissen und drückte mein Gesicht an die kühle Matratze.

Das Klopfen wurde lauter.

War das wieder Stefanos? Welches Ritual stand heute auf dem Programm?

Das Geräusch eines Schlüssels im Schloss. Sekunden später

öffnete sich die Tür mit einem Knarzen, während ich mich stöhnend aufrichtete.

»Du schläfst ja immer noch!«

Daphne klang viel zu fit. Hastig sank ich zurück und zog die Decke bis ans Kinn.

In ihren Händen hielt sie zwei dampfende Tassen, auf ihren Lippen lag ein breites Grinsen. Sie trug einen übergroßen weißen Pullover, der sie wie einen Eisbären aussehen ließ, und ihre Haare waren zu einem unordentlichen Knoten nach hinten gebunden. Ihre Wangen waren gerötet, auf eine Weise, die mir verriet, dass sie vor Kurzem draußen gewesen war.

Scheiße, sie war so schön. Warum musste sie so schön sein?

»Woher hast du den Schlüssel zu meinem Zimmer?«, murmelte ich.

Sie kam ins Zimmer und kickte die Tür mit dem Fuß hinter sich zu. »Ich habe Papou gestern danach gefragt.«

Gähnend fuhr ich mir durchs Haar. »Verstößt das nicht gegen die Privatsphäre der Gäste?«

»Jep, aber ich dachte mir, es stört dich bestimmt nicht. Wir sind ja jetzt Freundinnen.«

Mit absoluter Selbstverständlichkeit kam sie zu mir, stellte die Tassen auf dem Nachttisch ab und warf sich neben mich aufs Bett. »Rutsch mal.«

Viel zu überrumpelt gehorchte ich. Und schon befanden wir uns gemeinsam unter der Decke. Mein Herzschlag beschleunigte sich, und mir wurde am ganzen Körper heiß.

Freundinnen. Ja, klar.

Plötzlich fühlte ich mich ziemlich wach.

»Womit verdiene ich die Ehre?« Ich wandte ihr mein Gesicht zu.

»Ich glaube dir nicht«, erwiderte sie statt einer Antwort auf meine Frage. »Dass du Ari gestern bei den Gräbern gesehen hast. Warum sollte er uns verfolgen?«

Aha, daher wehte also der Wind. Als Daphne zu uns gestoßen war, hatte der Typ längst die Flucht ergriffen. Allerdings nicht, ohne mir vorher noch einen vor Zorn flammenden Blick zuzuwerfen.

Vielleicht hatte ihn irgendjemand vor Fremden in der Zeit zwischen Weihnachten und dem Epiphanienfest gewarnt. Es gab sie, die Menschen mit viel zu detaillierten Erinnerungen, nur vereinzelt, aber Stefanos war das perfekte Beispiel. Wie bloße Eifersucht kam mir Aris Feindseligkeit mir gegenüber jedenfalls nicht vor. Er hatte Daphne und mich eindeutig verfolgt; dafür hatte er bestimmt noch einen anderen Grund gehabt.

Ich hatte Daphne den glühenden Zigarettenstummel im Schnee gezeigt, der im Begriff gewesen war zu erlöschen, aber sie hatte den Kopf geschüttelt. »Ari raucht nicht.«

»Ist mir egal, ob du mir glaubst«, gab ich jetzt zurück. »Hast du mich deshalb geweckt?«

Sie biss sich auf die Unterlippe, schüttelte den Kopf und griff nach den Tassen neben sich.

Ich nahm den heißen Tee entgegen.

»Erzähl mir mehr von deiner Unsterblichkeit.«

Gerade hatte ich einen Schluck nehmen wollen und hielt überrascht inne. »Was?«

»Du hast gesagt, du bist unsterblich. Wie funktioniert das?«

Ich warf ihr einen misstrauischen Seitenblick zu, während ich trank – und mich prompt verbrannte. Der Schmerz war ein ebenso willkommenes Geschenk wie an jedem der letzten Tage.

Wieso klang sie plötzlich so ernsthaft, obwohl sie mir gestern noch kein Wort geglaubt hatte? Ihre Miene verriet nichts, sie war vollkommen neutral.

»Na ja, so wie Unsterblichkeit eben immer funktioniert. Wenn du versuchst, mich umzubringen, wirst du nicht weit kommen. Mein Körper heilt schneller, als du blinzeln kannst.«

Sie behielt ihr Pokerface bei. »Nur während der Raunächte?«

Nickend trank ich erneut. Die heiße Flüssigkeit mit Honig wärmte mich von innen.

»Wieso?«

»Weil ich eine Kalikanzari bin.«

Sie gab sich sichtlich Mühe, ihre Ungläubigkeit zu verbergen. »Wurdest du so geboren?«

Mein ganzer Körper verkrampfte sich.

Sie runzelte die Stirn. »War das die falsche Frage?«

Atmen. Einfach atmen.

Ich schüttelte den Kopf. »Ich wurde nicht so geboren«, brachte ich hervor. »Niemand wird das. Ich wurde letztes Jahr zu einer.«

»Wie?«

»Wie ich es dir gestern auf dem Friedhof erzählt habe, jedes Jahr wird ein menschliches Opfer ausgesucht. Das war letztes Jahr ich. Erst hat eine Kalikanzari mein Herz zum Stillstand gebracht. Und dann hatte ich sechs Tage Zeit, um zu entscheiden, ob ich sterben oder zu einer von ihnen werden will.« Ich schloss die Augen. »Wegen meiner Schwester habe ich mich für Letzteres entschieden. Ich habe mir das Herz aus der Brust geschnitten und es unter den Weltenbaum gepflanzt.«

Eine Pause entstand. Ihr Herz klopfte gleichmäßig weiter. Natürlich nahm sie meine Worte nicht ernst. Wie auch?

»Klingt irgendwie schon nach Vampiren. Werden die in den meisten Mythen nicht auch gebissen und müssen dann entscheiden, ob sie Menschenblut trinken oder ins Gras beißen?«

Ihre Stimme klang belustigt. Ich hatte ihr gerade das Schlimmste erzählt, was mir je passiert war, und sie nahm es nicht ernst.

Wahrscheinlich war es besser so. Dann würde sie auch nicht darauf kommen, was ich ihrem Großvater angetan hatte.

»Ja.« Ich schlug die Augen auf und rang mir ein Lächeln ab. »Deshalb vergleichen viele Sagen die Kalikanzari auch mit Vampiren. Oder mit Werwölfen. Auch unser Fluch bewegt sich auf dem schmalen Grat zwischen Mensch und Monster.«

Grinsend trank sie von ihrem Tee. »Du wirkst nicht wie ein Monster auf mich.«

»Das sagst du jetzt.«

Sie öffnete den Mund und schloss ihn wieder, bevor sie nach kurzem Überlegen fragte: »Also hast du keinen Herzschlag? Das müsste doch auffallen.«

»Doch. Silvester und damit die Wilde Jagd liegt schon hinter uns. Ich habe den Herzschlag eines anderen Menschen gestohlen. Damit alle Kalikanzari etwas fühlen können.«

»Nett von dir.« Ein Lachen entfuhr ihr. Es klang so schön und frei, dass ich für einen Moment auf einer Glückswelle ritt, bis mir wieder bewusst wurde, wovon unser Gespräch handelte. »Als wir uns kennengelernt haben, hast du gesagt, du willst mein Herz.«

»Ich wollte es so sehr. Es war Mitternacht, und der Fluch hat verlangt, dass ich ein Opfer bringe. Aber ich konnte dir das nicht antun. Ich wollte es niemandem antun, schon gar nicht jemandem, der so jung ist wie ich ...«

Zum ersten Mal, seit sie mein Zimmer betreten hatte, klopfte ihr Herz schneller. Meines reagierte sofort darauf.

»Glaubst du mir endlich?«, wisperte ich.

Sie wich meinem Blick aus. »Wenn nicht ich, wer dann?«,

wollte sie statt einer Antwort wissen. »Wessen Herzschlag hast du gestohlen?«

»Den eines alten Mannes. Keine Ahnung, wer es war.« Ich war froh, dass sie immer noch wegschaute und so die Lüge in meinen Augen nicht sehen konnte. »Als es vorbei war, bin ich in dieses Gasthaus gestolpert und habe deinen Großvater kennengelernt. Ich bin nicht wirklich auf der Durchreise. Das war gelogen. Ich bin hier, weil ich meine Pflicht erfüllen muss.«

Keine Reaktion. Selbst in meinen Ohren klang es wie eine lächerliche Rechtfertigung.

»Ich wollte es nicht«, fuhr ich fort, obwohl ich lieber die Klappe halten oder vom Thema ablenken sollte. »Ich schwöre, ich wollte es nicht. Aber ich konnte mich nicht dagegen wehren. Und er … Der Mann hat mich erkannt, auch wenn sich die Dorfbewohner eigentlich erst am Ende der Raunächte an uns erinnern sollten. Er wusste, was geschehen würde. Er hat sich nicht gewehrt.«

Ihr Blick fand meinen wieder. »Beschreib ihn mir. Vielleicht kenne ich ihn.«

»Es war dunkel!«, rief ich. »Ich erinnere mich nicht an Details.« Die Wut in meiner Stimme galt nicht ihr, sondern mir. Weil ich ein Feigling war. Weil ich ihr beichten sollte, dass es sich um ihren Großvater handelte, aber die Wahrheit nicht über die Lippen bekam.

Daphne musterte mich. Noch immer konnte ich nicht sagen, ob sie mir glaubte oder das alles bloß für ein Märchen hielt. »Du hast gesagt, die Dorfbewohner erinnern sich erst am Ende der Raunächte an … euch«, wechselte sie das Thema. »Wieso?«

»Das liegt am Fluch«, murmelte ich, erleichtert, dass sie nicht weiter nach meinem Opfer fragte. »Menschen vergessen alles, was mit der Magie der Kalikanzari zu tun hat, sobald die

Raunächte vorbei sind und die Kalikanzari das Dorf wieder verlassen haben.«

»Okay«, erwiderte sie langsam. Die Verwirrung war ihr nun deutlich anzuhören. »Aber dieser Mann hat sich trotzdem an dich erinnert? Wie geht das?«

»Ich bin mir nicht sicher. Aus irgendeinem Grund hat er sich an letztes Jahr erinnert. Dass ich zusammen mit meiner Schwester nach Dodekada gekommen bin. Bis vorgestern hatte ich keine Ahnung, wer er ist.«

»Wo ist deine Schwester jetzt?«

»Ich weiß es nicht«, erwiderte ich. »Ich habe die erste Hälfte der Raunächte damit verbracht, sie zu suchen.«

»Warum sollte sie dich plötzlich im Stich lassen?«

»Vielleicht hat sie realisiert, was sie mir angetan hat.«

Daphne runzelte die Stirn. »Inwiefern hat sie dir …«

»›*Wenn du stirbst, sterbe ich auch*‹«, wiederholte ich Sterianis verzweifelte Worte. »Das hat sie gesagt, als sie erfahren hat, dass ich markiert wurde. Ich habe ihr geglaubt. Auch ich konnte mir mein Leben nicht ohne sie vorstellen.«

Stille breitete sich zwischen uns aus. Im Nebenzimmer schrie ein Baby, Sekunden später ertönte eine erwachsene Stimme, die ihm etwas vorsang. Ein Lied in einem Dialekt, den ich kaum verstand. Einzig das Wort »Apfelbaum« hörte ich heraus.

»Deiner Logik zufolge erinnern sich Menschen an nichts mehr, was mit den Kalikanzari zu tun hat, sobald die Raunächte vorbei sind«, flüsterte Daphne. »Das heißt, deine Schwester erinnert sich wahrscheinlich nicht an dich. Oder irre ich mich?«

In den letzten Monaten war ich die Optionen so oft in Gedanken durchgegangen. Steriani erinnerte sich nicht an den Fluch, nur an meinen vermeintlichen Tod. Also hatte sie sich selbst umgebracht. Oder sie hatte sich weit weg von hier ein neues Leben aufgebaut und mich vergessen.

Doch es war eine Sache, emotionsfrei über die verschiedenen Szenarien nachzudenken, und eine ganz andere, dabei von den heftigsten Gefühlswellen überschwemmt zu werden. Seit ich wieder in Dodekada war, hatte ich nur Rache im Sinn gehabt. Rache wurde von Wut befeuert. Wut war sicher. Wut richtete sich nach außen. Sie löste keinen inneren Schaden aus. Daphnes Fragen führten mich auf einen neuen Pfad – von dem ich nicht wusste, ob ich bereit für ihn war.

Abrupt schlug ich die Decke zurück und erhob mich. Daphne hatte gerade nach ihrer Tasse greifen wollen und ließ die Hand sinken. Erst jetzt bemerkte ich, dass sich Kaffee darin befand. Hatte sie sich gemerkt, dass ich lieber Tee trank?

Ich trug nur einen Slip, und sie brauchte einen Moment zu lang, um wegzusehen.

Ihre Bereitschaft, sich auf das Gespräch über Kalikanzari einzulassen, täuschte mich nicht. Ich war mir sicher, sie hielt das alles immer noch für eine abgefahrene Geschichte, die ich mir ausgedacht hatte. Also lief ich zum Kamin, der die ganze Nacht über gebrannt hatte. Das Feuer war fast erloschen, doch es gab noch genug glühende Holzscheite. Ich griff nach dem längsten und zerrte ihn heraus. Der Schmerz in meinen Fingern war bedeutungslos.

Daphne zog die Knie an ihren Oberkörper und presste sich mit dem Rücken an das Bettgestell. »Was … Was machst du da?«

»Weißt du, wie es sich anfühlt, den Herzschlag in deiner Brust überdeutlich schlagen zu hören?«, gab ich zurück. Dann stellte ich mich direkt vor sie, streckte einen Arm aus und fuhr mit dem glühenden Holzstück über meine nackte Haut. Drückte es fest dagegen und hieß den Schmerz willkommen.

Ein Zischen. Der Gestank von verbranntem Fleisch erfüllte die Luft. Es war faszinierend, wie echt es roch, wie echt es sich anfühlte.

Daphne schrie. Sie schrie, als wäre es ihr Arm, nicht meiner, und sie hörte nicht damit auf, bis ich das Holz sinken ließ, vor ihr in die Hocke ging und die freie Hand auf ihren Mund presste.

»Wusstest du, dass man früher die Zehennägel von Babys versengt hat, die während der zwölf Raunächte geboren wurden?«, hauchte ich. »Es wurde angenommen, dass es sie davor schützen würde, sich in Kalikanzari zu verwandeln.«

Sie schüttelte meine Hand ab und stieß mich zurück.

»Du … Du hast den Verstand verloren!«

Ich wandte mich von ihr ab, lief zum Kamin und schmiss das Holzstück ins Feuer, ehe ich zu ihr zurückkehrte. Die nackte Panik stand ihr ins Gesicht geschrieben. Beinahe hätte ich Mitleid empfunden – wenn ich nicht schon an meinen eigenen Gefühlen zu ersticken gedroht wäre.

»Sieh hin.« Ich streckte ihr meinen Arm entgegen, in dem nach wie vor der Phantomschmerz pochte. »Was siehst du?«

Daphne schaute auf meinen unversehrten Arm, zurück in meine Augen und wieder auf den Arm. Sie wirkte, als wäre sie drauf und dran, sich zu übergeben.

»Denkst du immer noch, ich bin kein Monster?«, zischte ich.

Sekunden verstrichen wie Minuten.

Ich wünschte mir, in ihren Kopf schauen zu können. Man hätte meinen sollen, es reichte aus, den Herzschlag eines Menschen zu hören. Doch es war schier unerträglich, ihn in mir widerhallen zu spüren, ohne zu wissen, was der wahre Grund dafür war. War ich zu weit gegangen? Würde sie gehen und sich weigern, noch eine weitere Minute in meiner Gegenwart zu verbringen? Wäre ich erleichtert? Wieso veränderte sich ihr Gesichtsausdruck?

Mit einem Mal sah sie mich beinahe verächtlich an, während ihr Herz unverändert raste.

»Könntest du dir bitte was anziehen?«, fragte sie schließlich trocken.

Ehe ich darauf reagieren konnte, ertönte ein Klopfen an der Tür.

»Ioanna?« Das klang nach Stefanos. »Ioanna, ist alles in Ordnung?«

Daphnes Gesichtszüge froren ein.

Ich seufzte tief, während ich nach dem weißen Nachthemd griff, das über dem Stuhl hing. Nachdem ich es übergezogen hatte, lief ich zur Tür und öffnete sie einen Spaltbreit, gerade so weit, dass mein Gesicht zu sehen war.

»Guten Morgen«, murmelte ich.

Daphnes Großvater trug ein kariertes Flanellhemd, roch nach kaltem Rauch und Holzofen. Seine Stirn lag in Falten. »Geht es dir gut? Ein Gast meinte, er habe Schreie gehört.«

Ich setzte eine ratlose Miene auf. »Stimmt, die habe ich auch gehört. Muss aus dem Nebenzimmer gekommen sein.«

Daphnes Herzschlag hinter mir polterte unregelmäßig. Sie gab keinen Laut von sich.

»Geht es dir wirklich gut?« Er streckte eine Hand aus und berührte meine Wange.

Alles in mir schrie danach, seine Hand wegzuschlagen. Ich wagte es kaum zu atmen. »Mir geht es *wirklich* gut. Und Ihnen?«

Lächelnd ließ er die Hand sinken. »Alles bestens. Dein Frühstück steht unten bereit. Kiriaki und ich fahren in die Stadt, um Besorgungen zu machen. Daphne müsste hier irgendwo herumlaufen, ich habe sie eben noch in der Küche gesehen. Sie kann dir Gesellschaft beim Frühstück leisten. Danach wollte sie ihr Zimmer bei uns zu Hause ausmisten – alten Ballast loswerden und Platz für Neues schaffen, den ersten Schritt für gute Vorsätze machen. Vielleicht hast du Lust, ihr dabei zu helfen?«

Mit jedem seiner Worte bröckelte meine Selbstbeherrschung. Im nächsten Moment war ich nach draußen auf den Flur getreten und hatte die Tür hinter mir zugezogen.

Stefanos wich einen Schritt zurück, um mir Platz zu machen.

»Was sagt Ihre Frau zu Ihrem fehlenden Herzschlag?«, wisperte ich.

Stille.

Kein Schmerz in seinen Augen. Kein Bedauern. Keine Wut.

Nach einer halben Ewigkeit räusperte er sich. »Wir sehen uns später, Ioanna. Genieß deinen Tag.«

Ich wollte schreien, doch kein Laut verließ meine Lippen. Als er sich umdrehte und Richtung Treppe schlurfte, öffnete ich die Tür und trat wieder ins Zimmer.

Daphne saß stocksteif auf dem Bett, ihr Teint machte dem Farbton der kahlen Wand Konkurrenz.

»Du kannst gehen«, brachte ich mit bebender Stimme hervor.

Langsam richtete sie sich auf. »Ich habe keine Angst vor dir.«

»Vielleicht würde ich dir glauben, würde dein Puls nicht so rasen.«

Sie zuckte zusammen.

»Hau schon ab«, schoss es aus mir hervor. Der Anblick ihres Großvaters hatte die Realität mit voller Wucht zurückgebracht.

»Wieso?«

Ruckartig erhob sie sich. Machte einen zaghaften Schritt auf mich zu. Dann noch einen. Und noch einen. Je näher sie kam, desto selbstbewusster wurde sie. Und je selbstbewusster sie wurde, desto wehrloser wurde ich.

Dieses verdammte Gefühlschaos in ihr … Sehnsucht und Verwirrung und Neugier und Angst und Erregung. Wie konnte man so viel in so kurzer Zeit empfinden? Ich wünschte mir, es ausblenden zu können. Ich wünschte mir, stärker zu sein, widerstehen zu können. Ich wünschte mir, ich wäre nicht ausgehungert, nicht verzweifelt auf der Suche nach …

»Ich lasse mich nicht so leicht vertreiben«, flüsterte sie. »Ich glaube daran, dass wir alle ein Monster in uns tragen. Und es wird erst gefährlich, wenn wir so tun, als würde es nicht existieren. Das ist das Problem mit meinen sogenannten Freunden. Sie verdrängen ihre Monster. Du bist anders. Du denkst, das macht dich Furcht einflößend, dabei ist es genau andersrum. Es ist der Grund, aus dem ich anfange, dir zu vertrauen.«

Ein Lachen brach aus mir hervor. Aus irgendeinem Grund klang es wie ein Schluchzen. »Es ist alles andere als schlau, mir zu vertrauen, Daphne.«

Das Lächeln, das sie mir schenkte, war so schön, dass es mir den Magen umdrehte.

»Ich habe nie behauptet, ich wäre schlau.«

Ioanna

3. JANUAR
FÜNF JAHRE ZUVOR
VORMITTAG

»Unerwartet.«

Mit verschränkten Armen stand ich in Daphnes Zimmer und nahm das Chaos unter die Lupe. Zusammengeknüllte bunte Kleidung auf dem Boden vor ihrem Bett, dazwischen mindestens drei Tassen mit eingetrockneten Kaffeeresten, schlammverschmierte Boots, ein zerfleddertes Notizheft, auf dessen Cover Musiknoten gedruckt waren, Kabel über Kabel, etwas, das wie eine Soundkarte aussah, ein Mikrofon, violettfarbener Lidschatten, ein halb aufgeklappter Laptop. Die Wände waren von einer vergilbten Tapete bedeckt – altrosa Blüten und dunkelgrüne Äste. Es roch nach Anis, überreifem Obst und abgestandener Luft.

»Was? Dass ich eine Persönlichkeit habe?« Daphne wandte mir den Rücken zu, um das Fenster über ihrem Schreibtisch zu öffnen, aber ich hörte das Grinsen aus ihrer Stimme heraus.

Der Raum bildete einen krassen Kontrast zum restlichen

Haus. Wohnzimmer und Küche waren auf Hochglanz poliert und aufgeräumt, die Einrichtung erinnerte mich an die meiner Eltern: dunkle Möbel, Glasschränke, Familienfotos und Ikonen. Nur Letztere gab es in meinem alten Zuhause nicht.

»*Das* ist deine Persönlichkeit?«

Sie drehte sich zu mir um. Der Wind wirbelte ihr das Haar nach vorn. Mit beiden Händen hielt sie es aus ihrem Gesicht. »Zumindest mehr als das, was du bisher von mir gesehen hast.« Sie biss sich auf die Unterlippe. »Du kannst dich geehrt fühlen. Ich habe seit Jahren niemanden mehr in dieses Zimmer gelassen.«

»Niemanden?«

»Meine Großeltern ausgeschlossen.«

»Wieso zeigst du es mir?«

Nachdem ich im Gasthaus gefrühstückt hatte, hatte Daphne mich zum Haus mitgenommen. Natürlich hätte ich ihr nicht folgen müssen. Aber mir blieben nur noch drei Tage. Mir fehlte die Kraft zur Selbstlosigkeit. Und wenn selbst ihr Papou den Kontakt befürwortete … Was versuchte ich noch, dagegen anzukämpfen?

»Weil ich nicht das Gefühl habe, ich müsste dir etwas beweisen«, sagte Daphne leise und bückte sich dann nach dem Klamottenberg. »Also, mein guter Vorsatz fürs neue Jahr ist es, ordentlicher zu werden. Was ist deiner?«

Nein, danke.

»Wo sind die Bücher?«

Sie runzelte die Stirn. »Was?«

»Du fühlst dich unverstanden, ganz anders als die anderen. Bist zu … höflich, um es sie spüren zu lassen. Sag bloß, du stehst *nicht* darauf, dich in fremde Welten zu flüchten?«

»Steckst du Menschen immer so schnell in Schubladen?«

»Ja.« Ich grinste. »Ich bin ein Miststück, das alles und jeden verurteilt, nur um sich nicht an die eigene Nase fassen zu müssen. Also? Keine Bücher?«

Halb genervt, halb belustigt verdrehte sie die Augen. »Ich finde lesen anstrengend.«

Sie stopfte die Klamotten in einen Wäschekorb und fischte etwas dahinter hervor, das sie triumphierend in die Höhe reckte. »Apropos, dieses Buch sollte ich zurückgeben.« Ihre Miene wurde finster. »Ari hat es mir ausgeliehen. Ich habe mir wirklich Mühe gegeben, es zu lesen, aber das wird nichts mehr mit uns. Keine Ahnung, wie er auf die Idee gekommen ist, ich könnte ein Theaterstück unterhaltsam finden, wenn ich mich nicht mal für Romane begeistern kann.«

»Natürlich liest er Theaterstücke«, murmelte ich immer noch grinsend und nahm ihr das Buch aus der Hand. Das Cover war eine alte Illustration, mit einem Baum in der Mitte und vier Menschen, die um ihn herum standen. »Und natürlich fremdsprachige.«

Als ich den Titel entzifferte, verging mir das Grinsen. *Was ihr wollt.*

»Der Kerl steckt voller Überraschungen…«

Daphne hob die Brauen. »Weil er Shakespeare mag? Ja, das dachte ich erst auch. Oh, er ist ja so anders, so tiefgründig. Er liest nicht nur griechische Texte.«

Sie sprach weiter, doch ich hörte sie nicht mehr.

Wie viel wusste Ari über die Raunächte? Konnte das alles ein großer Zufall sein?

»Ioanna?«

Ich riss mich vom Anblick des alten Buchs los. »Hm?«

»Was ist mit dir? Liest du?«

»Ja.« Mit einem Räuspern gab ich ihr das Buch zurück. Meine Stimme klang seltsam. »Ja, ich finde, es hilft gegen die Langeweile.«

Zumindest war es am Anfang so gewesen. Je mehr Tage vergangen waren, desto schwerer war es mir jedoch gefallen, mich auf Geschichten einzulassen. Wenn man nichts empfand, war jede Erinnerung an Gefühle wie ein Schlag ins Gesicht.

»Hältst du mich für ungebildet, weil ich nicht lese?« Ihre Wangen färbten sich rosa. Sie schien sich selbst mit ihrer Frage überrumpelt zu haben.

Was spielt es für eine Rolle, was ich von dir halte?

Ich lachte. »Ich beneide dich eher, weil du es nicht zum Überleben brauchst.«

Dunkelheit kroch in ihren Blick. »Manchmal fühlt es sich an, als hätte ich überhaupt keine Persönlichkeit.«

Abwartend sah ich sie an. Ihr innerer Aufruhr war allgegenwärtig. Von einem Moment auf den anderen schoss er hervor. Schwappte zu mir herüber. Riss mich mit sich. Es war nicht angenehm, aber intensiv. Es war viel besser als *angenehm*. Es machte süchtig. Ich musste mich zusammenreißen, um nicht ganz dicht an sie heranzutreten. Verstand sie, was für eine Wirkung ihre Gefühle auf mich hatten?

»Weißt du, es fällt mir nicht schwer zu überleben. Ich langweile mich selten. Mein Kopf ist immer voll von anderen Menschen. Ich denke daran, was sie gesagt haben, wie sie dabei geguckt haben, an die allerkleinsten Regungen, die verraten, wie es wirklich in ihnen aussieht. Ich denke daran, was sie traurig und glücklich macht. Aber ich frage mich nie, was *ich* eigentlich will. Es spielt irgendwie keine Rolle in meinem Leben. Ist das nicht seltsam? Fast als wäre ich nur für andere da.«

Mein Herz raste. Ihre Verzweiflung war so … nah. Fast als wäre sie meine eigene. Ich versteckte meine Hände hinter meinem Rücken, damit sie nicht bemerkte, wie sie zitterten.

»Kein Wunder«, murmelte ich. »Kein Wunder, dass du Bücher anstrengend findest. Du bist rund um die Uhr mit anderen Menschen beschäftigt, warum solltest du dich noch zusätzlich mit den Gedanken weiterer Leute beschäftigen?«

»Klingt logisch, wenn du es so formulierst.«

»Wie wär's mit einem anderen Jahresvorsatz?« Ich deutete auf das Chaos zu unseren Füßen. »Wen interessiert das schon? Würdest du nicht lieber herausfinden, was du willst?«

Sie verzog das Gesicht. »Ich würde mir gern etwas vornehmen, das ich auch umsetzen kann. Sonst werde ich nur enttäuscht.«

»Vielleicht ist das genau der Punkt. Ich glaube, man muss Enttäuschungen in Kauf nehmen, um etwas zu finden, was man wirklich, wirklich will.«

Plötzlich umspielte ein Lächeln ihre Lippen. »Du bist auch nicht so, wie ich erwartet habe.« Ich wollte etwas erwidern, doch sie kam mir zuvor. »Genug von mir. Sag mir endlich, was *du* willst.«

Meine Schwester finden. Meine Schwester bestrafen. Meine Schwester …

Ich will meine Schwester.

»Du bist nicht bereit dafür«, murmelte ich.

Sie hielt meinem Blick stand, auch wenn sie erneut errötete. »Trau mir mehr zu.«

Meine Beine bewegten sich wie von allein. Ein, zwei, drei Schritte. Bis ich so nah vor ihr stand, dass sie den Kopf heben musste, um mich weiterhin anzusehen.

»Ich will dich küssen.«

Kein Schock. Nicht mal Überraschung.

Dann tu's doch, sagten ihre Augen. Tu es.

Ihr Atem beschleunigte sich. Ihre Lippen teilten sich. Sie hatte wirklich schöne Lippen, fast dunkelrot.

Sie schluckte hart. »Ich habe noch nie …«

»… eine Frau geküsst?«

»Irgendwen.«

Ach, fuck! Mit ersten Küssen war nicht zu spaßen, oder? Andererseits – in drei Tagen war alles vergessen. Sie hatte die Chance auf einen Neuanfang. Und hatte ich mir nicht vorgenommen, egoistischer zu sein?

Du könntest mit mir üben, lag mir auf der Zunge.

Ich schüttelte den Kopf über meine eigenen Gedanken. Was für ein Klischee! Diesen Satz hatte ich einmal zu oft gesagt, weil er früher der einzige Weg gewesen war, irgendeine Art von Nähe zu erfahren.

Das hier war neu. Nicht nur für Daphne, auch für mich. In drei Tagen würde es keine Rolle mehr spielen.

Was innerhalb der Raunächte passiert, bleibt innerhalb der Raunächte …

Ganz langsam hob ich die Hände und strich ihr die langen dunklen Locken hinter die Ohren.

Scharf sog sie die Luft ein.

»Willst du?«, flüsterte ich. »Oder hättest du deinen ersten Kuss lieber mit ihm?«

»Nein.« Ihre Stimme versagte. Sie räusperte sich. »Ich will jemanden, der auch mich will.«

Hitze übertrug sich von ihrem auf meinen Körper. Im nächsten Augenblick lagen ihre Hände an meinen Hüften. Sie zitterte. Wenn sie jetzt schon zitterte, was würde währenddessen mit ihr geschehen?

»Du musst führen.« Ihre Wangen glühten inzwischen. »Ich habe keine Ahnung.«

Ich wollte mich vorbeugen und jeden Zentimeter ihres Gesichts mit den Lippen nachfahren. Dann ihren Hals.

Nein. Ich durfte sie nicht verschrecken.

»Bist du dir sicher?«

»Ich bin mir sicher.«

»Dein Herz dreht durch.«

Ihre Finger krallten sich in meine Haut. »Hör auf damit.«

Ein leises Kichern entfuhr mir. Und dann zog ich sie ruckartig näher, bis sich unsere Nasenspitzen berührten. »Wir werden so viel Spaß miteinander haben …«

In dem Augenblick, in dem ich den letzten Abstand zwischen uns überbrücken wollte, ertönte durch die angelehnte Tür ein Geräusch von unten. Die Haustür wurde geöffnet.

Sekunden später waren Schritte zu hören.

»Daphne, deine Mutter will mit dir reden!«, rief Kiriaki.

19

Ioanna

3. JANUAR
FÜNF JAHRE ZUVOR
ABEND

Es gab geschmortes Lamm und mit Zwiebeln gefüllte Auberginen. Lamm war sowieso nicht mein Fall, aber ich hatte es noch nie so wenig gemocht wie an diesem Abend.

Daphne saß mir gegenüber am Küchentisch, in ihren Augen spiegelten sich die Flammen der Kerzen, die zwischen den Auflaufformen standen. Stefanos befand sich neben mir, seine Frau neben ihrer Enkelin. An der Wand hinter dem Tisch hingen Ikonen von irgendwelchen Heiligen und ein altes Hochzeitsfoto sowie ein goldgerahmtes Bild, das einen Mann mit Baby auf dem Arm zeigte. Er hatte dunkles volles Haar, eine prominente Nase und einen Schnauzer. Mit unleugbarer Freude im Gesicht hielt er dem Baby eine Rose zum Riechen hin. Das Foto wirkte zu neu, als dass es Stefanos zeigen konnte. Ich tippte eher auf seinen Sohn.

Daphne hatte nicht mit ihrer Mutter sprechen wollen, das hatte ich ihrem Blick sofort entnommen. Dennoch hatte sie mich in ihrem Zimmer stehen lassen und war die Treppe nach unten gehastet, um das Telefonat entgegenzunehmen. Dann hatte ihre Großmutter mich gerufen und gebeten, ihr in der Küche zu helfen. Ich war panisch geworden, denn ich hatte nicht geplant, allein mit ihr zu sein, aber sie hatte mich ganz normal behandelt. Genau wie Stefanos schien sie mich nicht zu hassen. Hatte er ihr doch nicht die ganze Wahrheit erzählt? Oder verdrängten sie schlichtweg beide die Realität? Diese und Hunderte weitere Fragen lagen mir auf der Zunge, dennoch brachte ich keine einzige hervor. Mir blieb nur noch so wenig Zeit unter Menschen. Wenn sie mich hier haben wollten, dann würde ich mich nicht dagegen wehren. Auch wenn mich das selbstsüchtig machte.

Nachdem Kiriaki mich anwies, Zwiebeln zu schneiden, klärte sie mich im Flüsterton über das Familiendrama auf: Ihr Sohn Christos, Daphnes Vater, war gestorben, als Daphne ein Kleinkind gewesen war, und ihre Mutter hatte daraufhin allein das Dorf verlassen – Richtung Thessaloniki, wo sie ursprünglich herkam.

»Wann ist er gestorben?«, platzte es aus mir heraus. »An was für einem Tag?«

Kiriakis wischte sich mit dem Ärmel über die Augen. »An Neujahr.«

Ein Tod während der Raunächte? Das konnte doch kein Zufall sein. War er markiert worden? Aber dann hätte er erst in der Nacht zwischen dem 5. und 6. Januar sterben dürfen, sofern er sich gegen ein Dasein als Kalikanzari entschieden hatte …

»Und Daphnes Mutter ist einfach abgehauen?«, fragte ich weiter, ohne mir die Mühe zu machen, meine Wut zu verbergen.

Kiriakis Blick wurde wehmütig. »Die Trauer hat ihr zugesetzt. Sie litt an Verfolgungswahn. Sie hatte … Theorien. Jeden Tag redete sie darüber, dass es hier nicht mit rechten Dingen zugehe. Dass sie nie länger hier hatte bleiben wollen. Am Anfang wollte sie mit Daphne in die Stadt ziehen. Sie ihrem vertrauten Umfeld entreißen.« Kiriaki schniefte. »Manchmal frage ich mich, ob es besser gewesen wäre, wenn wir das zugelassen hätten. Ein Kind braucht seine Mutter. Aber wir haben den Gedanken nicht ertragen, die Kleine ziehen zu lassen … Wir wussten, würde Maria sie mitnehmen, würden wir sie mit großer Wahrscheinlichkeit nie wieder zu Gesicht bekommen. Unser Verhältnis war bereits zuvor angespannt, doch nach dem Tod von Daphnes Vater war es vollends zerstört. Schließlich hat Maria uns Daphne freiwillig überlassen und ist gegangen.«

Eine Gänsehaut überzog meinen Körper. »Ist Daphne sauer auf ihre Mutter?«

Kiriaki schluckte hart und wandte mir den Rücken zu, um ein Messer abzuwaschen. »Sie fühlt sich im Stich gelassen. Obwohl es unsere Schuld ist. Hätten wir nicht darauf bestanden, sie hier zu behalten, hätte Maria sie vermutlich mit nach Thessaloniki genommen.«

Danach hatte sie mich angesehen, als hätte sie sich wieder daran erinnert, dass sie dieses Gespräch mit einer für sie praktisch Fremden führte, und ich hatte ihr keine weiteren Infos entlocken können.

Jetzt konnte ich den Blick nicht von Daphne wenden, die missmutig in ihrem Essen herumstocherte.

»Wie weit seid ihr gekommen?«, durchbrach Stefanos die Stille.

Daphne war gerade dabei, ihre Aubergine in immer kleinere Stücke zu schneiden, und schien ihn nicht mal zu hören.

»Wir sollten nach dem Essen weitermachen«, klinkte ich mich ein. »Es gibt noch ein bisschen was zu tun.«

Vielleicht würde mir das die Gelegenheit bieten, Daphne nach ihren Eltern auszufragen. Und die Zweisamkeit mit ihr so lange wie möglich auszukosten.

Sie hätte sich wirklich von mir küssen lassen. Bei dem Gedanken pulsierte Hitze durch meinen Körper.

»Ich rede mit dir!«, rief Stefanos laut, als hätte ich nichts gesagt.

Kiriaki wurde sehr still. Daphnes Kopf ruckte hoch. Schock breitete sich auf ihrer Miene aus, doch Sekunden später malte sie ein reuevolles Lächeln darüber. »Entschuldige, Papou.«

Mit zusammengekniffenen Augen schaute ich zu ihrem Großvater. Sein Blick war kalt. »Ich hoffe, du bist gut zu Ioanna. Sie hilft dir freiwillig dabei, dein Chaos zu beseitigen. Man kann eigentlich von niemandem verlangen, sich in diesen Saustall zu begeben.«

Daphnes Gefühle kochten über. Scham. Wut. Noch mehr Scham. Ich spürte sie alle am eigenen Leib wie Stromschläge, und gleichzeitig drohte mein eigener Zorn alles andere zu überlagern. Wieso sprach er so mit ihr?

Ich musste daran denken, was sie zu mir gesagt hatte. »Du hast keine Ahnung, wie wütend er werden kann, wenn man ihm nicht gehorcht.« Ich hatte sie nicht ernst genommen, weil Stefanos mir gegenüber nicht bloß freundlich war, sondern ohne mit der Wimper zu zucken sein Leben geopfert hatte und mich nicht dafür verurteilte, was ich ihm angetan hatte.

»Ich weiß ihre Hilfe zu schätzen, Papou«, sagte Daphne leise.

»Gut. Wie geht es Maria?«

Er sah sie nicht einmal an, als er ihr mit dieser Frage den Rest gab, sondern fuhr seelenruhig mit dem Essen fort.

Ich musste nicht in ihren Kopf gucken, um zu erkennen, dass sie sich fühlte, als hätte er ihr damit einen Schlag in den Magen verpasst.

»Fano, bitte«, begann Kiriaki, doch ein Blick ihres Mannes ließ sie verstummen.

Meine Finger schlossen sich fester um das Besteck.

»Ihr geht es gut«, presste Daphne hervor, jedes Wort ein Flehen nach Erlösung. Eine Träne lief ihr die Wange hinab und fiel auf die rote Tischdecke. »Sie arbeitet viel.«

War das sein Scheißernst? Wieso quälte er sie?

»Du musst nicht jedes Mal emotional werden, Daphne.« Auf einmal klang er ganz freundlich, aber noch immer sah er sie nicht an. »Ich habe lediglich eine Frage gestellt.«

Ich ließ mein Besteck fallen, das mit einem Klappern auf dem Tisch landete, öffnete den Mund, ohne eine Ahnung, was herauskommen würde, aber …

»Sie ist deine Mutter«, fuhr er fort, diesmal bestimmter. »Und das wird sie immer sein. Sie hat dich auf die Welt gebracht und ihr Bestes getan. Ein bisschen Respekt würde dir nicht schaden.«

Daphne schob ihren Stuhl zurück, brachte »Toilette« heraus und floh aus dem Raum.

Ich starrte zwischen Stefanos und Kiriaki hin und her. Sie hatte den Kopf gesenkt und blickte angestrengt auf ihr Essen, er trug eine Mischung aus Trotz und Missbilligung zur Schau.

»Was soll das?«, zischte ich. In diesem Moment war mir scheißegal, dass mich dieser Mensch mit unglaublich viel Verständnis bei sich aufgenommen hatte, obwohl ich sein Leben zerstört hatte.

»Halt dich da raus«, erwiderte er ruhig. »Du bist ein Gast in unserem Haus.«

Ein Schnauben entwich mir. Die Implikation war eindeutig: Ich habe dir ein Dach über dem Kopf gegeben, du hältst dich an meine Regeln. Bis zu diesem Moment war mir Stefanos wie ein viel zu gutmütiger Großvater vorgekommen. Ich hatte ihn fast schon für naiv gehalten. Zum ersten Mal fragte ich mich, ob es eine andere Motivation für sein Verhalten gab. Hatte er sich das Herz von mir stehlen lassen, damit ich in seiner Schuld stand? Oder war es eine andere Schuld, die er zu begleichen versuchte?

Ich war noch nie gut darin gewesen, mich an Bedingungen zu halten, die an Gefallen oder gar an Liebe geknüpft waren. Bei dem Gedanken erklangen die Stimmen meiner Eltern in meiner Erinnerung. »Wir lieben dich, Ioanna. Wir wissen, was gut für dich ist. Du bist noch zu jung, um zu verstehen. Wir haben dich großgezogen, erweise uns Respekt.«

Steriani hatte jahrelang versucht, mich nach diesen Streits runterzubringen: »Halt den Mund, Ioanna. Sag einfach Ja und Amen und denk dir deinen Teil. Es bringt nichts, mit ihnen zu diskutieren. Sie sind zu alt, um sich zu ändern.«

Natürlich hatte ich es nie geschafft, den Mund zu halten. Es war mir egal, wie alt sie waren. Ich hatte sie nicht darum gebeten, mich auf die Welt zu bringen. Ich hatte mir nichts davon ausgesucht, also war ich ihnen auch nichts schuldig. Sie hatten mir Liebe versprochen und mir diese entzogen, als ich nicht mehr nach ihrer Pfeife tanzte. Liebe, die an Bedingungen geknüpft war, war keine Liebe, sondern Kontrolle.

»Bitte entschuldigt mich«, sagte ich mit einem falschen Lächeln und erhob mich.

Ich fand Daphne im Gästeklo am Ende des Flurs. Die Tür war unverschlossen, als hätte ein Teil von ihr gehofft, dass ich ihr nachlaufen würde. Nach meinem behutsamen Klopfen, gefolgt von ihrem Schniefen, schlüpfte ich ins Innere und schloss hinter mir ab.

Sie saß heulend auf der Kloschüssel, deren Deckel mit grünem Stoff überzogen war. Alles hier war grün – die Fliesen, die Olivenseife, der Rahmen des Spiegels über dem Waschbecken.

Durch nasse Wimpern schaute sie zu mir auf. »Wenn du gekommen bist, um mir zu sagen, dass ich mich mehr wehren muss, kannst du gleich wieder abhauen.«

Mein Magen zog sich zusammen. Ich ging vor ihr in die Hocke. »Du musst gar nichts.«

Sie holte tief Luft. »Ich hasse es, dass ich so schwach bin. Jedes Mal, wenn er die Stimme erhebt, heule ich los.«

»Du bist nicht schwach«, zischte ich.

»Ach nein? Heulst du etwa bei jedem kleinen Anflug von Konflikt los?«

Ich seufzte. »Nee, ich schlage um mich. Bin mir nicht wirklich sicher, ob das zielführender ist.«

Auch sie seufzte. »Es ist nicht bloß das. Wenn's um … um sie … um meine Mutter geht, ist es besonders schlimm.«

Ich griff nach ihrer Hand und strich mit dem Daumen über ihre kühle Haut. Wartete, bis sie von allein weitersprach.

»Sie wollte mich nicht. Es ist mir egal, was Jiajia sagt. Welche Mutter lässt ihr eigenes Kind zurück, nur weil sie Stress mit den Schwiegereltern hat? Aber es ist nicht nur, dass sie mich nicht wollte. Sie hat Angst vor mir.«

»Was?«

Daphne drehte ihre Hand um und verschränkte ihre Finger mit meinen. Tausend kleine Blitze durchfuhren mich. Ich wagte es kaum zu atmen.

»Ich spüre es. Jedes Mal, wenn ich mit ihr rede. Deshalb will ich nicht mit ihr telefonieren. Ich ertrage es nicht, wie sie mit mir umgeht. Sie behandelt mich, als hätte ich irgendetwas … Böses in mir. Etwas Verdorbenes.«

Ich runzelte die Stirn. »Wie ist dein Vater gestorben?«

Sie starrte mich an. »Keine Ahnung.«

»Du … Du weißt nicht …«

»Niemand redet mit mir!«, erwiderte sie heftig. »Die behandeln mich alle, als wäre ich ein kleines Kind. Nur meine Mutter nicht, die tut so, als wäre es meine Schuld.«

»Deine Jiajia meinte, dass sie an Verfolgungswahn gelitten hat. Sie hat es dargestellt, als wäre ihre Schwiegertochter abergläubisch.«

Daphne presste die Lippen aufeinander.

»Du bist ganz sicher nicht schuld«, wisperte ich. »Aber wenn es während der Raunächte geschehen ist …«

»Ist das dein Ernst?« Sie entzog mir ihre Finger. »Du spielst immer noch dieses Spiel? Ist das hier alles ein großer Scherz für dich?«

Mit wütenden Bewegungen fuhr sie sich über die Wangen und stand auf, sodass ich ebenfalls gezwungen war, mich aufzurichten und zurückzuweichen.

»Mein Vater ist ein Monster geworden, was?«, fuhr sie spöttisch fort. »Jemand hat ihn gebissen und zum Vampir oder Kalikanzari oder was auch immer gemacht. Und wenn die Uhr Mitternacht schlägt, verwandle ich mich ebenfalls in ein Monster. Deshalb hat meine Mutter wahrscheinlich Schiss vor mir. Danke, Ioanna, dass du das Rätsel gelöst hast. Jetzt geht's mir gleich besser.«

»Wenn er an Neujahr gestorben ist, kann er kein Kalikanzari geworden sein«, sagte ich ruhig. Und außerdem wäre ich ihm vermutlich begegnet, wäre er wie ich. Ich kannte die meisten. Wir verbrachten gezwungenermaßen eine Menge Zeit miteinander.

»Lass mich in Ruhe«, fauchte sie.

In dem Augenblick ertönte ein Klopfen an der Tür. »Ioanna sollte jetzt ins Gasthaus zurückkehren.« Das war Stefanos.

Daphne zögerte keine Sekunde. Sie griff an mir vorbei, legte den Riegel um und stieß die Tür auf. »Sie wollte gerade gehen.«

Ioanna

4. JANUAR
FÜNF JAHRE ZUVOR
NACH SONNENUNTERGANG

Das ganze Dorf roch nach Weihrauch, daran erinnere ich mich genau. Aus den Schornsteinen qualmte es, und obwohl die Dunkelheit schon über uns eingebrochen war, brannte der Himmel. Gelb und Orange. Saharagold.

Ich trug einen kurzen Rock ohne Strumpfhose und eine transparente Bluse, unter der mein BH aus Spitze zu sehen war. Der Schnee war über Nacht geschmolzen, es war immer noch kalt, aber nicht so kalt, wie ich gehofft hatte, und der Alkohol, der in meinem Blut floss, machte es nicht besser. Die Pflastersteine vor mir wirkten wie weichgezeichnet. Als ich unterwegs an einer Kneipe vorbeigekommen war, war mir Likör angeboten worden. Eine Trauerfeier, der dritte Todestag irgendeiner armen Seele. War es ein natürlicher Tod gewesen? Während der Raunächte? Ich wagte es ebenso zu bezweifeln wie bei Daphnes Vater.

Während ich mir eine Kräuterzigarette mit der Witwe des

Verstorbenen geteilt hatte, hatte ich drei Gläser gekippt. Meine Kehle brannte, und ihr schweres Parfum kitzelte mich noch immer in der Nase. Bergamotte und Lavendel. Es war mir nicht leichtgefallen, mich von ihr loszueisen. Ihr Schmerz war zu meinem geworden. Er war allerdings einfacher zu ertragen als das, was mich erwartete, sobald ich Daphne wiedersah.

Ich hatte einmal gelesen, dass Menschen, die es sich inmitten der Trostlosigkeit gemütlich gemacht hatten, vor Glück zurückschreckten wie Ratten vor Terpentin.

Ich bin eine Ratte, Daphne, und du bist mein Terpentin, aber mit mir stimmt etwas nicht, denn statt abzuhauen, bekomme ich nicht genug.

Mein Ziel lag versteckt am Fuß des Berges, auf dem sich die Kathedrale befand. Ich wusste trotzdem genau, wo ich hinmusste – Daphne und ihr Großvater hatten mir insgesamt dreimal den Weg beschrieben, und die Erinnerung an letztes Jahr war noch viel zu frisch. Anscheinend gab es hier nur einen Ort, an dem die Musik der Unterwelt gespielt wurde.

»Du warst letztes Jahr auch da?«, hatte Daphne mich vorhin mit unergründlicher Miene gefragt, als ich bei der letzten Wegbeschreibung abgewinkt hatte. Sie war distanziert, aber höflich gewesen, was schlimmer war als Wut. Seit dem vergangenen Abend im Haus ihrer Großeltern hatten wir keine Gelegenheit bekommen, uns unter vier Augen zu unterhalten, denn sie war den ganzen Tag über mit Arbeiten im Gasthaus beschäftigt gewesen. Irgendetwas sagte mir, dass sie das absichtlich so eingefädelt hatte.

»Ja, mit meiner Schwester. Aber ich erinnere mich nicht daran, dich gesehen zu haben.«

»Ich lag krank im Bett. Deshalb ist mein Auftritt ausgefallen. Jiajia ist zu Hause geblieben, um sich um mich zu kümmern.«

»Auftritt?«

Sie war rot geworden. »Auftritt. Ich … singe ein bisschen.«

Ich konnte mir nicht vorstellen, dass Daphne aus freien Stücken auf einer Bühne performte. Viel wahrscheinlicher war es, dass sie eigentlich überhaupt keine Lust darauf hatte, aber es Stefanos zuliebe machte. Oder weil er ihr keine andere Wahl ließ.

Zwischen einem Kiosk und einer Bäckerei befand sich eine schmale Gasse, kaum einen halben Meter breit, an den Wänden der Gebäude war Regenwasser auf halbem Weg die Häuserfassaden hinab gefroren. Ich quetschte mich hindurch, während der Boden zu meinen Füßen vibrierte und die *Bouzouki*-Klänge immer lauter wurden.

Ich war spät dran.

Aber nicht zu spät, wie sich herausstellte, als ich am Ende der Gasse eine steinerne Treppe nach unten nahm, auf der mir heißer Rauch entgegenwirbelte; kurz darauf wurde ich vom Geruch nach Whisky, Wein und Schweiß eingehüllt. Noch war Daphnes Stimme nicht zu hören.

Mir war, als würde ich eine Bewegung hinter mir auf den Stufen wahrnehmen, doch als ich einen Blick zurückwarf, lag die Treppe verlassen im Halbdunkel. Vielleicht war es die Erinnerung an Steriani, die genau vor einem Jahr hinter mir in die Tiefe gestiegen war und sich über mein Gemaule lustig gemacht hatte. »Du kannst so viel fluchen, wie du willst, Schwesterchen, ich weiß, wer später wieder eine Gänsehaut bekommen wird, wenn sie was von Bellou spielen!«

Sie hatten nichts von meiner liebsten *Rembetiko*-Musikerin gespielt. Dafür Roza Eskenazi, Stratos Pagioumtzis, Glykeria Kotsoula und einige, die mir nichts sagten, aber mich trotzdem zum Tanzen verführten. Zwei Stunden lang hatte ich in einer Ecke geschmollt, an meinem Weinbrand genippt und über die Dorfbewohner gelästert, dann hatte ich es nicht länger ausgehalten. Gemeinsam mit Steriani war ich aufgestanden und hatte mich vor die Bühne gestellt, die Arme ausgebreitet wie ein Vogel seine Flügel, und mit geschlossenen Augen den *Zeibekiko* getanzt, bis mir Schweiß den Rücken und Tränen die Wangen hinabgeflossen waren, weil ich bei dieser Musik nicht anders konnte, als an unsere Mutter zu denken. Steriani hatte mein nasses Gesicht zwischen die Hände genommen und ihre Stirn an meine gelegt. »Wir brauchen sie nicht, Ioanna. Wir sind einander Familie genug.«

Nein. Nicht jetzt. Nicht hier.

Ich blinzelte. Die Treppe führte direkt vor eine schwere Eingangstür, die von einem Kerl im Anzug aufgehalten wurde, der mich mit seinen Blicken auszog.

Das Gebäude lag mit der Rückfassade direkt am Berg.

Drinnen war es brechend voll. Es gab kaum zehn Tische, und sie waren alle besetzt. Ich bahnte mir einen Weg zwischen ihnen hindurch, bis ich am vordersten angekommen war, der nur zwei Meter von der Bühne entfernt stand. Ein Haufen junger Leute saß dort, zusammen mit einer Frau, die so faltig war, dass ich sie auf über neunzig schätzte, und immer wieder einnickte.

»Ist hier noch was frei?«, rief ich gegen die Musik an und setzte mich, ohne eine Antwort abzuwarten, auf einen Stuhl, an dem eine Handtasche hing.

Mehrere Augenpaare zuckten in meine Richtung. Einige von ihnen kannte ich: Thalia, Ari, Alexandros, Michalis und Nikoletta. Ich war froh, dass es keine Kalikanzari waren.

»Du schon wieder«, zischte Nikoletta, die ein rotes Neckholder-Kleid im Ton ihrer Haarfarbe trug.

»Hallo, Ioanna«, sagte Ari mit einem Lächeln, das seine Augen nicht erreichte.

Ich grinste genauso falsch zurück, schnappte mir ein leeres Glas, das vor mir stand, und die Weinkaraffe. Nachdem ich mir großzügig eingeschenkt hatte, richtete ich meinen Blick auf die Bühne, wo Stefanos und zwei jüngere Männer saßen. In diesem Moment gesellte sich eine vierte Person zu ihnen.

Es dauerte einen Moment, bis ich sie erkannte. Daphne trug ein gemustertes metallic-glänzendes Hemd, das in einer dunklen Anzughose steckte. Ihre langen Haare waren mit massenhaft Gel zurückgekämmt und legten ihr Gesicht frei. Bis auf dunkelrot bemalte Lippen war sie ungeschminkt. Ihr Blick zuckte kurz über die Menge, dann zurück zu ihrem Großvater, der ihr zunickte.

Daphne setzte sich auf den Hocker direkt in der Mitte der Bühne und griff nach dem Mikrofon. »Guten Abend.«

Klatschen und Jubel.

Ich bewegte mich nicht. Mein Herz klopfte schneller, und es war nicht das einzige.

Als die ersten Klänge ertönten, zuckte ich zusammen. Stefanos spielte *Bouzouki*, die anderen beiden Männer Trompete und Klavier.

»Eisig ist der Wind in den Straßen«, sang Daphne. »Einem Drachen ist die Seele ähnlich.«

O Ageras stous dromous von Sotiria Bellou.

Ich hielt genau eine Strophe lang durch, bis mir Tränen der Wehmut in die Augen stiegen. Das restliche Lied über kämpfte ich dagegen an, dass sie überliefen. Die anderen Leute verschwanden aus meiner Wahrnehmung. Auch die Kalikanzari, die sich schon wieder unter sie gemischt hatten, ignorierte ich. Da war nur sie.

Du denkst, du hast keine Persönlichkeit, Daphne? Ich wünschte, du könntest dich nur eine Sekunde lang mit meinen Augen sehen.

Ihre Stimme war rau und tief, ganz anders, als wenn sie sprach. Auch ihr Gesicht, ihre gesamte Körperhaltung, schien sich zu verändern, wenn sie sang. Sie wirkte selbstbewusst und in sich ruhend. Und dennoch strahlte sie diese Einsamkeit aus, die mich schon in der Silvesternacht im Wald am See angezogen hatte. Als wäre sie der einzige Mensch auf der Welt.

Das Lied verklang, und tosender Applaus setzte ein. Der Bann war gebrochen.

Ich griff nach einer gefalteten Stoffserviette vor mir und täuschte vor, mir die Nase zu putzen, um die Tränen fortzuwischen. Als ich fertig war, spürte ich einen brennenden Blick auf mir. Ari. Doch in dem Moment, in dem ich rüber schaute, sah er weg und fing ein Gespräch mit seiner Sitznachbarin an – Thalia.

»So toll singt sie auch wieder nicht«, murmelte diese.

Ich verkniff mir ein Schnauben.

Aris Mundwinkel zuckten. »Eifersüchtig?«

»Worauf denn bitte?« Thalia fuhr sich ärgerlich durch die kurzen Haare. »Dass sie denkt, sie ist ein Superstar und eines Tages mit ihrem ach so besonderen Talent in die große weite Welt ziehen wird? Hätte ich eine Mutter, die mich jeden Monat mit Geld zuscheißt, hätte ich vielleicht auch solche Ambitionen.«

Ari öffnete den Mund, doch Alexandros kam ihm zuvor: »Ach, lass sie. Ist doch süß, dass sie noch träumen kann. Du wirst schon sehen, sie wird genauso in Dodekada bleiben wie wir. Und dann muss sie sich eingestehen, dass sie nie etwas Besonderes war.«

Ich ballte meine Hände zu Fäusten. Es musste ihnen bewusst sein, dass ich jedes Wort mitbekam. War es ihnen schlichtweg egal, wenn ich es Daphne weitererzählte?

Nikoletta und Michalis waren in ein Gespräch vertieft und

bekamen nichts davon mit. Ari wirkte gelassen, sogar ein bisschen amüsiert von dem Austausch.

Arschloch.

Ich musterte ihn, Thalia und Alexandros eine Weile, überlegte, ob ich mich einklinken und sie zur Schnecke machen sollte, dann beschloss ich, dass sie meine Energie nicht wert waren. Stattdessen ließ ich den Blick über die anderen Tische gleiten.

Die Kalikanzari, die vor Kurzem, als ich sie bei den heißen Quellen gesehen hatte, noch mit Glückshormonen vollgepumpt gewesen waren, heulten oder starrten missmutig ins Leere. Ich war vorgewarnt worden. Gegen Ende der Raunächte würde sich das Blatt wenden. Zwar verstärkte das Opfer in der Silvesternacht all unsere Empfindungen, doch das hieß nicht, dass wir ausschließlich schöne Gefühle empfingen. Je näher das Ende kam, desto schmerzhafter würde es werden. Ich konnte nicht sagen, ob mein innerer Aufruhr damit zusammenhing oder mit Daphnes Stimme – oder aber der Tatsache, dass ich es nicht ertrug, wenn sie böse auf mich war.

Sie begann mit dem nächsten Lied. Ich nahm sie ins Visier und berauschte mich an ihrem Anblick, an ihrer Stimme, an ihrer Wirkung. Die Lieder wurden fröhlicher, und schon bald standen die ersten Gäste auf, um vor der Bühne zu tanzen. Thalia und Nikoletta waren natürlich mit dabei. Nach einer halben Stunde waren Ari und ich die Einzigen von unserem Tisch, die noch saßen. Es fühlte sich plötzlich wie ein Wettbewerb an, wer länger sitzen bleiben konnte.

Was war los mit diesem Typen? Bloße Eifersucht oder ein berechtigter Beschützerinstinkt?

Die Art, wie er Daphne ansah, war seltsam. Es lag weder Verlangen in seinem Blick noch Bewunderung. Sondern eher so etwas wie … Endgültigkeit. Als wäre sie sein Schicksal. Als hätte ihn alles, was er je getan hatte, zu ihr geführt. Als hätte er keine Wahl.

Ich konnte nicht fassen, dass sie glaubte, er hätte kein Interesse an ihr. Doch mir sollte es recht sein. Ich hatte keine Lust, mich mit einem Kerl um sie zu streiten.

Was bildest du dir ein? Du bist kein Mensch. Wäre das ein Wettbewerb, würde er sofort gewinnen. Übermorgen bist du weg, und sie wird dich vergessen haben.

Eine wilde Verzweiflung ergriff Besitz von mir. So heftig hatte ich sonst nur am Anfang der Raunächte reagiert, beim Gedanken an meine verdammte Schwester.

Die Pause wurde angekündigt. Stefanos und die anderen Männer blieben sitzen, nur Daphne erhob sich und verschwand durch eine Tür auf der Bühne.

Ich stand auf. Schon wieder lag Aris Blick auf mir, doch diesmal ignorierte ich ihn.

Ich quetschte mich an den Menschen vor der Bühne vorbei und wandte mich nach links, um nach einer weiteren Tür zu suchen und nicht an Stefanos und den anderen Musikern vorbei zu müssen. Vergeblich. Also kämpfte ich mich nach rechts durch, wo ich fündig wurde. *Mitarbeiter* stand darauf. Ich nahm an, dass sie in denselben Raum führte, in dem Daphne verschwunden war.

Mit der Faust hämmerte ich dagegen. »Daphne?«, rief ich gegen den Lärm an.

Es dauerte eine Weile, bis geöffnet wurde. Eine einzelne flackernde Glühbirne kurz hinter dem Eingang erhellte ihr Gesicht. In der freien Hand hielt sie ein gefülltes Weinglas, an dessen Rand Lippenstiftspuren zu sehen waren. Ihr Blick war undurchdringlich. Sekundenlang starrten wir uns an, dann ließ sie die Klinke los und wandte mir den Rücken zu. Im letzten

Moment schnellte meine Hand vor, um die schwere Tür aufzuhalten, ehe sie wieder zuschnappen konnte.

Ich folgte Daphne ins Innere. Ein zerknautschtes Ledersofa, ein paar Holzhocker, ein Schminktisch mit beschlagenem Spiegel, der aussah, als würde er aus dem Rahmen fallen, wenn man zu genau hinschaute. An den Steinwänden hingen Plakate von alten Auftritten. Es handelte sich um Theaterstücke und Konzerte, die das ganze Jahr über hier stattfanden. Ich entdeckte keine Hinweise auf Veranstaltungen während der Raunächte.

»Du kannst singen«, durchbrach ich die Stille.

Sie machte eine wegwerfende Handbewegung. »Niemand sonst will's machen. Und Papou bereitet es Freude. Er ist früher mit meinem Vater aufgetreten. Ich will ihm einen Gefallen tun.«

»Also bereitet es *dir* keine Freude?«

Ihr Blick wurde starr. »Doch«, wisperte sie, nachdem sie einen großen Schluck Wein genommen hatte. »Manchmal stelle ich mir vor, wie es wäre, in Städten aufzutreten. Vielleicht in Thessaloniki oder Athen. Aber das … das ist nur ein Traum.«

»Nur?«

»Du weißt schon, es ist unrealistisch. Hier im Dorf gelte ich vielleicht als gut, aber da draußen gibt es Tausende Leute, die ein bisschen singen können.«

Ein bisschen singen! Ich wollte sie schütteln. Bestimmt hatten ihr das ihre sogenannten Freunde bestätigt.

»Du hast mindestens die Hälfte der Gäste zum Heulen gebracht. Mich inklusive.«

Sie errötete. »Wow, ich habe das Herz des Monsters erweicht.« Es sollte wohl sarkastisch klingen, doch ihre Stimme bebte.

Ich machte einen Schritt auf sie zu. Und noch einen, als sie nicht zurückwich. Dann nahm ich ihr das Glas aus der Hand, drehte es, bis der Lippenstiftabdruck zu mir zeigte, und trank. »Bellou ist mir am liebsten. Es hat geklungen, als stünde sie selbst auf der Bühne.« Mit dem Kinn deutete ich auf ihr Outfit. »Und so ausgesehen hat's auch.«

Ihre Wangen färbten sich noch dunkler. Auf einmal grinste sie. »Natürlich ist dir Bellou am liebsten.«

Auch ich musste grinsen. Ich konnte mich nicht dagegen wehren. »Wusstest du, dass sie …«

»Ja. Das wird immer schön von allen totgeschwiegen, wenn sie als ›unser Nationalheiligtum‹ bezeichnet wird.«

Meine Mundwinkel begannen von dem ganzen Lächeln wehzutun. Hilfe, was geschah mit mir? Wo waren mit einem Mal die ganzen negativen Emotionen hin?

»Bist du mir immer noch böse?«, murmelte ich.

Sie griff nach dem Glas. Unsere Finger streiften sich. Einen Herzschlag lang starrten wir beide darauf, ohne uns zu bewegen.

»Danke, dass du gekommen bist.«

»Das ist keine Antwort auf meine Frage.«

Sie entzog mir das Glas, machte allerdings keine Anstalten zu trinken oder zurückzutreten. Uns trennte kaum eine Armlänge.

»Es geht in der heutigen Raunacht darum, die innere Mitte zu finden.« Ihre Stimme zitterte. War sie angetrunken? War es der nachhallende Rausch ihres Auftritts? »Aber wenn du vor mir stehst, fühlt es sich an, als gäbe es nur Extreme.«

Ein Gefühl in meinem Magen, als würde ich fallen. War *ich* der Grund?

»Soll ich gehen?«, entfuhr es mir.

Noch eine Nacht. Eine Nacht und ein Tag, danach würde der Spuk vorbei sein. Ich sollte am Boden zerstört sein. Schmerz und Verzweiflung und Angst sollten mich heimsuchen, so wie die Kalikanzari da draußen. Jeder Herzschlag sollte mich daran erinnern, was ich verloren hatte. Stattdessen erinnerte mich das heiße, erregte Pochen in meiner Brust an alles, was ich zu gewinnen hatte.

Was machte sie mit mir? War es Einbildung? War es Wunschdenken? Eine Ablenkung von der Misere, die bald eintreten würde? Oder war es etwas viel Gefährlicheres?

War dies der Anfang, auf den ich mein Leben lang gewartet hatte?

Daphne lachte. »Nein, Ioanna. Niemand hat gesagt, dass ich meine Mitte finden will.«

Wir waren uns plötzlich noch näher. Keine Ahnung, wer von uns den Schritt nach vorn gewagt hatte.

»Sag das noch mal«, flüsterte ich.

»Was?«

»Meinen Namen.«

Ohne den Blick von mir zu lösen, setzte sie das Glas hinter sich auf dem Schminktisch ab. Die Zeit schien stehen zu bleiben. Aus weiter Ferne rief jemand nach ihr. Hörte sie nicht?

Sie stellte sich auf die Zehenspitzen. Ihre Hände fanden mein Gesicht. Zärtlich. Als wäre ich zerbrechlich.

Wenn sie nur wüsste … Wenn sie mir doch endlich glauben würde …

»Ioanna.« Ihr Daumen fuhr über meine Unterlippe. Was nutzte es mir, unsterblich zu sein, wenn ein Blick, ein Wort von ihr mich in Stücke riss? »Ich war dir nie böse.«

Ich rührte mich nicht, aus Angst, sie zu verschrecken. Aus Angst, sie könnte es sich anders überlegen.

Blutrote Lippen und tiefschwarze Wimpern. Neugierde. Nervosität. Verlangen.

Daphnes Daumen verharrte jetzt an meiner Wange. »Fühlt es sich immer so an?«

Schon wieder rief jemand nach ihr. Jetzt ertönte zusätzlich ein Klopfen an der Tür.

»Wie?«, hauchte ich.

In Zeitlupe beugte sie sich vor, strich ganz sanft mit ihrer Nasenspitze über meine.

Ihr Herz ratterte. Mein geklautes schrie.

»So.«

Auf einen Schlag schwamm ich in Panik. Sie hingegen errötete nicht mal. Ihre Selbstsicherheit machte mich fertig.

Was, wenn es zu gut ist? Was, wenn ich es nicht ertrage?

Ich erbebte unter ihren Händen. »Du solltest die Tür öffnen.«

»Lass uns von hier abhauen«, erwiderte sie.

Heilige Scheiße! Es passierte wirklich.

»M… musst du nicht noch singen?«

»Doch.« Sie lächelte. »Aber ich will lieber mit dir zusammen sein.«

»Wer bist du, und was hast du mit der richtigen Daphne gemacht?«

Sie gab mich frei. Das Wegfallen der Berührung war schlimmer, als nie berührt worden zu sein.

»Vielleicht bin ich gerade zum ersten Mal richtig.«

Das Klopfen an der Tür war jetzt so eindringlich, dass es das Stimmengewirr draußen übertönte.

Daphne seufzte. »Warte.« Sie lief an mir vorbei und öffnete die Tür – nicht so weit wie mir, sondern nur einen Spaltbreit. Als wollte sie die Person so schnell wie möglich wieder abwimmeln. Als wollte sie ein Geheimnis bewahren.

»Hi«, hörte ich sie sagen. »Schön, dass du gekommen bist. Alles gut?«

Ihre Stimme klang mechanisch.

»Hast du mich nicht gehört?«

Natürlich. Es war Ari. Ich biss die Zähne zusammen und trat lautlos beiseite, um zu verhindern, dass er mich hinter Daphne sah. Wahrscheinlich war diese Vorsichtsmaßnahme unnötig – garantiert hatte er mich dabei beobachtet, wie ich zur Tür gelaufen war.

»Nein, sorry. Ich hatte Kopfhörer drin. Bin den Text des nächsten Lieds durchgegangen.«

Die Lüge kam ihr täuschend echt über die Lippen. Was war heute mit ihr los?

Eine kleine Pause entstand.

»Dein Großvater fragt nach dir«, entgegnete er schließlich. Bildete ich es mir ein, oder klang er angepisst? »Und wir wollen danach noch weiterziehen, zu Alexandros auf den Hof. Seine Eltern sind bis morgen weg. Kommst du mit?«

Ich hielt die Luft an.

»Ich würde mich wirklich freuen«, setzte er nach, als Daphne nichts erwiderte. »Und übrigens – deine Stimme ist unglaublich.«

Ihr Herz raste, und meins reagierte entsprechend heftig.

Ich verdrehte die Augen. Aber ein Teil von mir, ich konnte es nicht leugnen, hoffte, dass sie zusagte. Enttäuschung war ich gewohnt. Damit würde ich klarkommen. Vor allem nach morgen. Die Alternative war viel unberechenbarer.

»Danke für das Angebot«, sagte sie, leiser diesmal, irgendwie traurig? »Aber ich bin zu müde und werde mich gleich hinlegen. Viel Spaß euch.«

Sekunden vergingen, in denen mein Herz so schnell klopfte, dass mir übel wurde.

»Kein Problem«, sagte Ari. »Ich wollte nur gefragt haben.«

Ich schloss die Augen. Registrierte das Zufallen der Tür.

Dann ihre Schritte. Und schließlich ihren warmen Atem auf meinem Gesicht.

»Also, was ist?«, fragte sie eine Spur zu lässig.

Meine Lider flatterten auf, und ich deutete Richtung Tür. »Du willst dir *diese* Chance entgehen lassen?«

»Ich möchte lieber Zeit mit dir verbringen.«

Alles in mir schrie danach, die Flucht zu ergreifen.

»Dein Großvater wird sauer sein«, brachte ich hervor.

»Der wird so oder so einen Grund finden, um sauer auf mich zu sein. Ich sag ihm einfach, dass es mir nicht gut geht und du mich nach Hause begleitest.«

»Okay.«

Sie strahlte. »Okay?«

Ich nickte, obwohl ich weinen wollte. »Lass uns abhauen.«

Ioanna

5. JANUAR
FÜNF JAHRE ZUVOR
NACH MITTERNACHT

Sobald wir die Treppe nach oben gestiegen waren und uns wieder auf der Straße befanden, begannen wir zu rennen, als wäre jemand hinter uns her. Es hatte wieder angefangen zu schneien.

Stefanos hatte versucht, uns zum Bleiben zu überreden, doch Daphne war stark geblieben.

Ich hatte wirklich kleinen blassen Schimmer, was in sie gefahren war, aber es berauschte mich ebenso, wie es mir Furcht einflößte.

Uns begegnete auf dem Weg nur ein älteres Ehepaar, das Daphne im Vorbeirennen grüßte. Die Frau rief uns »Nicht so schnell! Denkt an das Glatteis!« hinterher, was wir beide ignorierten.

Irgendwann kamen wir in einer verlassenen Gasse vor mit verschneiten Rollläden verdeckten Ladenfenstern zum Stehen.

»Weißt du, was ich interessant finde?«, keuchte sie. »Du tust so cool und krass, aber sobald es ernst wird, bekommst du Schiss.«

Schneeflocken wirbelten um uns herum und hüllten uns in unsere eigene kleine Welt. Das Licht der Straßenlaternen brachte das Weiß zum Glitzern.

Ich ging in die Knie und stützte mich auf meinen Oberschenkeln ab. »Und weißt du, was *ich* interessant finde?«, gab ich atemlos zurück. »Kaum hast du deine fünf Sekunden des Ruhms auf der Bühne, wirst du schon frech.«

Ihr Lachen hallte zwischen den kleinen Läden wider. Als sie sich wieder beruhigt hatte, wurde ihr Blick glasig. »Ist es seltsam, dass ich auf der Bühne all das Selbstbewusstsein habe, das mir im Alltag fehlt?«

»Vielleicht bist du auf der Bühne selbstbewusst, weil du weißt, dass es das ist, was du tun solltest.« Ich strich mir ein paar Strähnen hinters Ohr, die der Wind in mein Gesicht wirbelte. »Du bist nicht nur gut, weißt du? Du bist dort oben echt.«

»Ich weiß. Ich fühle es. So wie mit dir.«

Meine Miene versteinerte.

Ein trauriges Lächeln zierte ihre Lippen. »Wovor hast *du* Angst?«

Nicht vor Schmerz, so viel stand fest. Eher vor der Erkenntnis, wie viel Glück ich in der Lage war zu empfinden.

»Vergessen zu werden.«

Ihre Augen funkelten, während sie sich mir näherte. Hastig schaute ich zu Boden, wo ihre Stiefel Spuren im zentimeterhohen Schnee hinterließen. »Ich glaube nicht, dass es jemanden auf der Welt gibt, der dich vergessen könnte. Du bist eine Naturgewalt. Obwohl du erst ein paar Tage hier bist, redet bereits das ganze Dorf über dich.«

Widerstrebend hob ich den Kopf, begegnete ihrem Blick. »Von dir vergessen zu werden.«

»Das Einzige, was ich vergessen werde, ist seinen Namen.« Schon wieder dieses Lächeln. »Und meinen mit dazu.«

Ich konnte nicht fassen, dass wir hier standen, in der letzten Raunacht, nur wir beide in dieser verlassenen Gasse, meine Worte vom Anfang zwischen uns, die sie mir zurückgab.

»Es fühlt sich nie so an«, murmelte ich.

»Hmm?«

Sie musste aufhören, auf meinen Mund zu starren, sonst würde ich gleich für nichts mehr garantieren können.

»Du wolltest wissen, ob es sich immer so anfühlt.«

Da war nicht die leiseste Spur von Angst in ihren Augen.

Ich bin nicht gut für dich, wollte ich sagen. Morgen wirst du die Wahrheit kennen. Nichts wird sein wie zuvor. Ich wünschte, du hättest Angst. Ich wünschte, du würdest rennen. Du weißt nicht, worauf du dich gerade einlässt.

Sie machte noch einen Schritt auf mich zu. Unsere Stiefelspitzen berührten sich.

»Daphne …«

»Es ist mir egal.«

Fragend sah ich sie an.

»Wer du bist. Was du bist. Es ist mir egal.«

Wie gut ich mich bis heute an mein überfordertes Lachen in jenem Moment erinnere. Und daran, dass ich, erst als sie mir mit eisigen Fingern die Tränen fortwischte, begriff, dass ich weinte.

»Sieh mich an.« So viel Zärtlichkeit in ihrem Blick.

Ich kam ihrer Aufforderung nach. Seit ich in dieses gottverdammte Dorf gekommen war, hatte ich kaum etwas anderes wahrgenommen als sie.

»Wenn ich bei dir bin, fühle ich mich wie ein richtiger Mensch. Als wäre ich okay, genau wie ich bin.«

Ich versuchte, mich aus ihrem Griff zu winden, doch er war erbarmungslos. »Ja«, stieß ich hervor und umschloss ihre Handgelenke mit meinen Fingern. »Im Gegensatz zu mir.«

Mein Rücken stieß gegen etwas Hartes. Ich wehrte mich nicht mehr, sondern hielt mich an ihr fest.

»Wenn ich bei dir bin, bin ich jemand«, fuhr sie fort, als hätte ich nichts gesagt. »Ich weiß nicht, wie du das machst, aber in deiner Gegenwart ergebe ich Sinn. Verstehst du das?«

Ich wollte sie anschreien, bis *sie* diejenige war, die verstand, mit wem sie es zu tun hatte.

Doch bevor ich dazu kam, ertönten näher kommende Schritte. Dann Gelächter. Ein lang gezogenes »Pssst!«. Noch mehr Gelächter.

Abrupt ließen wir voneinander ab. Ich wusste nicht, wieso, aber Sekunden später hatte ich ihre Hand gepackt und sie hinter ein paar Mülltonnen am Ende der Straße gezogen. Wir duckten uns genau in dem Moment, in dem die Schritte in die Gasse einbogen und Stimmen ertönten.

»Jemand ist hier. Ein Mensch.«

»Ich spür's. Wir brauchen nicht noch mehr, oder?«

Beide Stimmen waren mir nicht fremd. Kalikanzari.

Daphne drängte sich mit angehaltenem Atem näher an mich heran. Ihre Hitze drohte mich zu versengen, und doch bewegte ich mich nicht von der Stelle. Ich hielt noch immer ihre Hand. Warum ließ sie nicht los? Warum tat ich es nicht?

»Und was bist du?« Diese Worte klangen genuschelt, aufgeweicht. Von Alkohol durchtränkt. Wieder lachte jemand gackernd. »Eine Hexe?«

»Ich bin eine Kalikanzari, mein Schatz.«

»Eine was?«, grölte die dritte Stimme, ein Mensch.

»Bald wieder ein herzloses Monster, das die letzte Nacht nutzen möchte, um noch mehr zu fühlen«, ertönte die gelangweilte Antwort.

»Komm, lass uns gehen, eine reicht.«

Daphnes Herzschlag stolperte. Ich kniff die Augen zusammen. Erst als das Dreiergespann weiterzog, öffnete ich sie wieder und wandte mich ihr zu.

Alles hätte ich erwartet, nur keine belustigte Neugier.

»Willst du mich endlich aufklären?«, flüsterte sie. »Werdet ihr dafür bezahlt?«

»Daphne, das ist kein Theater.«

»Okay.« Sie wirkte, als müsste sie sich ein Grinsen verkneifen. »Okay, was auch immer du sagst.« Ruckartig richtete sie sich auf und zog mich mit sich. »Wollen wir zu dir?«

Zu mir. In mein Zimmer ins Gasthaus? Der Gedanke daran ließ meine Hände feucht werden. Der Morgen, als sie mich dort geweckt hatte, kam mir unendlich weit weg vor. Die Stimmung zwischen uns hatte sich geändert.

Sie führte mich ans Ende der Straße und linste vorsichtig um die Ecke. »Sag mal, kennst du diese Leute?«

Mit einem Nicken seufzte ich. »Ich kenne sie alle.«

»Meinst du, unter ihnen ist die Frau, die du bei den Quellen gewürgt hast?« Ihre Stimme klang trocken. Zu lässig.

»Ich weiß nicht, wieso du mir diese Fragen stellst, wenn du die Antworten nicht hören willst.«

Eine heftige Emotion zuckte über ihr Gesicht, die sie rasch hinter einer neutralen Maske verbarg. Sie ließ meine Hand los. »Ich will alles hören, was du zu sagen hast. Aber nicht, wenn es dazu dient, mich abzuschrecken.«

Ich hob eine Braue. »Selbst wenn es die Wahrheit ist?«

Wer ich war. Was ich war. Konnte es ihr wirklich egal sein?

»Selbst dann nicht.«

»Also lieber eine schöne Lüge als harte Fakten?« Es gelang mir nicht, scherzhaft zu klingen. Uns blieb kaum mehr Zeit, und ich wollte sie nicht mit Streiten verschwenden, aber ich ertrug es nicht, wie leichtsinnig Daphne ins Verderben lief. Womöglich, weil auch ich diesen Weg vor einem Jahr schon unwissentlich gegangen war und mir wünschte, jemand hätte mich davon abgehalten.

»Meine Gefühle lügen aber nicht.«

Ihre Gefühle ... Mein Gott, was redete sie da? Wir kannten uns seit knapp fünf Tagen. *Meine* Gefühle waren vielleicht verständlich. Das Monster in mir lechzte nach jedem bisschen Menschlichkeit. Aber ihre?

»Guck nicht so.« Sie wurde rot. »Ich meine nur, es ist doch ... gut gerade? Lass uns das nicht versauen.«

Eine ganze Weile konnte ich nichts erwidern. »Gut« war eine Untertreibung. Geradezu eine Beleidigung angesichts dessen, was ich mit ihr anstellen wollte, wenn sie mich auf diese Weise ansah.

Ihr Blick wurde flehend. Plötzlich fiel es mir schwer, ihm standzuhalten.

Niemand konnte sagen, ich hätte es nicht besser gewusst. Ich war nicht mehr das unschuldige Mädchen von vor einem Jahr.

»Du kannst mich zum Gasthaus begleiten«, brachte ich hervor.

Später würde ich zu diesem Moment zurückkehren, tausendfach, millionenfach, mit Gefühlen oder ohne, und an eine alternative Realität denken, hätte ich mich dagegen entschieden, sie mitzunehmen. Hätte ich sie abgewimmelt. Hätte ich sie kurzzeitig verletzt, um sie langfristig vor mir zu beschützen. Später würde mich ein einziger Gedanke beherrschen. Wie hatte ich meine Schwester für ihren Egoismus verachten können, wenn ich keinen Deut besser war? Später, wenn ich verzweifelt nach dem Sinn suchen würde, würde ich mich fragen, ob das der wahre Grund war, aus dem Daphne in mein Leben getreten war: damit ich Steriani verzeihen konnte.

Später.

Doch hier und jetzt verabschiedete sich mein Verstand.

»Danke«, sagte sie mit einem Lächeln.

Der Abgrund öffnete sich und verschlang uns beide.

22

Ioanna

5. JANUAR
FÜNF JAHRE ZUVOR
NACH MITTERNACHT

»Wird es deine Großeltern nicht stören, wenn du hier schläfst?«

»Ich schlafe nicht hier.«

Wir lagen beide auf dem Rücken auf meinem Bett, den Blick starr gen Decke gerichtet. Die Nachttischlampe neben mir flackerte, manchmal erlosch das Licht sekundenlang, nur um dann wie aus dem Nichts wieder aufzuleuchten. Es folgte keiner Regelmäßigkeit, sodass wir nicht vorhersagen konnten, wann uns die Finsternis das nächste Mal umhüllen würde.

Uns trennten lediglich wenige Zentimeter. Ich hätte meine Hand nur ganz leicht bewegen müssen, um ihre zu streifen.

Doch ich war wie erstarrt.

Ihre Brust hob und senkte sich langsam, ihr Atem ging gleichmäßig, aber ihr Herz verriet sie.

Daphne hatte gesagt, meinetwegen fühlte sie sich wie ein Mensch. Die Ironie des Schicksals wollte es, dass auch ich mich in ihrer Gegenwart ganz und gar menschlich fühlte.

Die Stimmung im Raum war zum Zerreißen gespannt. Ich erinnerte mich an diese Aufregung wie aus einem anderen Leben. Früher, bevor derartige Situationen zur Gewohnheit geworden waren und nur noch dem Vergessen dienten.

Den Weg zum Gasthaus hatten wir größtenteils schweigend zurückgelegt, und wir waren auch keinen weiteren Kalikanzari oder Dorfbewohnern begegnet. Ihre Entscheidung, mich zu begleiten, hatte etwas zwischen uns verändert.

Und jetzt lagen wir hier und bekamen den Mund nicht auf.

Ihr Kichern durchbrach die Stille. »Gott, es ist unerträglich.«

Mein hartes Schlucken war deutlich zu hören.

»Ich bin so nervös«, fuhr sie fort und machte damit alles noch schlimmer.

Langsam, ganz langsam wandte ich ihr das Gesicht zu. Malte ihr schwach beleuchtetes Profil mit den Augen nach, ihre Stirn, ihre Nase, ihre Lippen, ihr Kinn, wieder ihre Lippen.

Genau in dem Moment, als auch sie sich zu mir drehte, erlosch erneut das Licht.

»Wie oft hast du das schon gemacht?«, wisperte sie.

Ich holte tief Luft. »Ein paarmal.«

»Wird das mit der Nervosität besser?«

»Ja. Nein.« Sie wartete, ich seufzte. »Normalerweise dauert es nicht so lang.«

»So lang?«, echote sie beinahe entsetzt. Ihr warmer Atem strich mir übers Gesicht.

Ich musste lachen. »Wenn ich jemanden sehe, der mir gefällt, lasse ich mir eigentlich keine Zeit.«

Trotz der absoluten Finsternis wusste ich, dass sie errötete.

»Du … Du meinst, so wie in der ersten Nacht am See?«

Nein. Nein, Daphne. In dieser Nacht war es anders.

Die Worte kamen mir nicht über die Lippen.

Weitere Sekunden verstrichen. Als das Licht flackernd wieder anging, fuhren wir beide zusammen. Wir waren einander zu nah.

Ich hatte mich geirrt. Sie war nicht rot geworden. In ihren Augen glitzerte Angst, doch sie wurde von etwas Größerem verdrängt.

»Du hast gesagt, du willst nicht vergessen werden«, murmelte sie. »Aber was ist mit mir? Wirst du dich an mich erinnern, wenn du weg bist?«

Ich streckte eine Hand aus, schon wieder quälend langsam, um sie nicht in die Flucht zu schlagen. Meine Sorge war unbegründet. Daphne hielt still. Als meine Finger über ihr Haar strichen, fielen ihre Augen zu.

»Selbst wenn ich wollte, könnte ich dich nicht vergessen.«

»Und? Willst du?«

Erneut entlockte sie mir ein Lachen. »Nein.« Ich legte meine Hand an ihre Wange. »Du zitterst«, flüsterte ich.

»Das ist deine Schuld.«

»Darf ich …«

Sie gab mir keine Gelegenheit, die Frage zu vollenden. Ihre Hand griff nach meiner Hüfte, und sie zog mich näher, bis ihr Duft mich umhüllte. Bis ihre Wärme alles war, was ich spürte. Bis ich mir nicht mehr vorstellen konnte, jemals wieder zu frieren.

Es flackerte – einmal, zweimal, dreimal. Dann Schwärze.

Ihre Hand wurde mutiger. Ihr Atem stockte. Und ihr Herz … Scheiße, ihr Herz …

»Du zitterst auch«, wisperte sie, Millimeter vor meinem Mund.

Und dann überbrückte sie den letzten Abstand zwischen uns.

»Du musst führen«, hatte sie gesagt. »Ich habe keine Ahnung.«

Nichts hätte mich auf die Explosion vorbereiten können. Der Moment an Silvester war dagegen ein Witz gewesen.

Sie hielt sich nicht zurück. Mit einem Stöhnen kollidierte ihr Körper mit meinem, zerfiel in meinen Armen und riss mich mit sich. Selbst wenn sie keine Ahnung hatte – ihr Körper wusste genau, was er wollte. Heiße Lippen und fordernde Finger. Als unsere Zungen sich berührten, erbebte das gesamte Bett, nein, die ganze Welt.

Ich hatte vor meinem Dasein als Kalikanzari ein Dutzend Menschen geküsst, hatte mich an die Wärme ihrer Körper gewöhnt, war mit ihnen zerflossen, hatte angenommen, ich wüsste, wie es lief.

Nicht Daphne war die Ahnungslose, sondern ich.

Ein Leben lang war ich begraben gewesen. Mit jeder Berührung, mit jedem Seufzen zerrte sie mich an die Erdoberfläche, bis ich hier, durch sie, zum ersten Mal richtig Luft holen konnte.

Sie klammerte sich an mir fest und küsste mich, als wollte sie mich einatmen.

»Geh nicht«, keuchte sie zwischendurch, zog mich näher. »Bleib einfach hier.«

»Ich bleib bei dir«, gab ich zurück, legte meine Hand in ihren Nacken und küsste sie erneut. In diesem Moment glaubte ich es wirklich. Was interessierte mich das Pulsieren in meiner Brust, welches mich daran erinnerte, dass meine Herzschläge gezählt waren? Was interessierte mich der Fluch?

»Lass das nie enden«, stöhnte sie.

»Es wird nicht enden.« Mit der freien Hand tastete ich nach dem Saum ihres Oberteils, zog es aus der Hose.

»Schwör's mir.«

»Ich schwöre es.«

»Du zitterst immer noch.«

»Ich glaube, daran musst du dich gewöhnen.«

Sie kicherte. Ich wollte das Geräusch festhalten und für alle Ewigkeit in mir bewahren.

Meine Finger wanderten unter den kühlen glatten Stoff ihres Hemds. Ihre Haut war heiß und unendlich weich.

»Okay?«, flüsterte ich.

Statt einer Antwort küsste sie mich stürmischer.

Ich streichelte ihren Bauch, dann ihren Rücken, fand den Verschluss ihres BHs und schaffte es erst nach drei Versuchen, ihn zu öffnen, weil meine Finger so heftig bebten.

Als sie erneut lachte, fiel ich mit ein.

»Was machst du mit mir?«, murmelte ich an ihrem Hals und hauchte einen Kuss darauf. »Ich fühl mich wie eine Anfängerin.«

Sie zog mich wieder zu sich. »Das ist nur fair.«

Ihr Geschmack. Ihr Duft. Das Stöhnen, als meine Finger unter ihren BH wanderten.

Während unsere Lippen eins wurden, grub ich meine Nägel in ihre Haut, bis ihr Atem nur noch abgehackt kam. Ohne dass ich es richtig mitbekam, knöpfte sie ihr Hemd auf und wich dann zurück, um es auszuziehen und beiseitezuwerfen. Als Nächstes war meine Bluse dran. Stück für Stück kümmerte sie sich um ihre, dann um meine Kleidung, in Windeseile, ich kam kaum hinterher, wollte einfach nur jeden Millimeter ihres nackten Körpers küssen.

Meine Beine waren länger, ihre weicher. Meine Brüste klein und unförmig, ihre groß und rund. Scharfe Kanten gegen sanfte Wölbungen. Sie war das Abbild einer antiken Marmorstatue, ich war eine Vogelscheuche. Der Vergleich war nicht zu vermeiden. So war es schon immer gewesen. Manchmal fragte ich mich, ob Frauen nur mit Männern schliefen, weil sie sich mit ihnen nie auf diese Weise vergleichen mussten. Weil sie bei ihnen einfach schön und zart sein konnten.

Als meine Hand zwischen Daphnes Beine wanderte, wanderte auch ihre zwischen meine. Wir spiegelten uns, atmeten im Einklang, stöhnten im Einklang.

Ein altbekannter Satz in meinem Kopf, der mich jedes Mal heimsuchte, wenn ich mit einer Frau im Bett lag: Wollte ich sie, oder wollte ich sein wie sie?

Ich war Daphne. Daphne war ich. Jede Angst, die ich je gespürt hatte, war nun ihre. Jedes Glück, das ihr widerfahren war, war auch meines. Es gab keine Verlegenheit zwischen uns, keine Scham, keine Zurückhaltung. Unter ihrer Berührung verwandelte ich mich. So war es noch nie gewesen. Ich wurde nicht nur weich und schön, ich wurde stark, ich wurde besonders, ich wurde ein Mensch.

Ich wollte ihr das Herz aus der Brust reißen, spüren, wie das heiße Blut über meine Hände rann, spüren, wie es klopfte und flehte, spüren, wie es verstummte, und es dann in meiner Brust wieder zum Schlagen bringen.

Ich wollte mein kaltes Herz aus der Erde unter dem Weltenbaum graben und es in die Leere ihres Brustkorbs betten, bis es wieder warm wurde. Ich wollte die Bedeutungen von *nie* und *immer* vertauschen, bis wir eine Chance hatten.

Ich wollte leiden, ich wollte lieben, und vor allen Dingen wollte ich leben.

Ioanna

5. JANUAR
FÜNF JAHRE ZUVOR
KURZ VOR MORGENGRAUEN

Wer brauchte schon Drogen, wenn sie die größte Droge von allen war?

Ein Klopfen an meiner Tür. Erst zaghaft. Einbildung? Wunschdenken? Schließlich lauter.

Ich schwang meine Beine über den Rand des Bettes und stand auf. War Daphne zurückgekehrt? Würden wir dort weitermachen, wo wir aufgehört hatten? Würde ich es ertragen?

Innerlich zählte ich bis drei – bei drei sollte ich der Sage zufolge tot umfallen –, als meine Hand schon auf der Klinke lag. Wovor ich mich zu wappnen versuchte, konnte ich nicht sagen.

Stefanos' Anblick bedeutete Enttäuschung und Erleichterung zugleich. Es folgte kein »Du bist noch wach«, kein »Habe ich dich geweckt« oder eine andere Begrüßungsfloskel. Sein Gesicht wirkte seltsam aufgedunsen, sein Blick war unfokussiert. Ich musste mich zusammenreißen, um nicht zurückzuweichen.

Er hielt mir ein gerahmtes Bild hin. »Erkennst du ihn?«

Es war das Foto, das an der Wand hinter dem Küchentisch in ihrem Haus hing. Der Mann, die Rose, das Baby.

»Ihr Sohn?«, fragte ich mit belegter Stimme, während ich es entgegennahm.

Er sah mich einfach nur an.

»Es tut mir leid. Ich kenne ihn nicht.«

»Sieh genauer hin!« Er wisperte die Worte, doch genauso gut hätte er sie schreien können. Seine Verzweiflung rollte wie eine Lawine von ihm auf mich zu und begrub mich unter sich.

Ich tat ihm den Gefallen, obwohl es zwecklos war. »Ich schwöre, ich kenne ihn nicht. Wäre er mir begegnet, wüsste ich es.«

Die Sekunden zogen sich in die Länge, klebrig und zäh. Irgendwann nahm er mir das Bild wieder aus der Hand und nickte mehrmals.

Dieser Blick ... Ein alter Mann, von Reue und Schuld tief gezeichnet. Ein alter Mann, dessen Zeit beinahe abgelaufen war.

»Ich hatte ein langes, ein gutes Leben«, hatte er gesagt.

Zum ersten Mal, seit ich sein Herz gestohlen hatte, erkannte ich den Satz als die Lüge, die sie war. Wie viele unerfüllte Träume steckten in ihm? Was hätte er anders gemacht, wenn sich ihm noch einmal die Chance dazu geboten hätte?

Ich musste irgendwas tun. Sonst würden wir beide an seinen Gefühlen ersticken.

»Wenn ... Wenn er wie ich wäre, wäre er nicht schon am 1. Januar gestorben«, brach es aus mir hervor.

Erneut nickte er.

»Glauben Sie mir, was ihm zugestoßen ist, ist besser als das hier«, fuhr ich fort und gestikulierte an mir auf und ab, obwohl ich nicht mal mehr wusste, ob ich das ernst meinte. Mein Kopf schwirrte. Die letzten Tage stellten alles, was ich für die Wahrheit gehalten hatte, infrage. »Wenigstens hat seine Seele auf diese Weise Frieden gefunden.«

Er weinte nicht, aber es fehlte nicht mehr viel. Eine ganze Weile rang er um seine Fassung. Als er seine Stimme wiederfand, war sie kaum mehr als ein Krächzen.

»Ich habe ihr nicht geglaubt. Ich habe sie für unzurechnungsfähig erklärt und aus Dodekada vertrieben, damit sie Daphne keine Flausen in den Kopf setzt.«

»Wen?«

»Ihre Mutter. Sie hat etwas geahnt. Ich dachte, sie hält zu sehr an meinem Sohn fest, kann sich nicht mit seinem Tod abfinden, erfindet Gruselgeschichten, um sich nicht mit der Realität auseinandersetzen zu müssen. Dabei war ich derjenige, der die Augen vor der Realität verschlossen hat.«

Wir wissen nicht, ob Kalikanzari schuld an seinem Tod waren, hätte ich einwenden können. Aber auch mir war der Gedanke schon gekommen. Gab es vielleicht solche Zufälle?

»Soll ich es herausfinden?«, murmelte ich stattdessen. »Ich könnte Nachforschungen …«

»Nein.« Er umschloss meine Hand mit seiner. »Nein, ich brauche etwas anderes von dir.«

In diesem Augenblick hätte ich ihm alles versprochen. Es spielte keine Rolle mehr, wie er Daphne behandelte, seine Frau, vermutlich die meisten Menschen in seinem Leben. Es zählte nur noch, was ich ihm genommen hatte. Eine Schuld, die ich niemals begleichen konnte.

Mit der anderen Hand griff er in seine Jackentasche und kramte einen Schlüssel daraus hervor. »Ich habe eine Hütte in den Bergen. Nimm Daphne mit und bleibt dort, bis es vorbei ist. Sie kennt den Weg.«

Das kühle Metall an meiner Haut fühlte sich an wie eine Warnung. Ich schloss die Finger darum.

»Sie wollen Ihren letzten Tag nicht mit ihr verbringen?«

Er schüttelte den Kopf. »Habt eine gute Zeit. Lenk sie ab. Lenk dich ab.«

Auf einmal fiel mir das Schlucken schwer. Das war es, was er von mir wollte? Ich sollte mich mit seiner Enkelin vergnügen, während er sich auf seinen Tod – oder auf sein neues Dasein – vorbereitete?

»Und nächstes Jahr«, fuhr er fort und hielt mich mit seinem Blick gefangen, »in der Weihnachtsnacht, wenn die Uhr Mitternacht schlägt, will ich, dass du zurückkehrst und dafür sorgst, dass niemand ihr zu nahe kommt.«

Das war er. Der Gefallen, um den er mich bat. Wie gottverflucht poetisch! Sein Herz im Tausch für ihr Leben. Genau wie ich in der Silvesternacht vor ihr geflohen war, um sie zu retten, hatte er sich geopfert, damit ihr nichts passierte. Damit ich auf sie aufpasste.

»Sie … Sie wird mich hassen, wenn sie die Wahrheit erfährt.«

Da lächelte er. »Sie wird dir eines Tages verzeihen.«

»Und *Sie* wird sie auch hassen«, fuhr ich brüchig fort. »Weil Sie ihr die Gelegenheit für einen Abschied genommen haben.«

»Auch mir wird sie verzeihen.« Er seufzte. »Und falls nicht, dann kann ich es auf die lange Liste meiner Fehler setzen, die mich im Jenseits heimsuchen werden.«

»Sie glauben an ein Jenseits?« Der Spott in meiner Stimme war nicht zu überhören.

»Ich weiß es nicht. Aber eins weiß ich: Ganz gleich, was auf mich wartet, es ist besser als … das.« Er deutete auf mich, wie ich es zuvor selbst getan hatte.

Ja, ein Teil von mir gab ihm recht. Auch wenn sich dieser Teil dank Daphne immer kleiner anfühlte. Ich war mir sicher, in weniger als vierundzwanzig Stunden würde er wieder größer und größer werden.

»Habe ich dein Wort?«

Widerstrebend nickte ich.

Auch er nickte. »Leb wohl, Ioanna.«

Mit diesen Worten wandte er sich um und schlurfte den Flur entlang zur Treppe.

Ich erinnere mich bis heute daran, wie ich die Augen schloss, wie ich die Luft anhielt und auf das Geräusch lauschte. Die Last seiner Entscheidung drohte mich zu zerquetschen.

Sie hat etwas Besseres verdient!, wollte ich ihm hinterherrufen. Das können Sie ihr nicht antun!

Ich blieb still. Ja, Daphne hatte etwas Besseres verdient. Trotzdem hatte ich ihr Gesicht zwischen die Hände genommen, meinen Mund auf ihren gepresst und ihr Versprechungen gemacht, die ich schon morgen brechen würde.

Ich war keinen Deut besser als ihr Großvater.

Daphne

25. DEZEMBER
GEGENWART
KURZ VOR SONNENUNTERGANG

»Wir beide?«, habe ich Ioanna soeben gefragt. »Zwölf Tage und zwölf Nächte jedes Jahr?«

»Bis auf die ersten Raunächte«, lautet ihre Antwort. »Da haben wir uns erst in der Mitte kennengelernt. An Silvester.«

Ich lege meine Hand an ihre Wange. Die Berührung lässt sie zittern.

Wir befinden uns auf dem höchsten Berg des Dorfs, direkt neben der alten Eiche – an dem Treffpunkt, den sie mir in ihrem Brief genannt hat. Dem Treffpunkt, zu dem ich freiwillig gekommen bin, nachdem ich Ari im Gasthaus habe stehen lassen wie eine Verräterin.

Ein Ruck geht durch meinen Körper. Ich sehe Ioannas Gesicht vor mir. Im Bett. Im Wald. Auf einem zugefrorenen See. In Papous Berg-Hütte.

»Warum sind da nur Bruchstücke in meinem Kopf?«, bringe ich erstickt hervor.

Sie hat es in ihrem Brief geschrieben, die Erklärung ist unmissverständlich, wenn auch unsinnig, doch ich muss die Worte aus ihrem Mund hören, hier auf dem Berg, weit weg von anderen Menschen, nicht in Aris und meiner Wohnung, wo alles nach Normalität schreit.

»Weil heute der Beginn der Raunächte ist. Der Fluch sieht vor, dass alle Dorfbewohner mit jedem weiteren Tag ihre Erinnerung an sämtliche vergangene Raunächte ein Stück mehr zurückbekommen. Am Ende der Raunächte wirst du dich an jedes einzelne Detail erinnern. Aber dann wird es zu spät sein, weil du mich einen Tag später wieder komplett vergisst.«

Eine einzelne Träne kullert über ihre Wange. Ich spüre die heiße Flüssigkeit an meiner eisigen Hand und ziehe mich zurück, als hätte ich mich verbrannt. Mein Herz rast.

»Wieso geht es schneller, wenn ich dich berühre?«

Ihr Blick wird ganz weich. »Der Fluch kommt nicht gegen deine Gefühle an.«

Ich stolpere einen Schritt zurück.

Ich weiß, du kennst mich nicht, hat sie geschrieben, *aber ich verspreche dir, du liebst mich.*

»Wie kannst du dir meiner Gefühle sicher sein?«, zische ich. »Selbst wenn diese ganze Geschichte stimmt – woher weißt du, dass sich meine Gefühle dir gegenüber das restliche Jahr über nicht ändern? Diese Tage können niemals genug sein! Ich bin in einer Beziehung. Wie ist das möglich?«

»Liebst du Ari?« Ihre Frage klingt diesmal sanft, nicht wie eine Provokation. Und trotzdem reißt sie mein Herz in Stücke.

»Natürlich liebe ich ihn!«, rufe ich. »Sonst wäre ich nicht mit ihm zusammen.«

»Und dennoch machst du während der Raunächte Schluss mit ihm, sobald du dich an mich erinnerst.« Eine heftige

Emotion zuckt über ihr Gesicht. »Ich glaube auch, dass du ihn liebst. Aber nicht so wie mich.«

»Das ist doch … Das ist lächerlich! Das würde bedeuten, ich betrüge euch beide gleichzeitig!«

Sie schüttelt den Kopf. »Du hast noch nie was mit mir gemacht, ohne es vorher mit ihm zu beenden. Und wenn die Raunächte vorbei sind, *erinnerst du dich nicht*. Das ist kein Betrug. Auch wenn es scheißwehtut, euch zusammen zu sehen. Du weißt es nicht besser.«

Ich schüttele heftig den Kopf, hin und her, immer wieder. »Ich stehe nicht mal auf Frauen, Ioanna. Das ergibt alles keinen Sinn.«

Da lacht sie. Ihre Augen glühen, aber sie erwidert nichts.

»Das kann doch nicht sein!«, fahre ich fort und werde erneut mit jedem Wort lauter.

Ioanna wirkt, als wolle sie losbrüllen. Stattdessen atmet sie ein paarmal tief durch. »Und trotzdem bist du hier. Trotzdem fängst du an, alles zu hinterfragen, oder nicht?«

Erneut schüttele ich den Kopf. »Was ist mit *dir?* Was ist *dein* Grund, jedes Jahr aufs Neue zu mir zurückzukommen? Dir reicht es, zwölf Tage im Jahr mit mir zusammen zu sein und mich für die restliche Zeit an jemand anderen abzugeben? Das ist doch krank!«

Ihre Gesichtszüge entgleisen ihr. »Es ist nicht so, als hätte ich eine Wahl. Immerhin ist es ein Fluch. Und nur weil ich unglücklich bin, bedeutet das nicht, dass ich dasselbe für dich will. Ich dachte, er … Ich dachte, er macht dich glücklich.«

»Oh, ja klar!«, schreie ich, bevor ich darüber nachdenken kann. »Ich bin der glücklichste Mensch der Welt, wie du siehst!«

»Daphne …« Erneut kommen ihr die Tränen. Mit wütenden Bewegungen wischt sie sich übers Gesicht. »Wir haben nicht viel Zeit.«

»Warum nicht?«

Sie schnieft. »Die anderen Kalikanzari …« Sie unterbricht sich selbst.

Kalikanzari.

Das Wort hat sie auch in ihrem Brief geschrieben. Es fühlt sich noch lächerlicher an, es ausgesprochen zu hören.

»Kalikanzari?«, wiederhole ich und kann ein hysterisches Lachen nicht unterdrücken. »Ioanna, bitte …«

Sie macht einen Schritt auf mich zu, greift nach meiner Hand, öffnet ihren Mantel und presst meine Handfläche auf ihr Dekolleté. Reflexartig will ich zurückweichen, doch ihr Griff ist eisern. Sie trägt nur ein dünnes Kleid mit tiefem Ausschnitt. Eine Gänsehaut überzieht ihren Körper. Ihre Hitze bringt mich dennoch um den Verstand.

Mein Magen überschlägt sich.

»Was soll das?«, wispere ich. Will sie mir beweisen, dass ich doch auf Frauen stehe?

»Spürst du das?«, gibt sie ungeduldig zurück, packt mit der freien Hand meine Hüfte und zieht mich ruckartig näher.

Mir wird ganz anders. »W… was?«

»Kein Herzschlag.«

Ich werde ganz still. Mein eigener Herzschlag hallt so ohrenbetäubend laut in mir wider, dass ich einen Moment brauche, um mich auf ihren zu konzentrieren. Ihre Finger krallen sich in meine Haut, drücken meine Hand fester auf ihre linke Brusthälfte.

Nichts. Da ist nichts. Als wäre es die rechte Seite.

Sekundenlang verharren wir auf diese Weise, dann dreht sie meine Hand blitzschnell um und führt sie zu meiner eigenen Brust, drückt sie auf mein Herz, das wild pocht.

»Das ist unmöglich«, flüstere ich.

Sie seufzt. »Auch das sagst du jedes Jahr. Aber weißt du, es gab schon damals einen todsicheren Weg, dich zu überzeugen.«

Wird sie erneut vorschlagen, mich zu küssen? Werde ich mich erneut dagegen wehren wollen?

Abrupt lässt sie mich los, greift in ihre Manteltasche und holt etwas Metallenes hervor. Erst als sie es aufschnappen lässt, realisiere ich, was es ist.

Ich stolpere zurück.

Ihr missbilligender Blick trifft mich. »Ich würde dir niemals etwas antun.«

»Was willst du mit dem Messer?«

Statt einer Antwort schält sie sich aus ihrem Mantel und wirft ihn mir zu. Ich reagiere nicht schnell genug, er landet im Schnee zu meinen Füßen.

»Ioanna, hör auf mit dem Scheiß.«

Ihr Kleid ist ärmellos. Ich kann nicht fassen, dass ihr die Minusgrade nichts ausmachen.

»Sieh genau hin«, sagt sie.

Und dann, bevor ich noch irgendeinen Protest hervorbringen oder sie davon abhalten kann, hält sie ihre Handfläche in meine Richtung und fährt mit der Klinge darüber. Routiniert. Konzentriert. Ohne den Hauch eines Zögerns.

Sekundenlang passiert gar nichts, dann quillt dickes dunkelrotes Blut aus dem Schnitt und tropft in den Schnee.

Ich will schreien, aber kein Laut kommt mir über die Lippen, denn schon klappt Ioanna das Messer zusammen und schaut mich mit einer grenzenlosen Müdigkeit an. »Komm her«, fordert sie mich wie vorhin auf, als ich ihr gesagt habe, dass ich mich erinnern will, doch jetzt klingt es nicht zärtlich, sondern beinahe genervt. »Schau dir den Schnitt an.«

Ich mache einen Schritt auf sie zu, obwohl alles in mir nach Flucht schreit.

Mit der unversehrten Hand fährt sie über die Innenfläche, wischt das Blut mit dem Daumen fort.

Da ist … nichts. Kein Schnitt. Als hätte ich mir die letzten Sekunden nur eingebildet.

Ich starre sie an. »Zeig mir das Messer.«

Sie hält es mir hin, ich lasse es erneut aufschnappen, taste vorsichtig die Klinge ab. Scharf. Es ist keine Attrappe.

»Das ist unmöglich«, wiederhole ich.

»Wir haben keine Zeit«, sagt sie. »Wenn du willst, schneide ich mir auch noch die Pulsadern auf oder steche es mir direkt in die Brust, aber ich habe keine Lust, das Kleid kaputt zu machen.« Sie holt tief Luft. »Ich bin unverwundbar, Daphne. Zumindest während der Raunächte.«

»Und danach?«, wispere ich, weil ich es leid bin, mich ständig im Kreis zu drehen. Selbst wenn sich mein Verstand dagegen wehrt, die Situation hinzunehmen – ich muss so viel Wissen wie möglich ansammeln.

»Danach darf ich keinen Kontakt zu Menschen haben, sonst sterbe ich.«

»Wieso?«

»Weil es einen Preis dafür gibt, nichts zu fühlen.«

»Das … Das heißt, du fühlst gerade nichts?« Zitternd deute ich auf ihre blutverschmierte Hand. »Keinen Schmerz?«

»O doch. Während der Raunächte fühle ich alles. Nur danach nicht mehr.«

»Ich … verstehe nicht. Wie … Also … Das heißt, du erinnerst dich auch erst zu Beginn der Raunächte daran, dass du mich …«

Ich kann das letzte Wort nicht aussprechen.

»Ich erinnere mich an alles, Daphne«, flüstert sie, plötzlich wieder sanfter, vielleicht, weil ich ihr endlich Fragen stelle und nicht versuche, sie abzuwehren. »Du bist diejenige, die sich nicht erinnert. Ich kann es das restliche Jahr über bloß nicht fühlen. Aber ich weiß, dass unsere Liebe real ist.«

»Wie?! Wie kannst du das wissen?«

»Ich muss mich auf meine Erinnerung verlassen. So wie du dich auf dein Gefühl verlassen musst. Das ist alles, was wir haben.«

»Ich weiß aber nicht, was ich fühle!«, schreie ich. »Ich weiß gar nichts mehr!«

Mit glühendem Blick sieht sie mich an. »Aber ich.«

Ich will auf sie einschlagen. Will mit der scharfen Klinge so oft über ihre Haut fahren, bis sie eine bleibende Wunde hinterlässt. Will irgendetwas tun, damit es aufhört.

Stattdessen lasse ich das Messer in den Schnee fallen.

»Ich könnte meine Lippen hier und jetzt auf deine pressen und müsste kein Wort mehr darüber verlieren«, hat sie vorhin in ihrem Zimmer im Gasthaus gesagt.

Aris Gesicht erscheint vor meinem inneren Auge. Ich erkenne das Vertrauen darin. Und sein Misstrauen.

Will ich alles zerstören, was ich mir mit ihm aufgebaut hatte? Will ich meine ganze Beziehung aufs Spiel setzen und damit die einzige Sicherheit, die mir in meinem Leben geblieben ist? Habe ich wirklich noch etwas zu verlieren, wenn sich mein Verstand bereits verabschiedet hat?

Ich stolpere nach vorn. Ioannas Augen weiten sich. Ich gebe uns beiden keine Gelegenheit, Widerspruch einzulegen. Im nächsten Moment habe ich ihr Gesicht mit beiden Händen umschlossen, mich auf die Zehenspitzen gestellt und meinen Mund auf ihren gepresst.

Ich habe noch nie eine Frau geküsst. Nur ist das nicht alles. Vielmehr fühlt es sich an, als hätte ich noch nie einen anderen

Menschen geküsst. Ihre Lippen sind trocken und heiß. Weich und hart zugleich.

Sie braucht nur den Bruchteil eines Herzschlags, um zu reagieren. Dann entweicht ihr ein Stöhnen, sie packt meinen Hinterkopf und zieht mich näher. Näher und immer näher. Unsere Lippen teilen sich. Ich spüre ihre Zunge. Hitze schießt zwischen meine Beine.

Gedankenfragmente und Bilder fliegen an mir vorbei, doch ich kann mich nicht darauf konzentrieren. Erinnerungen. Zwölf Tage und zwölf Nächte. Ein ganzes Leben. Das Versprechen einer Zukunft, die nie Realität werden wird. Es ist mir egal. In diesem Augenblick ist mir alles egal. Nie zuvor hat sich etwas so richtig angefühlt. Genau das habe ich mir gewünscht. Aufgeben. Bisher habe ich nur nicht verstanden, wofür. Jetzt begreife ich. Alles aufgeben, nur für ein paar Momente mit ihr.

Ich presse meinen Körper gegen ihren, schaudere, als ich ihre Brüste an meinen spüre, kralle meine Finger fester in ihre Haare, lasse es zu, dass meine Instinkte übernehmen.

Ioanna lässt ihre Hände wandern. Sie ist nicht zärtlich. Grob fährt sie die Konturen meines Körpers nach, als wolle sie Spuren darauf hinterlassen.

Es ist nicht angenehm, sie zu küssen, sondern zerstörerisch, verzweifelt. Als zerschlüge ich das komplette Fundament, auf dem mein Leben aufgebaut ist.

Wenn dies das Ende ist, denke ich, wenn danach alles vorbei ist, werde ich mich nicht beschweren.

Viel zu früh weicht sie zurück. »Fuck, Daphne.«

Ihr Geschmack auf meiner Zunge … Diese Augen. Die feuchten Lippen.

Mein Name, wie ein Gebet aus ihrem Mund.

Sie hat recht behalten. Vollkommene Verwirrung in einer

Sekunde, absolute Sicherheit in der nächsten. Alles, was es gebraucht hat, ist ein Kuss.

»Ich werde mich von ihm trennen«, höre ich mich sagen.

Sie zuckt nicht mal mit der Wimper. »Ich weiß.«

25

Daphne

26. DEZEMBER
GEGENWART
KURZ NACH MITTERNACHT

Die Wohnung liegt in Finsternis, aber sie ist nicht abgeschlossen. Ich betätige den Lichtschalter, nachdem ich die Tür hinter mir zugeschlagen habe. Ari sitzt im Rattansessel. Wie ein Killer, der im Dunkeln darauf wartet, dass sein Opfer nach Hause kommt. Wären die letzten vierundzwanzig Stunden nicht ein einziger Panikmoment gewesen, würde ich vielleicht zusammenzucken.

Aber nein. Ich werde ihn nicht zum Bösewicht dieser Geschichte machen. Auch wenn mir sein Verhalten heute seltsam vorkommt. Sagt man das nicht über Menschen, die ihren Partner betrügen? Sie suchen Fehler in dessen Verhalten, um ihre eigene Untreue vor sich selbst zu rechtfertigen? Ich brauche keine Rechtfertigung. Ioannas Kuss brennt noch immer auf meinen Lippen, auch wenn ich nach unserem Treffen beim Geisterbaum eine halbe Ewigkeit im Wald umhergeirrt bin, um meine Gedanken zu sortieren.

Ari findet seine Stimme zuerst. »Deine Jiajia hat sich Sorgen gemacht, als du nicht zurückgekehrt bist.«

»Ich hätte schreiben sollen.«

Er hat sich umgezogen, trägt Jogginghose und ein altes Shirt. Dunkle Haare kräuseln sich an den Schläfen. »Daphne, tu das nicht.«

Wortlos sehen wir uns an. Ich finde keinen Schmerz in seinen Zügen, nur Entschlossenheit. Schließlich erhebt er sich, macht allerdings keine Anstalten, auf mich zuzukommen. Als spüre er, dass mich jedes bisschen Nähe in die Flucht schlagen könnte.

Unsere Küsse heute Morgen, der Sex im Eingangsbereich des Hauses meiner Großmutter ... Die Momente kommen mir vor wie aus einem fremden Leben.

»Es tut mir leid«, flüstere ich.

Er schüttelt den Kopf. »Nicht nur deine Erinnerung kehrt zurück, weißt du? Auch ich erinnere mich.«

Mir ist schlecht. Jeder Zentimeter in dieser Wohnung zeugt von Gewohnheit. Ich ertrage Aris Anblick nicht. Nicht hier. Er hat immer Sicherheit für mich bedeutet. Doch nun ist er Teil des Schlamassels.

Woran erinnert er sich? Seit wann? Haben wir uns beide gegenseitig etwas vorgemacht?

»Schau mich an!«, ruft er.

Ich hebe den Kopf. Wenigstens das bin ich ihm schuldig.

»Es passiert jetzt zum dritten Mal«, sagt er und ballt die Hände zu Fäusten. »Und langsam habe ich keine Geduld mehr.«

»Wovon redest du?«

»Wie lange sind wir jetzt zusammen, Daphne?«

Die Frage ist eindeutig rhetorisch gemeint.

»Über zwei Jahre! Über zwei Jahre, verflucht noch mal! Und

zwischen Weihnachten und Neujahr brennt eine Sicherung in dir durch. Du kannst das nicht mehr. Du liebst mich nicht. Ich bin schockiert, ich bin verletzt, ich lasse dich ziehen. Nur um dich ein paar Tage später wieder in die Arme zu schließen. Zweimal hast du dich schon von mir getrennt, Daphne, und zweimal bist du wieder zurückgekommen. Wieso sollte es diesmal anders sein?«

Mein Mund wird staubtrocken.

Ioannas Worte kommen mir in den Sinn: »Und dennoch machst du während der Raunächte Schluss mit ihm, sobald du dich an mich erinnerst.«

Warum können sich die beiden daran erinnern, aber ich mich nicht? Was ist falsch mit mir?

Mir ist wirklich, wirklich schlecht.

»Habe ich dir je von ihr erzählt?«, bringe ich hervor. »Habe ich dir den wahren Grund dafür genannt, wieso ich mich von dir trenne?«

Sein Gesicht verändert sich. Er presst die Lippen aufeinander. Scheint sichtlich mit sich zu ringen.

Dann ein knappes Nicken.

»Was genau?«, will ich wissen. Ich kann nicht anders. Auch wenn ich ihm wehtue. Ich *muss* verstehen. »Was genau habe ich gesagt?«

Sein Blick wird frostig. »Du hast dich in jemand anderen verliebt. Du kannst es nicht erklären. Du hast dich noch nie in deinem Leben so gefühlt. Das mit mir ist sicher, aber das mit ihr unbeschreiblich.« Es wirkt, als müsse er sich beherrschen, die Augen nicht zu verdrehen. »Ich habe diese Geschichte einmal zu oft gehört, um sie ernst zu nehmen, Daphne.«

»Es ist keine Geschichte.«

»Ach nein? Wie lange kennst du sie? Wie *gut* kennst du sie? Hat sie dich in jeder Verfassung gesehen? War sie für dich da, als dein Großvater gestorben ist? Hat sie deinen Schmerz ausgehalten? Hat sie dich an Tagen, an denen du kaum zu weinen aufhören konntest, zum Lachen gebracht?«

Ich erwidere nichts. Aber er scheint auch nicht darauf zu warten, denn Sekunden später spricht er weiter – und diesmal macht er einen Schritt auf mich zu.

»Weißt du, wie einfach es ist, etwas mit Liebe zu verwechseln, wenn man nur die guten Seiten eines Menschen sieht? Oder wenn die Zeit, die man miteinander hat, auf ein Minimum begrenzt ist? Wie hast du dich mir gegenüber gefühlt, bevor wir zusammengekommen sind? Hast du mich nicht auch glorifiziert? War ich nicht der Mittelpunkt deiner Welt, weil du mich nicht haben konntest? Natürlich bist du jetzt von mir gelangweilt – du hattest viel mehr Zeit mit mir. Ich bin selbstverständlich für dich geworden. Sie hingegen ist neu und aufregend, nicht wahr?«

Ich schüttele den Kopf und unterdrücke das Bedürfnis, mir die Hände auf die Ohren zu pressen.

»Das ist es nicht.«

»Was dann?«

»I… ich kann es nicht …«

Er lacht, laut und dröhnend und kalt. »Natürlich kannst du es nicht erklären. Es ist ja auch Magie.«

Ich erstarre. Verhöhnt er mich, oder weiß er von den Kalikanzari?

»Hast du sie geküsst?«, fragt er plötzlich in völlig veränderter Tonlage.

»Ja«, würge ich hervor.

Mit der geballten Faust schlägt er gegen die Wand neben sich, sodass die Tassen im Glasschrank wackeln.

»Du hast sie jetzt schon geküsst?«, speit er aus. »Nach einem Tag?«

Es trennt uns kaum mehr ein halber Meter. Ich will zurückweichen, aber ich kann mich nicht bewegen.

»Was meinst du damit?«, hauche ich.

Als hätte ich einen Eimer Eiswasser über seinem Kopf ausgeleert, blinzelt er. Momente später ist sein Gesicht eine glatte Maske.

Irgendwas stimmt hier nicht.

»Wie du willst«, kommt er mir erneut zuvor. »Ich fahr zu meiner Mutter. Melde dich, wenn du wieder klarkommst. Ich bin schon gespannt, was für eine Entschuldigung du dir diesmal ausdenken wirst.«

Ioanna

5. JANUAR
FÜNF JAHRE ZUVOR
KURZ NACH MORGENGRAUEN

Ich hatte mich nie für besonders gewissenlos gehalten. Zwar hatte ich schon früh gelernt, einen Scheiß drauf zu geben, was andere von mir hielten, aber das bedeutete nicht, dass es mich *wirklich* kaltließ. Nach außen hin wirkte ich unnahbar und selbstsicher, und es gab Tage, an denen ich mir das selbst abnahm, doch die Wahrheit war so berechenbar wie beschissen: Absolut *nichts* ließ mich kalt.

Im vergangenen Jahr hatte ich es dank des Fluchs geschafft, die Gedanken an meine Familie weit von mir zu schieben und mit ihnen die Gedanken an alle anderen Menschen, die mich verletzt hatten. Und dann war ich in dieses Dorf zurückgekehrt, und alles war wieder an die Oberfläche gekommen, nur hundertmal verstärkt.

Wieso also hatte ich jetzt kein schlechtes Gewissen? Wieso zerfraß mich die Reue nicht? Wieso spürte ich nicht mal die tickende Uhr in mir, während ich im blaugrauen Nebellicht auf der verschneiten Straße stand und wartete, dass Daphne herauskam?

Da war nichts als das nervöse Flattern in meiner Brust, als ich die näher kommenden Schritte hinter der Tür vernahm. Aufregung. Euphorie. Angst, aber von der verlockenden Sorte. Jene, die süchtig machte.

Würde der Bann bei Tageslicht gebrochen sein? Würde sie mich anders behandeln? Würden wir das, was letzte Nacht zwischen uns geschehen war, totschweigen, und an der Spannung zwischen uns umkommen? Würde es überhaupt keine Spannung mehr geben?

Die Tür öffnete sich.

Daphne trug eine gelbe Strickmütze und einen passenden Schal, dazu eine dunkle Daunenjacke. Sie war gerade dabei, einen großen Rucksack zu schultern. Ihre schwarzen Haare flossen an ihr hinab wie flüssiges Pech.

Unsere Herzschläge beschleunigten sich gleichzeitig und vermischten sich zu einem nervenaufreibenden Hintergrundpochen.

»Hi«, sagten wir, ebenfalls gleichzeitig, und lachten dann beide verlegen.

O Gott, ich wünschte, der Boden würde sich auftun und mich verschlucken.

Doch wenn ich ehrlich war, dann wollte ich lieber mit ihr in der Nervosität ertrinken, als nie zu wissen, wie es sich anfühlen konnte. Ich hatte gerade wirklich größere Sorgen, doch hier, vor ihr, gab es nur eine: Wollte sie mich, wie ich sie wollte?

»Dein Großvater meinte, du kennst den Weg?«

Sie nickte. »Er hat gesagt, er hat dir von der Hütte erzählt und du wolltest sie unbedingt sehen?«

Ich zuckte zusammen. Das hatte er ihr also als Erklärung aufgetischt?

Ohne meine Antwort abzuwarten oder sich zu vergewissern, dass ich ihr folgte, lief sie voraus.

War ihr bewusst, dass ich ihr überallhin folgen würde?

»Ja«, brachte ich hervor. »Es klang, als sei sie gemütlich.«

Ich war feige und eine Lügnerin. Und ihr Großvater war mein größter Komplize.

»Gut geschlafen?«, fragte ich nach Sekunden des Schweigens, die mir wie Minuten vorkamen.

Ein hastiger Blick zu mir. Sie hob eine Braue, dann lachte sie erneut, diesmal seltsam erstickt.

»Also genauso gut wie ich«, sagte ich trocken.

Und schon wieder schwiegen wir.

Die ersten Sonnenstrahlen brachen durch die Wolken und blendeten uns. Es kam mir wärmer vor als gestern. Vielleicht ahnte das Wetter, dass die Monster bald weg sein würden, und feierte frühzeitig.

»Es ist seltsam«, durchbrach Daphne die Stille, als wir beim Marktplatz angelangt waren und eine Seitengasse ansteuerten, die in Richtung Berge führte. »Jedes Jahr zum Epiphanienfest besteht Jiajia darauf, dass ich sie zum Gottesdienst begleite. Papou ist selbst genervt davon, zweimal in so kurzer Zeit in die Kirche zu müssen, aber er widerspricht ihr nie, weil er weiß, wie wichtig es ihr ist. Und trotzdem hat er mich heute mit dir gehen lassen.«

Neben Weihnachten und Ostern war das Epiphanienfest eins der größten der orthodoxen Kirche. Selbst ich hatte früher mit meiner Familie am 6. Januar den Gottesdienst besucht, obwohl ich nicht religiös aufgewachsen war. Es war Tradition. Der Tag stand für die Taufe Christi durch Ioannis, den Täufer, und wurde auch *Ta fota* – die Lichter – genannt. Es gab verschiedene Rituale im ganzen Land, wie die Weihung des Wassers, wenn ein Priester ein Holzkreuz dreimal ins Wasser tauchte und bei jedem Mal eine weiße Taube freiließ, die den Heiligen Geist symbolisierte. Danach warf er das Kreuz ins Meer, und mehrere Schwimmer wetteiferten in den kalten Fluten darum, es als Erstes zu erreichen. Dieser Tag markierte das Ende der Raunächte, weil durch das heilige Wasser teuflische Wesen wie die Kalikanzari vertrieben werden sollten.

Dein Papou hat dich nicht bloß gehen lassen, Daphne, wollte ich ihr entgegenschreien. Sondern dich weggeschickt, damit du ihn nicht sterben siehst.

Bevor ich die Gelegenheit für eine Antwort bekam, kreuzte eine Kindergruppe, begleitet von einer Frau mittleren Alters, unseren Weg. Trotz der frühen Stunde schienen sie topfit zu sein – sie redeten durcheinander und lachten. Ein paar von ihnen hielten Triangeln in den Händen.

Daphne grüßte, und die Kinder grüßten mehrstimmig zurück.

»Musstest du früher auch jedes Jahr *Kalanda* singen?«, murmelte Daphne, als wir vorbeigegangen waren.

Ich schüttelte den Kopf. »Konnte mich jedes Mal erfolgreich davor drücken, wenn sie die Kinder aus der Nachbarschaft zusammengetrommelt haben. Aber ich hab auch nicht so 'ne Stimme wie du.«

Ihre Wangen liefen rosa an, und sie schien sich ein Lächeln zu verkneifen.

Hinter uns waren die Kinder wieder zu hören – sie hatten anscheinend bei jemandem geklingelt und begannen jetzt zu singen. Ich achtete nicht auf den Text, doch ihre hohen Stimmen hallten in mir wider und bescherten mir eine Gänsehaut.

»Lass mich raten, du hast immer die meisten Süßigkeiten und das meiste Geld bekommen?«, zog ich sie auf.

Sie schnaubte, widersprach mir aber nicht.

»Hat es dir Spaß gemacht? Das Singen, meine ich.«

Ein verlegenes Nicken. »Auch damals habe ich es vor allem für Jiajia und Papou gemacht. Aber mit der Zeit ist mir aufgefallen, dass ich echt gut darin bin. Und …« Sie biss sich auf die Unterlippe. »Ich habe mich dadurch meinem Vater näher gefühlt. Jiajia hat immer gesagt, wenn ich laut genug singe, dann hört er mich im Himmel.«

Ihre Stimme klang plötzlich belegt. Auf einen Schlag veränderte sich ihr Gesichtsausdruck, und sie blieb stehen. »Dieses Lied …«

»Hm?«

Sie deutete mit dem Kinn hinter uns in Richtung der Kinder. »Was ist das für ein Lied?«

Obwohl wir mehrere Meter von ihnen entfernt waren, waren ihre Stimmen gut zu hören.

»Spürst du, wie dein Herz schlägt?
Eins, zwei, doch bei drei ist es aus.
Betrug des Geliebten, im eigenen Haus.
Vierte Raunacht, wer ist es, der wahrlich über dich wacht?
Öffne dein Herz, verschließ es nicht vor Schmerz
Der einzige Weg ist vorwärts.«

Daphne runzelte die Stirn. »Hast du das schon mal gehört?«

»Nein.«

Aber es war eindeutig, wovon es handelte. Und ich konnte mir denken, wieso sie es noch nie gehört hatte. Oder besser gesagt *glaubte*, es noch nie gehört zu haben …

Die Kinder fuhren mit der nächsten Strophe fort.

»Fühlst du, wie das Blut gerinnt?
In der Nähe von Wegkreuzungen ist es der Tod, der winkt.
Rechts oder links, was wird es sein?
Eine falsche Entscheidung, und du kommst nie wieder heim.
Fünfte Raunacht, bald wird ein Opfer erbracht.
Häng keine weiße Wäsche auf
in der Nacht voller Sterne,
und weiterhin Vorsicht vor dem Unbekannten in der Ferne.«

»Wir sollten weiter«, sagte ich. Ich klang wie eine Fremde.

Daphne schien mich kaum zu hören. Ihr Blick wurde glasig, ihre Lippen waren leicht geöffnet. Sie machte keine Anstalten, sich in Bewegung zu setzen.

Meine freudige Aufregung hatte sich in das Gegenteil verwandelt. Wer ließ die Kinder ein solches Lied singen? Wie konnten sie das Ganze wie eine lustige Sage betrachten, während sich direkt vor ihrer Nase das größte Unheil abspielte?

»Merkst du, wie du das Gleichgewicht verlierst?
Wo Schatten, da auch Licht.
Es ist so vertraut, des Feindes Gesicht.
Dein Fundament sollte dich wärmen, doch du frierst.
Sechste Raunacht, über dir blitzt es und kracht.
Kein Blick zurück, lass los.
Welch bittere Lüge, die Geborgenheit im elterlichen Schoß.«

»Daphne.«

Ich hielt es nicht länger aus. Die ganze Zeit über hatte ich versucht, ihr zu sagen, dass ich das Herz ihres Großvaters gestohlen hatte, doch gestern hatte sich etwas verändert. Ich würde es nicht ertragen, wenn unsere letzten gemeinsamen

Stunden ruiniert wurden. Meine Hand schnellte vor, umfasste ihre. Wenn nötig, würde ich sie hier wegzerren.

Überrascht schaute sie auf unsere Hände, dann in mein Gesicht, als hätte sie sich jetzt erst wieder an meine Anwesenheit erinnert. Schließlich atmete sie tief durch und pflasterte wie so oft ein Lächeln über ihre wahren Gefühle. »Weiter geht's!«, rief sie betont fröhlich.

Sobald wir uns wieder in Bewegung setzten, ließ ich sie los.

»Lass uns einen Pakt schließen«, sagte sie, als sich die Kinderstimmen im Wind verloren und nichts mehr als Hintergrundrauschen waren. »Heute ist die letzte Raunacht. Die Nacht der Wunder.« Ihr Lächeln vertiefte sich. »Es geht ums Loslassen. Also möchte ich heute nicht mit dir streiten.«

Gegen meinen Willen musste ich grinsen. »Das klingt, als wäre es eine Herausforderung für dich.«

Sekundenlang erwiderte sie nichts. Stück für Stück verschwand ihr Lächeln. »Ich möchte nichts über irgendeinen Fluch hören.« Sie richtete den Blick auf die Straße vor uns. »Über gestohlene Herzen oder … Kalikanzari oder so was in die Richtung.«

Mein Magen fuhr Aufzug. Ich wagte es nicht, etwas zu sagen.

»Können wir einfach eine gute Zeit haben?«, wisperte sie mit flehendem Unterton.

»Ja.« Meinen Kopf ausschalten und mich meinen Gefühlen überlassen – nichts leichter als das, oder? »Ja, das können wir.«

Sie lächelte wieder.

Öffne dein Herz, hallte die gesungene Zeile in mir wider. *Verschließ es nicht vor Schmerz, der einzige Weg ist vorwärts.*

27

Ioanna

5. JANUAR
FÜNF JAHRE ZUVOR
NACH SONNENUNTERGANG

Die winzige Hütte befand sich auf einer Lichtung im Wald. Eine unberührte dicke Schneeschicht glitzerte im weichen Mondlicht. Auf der Rückseite hatte man einen guten Blick auf die schneebedeckten Berge in der Ferne.

Im Inneren erwartete uns ein Kamin, ein ausklappbares Schlafsofa mit ein paar Strickdecken, ein Schrank und ein kleiner Tisch. Der Boden war von Fellen bedeckt. Die Fenster waren fast vollständig zugeschneit. Kein Strom, dafür eisiges Bergwasser aus einem verschneiten Steinbrunnen ein paar Meter entfernt Richtung Wald.

Daphne hatte nicht nur deutlich mehr Kondition als ich, wie sich bei unserer Wanderung die letzten Stunden herausgestellt hatte. Wir waren den ganzen Tag unterwegs gewesen, und während ich schon zu Beginn gekeucht hatte, waren ihre Atemzüge bis zum Schluss gleichmäßig geblieben. Das kam wahrscheinlich davon, dass sie ihr Leben lang in Dodekada verbracht hatte, wo man ständig steile Hügel und Berge erklimmen musste. Zudem konnte sie auch im Handumdrehen Feuer machen. Während sie die Holzkohle zum Knistern und Glühen brachte, kochte ich uns im Kerzenschein Tee auf einem Gaskocher – nachdem sie mir erklärt hatte, wie man ihn bediente.

»Du Stadtgöre«, sagte sie grinsend.

Ich lachte. »Erinnere mich daran, dich nie wieder zu unterschätzen.«

Gegen Mittag hatten wir auf dem Weg zur Hütte an einer Taverne im Wald haltgemacht und uns die Bäuche vollgeschlagen. Ich konnte mich nicht daran erinnern, jemals so gutes *Moussaka* gegessen zu haben. Die Taverne hatte sich in einem urigen traditionellen Berghaus mit Steinmauern und einem schrägen Ziegeldach befunden. Wir waren die jüngsten Gäste gewesen. Daphne hatte sich mit der Köchin unterhalten – diese hatte sie schon als Baby gekannt –, und gemeinsam hatten sie in Erinnerungen geschwelgt. Wir waren eine ganze Weile dortgeblieben, um uns aufzuwärmen, ehe wir unsere Wanderung fortgesetzt hatten. Nach dem Zwischenfall mit den singenden Kindern waren wir in ein lockeres Gespräch übergegangen, das den ganzen Weg über angehalten hatte. Kein Flirten. Keine Spannung. Kein Trübsinn. Abwechselnd bombardierten wir uns mit Fragen zu unseren bisherigen Leben, zu unseren Vorlieben, zu allem, außer zu den heiklen Themen. Ich hatte den Verdacht, dass sie in ihren Erzählungen Ereignisse umschiffte, die ins Düstere abdrifteten, und ich tat es ihr nach.

Doch jetzt, in dieser winzigen Hütte, nur wir beide mitten in der Natur, kamen andere Gedanken hoch. Gefährliche Gedanken.

»Was möchtest du machen?«, fragte ich, als wir beide mit

einer dampfenden Tasse Tee auf dem Sofa saßen und in die Flammen starrten.

Was *ich* wollte: die Tassen abstellen, Daphne aufs Sofa drücken, mich auf sie legen und …

»Wie wär's mit dem heutigen Ritual?«

Mein Kopf war wie leer gefegt. Keine Ahnung, was das letzte Ritual der Raunächte war. Ich war mir sicher, Steriani hatte mich dazu überredet, auch dieses mitzumachen, doch der 5. Januar des letzten Jahres war durch etwas anderes überschattet. Blutgetränktes Eis. Meine aufgerissenen Hände, die gefühlte Ewigkeiten die gefrorene Erde bearbeiteten, bis sie nachgab. Die Tränen meiner Schwester. Das Messer in meiner Brust. Das pochende Herz zwischen meinen Fingern. Früher war mir bei jedem kleinen Schnitt schwindelig geworden. Doch in dieser Nacht war ich stark geblieben. Für sie. Weil sie mein Leben lang stark für mich gewesen war.

Fuck!

Bittere Galle stieg in mir auf. Reflexartig stellte ich den Tee auf dem Tisch ab und krümmte mich zusammen.

Fuck, fuck, fuck! Reiß dich zusammen.

Im nächsten Moment hatte Daphne ebenfalls ihre Tasse abgestellt und war näher gerückt. Behutsam legte sie mir eine Hand auf den Rücken.

»Alles in Ordnung?«

Ich konnte nicht antworten. Ich konnte nicht mal Luft holen.

»Hey! Atmen. Ganz langsam. Ioanna? Du musst atmen.«

Meine Augen fielen zu. Ich versuchte, mich auf ihre Stimme zu konzentrieren. Auf ihre Nähe. Ihre Wärme.

Atmen. Ich musste atmen.

Es war vorbei. Das Schlimmste war vorüber. Ich befand mich nicht in meiner Vergangenheit. Ich war hier.

Daphnes Hand wanderte nach oben, zu meinem Nacken, die andere griff nach meiner Hand.

Ich schmiegte mich an sie und atmete. Eins, zwei, drei und wieder von vorn.

Ich war nicht allein. Solange ich noch fühlte, war sie bei mir.

»Sorry«, brachte ich hervor, als sich mein Herzschlag langsam wieder beruhigte. Ich blinzelte, wagte es aber nicht, sie anzusehen. »Das passiert normalerweise nicht.«

Statt einer Antwort verschränkte sie unsere Finger miteinander und lehnte ihren Kopf an meine Schulter.

»Was ist das heutige Ritual?«, wisperte ich.

Sie zögerte. Strich mit dem Daumen über meinen Handrücken. Erzeugte eine Gänsehaut auf meinem gesamten Körper.

»Negative Gedanken auf Zettel schreiben und diese verbrennen.«

Hervorragend! Davon hatte ich mehr als genug.

»O… okay. Lass uns das tun.« Ich entzog ihr meine Hand und stand auf, deutete auf den Rucksack. »Wie ich dich einschätze, hast du was dafür mitgebracht.«

Daphne lächelte zaghaft, ihr Blick war noch immer sorgenverschleiert. »Möchtest du nicht darüber reden?«

Mit einem Kopfschütteln beugte ich mich nach dem Rucksack. Sie bohrte nicht nach. Vermutlich dachte sie an unseren Pakt.

Wenige Minuten später saßen wir einander gegenüber am Tisch, ein Stapel kleine weiße Zettelchen und zwei Kugelschreiber zwischen uns.

»Nicht gucken«, wies sie mich zurecht, als sie nach einem Stift griff und zu schreiben begann.

»Okay, okay. Gibt es sonst irgendwelche Regeln? Pro Zettel nur ein negativer Gedanke?«

Sie nickte. »Und am besten Gedanken, die du dieses Jahr loswerden möchtest. Damit du dich danach leichter fühlst.«

Ich würde mich danach nicht leichter fühlen. Dafür würde ich in ein paar Stunden gar nichts mehr empfinden. Verlockend – zumindest für den Moment, während ich noch den Nachhall der Panikattacke in mir spürte.

Seufzend begann ich zu schreiben: *Ich habe Stefanos getötet* auf einen Zettel, *Ich habe Steriani nicht gefunden* auf den nächsten. Aus irgendeinem Grund war der Kugelschreiber rot. *Ich habe Daphne belogen. Ich bin ein Monster. Niemand wird an mich denken, wenn ich weg bin. Ich bin der einsamste Mensch der Welt. Ich bin kein Mensch. Ich will sie küssen. Ich will nicht gehen. Ich will den Schmerz nicht, aber ich will den Rest. Scheiße, ich will es so sehr.*

Es machte süchtig. Mit jedem Zettel, den ich bekritzelte, zusammenfaltete und beiseitelegte, nahm das Bedürfnis nach Geständnissen zu. Ich schrieb und schrieb wie im Rausch, bis mir auffiel, dass es auf der anderen Seite des Tisches verdächtig still war, und ich aufblickte.

Daphne starrte mich an, vor sich kaum mehr als fünf gefaltete Zettelchen. Vor mir lagen inzwischen an die zwanzig.

»Äh, sorry.« Ich lachte, obwohl ich heulen wollte. »Ich bin jetzt fertig.«

Das war ich noch lange nicht, aber ich wollte ihr keine Angst machen.

»Wir haben Zeit«, erwiderte sie viel zu ernst.

Nein, Daphne, Zeit ist genau das, was wir nicht haben.

»Ich bin fertig«, wiederholte ich und schob meinen Stuhl zurück. »Werfen wir sie einfach in den Kamin?«

Sie schüttelte den Kopf und holte eine Streichholzschachtel aus dem Rucksack. »Wir verbrennen sie einzeln.«

Wir zogen unsere Jacken an und liefen nach draußen, wo es

inzwischen wieder in dicken Flocken schneite. Der Wind war dafür schwächer geworden. Weit und breit keine Menschenseele außer uns. Der Schein der Kerzen und des Kaminfeuers, der durch die Fenster fiel, spendete gerade so viel Licht, dass wir unsere Umrisse ausmachen konnten.

Daphne hatte einen kleinen Mülleimer mitgenommen, ich unsere Zettel und die Schachtel mit den Streichhölzern.

Sie begann, nachdem sie mir einen beinahe feierlichen Blick zugeworfen hatte.

»Du willst mir wirklich nicht erzählen, was du draufgeschrieben hast?«, murmelte ich.

»Du etwa?«

Touché.

Abwechselnd zündeten wir ein Streichholz an, hielten einen Zettel in die Flamme; manchmal schafften wir auch zwei hintereinander, bevor es abbrannte. Daphnes Zettel waren schnell zu Asche geworden, und ich hielt ihr welche von meinen hin, die sie ebenfalls verbrannte, ohne sie auseinanderzufalten. Es fühlte sich richtig an – sie meinen Ballast vernichten zu lassen. Beinahe, als würde ich sie um Vergebung bitten.

Als wir fertig waren, blieben wir noch eine Weile stehen. Zitternd, frierend, mit zum Greifen naher Melancholie zwischen uns. Der Ruf einer Eule. Das Wispern der Bäume.

Ihr Herz klopfte schneller. Lass los, schrie ich mein eigenes an. Lass los, es ist bald vorbei. Lass los, es lässt sich sowieso nicht mehr ändern. Lass los, und halt dich an ihr fest, solange du noch kannst.

»Das ist deprimierend«, entfuhr es mir. »Wollen wir zurück ins Warme und rumknutschen?«

Eine Sekunde lang sah sie mich erschrocken an, dann prustete sie los. Ihr Lachen klang nach »Ich dachte, du fragst nie«.

Wir stolperten ins Innere, verschlossen die Tür und fielen

einander in die Arme. Ihre Lippen waren kalt und weich. Sie schmeckte nach Salbeitee. Ohne mich von ihr zu lösen, streifte ich erst meine Jacke, dann ihre ab, ehe ich sie zum Sofa navigierte und mit meinem Körper darauf drückte.

Wir küssten uns, als hätten wir unser Leben lang nichts anderes gemacht. Es war einfach. Es war zärtlich, dann wild, schließlich drängender.

Jedes Mal, wenn ich es nicht mehr aushielt und ihr die Kleidung schneller vom Körper zerren wollte, bremste sie mich.

»Wir haben Zeit«, wisperte sie an meinem Mund. »Wir haben Zeit«, als sie meine Hand in ihre nahm und meine Finger einzeln küsste. »Wir haben Zeit«, während sie hauchzart über meinen nackten Oberkörper strich.

Tränen stiegen mir in die Augen, doch ich blinzelte sie fort und gehorchte.

Wir haben Zeit, wiederholte ich in Gedanken, bis ich es fast selbst glaubte. Wir haben Zeit, dachte ich und küsste mich ihren Körper hinab, bis ich zwischen ihren Beinen angelangt war und sie unter mir zerrann.

Wir haben Zeit.

Wir haben Zeit.

Wir haben Zeit.

»Ich habe das noch nie getan.«

»Ich auch nicht. Nicht auf diese Weise.«

»Es fühlt sich so … so …«

Lachen, das in Stöhnen unterging. »Ich weiß.«

Mein Blick glitt über ihren nackten Körper. Ich wollte mehr. Ich wollte alles.

Und *sie* wollte nichts über den Fluch hören. Sie wollte einfach eine gute Zeit mit mir haben.

Ich hatte sie geküsst. Ich hatte ihr das Gefühl vermittelt, in meiner Anwesenheit sie selbst sein zu dürfen. In Sicherheit zu sein. Und jetzt wollte ich auch noch mit ihr schlafen?

»Ioanna? Alles okay?«

Ohne es zu merken, hatte ich innegehalten.

»Wir müssen reden«, hörte ich mich sagen, noch bevor ich eine bewusste Entscheidung getroffen hatte.

Ruckartig setzte sie sich auf. Sekunden später saßen wir beide in Decken gehüllt auf dem Sofa. Sie suchte meine Nähe, aber ich rutschte weg.

»Hab … Hab ich was falsch gemacht?«

Ihre Stimme klang so verletzlich, dass es mir das Herz brach. Obwohl ich weiterhin Abstand hätte halten sollen, tastete ich nach ihrer Hand und drückte sie.

»Es liegt nicht an dir. Du bist perfekt.«

Sie entzog mir ihre Hand. »Sag mir, was los ist.«

Ich schloss die Augen, atmete tief durch, dann öffnete ich sie wieder und zwang mich, Daphne ins Gesicht zu schauen. »Ich habe dich angelogen.«

Verständnislos erwiderte sie meinen Blick. »Wann?«

»Als ich dir gesagt habe, ich wüsste nicht, um wen es sich bei dem alten Mann handelt, dessen Herz ich gestohlen habe.«

Für den Bruchteil einer Sekunde starrte sie mich an, dann stöhnte sie entnervt auf. »Du hast versprochen, heute nicht über diesen Unsinn zu reden.«

Sie glaubte mir immer noch nicht.

»Ich weiß. Aber ich kann das nicht. Ich kann dich nicht weiter anlügen und dir gleichzeitig nahe sein. Es ist nicht fair.«

Ihre Augen wurden schmal. »Du zerstörst gerade etwas wirklich Gutes.«

Kopfschüttelnd schaute ich sie an. »Ich habe es schon in der Silvesternacht zerstört.«

Eine Weile schien sie zu überlegen, ob sie sich mit mir streiten wollte. Schließlich zuckte sie mit den Schultern.

»Okay. Wenn es dir so wichtig ist, sag mir, wer der Mann war.« Ihr Tonfall war spöttisch.

Sie würde mir nicht glauben, aber ich musste es trotzdem versuchen.

Also nahm ich meinen ganzen Mut zusammen.

»Dein Großvater.«

»Mein Großvater?«, echote sie, immer noch deutlich genervt.

Ich nickte. »Erinnerst du dich an das zerbrochene Fenster neben der Eingangstür zu eurem Gasthaus? Das war ich. Ich habe mir nicht irgendeinen alten Mann auf der Straße gesucht. Dein Großvater war der erste Mensch, dessen Herzschlag ich gehört habe, nachdem ich dich am See zurückgelassen habe.«

»Was für ein Zufall!« Sie wirkte, als würde sie gleich loslachen.

»Es war kein Zufall, Daphne. Dein Papou wusste, wer ich bin. Er hat sich ans Vorjahr erinnert. Er war mir nicht böse, weil er sich bewusst war, dass ich keine Wahl habe. Ich weiß nicht, warum er so nett zu mir war. Warum er mir das Zimmer im Gasthaus gegeben und darauf bestanden hat, dass du und ich Zeit miteinander verbringen. Aber ich weiß, aus welchem Grund er mich heute mit dir zur Hütte geschickt hat.«

Ihre Brauen waren in die Höhe gewandert, während sie mir zugehört hatte. »Ach ja? Und wieso?«

Bevor ich antworten konnte, klingelte ihr Handy.

»Geh dran«, sagte ich beinahe lautlos. »Es könnte wichtig sein.«

Bis oben auf den Berg hinauf waren keine Kirchenglocken zu hören, aber ich musste nicht wissen, wie viel Uhr es war, um mir sicher zu sein, was dieser Anruf bedeutete.

Während sie sich aufrichtete, zum Tisch lief und nach ihrem dort abgelegten Handy griff, tastete ich nach meiner Kleidung.

In Windeseile zog ich mich an und versuchte vergeblich, nicht auf sie zu achten. Nicht auf ihr gerötetes Gesicht und ihre feuchten Lippen, nicht auf den verwirrten Ausdruck, nicht auf die Panik, die sich in ihren Blick schlich, nicht auf die schreckliche Erkenntnis.

»Nein«, hörte ich sie sagen. Sie ging vor dem Tisch zu Boden. Ich sollte mich zu ihr setzen, sie in den Arm nehmen, für sie da sein. »Nein, Jiajia. Nein …«

Ich zwang mich, hinzusehen. Mein Herz – sein Herz – raste viel zu schnell, als wüsste es, dass seine Zeit gekommen war.

Ihr Schluchzen zerfetzte die grauenhafte Stille in der Hütte.

Mein Körper wurde ganz starr. Nicht mehr lange, und die Taubheit würde mich umhüllen.

Sie ließ das Handy sinken. Wie in Trance sah sie zu mir auf.

»Du«, begann sie und wurde von einem weiteren Schluchzen geschüttelt. »Du hast …«

»Es tut mir leid«, hörte ich mich sagen. »Es tut mir leid«, bis die Worte ihren Sinn verloren.

Es tut mir leid.

II

»Ich frage mich manchmal,
ob wir wirklich das Richtige tun.«

»Du zweifelst?«

»Meistens nicht. Aber wenn ich sie betrachte,
wenn ich sehe, wie sehr sie sich dagegen wehrt …«

»Sie wehrt sich gegen das Geschenk,
das wir ihr gemacht haben, weil sie schwach ist.«

»Bin ich auch schwach?«

»Nein, mein Schatz. Du bist ein Kind.«

Daphne

26. DEZEMBER
GEGENWART
KURZ NACH SONNENUNTERGANG

»Danke, dass ihr so spontan Zeit hattet.«

Ich zwinge mich zu einem Lächeln, während ich zwischen Nikoletta und Thalia hin- und herschaue. Wenn ich auch nur einen Moment allein bin, fühle ich Ioannas Lippen auf meinen. Frage mich, was sie gerade tut. Wieso sie sich noch nicht bei mir gemeldet hat.

»Machst du Witze?« Nikoletta spielt mit dem Schirmchen ihres dunkelroten Cocktails, der hervorragend zu ihrer gefärbten Lockenpracht passt. »Das war die beste Ausrede, um von meinen Kindern wegzukommen.«

Nikoletta beschwert sich zwar oft über ihre Kinder, aber sie liebt nicht nur ihre eigenen abgöttisch, sondern alle Kinder des Dorfs, mit denen sie bei ihrer Arbeit im Kindergarten zu tun hat.

Ich habe sie schon zu Schulzeiten darum beneidet, dass sie so eine klare Vorstellung davon hat, welcher Job sie glücklich macht – und dass sich auch nach Jahren nichts daran geändert hat.

Thalia pflichtet ihr mit einem nachdrücklichen Nicken bei. Obwohl sie beide erst vor wenigen Minuten angekommen sind, hat Thalia den blauen Cocktail, den ich ihr in weiser Voraussicht bestellt habe, bereits zur Hälfte gekippt. »Eine Sekunde länger, und ich hätte meiner Schwiegermutter das Maul gestopft.«

Wir sitzen im *Fengari*, der einzigen Bar, die Dodekada zu bieten hat – ein Häuschen auf einem der niedrigeren Felsen, im Sommer auf der Terrasse mit atemberaubendem Ausblick auf die Hügel und das Dorf. Zu dieser Jahreszeit erweckt das *Fengari* eher den Eindruck eines gemütlichen Wohnzimmers. Der Kamin knistert, aus den uralten Boxen ertönen Weihnachtslieder, und die Kellnerinnen wissen bereits, was man trinken will, wenn man über die Schwelle tritt. Georgios, der Besitzer, packt manchmal sogar sein Akkordeon aus. Heute steht er allerdings hinter der Bar und zapft Bier, während Schweißtropfen auf seiner Stirn glänzen.

Es ist brechend voll, obwohl ich angenommen habe, den Laden wegen der Feiertage leer vorzufinden, aber vermutlich haben nicht nur meine beiden Freundinnen genug vom Trubel zu Hause.

»Du hast so ein Glück mit Ari, Daphne.« Nikoletta saugt hektisch an ihrem Strohhalm. »Immerhin …«

»Wir haben uns getrennt«, unterbreche ich sie, bevor sie mir, wie so oft, einen Vortrag darüber halten kann, wie gut ich es doch habe. Für gewöhnlich endet dieser damit, dass sie mich fragt, wie es denn mit Heirat und Kindern bei uns aussieht, nachdem sie mir lang und breit die Nachteile von beidem dargelegt hat. Es stört mich nicht. In gewisser Weise ist ihre Berechenbarkeit tröstlich. Manchmal frage ich mich, ob das der wahre Grund dafür ist, dass wir uns alle nach wie vor miteinander treffen. Nicht nur aus Gewohnheit, sondern weil wir uns im direkten Vergleich mit der Misere der anderen danach besser mit unserer eigenen fühlen.

»Was?«, rufen sie wie aus einem Mund und so laut, dass sich die Gäste an den Nachbartischen zu uns umdrehen. Darunter sind einige unbekannte Gesichter.

Mein Puls beschleunigt sich. Wie viele von ihnen sind keine Menschen?

»Es hat einfach nicht gepasst«, sage ich, so ruhig ich kann. »Wir waren nur noch aus Gewohnheit zusammen.«

Entsetztes Schweigen. Sie wechseln einen Blick.

Ihre Reaktion ist eine weitere Bestätigung für die Existenz des Fluchs. Sie erinnern sich eindeutig nicht daran, dass ich mich nicht zum ersten Mal während der Raunächte von Ari getrennt habe.

Dann streckt Thalia eine Hand aus und legt sie auf meine. »Daphne, ich bitte dich! Glaubst du, Alexandros und ich sind zusammen, weil wir uns so heiß und innig lieben?« Genau das frage ich mich des Öfteren auch. Nikolettas und Michalis' Beziehung verstehe ich schon eher. Sie waren erst beste Freunde, dann wurden sie ein Paar. Zwar streiten sie sich viel, aber sie sind nie mehr als ein paar Minuten sauer aufeinander und scheinen sich wirklich zu lieben.

Ich hebe die Augenbrauen und verkneife mir eine Antwort.

»Ich werde ehrlich sein.« Thalia zieht ihre Hand zurück. »Als du mit Ari zusammengekommen bist, bin ich fast umgekommen vor Eifersucht.« Nikoletta wirft ihr einen warnenden Blick zu, doch Thalia achtet nicht auf sie. »Nicht weil ich ihn geliebt habe.« Sie verdreht die Augen. »Mein Gott, wir waren noch Kinder, als ich auf ihn stand. Aber dieser Mann hatte schon als Teenager eine Reife, was man von den anderen Dorfjungs nicht gerade behaupten konnte. Und egal, was ich getan habe, um ihn von mir zu überzeugen, er wollte immer nur dich. Das konnte ich nie verstehen.«

»Sie meint damit nicht, dass du ihn nicht verdient hast«, klinkt sich Nikoletta ein.

Beinahe lache ich auf. Früher war Nikoletta die Fiesere von den beiden, aber das Alter hat sie verändert. Das Alter und die beiden Schwangerschaften innerhalb kürzester Zeit. Vermutlich hat sie keine Energie mehr, böse zu sein.

Thalia macht eine wegwerfende Handbewegung. »Natürlich nicht.«

»Weißt du, was witzig ist?«, murmele ich. »Ich war damals auch eifersüchtig auf dich. In meiner Erinnerung wollte Ari nie was von mir wissen und hatte nur Augen für dich. Ich habe nicht verstanden, warum er plötzlich Interesse an mir entwickelt hat, obwohl er mich zuvor wie eine kleine Schwester behandelt hat. Meine Vermutung war, dass er Mitleid mit mir hatte, nachdem mein Papou gestorben war.«

Thalia lacht. Es klingt alles andere als fröhlich. »Erinnerungen sind interessante kleine Gestaltwandler, oder? Man blinzelt, und schon haben sie sich zu etwas Neuem geformt.«

»Thalia, erinnerst du dich nicht an die Silvesternacht, damals, vor fünf Jahren?« Keine Ahnung, wieso ich mich auf dieses Gespräch einlasse. Ich bin eigentlich nicht hier, um über die Vergangenheit zu sprechen. »Ich hatte so gehofft, an Mitternacht von ihm geküsst zu werden. Und ihr seid alle verschwunden, habt mich allein am See zurückgelassen.«

»Ich bitte dich!« Sie fährt sich übers schwarze Haar, das sie damals als Bob getragen und inzwischen zu einem Pixie hat schneiden lassen. »Ich habe ihm gesagt, du wärst mit Nikoletta, Michalis und Alexandros schon vorgegangen, als er vom

Pinkeln zurückkam und du noch nicht wieder da warst. Sonst wäre er mir niemals in den Wald gefolgt.«

»Ich weiß noch, ich war mir sicher, einen Wolf gesehen zu haben«, fügt Nikoletta lachend hinzu, eindeutig bemüht, die Stimmung aufzulockern. »Und betrunken, wie wir waren, sind wir direkt losgestapft, um ihn zu suchen, ohne uns um unsere Schlittschuhe und das restliche Zeug zu kümmern.«

»Ja, du hast damals zu viele Werwolf-Serien geguckt«, gibt Thalia trocken zurück und wendet sich dann wieder an mich. »Die ganze Zeit über hing Ari mir mit dir in den Ohren: ›Hat Daphne vorhin betrunken auf dich gewirkt, als sie mit den anderen in den Wald gegangen ist? Glaubst du, es geht ihr gut?‹ Als wir Nikoletta und die beiden anderen Jungs irgendwo im Dunkeln gefunden haben, war er richtig sauer, dass du nicht dabei bist.«

Aus ihren Worten schlägt mir pure Abneigung entgegen, doch es scheint eine Abneigung zu sein, die in der Vergangenheit liegt. Jetzt zeichnet Müdigkeit ihre Züge. Müdigkeit, die nichts mit Schlafmangel zu tun hat. Als habe sie diese Geschichte schon viel zu oft erzählt und sei ihrer inzwischen überdrüssig.

»Du hast nie etwas gesagt«, wispere ich. Im ersten Jahr der Beziehung zwischen Ari und mir habe ich kaum Kontakt zu meinen Freunden gehabt. Davor habe ich mich immer mal wieder mit ihnen auf einen Kaffee getroffen, obwohl es mir schwerfiel. Kontakt zu Gleichaltrigen ist wichtig, hat mir die Therapeutin in Larisa eingebläut, zu der Jiajia mich gebracht hat. Als Ari und ich drei Jahre nach dem Tod meines Großvaters zusammengekommen sind, hatte ich noch immer mit der Trauer zu kämpfen und keine Energie für weitere Leute. Ari und Jiajia waren die einzigen Menschen, die ich in meine Nähe gelassen habe. Als ich langsam wieder offen für andere

Menschen war und zusammen mit Ari Thalia, Nikoletta und die anderen getroffen habe, haben sie ausschließlich positiv auf unsere Beziehung reagiert. Zumindest mir gegenüber.

»Was hätte ich sagen sollen?«, ruft sie. »Du verdienst ihn nicht, weil du ihn nicht so liebst wie er dich? Mit der Zeit habe ich gelernt, dass es nichts Schlaueres gibt, als sich eine Zukunft mit jemandem aufzubauen, der dich immer ein Stückchen mehr braucht als du ihn.« Sie seufzt, Nikoletta guckt ertappt. »Ich war dir nicht böse, Daphne. Ari hatte weiß Gott auch seine Probleme. Wenigstens ist Alexandros nicht der eifersüchtige Typ. Ich hätte *wirklich* keine Nerven, mich mit diesem Machogehabe auseinanderzusetzen.«

»Eifersüchtig?«, echoe ich.

Nikoletta kichert peinlich berührt. »Jetzt können wir's dir ja sagen. Wir haben uns immer gefragt, ob Ari der Grund dafür ist, dass du nicht häufiger ausgehst. Als ihr so schnell zusammengezogen seid, haben wir eure Wohnung zum Spaß den goldenen Käfig genannt.«

»So ist Ari nicht.« Ich flüstere die Worte wie aus Reflex. Wenn jemand mich eingesperrt hat, dann ich mich selbst. Eingesperrt in einer Fantasie von einer Liebe, die nur zwölf Tage im Jahr existiert.

Doch einen Moment später höre ich Ioannas Stimme in meinem Kopf. »Der hat mir fast die Finger zerquetscht. Macho-Beschützer-Gehabe vom Feinsten, wenn du mich fragst.«

Ich zucke zusammen.

Thalia lacht erneut. »Weißt du noch, als wir bei den heißen Quellen waren? Ist 'ne Weile her. Vier oder fünf Jahre. Es war Neujahr. Kurz vor … Kurz vor dem Tod deines Papou. Du warst mit irgendjemandem dort, den wir nicht kannten.«

Nikoletta nickt. »Mit einem Mädchen. Sie war schön. Auf so eine Weise, die nicht nach Dodekada gehört. Und ich glaube, sie war unfreundlich zu mir. Ich erinnere mich aber nicht so richtig. Irgendeine Cousine von dir, kann das sein? Aus der Stadt?«

Ich kann nichts erwidern.

»*Ich* erinnere mich daran, weil Ari sich aufgeführt hat, als wärst du mit einem anderen Kerl da«, kommt es von Thalia. »Das war echt seltsam. Da kam mir zum ersten Mal der Gedanke, mit ihm könne etwas nicht stimmen. Ihr kennt doch diese Typen, die, sobald man zusammen ist, die komplette Kontrolle über euer Sozialleben wollen? Athina hatte mal was mit so einem. Wie hieß er gleich noch mal? Ach, was soll's, jedenfalls war der am Anfang ein absoluter Traum, Blumen, Komplimente, fantastischer Sex, das ganze Programm, und dann …«

»Habt ihr euch je gefragt, ob ich auf Frauen stehe?«

Die Worte sind mir entfahren, bevor ich darüber nachgedacht habe.

Thalia und Nikoletta bekommen riesige Augen.

»Nur aus Interesse«, schiebe ich hinterher und nehme einen Schluck von meinem Cocktail. Er ist alkoholfrei. Ich werde heute nicht die Kontrolle verlieren, sosehr ich mir auch wünsche, meine Sorgen in Hochprozentigem zu ertränken. »Ist euch je der Gedanke gekommen?«

Eine unangenehme Pause entsteht, in der die Musik und die Gespräche um uns herum wie aufgedreht erscheinen.

»Hast du deshalb mit Ari Schluss gemacht?«, will Nikoletta schließlich wissen.

Ich habe nie gesagt, dass ich diejenige war, die die Beziehung beendet hat.

»Nicht direkt.«

»Aber indirekt?« Thalias Stimme überschlägt sich. »Ist das dein Ernst, Daphne?«

Okay. Das ist definitiv nicht das Gespräch, das ich führen

will. Und trotzdem gibt es einen Teil von mir, der sich danach sehnt, Beweise zu finden. Augenzeugen. Irgendjemanden, der mir bestätigt, dass die Wahrheit unumstößlich ist, kein listiger Gestaltwandler wie meine Erinnerung.

»Wäre das denn so eine Überraschung für euch?«

Lächerlich. Als gäbe es Erkennungsmerkmale. Als könnte man das jemandem ansehen.

Nikoletta scheint sich schneller von dem Schock zu erholen. Sie setzt eine geschäftsmäßige Miene auf. »Könnte es damit zusammenhängen, dass du nie eine ordentliche Vaterfigur in deinem Leben hattest?«

Ich bin mir nicht sicher, ob ich lachen oder schreien soll. Da sind Worte in meinem Kopf. Wütende, boshafte: Mein Papou war dreimal mehr Vaterfigur als dein Vater, der dich grün und blau geschlagen hat, wenn er mal wieder besoffen war.

Aber stimmt das? Ist physische Gewalt wirklich die einzige, die Spuren hinterlässt?

»Das hat damit nichts zu tun.«

Thalia schaut kopfschüttelnd zwischen uns hin und her. »Wir wollen das ernsthaft diskutieren? Als wäre es nicht einfach wieder eine neue Episode von ›Daphne hält sich für etwas Besseres als wir Normalsterbliche‹?«

Ich starre sie an. Vielleicht habe ich mich geirrt. Vielleicht liegt ihre Abneigung gegen mich nicht in der Vergangenheit. Vielleicht bekomme ich jetzt erst das gesamte Ausmaß davon zu spüren.

»Es war schon in der Schulzeit so!«, ruft sie. »Du wolltest nie Teil der Gruppe sein! Wir waren dir zu gewöhnlich. Weil wir keine großen Ambitionen hatten wie du. Weil wir nicht raus in die weite Welt wollten. Oh, bitte entschuldige, dass wir keine Mutter mit schlechtem Gewissen haben, die uns als Ausgleich dafür, dass sie uns hat sitzen lassen, mit Unmengen an Kohle versorgt. Tut uns so leid, dass wir uns stattdessen von unseren Männern abhängig machen, weil das unsere einzige Chance auf den Hauch eines Lebens ist.«

»Thalia, du solltest vielleicht nichts mehr trinken«, sagt Nikoletta sanft.

Thalia fährt zu ihr herum. »Du bist so eine Heuchlerin! Du denkst dasselbe wie ich und bist nur zu feige, es ihr ins Gesicht zu sagen.« Ihr Blick findet wieder meinen. »*Du* hast auch nichts aus deinem Leben gemacht, Daphne. Du hast nicht mal eine Ausbildung – und keine Kinder, denen du die Schuld dafür zuschieben könntest. Genau wie wir bist du hiergeblieben, obwohl du damals so große Töne gespuckt hast. Und jetzt willst du Lesbe werden, um ein bisschen Aufregung in dein armseliges Leben zu bringen? Nur zu! Aber halt mich da raus!« Mit zitternden Fingern tastet sie nach ihrer Handtasche, kramt einen Geldschein heraus, knallt ihn auf den Tisch, erhebt sich, zischt »Besinnliche Feiertage!« und rauscht davon.

Ich wollte Ablenkung. Ich habe Ablenkung bekommen.

Mit klopfendem Herzen wende ich mich Nikoletta zu, die zusammengeschrumpft auf ihrem Stuhl sitzt und sich an ihr Cocktailglas klammert, als könnte es ihr irgendeinen Halt bieten.

»Stimmt das?«, hauche ich.

Nikoletta zuckt mit den Schultern. Man muss ihr zugutehalten, dass sie mich nicht anlügt.

»Ich erinnere mich nicht daran, dass …«, setze ich an.

»Nur weil du dich nicht erinnerst, heißt es nicht, dass es nie passiert ist«, schneidet sie mir das Wort ab. »Wir haben alle harte Jahre hinter uns, Daphne. Gib ihr Zeit. Sie wird sich entschuldigen, und dann können wir in Ruhe über deine neue Phase sprechen. Ich bin mir sicher, mit ein bisschen Abstand wird sich Thalia brennend dafür interessieren.«

Meine Augen werden schmal.

»Ach, du weißt doch, was ich meine!«, ruft sie. »Ich habe keine Ahnung, was die richtigen Begriffe sind. Ich bin nur ein einfältiges Dorfmädchen.« Der letzte Satz klingt beinahe spöttisch.

»Du denkst wirklich, ich halte mich für etwas Besseres als ihr? Dass ich mit meiner Sexualität herumexperimentiere, um mich von euch abzuheben?«

»Ich glaube, dir hat es nie gefallen, wie alle anderen zu sein, Daphne. Ich glaube, du hast immer nach Wegen gesucht, anders zu sein, ja. Also wundert es mich nicht, dass du jetzt auf einmal Männern den Rücken kehren willst.«

»Als wäre das eine bewusste Entscheidung!«, gebe ich heftig zurück. »Als hätte ich das plötzlich beschlossen! Und als müsste man Männern den Rücken kehren, um sich für Frauen zu interessieren!« Mir ist bewusst, dass alle uns anstarren, aber es ist mir selten so egal gewesen. »Ihr habt mich nie akzeptiert! Alles, was ich wollte, war, so zu sein wie ihr.«

Unbeeindruckt sieht sie mich an. »Aber du warst leider einfach zu besonders, was?«

»Fahr zur Hölle.«

»Danke, aber ich fahre lieber zurück zu meiner Familie. Du hast mich gerade daran erinnert, wie dankbar ich für sie sein kann.« Mit diesen Worten erhebt sie sich, wirft genau wie Thalia einen Schein auf den Tisch und verschwindet.

Meine Umgebung verschwimmt mir vor den Augen. Als ich die beiden in die Bar eingeladen habe, habe ich mit allem gerechnet, nur nicht damit. In gewisser Weise ist es eine Erleichterung, dass sie ihre wahren Gedanken ausgesprochen haben. Von Lügengeschichten habe ich genug.

Es wäre leicht, sie zu hassen. Die Art, wie sie über die Vergangenheit sprechen, ist das komplette Gegenteil von dem, wie ich sie wahrgenommen habe. Und trotzdem bedeutet es nicht, dass ich im Unrecht bin. Es bedeutet, dass wir alle in unserer eigenen Welt leben.

Ich wollte nie anders sein. Vielleicht habe ich mit den Jahren nur gelernt, mir etwas auf mein Anderssein einzubilden, weil es alles war, was mir blieb, als meine eigene Mutter mich nicht wollte und ich in meiner Freundesgruppe keinen richtigen Anschluss fand. Ja, vielleicht habe ich unbewusst begonnen, mich von ihnen abzugrenzen und es sie spüren zu lassen. Aber das mit Ioanna ist niemals aus Trotz entstanden. So funktionieren Gefühle nicht, oder?

»Lass mich dich auf einen Drink einladen.«

Mein Kopf ruckt hoch. Ein Mann mit zurückgegelten schwarzen Locken steht mir gegenüber und gleitet jetzt auf Thalias Platz. Er hält zwei Cocktails in den Händen und schiebt mir einen zu. Seine Fingernägel sind dunkelblau lackiert. »Hilft gegen Herzschmerz.«

Ich blinzele heftig. Was zum Teufel …? Irgendwoher kommt er mir bekannt …

»Menelaos«, sagt er mit einem Grinsen, als hätte er meine Gedanken gehört. »Wir sind uns gestern früh in der Nähe deiner Wohnung begegnet. Meine Begleitung war furchtbar unfreundlich. Ich würde mich gern in ihrem Namen entschuldigen.«

Reflexartig taste ich nach dem Cocktail, nur um das Glas sofort wieder loszulassen. Nie im Leben werde ich etwas trinken, in das ein Fremder möglicherweise K.-o.-Tropfen geschüttet hat.

Nur dass er kein Fremder ist …

»Du bist gestorben«, bringe ich hervor. »Du hast früher bei Eleni Christophou in der Zuckerbäckerei ausgeholfen. Du hattest einen Herzinfarkt.«

Sein Grinsen verschwindet. Mit dem Zeigefinger tippt er sich an die Schläfe. »Tag zwei und schon so eine gute Erinnerung. Respekt.«

»Du … Du willst es nicht mal leugnen?«

»Wozu?« Er hebt eine perfekt gezupfte Braue. »Wirst du die Polizei rufen und ihnen sagen, dass Untote auf freiem Fuß sind?«

»Ich war auf deiner Beerdigung«, zische ich.

»Oh, ich weiß. Der Sarg war natürlich leer, aber darum hat sich niemand geschert. Menschen sind wirklich gut im Verdrängen. Das ganze Dorf ist gekommen, habe ich im nächsten Jahr gehört. Rührend.« Er legt beide Hände auf seine Brust und deutet eine Verbeugung an. »Und ich dachte zu Lebzeiten immer, niemand würde sich für mich interessieren. Ulkig, oder, wie sehr man sich täuschen kann und wie wenig das dennoch an den Umständen ändert?«

»Was willst du von mir?«

Obwohl ich Angst haben sollte, Angst, weil er mit großer Sicherheit genauso unsterblich wie Ioanna ist und mir ohne Konsequenzen antun kann, was er will, empfinde ich nur Wut. Ich bin es leid, mit sinnlosen Aussagen bombardiert zu werden.

»Ich habe das Gespräch zwischen deinen Freundinnen und dir zufällig mitbekommen und gehört, du hast noch nicht ganz mit Männern abgeschlossen.« Ein amüsiertes Funkeln tritt in seine blauen Augen. »Hättest du Lust, mir dein Herz zu schenken?«

»Dafür ist es noch zu früh«, schieße ich zurück, während ich mich an Ioannas Erklärung im Brief erinnere. »Ich dachte, die Wilde Jagd findet erst an Silvester statt.«

Anerkennend lacht er. »Ioanna hat dich schön mit Infos gefüttert, wie ich sehe.«

Meine Gesichtszüge entgleisen mir. Woher weiß er von Ioanna? Hat er vielleicht eine Ahnung, wo sie steckt?

Bei unserer Verabschiedung auf dem Berg hat sie mir versichert, dass sie mich bald kontaktieren wird, aber seitdem habe ich nichts mehr von ihr gehört, und inzwischen mache ich mir ernsthafte Sorgen. Auch im Gasthaus habe ich heute schon nach ihr gesucht – erfolglos. Als ich an ihre Zimmertür geklopft habe, hat mir niemand geöffnet. Also habe ich mir den Ersatzschlüssel besorgt, während Jiajia abgelenkt war, und das Zimmer aufgeschlossen. Es war ein Schock, es leer vorzufinden. Weder Ioanna noch ihre Kleidung oder andere Habseligkeiten waren dort. Ich habe mich nicht getraut, Jiajia nach ihr zu fragen, weil ich nicht weiß, wie ich ihr erklären soll, wer Ioanna ist.

»Aber nicht mit genug«, fährt er fort und befeuchtet sich die geschminkten Lippen mit der Zungenspitze. »Vielleicht hofft sie ja, genau mit diesem Halbwissen ihr Leben zu retten. Sag mir, Daphne, vertraust du ihr?«

Ich kann nicht antworten. Ich kann nicht mal mehr atmen.

»Wie schnell dein Herz schlägt«, flüstert er, schließt für einen Moment die Augen und atmet genüsslich ein. Seine Lider flattern wieder auf. »Hast du Angst vor mir?«

Wieso stehe ich nicht auf? Wieso verlasse ich nicht die Bar?

»Du solltest viel mehr Angst vor ihr haben.« Jede Heiterkeit verschwindet aus seinem Blick. »Es gibt einen guten Grund, dass Beziehungen zwischen Menschen und … uns untersagt sind.«

»Rede endlich Klartext.« Es sollte angepisst klingen, doch meine Stimme versagt.

»Ich will dein Herz nicht stehlen«, zischt er, plötzlich seltsam aufgekratzt. Er wirft ein paar verstohlene Blicke nach rechts und links, bevor er fortfährt: »Ich habe nicht mal die

Macht dazu – ich bin bereits vor Jahren zum Kalikanzari geworden.« Er holt tief Luft. »Ich will, dass du es mir freiwillig schenkst.«

»Was?«

Ich sollte ihn auslachen. Stattdessen beginne ich am ganzen Körper zu beben.

»Der Legende zufolge können Kalikanzari wieder zu Menschen werden, wenn ein Mensch sich aus freien Stücken für sie opfert.«

»O… opfert?«

»Wenn dieser Mensch sich freiwillig markieren lässt und den Platz eines Kalikanzari einnimmt. Das ist es, was Ioanna von dir will, da bin ich mir sicher. Deshalb lässt sie dich nicht in Ruhe.« Plötzlich lacht er auf. »Also wisch ihr eins aus und schenk es mir, Daphne. Schenk mir dein Herz.«

29

Ioanna

6. JANUAR BIS 25. DEZEMBER
VIER JAHRE ZUVOR
NACH MITTERNACHT

Januar. Salziger Wind und Eisplatten auf dem Meer. Alles in einem Moment, nichts im nächsten. Stille in meiner Brust. So viel Stille. Meine Worte, rot auf weißem Papier: *Daphne, es tut mir leid.*

Februar. Mein Kopf unter Wasser. Blau angelaufene Lippen. Zittern bis zum Zähneklappern. *Daphne, ich weiß, du wirst mich nicht erkennen.*

März. Der Frühling in den Berggipfeln. Vogelgezwitscher. Weiße Wolken am strahlend blauen Himmel. Wasser in der Lunge. Husten bis zum Würgen. *Daphne, es ist alles meine Schuld.*

April. Tagelang kein Essen, dafür Unmengen an geschriebenen Worten. Je mehr Schwindel, desto klarer die Erinnerung. *Daphne, ich verspreche, ich werde mich von dir fernhalten.*

Mai. Die Wärme eines anderen Körpers ohne Herzschlag. Die grauenhafte Leere danach. *Daphne, ich glaube, ich werde mich nicht von dir fernhalten können.*

Juni. Der Sprung von den Klippen. Ein blutender Himmel kurz vor Sonnenuntergang. *Daphne, ich habe ihm versprochen, auf dich aufzupassen.*

Juli. Zehn Versionen derselben Geschichte. Hundert. Tausend. *Daphne, ich fühle nichts, aber ich erinnere mich an alles.*

August. Drückende Hitze, selbst um Mitternacht. Selbst auf der Insel. Waldbrände. *Daphne, ich habe das Gesicht meiner Schwester vergessen. Da ist nur noch deines.*

September. Mein Körper in Flammen. Danach wieder Leere. *Daphne, ich weiß nicht, ob ich durchhalte.*

Oktober. Noch mehr Worte. Aber nicht mehr auf Papier. In den Wind geschrien. *Daphne, es sind nur noch drei Monate.*

November. Schwarzer Sand und Glatteis. Eine tickende Uhr in meiner Brust, der Widerhall eines Herzschlags. *Daphne, ich dachte, ich kann bis zur Wilden Jagd an Silvester wegbleiben, aber während die anderen sich bereit machen, bin ich mir schon fast sicher, dass ich es nicht so lange aushalten werde.*

Dezember. Einatmen. Ausatmen. Schnee. Eine Entscheidung. *Daphne, verzeih mir. Ich bin zu schwach.*

Ich öffnete den Mund und fing eine Schneeflocke mit der Zunge auf. Die Kirchenglocken läuteten noch immer. Das Geräusch ließ den Boden zu meinen Füßen vibrieren.

»*Chronia polla*«, murmelte ich, wenn ich jemandem auf der Straße begegnete.

Die Leute lächelten, warfen mir neugierige Blicke zu, obwohl ich mich diesmal nicht zurechtgemacht hatte, kein schönes Outfit trug und mich auch nicht geschminkt hatte. Ihre pochenden Herzen zu hören, war nicht angenehm. Vielmehr fühlte es sich wie ein hohes nervtötendes Piepsen an, das mich von allen Seiten durchbohrte.

Meine Erinnerung an die Raunächte im vergangenen Jahr war gestochen scharf, dafür fühlten sich die letzten Monate wie ein einziger Fiebertraum an. Ich hatte mich von den anderen abgekapselt, obwohl ich wieder einmal höhnische Kommentare dafür geerntet hatte. Wir hätten alle dasselbe Ziel, sagten sie, aber sie hatten keine Ahnung von meinem.

Manche von ihnen waren zurückgeblieben. Vor den letzten Raunächten war ich zu abgelenkt gewesen, um zu registrieren, dass nicht immer alle ins Dorf mitkamen. »Geh, meine Liebe«, hatte Chrisanthi heute im Morgengrauen mit müdem Lächeln zu mir gesagt. »Du bist noch jung. Aber es wird die Zeit kommen, in der auch du freiwillig darauf verzichtest.«

Solange Daphne am Leben war, würde ich nicht darauf verzichten, ob ich wollte oder nicht. Ich musste sie vor meinem Schicksal bewahren.

Mein erster Halt: Das Gasthaus *To asteraki*. Es war verlassen. Mein Klopfen führte zu nichts. Das Fenster neben der Tür war inzwischen ersetzt worden. Mein zweiter Halt: das Haus ihrer Großeltern. Dasselbe Spiel. Ich klingelte Sturm, ehe ich dazu überging, an die Tür zu hämmern, bis ein Nachbar in der Gasse seinen Kopf aus dem Fenster streckte und »Ruhe, hier schlafen Kinder!« zischte.

Ich hatte keine Ahnung, wie Daphne die Weihnachtsnacht für gewöhnlich verbrachte. Ob sie in die Kirche ging, mit ihrer Großmutter unterwegs oder bei Freunden war (hatte sie inzwischen wahre Freunde gefunden?). Natürlich gab es auch die Option, dass sie Dodekada verlassen hatte. Vielleicht hatte sie sich nach dem Tod ihres Großvaters mit ihrer Mutter vertragen und war zu dieser nach Thessaloniki gezogen?

Thessaloniki. Dort, wo Steriani und ich hätten sein sollen …

Vielleicht hatten Kiriaki und sie das Weite gesucht?

Ich hatte fast ein ganzes Jahr Zeit gehabt, um mir einen Plan zurechtzulegen, doch ich fühlte mich in diesem Moment genauso hilflos wie am Anfang der letzten Raunächte. Die Suche nach der Nadel im Heuhaufen. Mein einziger Vorteil: Im Gegensatz zu Steriani kannten die Dorfbewohner Daphne. Irgendjemand würde mir Auskunft erteilen können.

Drei Stunden später war ich um einiges schlauer. Daphne und ihre Großmutter lebten nach wie vor hier. Alle, die ich nach ihnen fragte, reagierten gleich. Warmes Lächeln, das sich innerhalb von Sekunden in ein mitfühlendes verwandelte.

Sie waren wohl in der Mitternachtsmesse gewesen wie jedes Jahr, doch als ich diese Information erhielt, war es bereits zu spät, sie befanden sich sicherlich schon auf dem Rückweg. Am besten wäre es, vor dem Gasthaus zu warten, wurde mir gesagt. Dort gab es nach der Kirche immer Essen und Getränke bis zum Morgengrauen für alle, die keine Familie hatten. Doch als ich dorthin zurückkehrte, war das Haus nach wie vor in Dunkelheit getaucht.

Stöhnend lehnte ich mich gegen die Tür und vergrub das Gesicht in den Händen. Es war in Ordnung. Selbst wenn ich sie erst morgen fand – ich hatte Zeit. Ein Gedanke, der mir keinen Trost spendete. Zwölf Tage und zwölf Nächte waren nichts.

Du bist nicht hier, um Spaß mit ihr zu haben, rief ich mir in Erinnerung. Du bist hier, damit sie ein Mensch bleibt.

Mein Körper strafte mein Vorhaben Lügen. Vor lauter Aufregung war mir übel, und meine Beine fühlten sich an, als würden sie jeden Moment unter mir nachgeben.

Mit einem Knarzen öffnete sich eine Tür neben mir. Ich ließ die Hände sinken. Eine ältere Frau im Bademantel und mit Müllsäcken in den faltigen Händen trat auf die Straße. Ihre Hausschuhe hinterließen Abdrücke im frisch gefallenen Schnee, während sie mit gebücktem Rücken zu den Mülltonnen schlurfte. Erst als sie die Säcke entsorgt hatte und sich umdrehte, entdeckte sie mich.

»*Chronia polla*«, murmelte ich reflexartig. »Frohe Weihnachten.«

Stirnrunzelnd musterte sie mich. »Was suchst du hier?« Es klang nicht feindselig, eher besorgt. »Du wirst dir draußen den Tod holen.«

Ich setzte eine möglichst verzweifelte Miene auf. »Wissen Sie zufällig, wann Daphne und ihre Großmutter von der Kirche zurückkommen?«

Sie zuckte mit den Schultern. »Hast's schon auf dem Friedhof versucht?«

Langsam schüttelte ich den Kopf.

Der Friedhof. Natürlich.

»Er befindet sich in der Nähe der Kapelle«, fuhr sie fort. »Am Fuß der Felsen. Ich bin mir sicher, sie sind …«

»Danke«, unterbrach ich sie. »Danke!«

Und dann rannte ich los.

Das Gewicht der Aufzeichnungen in meinem Rucksack schien sich mit jedem Schritt zu verdoppeln, doch ich wurde nicht langsamer. Auch nicht, als meine Füße zu schmerzen begannen und ich kaum mehr atmen konnte. Auch nicht, als mich das Gefühl überkam, verfolgt zu werden. Ich rannte und rannte, bis die steinernen Felsen in Sicht kamen und zwischen ihnen die Grabsteine. Es war nicht nebelig wie das letzte Mal, als ich mit Daphne hier gewesen war. Der Schnee hatte sich in Hagelkörner verwandelt, die erbarmungslos vom Himmel prasselten.

Ich konnte die Gestalt erst ausmachen, als ich nur noch wenige Meter von ihr entfernt war. Sie hielt einen Regenschirm und kniete trotz der nassen Kälte auf dem Boden vor einem Grab. Außer ihr war niemand zu sehen. Mein Atem kam nur noch stoßweise. Das war meine Gelegenheit. So viele Tage, Wochen, Monate hatte ich durchgehalten …

Letztes Jahr war ich von Rache angetrieben gewesen, jetzt bestand ich aus purer Nervosität.

Ich würde mich jedes Jahr aufs Neue in dieser Situation wiederfinden – jedes Jahr mit mehr Erinnerungen mit ihr im Gepäck, während ich für sie eine Fremde war.

»Daphne.«

Ruckartig richtete sie sich auf und drehte sich nach mir um. Ihr Haar war kürzer. Das war das Erste, was mir auffiel. Sie war ungeschminkt, dennoch wirkte sie so viel älter als vor einem Jahr. Es lag an ihrem Blick, in dem ein Ausdruck tiefer Müdigkeit lag. Ihr schwarzer Mantel war bis oben hin zugeknöpft, ihr Schal, ebenfalls schwarz, mehrmals um ihren Hals geschlungen.

»Daphne«, flüsterte ich erneut. Meine Stimme bebte.

Ich war nicht gewappnet für die Flut an Emotionen. Lag es an meiner Reue? Daran, was ich ihr angetan hatte? Oder lag es daran, dass sie knapp ein Jahr lang mein einziger Anker gewesen war? Vielleicht war ich auch einfach nur ausgehungert nach der Nähe zu Menschen.

Sie runzelte die Stirn. »Kennen wir uns?«

Ich hätte ihr meine Aufzeichnungen geben können. Doch plötzlich kam ich mir lächerlich vor.

Es war eine Sache, mir Tag für Tag ihr Gesicht vorzustellen, mich in irgendwelchen absurden Träumen zu verlieren, und eine ganz andere, vor ihr zu stehen. Als würde sie jemals ein paar verzweifelten Worten von einer Wildfremden Glauben schenken.

»Du … Du kennst mich nicht«, stammelte ich. »Aber ich dich. Ich … Es tut mir leid.«

Verständnislos starrte sie mich an.

Ich wollte mich selbst ohrfeigen.

»Es tut mir so leid wegen deinem Großvater.«

Ihre Verwirrung machte Misstrauen Platz. »Wer bist du?«

»Ioanna.«

»Ich kenne keine …«

»Ich weiß, ich weiß.« Ich wollte schreien. Oder weinen. Was hatte das alles für einen Sinn? Wie sollte ich es ihr verständlich machen? »Ich kann dir alles erklären, aber ich bin mir nicht sicher, ob du mir glauben wirst.«

»Wovon redest du?« Inzwischen klang sie angepisst.

»Wir haben uns letztes Jahr an Silvester kennengelernt.«

Ihre Augen wurden schmal. »Daran würde ich mich erinnern.«

Nein, würdest du nicht.

»Woran erinnerst du dich, wenn du daran denkst?«, drängte ich. »Du warst am See im Wald mit deinen Freunden, nicht wahr? Irgendwann haben sie dich dort allein gelassen? Was ist dann passiert?«

Sie öffnete den Mund. Schloss ihn wieder. Dann umschlang sie sich selbst mit beiden Armen. Am liebsten wäre ich nach vorn getreten und hätte das für sie übernommen.

»Wir waren Schlittschuh laufen«, fuhr ich verzweifelt fort. »Du hast mir von Ari erzählt. Dann …«

»Ich erinnere mich nicht.« Sie klang plötzlich nicht mehr sauer, sondern ängstlich. »Ich erinnere mich an überhaupt nichts, wenn ich an letztes Silvester denke.«

»Das liegt am Fluch«, flüsterte ich. Die anderen Kalikanzari hatten mir nur erzählt, dass Menschen sich nach dem Ende der Raunächte nicht mehr an *uns* erinnerten. Ich hatte nicht gewusst, dass ihre komplette Erinnerung an diese Zeit ausgelöscht wurde. Wie war das möglich? Und wie kamen all die Dorfbewohner während der Raunächte klar, wenn ihre Erinnerung Stück für Stück zurückkehrte? Wie schafften sie es, nicht den Verstand zu verlieren?

»Was redest du?«, zischte sie.

»Du erinnerst dich an überhaupt nichts?«, fuhr ich drängend fort. »Von Weihnachten bis zum 6. Januar? Da ist einfach … nichts?«

Langsam schüttelte sie den Kopf.

»Und du hast dich nie gefragt, woran das liegt?«

Plötzlich wurde ihre Angst durch Trotz ersetzt. »Ich nehme an, es liegt am Trauma«, sagte sie kühl. »Mein Großvater ist in der Nacht vom 5. auf den 6. Januar diesen Jahres gestorben.« Eine kurze Pause. »Ich weiß immer noch nicht, wer du bist und was du von mir willst.«

Wie erbärmlich ich gewesen war! Statt an einem Plan zu feilen, hatte ich Tag für Tag versucht, mir Schmerzen zuzufügen, und war im Selbstmitleid versunken.

»Möchtest du wirklich die Wahrheit wissen?«, fragte ich und hielt sie mit meinem Blick gefangen. »Auch wenn du mir nicht glaubst?«

»Wer du bist«, hallte ihre Stimme von damals wie aus einem anderen Leben in mir wider. »Was du bist. Es ist mir egal.«

»Sprich«, fauchte sie.

Sie war hier. Sie war real. Sie wollte die Wahrheit hören. Also sagte ich sie ihr.

»Wir haben uns letztes Jahr an Silvester kennengelernt und fünf Tage miteinander verbracht. Ich habe deinem Großvater vor seinem Tod versprochen, auf dich aufzupassen.«

Die Sekunden vergingen. Erst sah sie mich verständnislos an, dann wieder wütend. Statt einer Antwort wandte sie schließlich den Blick ab und lief los.

Ich überlegte nicht – meine Hand schnellte vor und umfasste ihre.

Merkregel Nummer eins fürs nächste Mal: Nicht mit der Tür ins Haus fallen.

Sie erstarrte.

»Daphne, bitte.«

Irgendetwas stimmte nicht. Obwohl sie mir in die Augen schaute, wirkte sie auf einen Schlag weit weg. Ihre Atemzüge wurden abgehackter. Hektisch schnappte sie nach Luft und entriss mir schließlich ihre Hand.

»Was zur … Was … Was war das?«

Auch ich bekam es jetzt mit der Angst zu tun. »Was war was?«, hauchte ich.

Sie schluckte heftig. »Da waren Bilder in meinem Kopf.«

»Was für Bilder?«

»Von deinem Gesicht. Ganz nah.« Sämtliche Farbe schien aus ihren Wangen zu weichen. »Du lagst auf mir.«

Mein Mund wurde trocken. Mein Blick wanderte zu ihrer Hand.

»D… darf ich dich noch mal berühren?«, brachte ich hervor.

Anstelle einer Antwort wankte sie reflexartig einen Schritt zurück.

Es zerriss mir das Herz.

Beruhigend hob ich beide Hände. »Ich mach's nicht, wenn du nicht willst. Keine Sorge.«

»Was war das?«, wiederholte sie und klang dabei so klein und verloren, dass es mir die Kehle zuschnürte.

»Ich bin mir nicht sicher. Aber es könnte sein, dass deine Erinnerungen zurückkehren, wenn ich dich berühre.«

Sie wirkte, als hätte sie am liebsten losgeschrien.

»Wieso?«

»Ich weiß es nicht.« Das war die Wahrheit.

Ich hatte fast zwei Jahre verschwendet. Zwei Jahre, in denen ich alles über den verdammten Fluch und die Magie hätte herausfinden können. Aber ich hatte keinen Grund gehabt. Die Abwesenheit von Gefühlen bedeutete auch die Abwesenheit von Motivation.

»Aber ich werde alles tun, um es herauszufinden«, sagte ich.

»Wieso?«, fragte sie erneut.

Weil du der Grund bist, aus dem ich durchgehalten habe.

»Weil du es verdient hast.«

Sie blinzelte mehrmals. Schüttelte den Kopf. Kniff die Augen zusammen, öffnete sie wieder.

»Okay«, sagte sie schließlich.

»Okay?«

Entschlossenheit flackerte über ihr Gesicht. »Lass uns irgendwo hingehen, wo wir reden können. Ich werde dir zuhören.«

Die Erleichterung ließ meine Knie weich werden.

Merkregel Nummer zwei: Körperkontakt initiieren – so schnell wie möglich.

Ioanna

5. JANUAR
VIER JAHRE ZUVOR
NACH SONNENUNTERGANG

Erst an Silvester hatte ich sie vollständig davon überzeugt, mir zu glauben, aber es spielte keine Rolle, denn sie wollte auch davor in meiner Nähe sein.

Ich erinnere mich bis heute an dieses Gefühl aus dem zweiten Jahr. Dunkler als das vorherige, trauriger, leiser. Die Trauer umhüllte sie wie eine Festung, und ich war die Einzige, die sie durchbrechen durfte. In gewisser Weise war sie mir während dieser Raunächte näher denn je, weil sich unsere vergangenen zwölf Monate kaum voneinander unterschieden hatten. Wir beide hatten gewartet, nur dass sie nicht verstanden hatte, worauf.

Als wir uns im Vorjahr kennengelernt hatten, war sie einsam gewesen, eine Außenseiterin, doch ihre Lebensfreude war unverkennbar. Vom Versprechen auf eine bessere Zukunft geprägt. Jetzt war da nichts als Dunkelheit.

Auch mir ging es anders als während der letzten Raunächte:

Meine ganze Aufmerksamkeit galt Daphne, ich war nicht mehr auf der Suche nach Steriani. Es war offensichtlich, dass sie Dodekada nach meinem vermeintlichen Tod verlassen hatte, dass ihre Erinnerung nicht zurückgekehrt war und sie mit mir abgeschlossen hatte. Wahrscheinlich war es besser so. Rache war das Letzte, was mir jetzt noch in den Sinn gekommen wäre. Ich war mindestens genauso schlimm wie meine Schwester. Ich hatte Daphne ihren Papou gestohlen.

»Es ist nicht deine Schuld«, wisperte Daphne gegen Ende, den Kopf in meinen Schoß gebettet, nachdem ihre Erinnerung fast vollständig zurückgekehrt war. »Du hast nichts falsch gemacht.«

Sie sah meine Tränen nicht, die auf die Matratze tropften, während ich ihr übers Haar strich.

Ich hatte ihr längst meine Aufzeichnungen gegeben. Die Aufzeichnungen, die ein kleines Detail ausließen: wer für den Tod ihres Großvaters verantwortlich war. Es war egoistisch und grausam, aber ich konnte nicht. Wir hatten so wenig Zeit.

Nachdem sie meine Notizen gelesen hatte, hatte sie mich erst ausgelacht, dann hatte sie zu weinen angefangen, und schließlich hatte sie es akzeptiert. Während der Wilden Jagd hatten wir uns in der Hütte ihres Papou verschanzt. Mein Herz hatte zu schlagen begonnen, und sie hatte mich fest umklammert gehalten, bis es vorbei war.

Wenn ich daran dachte, zitterte ich noch immer. Ich wusste nicht, wer dieses Jahr fürs Markieren der armen Seele zuständig war, nachdem mein Opfer im letzten gestorben war. Normalerweise musste immer die Person jemanden markieren, die im Vorjahr zur neuen Kalikanzari geworden war. Da Stefanos sich für den Tod entschieden hatte, konnte er diese Aufgabe nicht übernehmen. Ich hätte jemanden fragen können, wer es stattdessen tat, doch alles, was zählte, war, dass nicht ich diejenige war – und dass ich Daphne von der Gefahr fernhielt.

»Erzähl mir was«, murmelte Daphne. »Etwas Schönes.«

Ich schloss die Augen, ohne aufzuhören, sie zu streicheln. Ihre Nähe, ihre Wärme war alles, was mich noch zusammenhielt.

»Ich habe dem Meer von dir erzählt«, begann ich. »Und den Vögeln in den Bergen. Und den Bäumen und der Erde und dem Wind. Das hat geholfen, wenn ich nicht schreiben konnte. Schreiben war schwer. Ich habe nie die richtigen Worte gefunden. Aber wenn ich von dir erzählt habe, konnte ich es der Welt zu verstehen geben. Ich war nicht in der Lage, etwas zu empfinden, aber ich konnte mich an meine Gefühle erinnern.«

»Ich werde für dich fühlen, bis du wieder fühlen kannst.«

Ich schlug die Augen auf. Sie hatte das Gesicht zu mir gedreht und schaute mich mit so viel Zärtlichkeit an, dass sich mein Magen vor Wehmut zusammenzog.

»Und ich werde mich an uns erinnern, bis du dich wieder erinnern kannst.«

Ein Lächeln breitete sich auf ihren Lippen aus, während ich erneut mit den Tränen zu kämpfen hatte.

»Erzähl mir mehr«, wisperte sie.

»Wenn die Erinnerung nicht ausgereicht hat, habe ich mir eine Zukunft ausgemalt. Du und ich, weit weg von hier. In einer Wohnung. In einer Stadt vielleicht. Ich habe mir vorgestellt, wie ich dir morgens Frühstück ans Bett bringe. Es sind ganze Tage vergangen, an denen ich mich gefragt habe, ob du eine Frühaufsteherin oder eine Langschläferin bist. Ob du wirklich länger geschlafen hättest als ich. Aus irgendeinem Grund war mir das wichtig für diese Fantasieszenarien. Ich wollte sie so realistisch wie möglich gestalten.«

Wenn sie schon niemals eintreten werden.

»Ich kann ewig schlafen.« Sie kuschelte sich enger an mich. »Zwölf Stunden sind gar nichts.«

Meine Mundwinkel zuckten. »Wusste ich's doch.«

Sie schloss die Augen. »Ich würde gerne mit dir in einer Stadt leben.«

Das Schlucken fiel mir schwer, doch ich zwang mich weiterzusprechen. »In diesem Szenario bist du professionelle Sängerin. Es hat eine Weile gedauert, am Anfang war es schwer, doch deine Stimme hat die Leute schließlich überzeugt. Du hast bis spät in die Nacht Auftritte, deshalb schläfst du auch immer bis Mittag. Ich begleite dich zu diesen Auftritten, sitze in der ersten Reihe, aber ich gehe vor dir nach Hause, während du noch mit der Band und deinen Fans redest. Du verabschiedest dich vor allen von mir. Du versuchst, mich zum Bleiben zu überreden, auch wenn du weißt, dass ich viel zu müde bin. Manchmal gebe ich nach, aber dann bin ich am nächsten Tag schlecht gelaunt und du bekommst kein Frühstück ans Bett.«

Daphne lachte nicht, und auch sonst zeigte sie keine Reaktion. Sie war plötzlich sehr still geworden.

Lag es an der Fantasie, in der sie ihren Traum lebte? Sie hatte seit letztem Jahr nicht mehr gesungen, hatte ihre Leidenschaft zusammen mit dem Glück vergraben. Stattdessen arbeitete sie im Gasthaus. »Jiajia braucht mich«, hatte sie mit Endgültigkeit in der Stimme gesagt, und ich hatte nicht gewagt, dem etwas entgegenzusetzen.

Jetzt konnte ich nicht aufhören zu reden.

»Wir streiten uns dann, aber unsere Streits halten für gewöhnlich nur ein paar Minuten, bis eine von uns es nicht länger aushält. Am Anfang warst du diejenige, die ständig nachgeben musste. Ich war mein Leben lang zu stur, dank dir habe ich gelernt, einzulenken, weil du es so lächerlich aussehen lässt, aus Prinzip an Kleinigkeiten festzuhalten. Jedes Mal, wenn mir mein Ego in die Quere kommt, frage ich mich also, ob ich dich, statt auf Teufel komm raus mit dir zu diskutieren, nicht lieber küssen sollte. Das holt mich immer runter. Und wenn wir uns dann vertragen haben, fahre ich mit dem Fahrrad zum Markt und hole uns frisches Obst und Gemüse und Brot und Eier und Käse, um ein spätes Frühstück für dich vorzubereiten. Bei meiner Rückkehr bist du frisch geduscht, und unsere Wohnung duftet nach Kaffee für dich und Tee für mich. Beim Essen unterhalten wir uns nicht, wir sind beide zu müde. Trotzdem fühle ich mich dir jedes Mal, wenn sich unsere Blicke kreuzen, verbunden. Ich weiß, dass ich genau dieses Leben will, für jetzt und bis in alle Ewigkeit. Und wenn ich …«

»Hör auf.« Ihre Stimme klang seltsam erstickt. »Bitte, hör auf.«

Ich wich zurück, nahm ihr Gesicht zwischen meine Hände und schob sie sanft von mir, sodass ich mich neben sie aufs Bett legen und sie richtig in den Arm nehmen konnte.

»Tut mir leid«, flüsterte ich und küsste ihre Tränen weg. Salz und vergebliche Hoffnung.

Sie schüttelte den Kopf, konnte kaum meinen Blick erwidern. »Ich will das auch. Es ist zu perfekt.«

Ich schüttelte ebenfalls den Kopf, legte meine Stirn an ihre und inhalierte ihren konzentrierten Duft. »Nein, nein, es ist nicht perfekt. Glaub mir, mit der Zeit wird es todlangweilig.«

»Ich weiß! Genau das will ich. Ein langweiliges Leben mit dir. Denselben Tag, wieder und wieder. Ich will, dass wir uns so sehr aneinander gewöhnen, dass uns gar nichts mehr überrascht. Ich will jeden deiner Blicke, jede deiner Gesten deuten können. Ich will wissen, was du sagen wirst, noch bevor du den Mund öffnest.« Zittrig holte sie Luft. »Ich will dein Zuhause sein.«

Das bist du schon, Daphne.

Ich nickte. »Eines Tages.«

Natürlich erkannte sie die Lüge in meinen Worten, doch sie wurde nicht wütend. Stattdessen klammerte sie sich mit glühendem Blick an mir fest. »Es muss einen Weg geben.«

»Was für einen …«

»Einen Weg, den Fluch zu brechen.«

Ich bemühte mich um ein Pokerface.

»Wir müssen alles über den Ursprung der Kalikanzari herausfinden. Und dann müssen wir mit den anderen reden. Vielleicht könnt ihr euch zusammenschließen, damit …«

»Daphne.«

Seit Silvester hatten wir Pläne für die nächsten Raunächte geschmiedet. Sie hatte mir detailliert erzählt, was ihre Gewohnheiten an Weihnachten und den darauffolgenden Tagen waren. Ich würde sie immer zuerst in der Kirche finden. Sie würde meine Aufzeichnungen sicher verwahren, bis der Moment gekommen war. Wenn wir uns wiedersahen, würde sie von Anfang an wissen, wer ich war. Auch wenn diese Pläne auf einer Lüge basierten, an die sie sich in wenigen Augenblicken erinnern würde: Sie hätte sich niemals erneut auf mich eingelassen, hätte sie gewusst, dass ich für den Tod ihres Großvaters verantwortlich war.

Ich würde es nicht ertragen.

»Daphne, es gibt keinen Weg.«

»Das weißt du nicht. Du könntest Nachforschungen anstellen, während du weg …«

»Daphne, ich fühle außerhalb der Raunächte *nichts*. Glaubst du ernsthaft, ich könnte in einer Zeit, in der mir alles egal ist, die Motivation aufbringen, nach einer unmöglichen Lösung zu suchen?«

Kopfschüttelnd setzte sie sich auf. »Du erinnerst dich an

alles. Du hast unsere Geschichte aufgeschrieben. Warum solltest du das tun, wenn dir wirklich alles egal wäre?«

Auch ich richtete mich auf. »Um die Langeweile zu vertreiben«, sagte ich hart.

»Ich glaube dir nicht.«

Die Zeit war gekommen. Nicht buchstäblich – es blieben noch zwei Stunden bis Mitternacht. Aber ich konnte nicht mehr.

Ich stand vom Bett auf. »Es tut mir leid.«

»Wo willst du hin?« Die Panik in ihrer Stimme zerriss mich.

»Ich muss gehen, Daphne. Ich ertrage es nicht noch einmal, dabei zuzusehen, wie du die Wahrheit erkennst.«

»Wovon redest du?« Sie schrie die Worte, während sie ebenfalls aufstand.

Ich befand mich schon auf halbem Weg zur Tür. »Die Aufzeichnungen sind nicht vollständig«, brachte ich hervor.

Sie bombardierte mich mit weiteren Fragen, kam näher, griff nach meiner Hand, doch ich schüttelte sie ab.

Wäre ich stärker gewesen, hätte ich ihr hier und jetzt alles gebeichtet, damit sie die Chance hatte, es aufzuschreiben und sich am Anfang der nächsten Raunächte wirklich an *alles* zu erinnern.

Aber ich war nach wie vor ein egoistisches Miststück.

»Noch zwei Stunden«, wisperte ich und griff nach der Türklinke. »Dann ist es vorbei.«

Ohne ihre Reaktion abzuwarten, trat ich nach draußen in den eisigen Wind. Meine Jacke und Schuhe ließ ich zurück. Ich wollte auf den letzten Metern alles fühlen.

»Ioanna!«

Sie rannte mir hinterher, barfuß und weinend.

»Lass mich in Ruhe!«, brüllte ich, obwohl ich mit ihr weinen wollte.

Doch Daphne war nicht auf Antworten aus. Sie prallte gegen mich, nahm mein Gesicht zwischen ihre Hände und stellte sich auf die Fußspitzen. Ihre Lippen kollidierten mit meinen. Es war ein Abschied, und sie wehrte sich nicht mehr dagegen, sondern ließ mich jedes ihrer Gefühle spüren. Angst. Wut. Verwirrung. Und am gewaltigsten: Schmerz.

Meine Hände wanderten in ihre Haare. Ich legte alles in den Kuss, was ich nicht sagen konnte: Ich bin eine Verräterin. Hätte ich noch ein Herz zu verschenken, es wäre deines. Vergiss mich nicht. Ich weiß, darum kann ich dich nicht bitten, aber vergiss nicht, wie sich das anfühlt. Bitte, bitte, hör nicht auf, mich daran zu erinnern. Nächstes und übernächstes Jahr und alle folgenden.

Doch mit jeder Sekunde, die an uns vorbeizog, mit jedem Seufzen und Stöhnen und Verglühen wurde die Erkenntnis in mir größer. Dies könnte das letzte Mal sein. Niemand konnte mir garantieren, dass sie nächstes Weihnachten noch hier sein würde. Niemand konnte garantieren, dass sie mich dann noch wollte. Dieser Moment war der einzige, der uns sicher war, und für die Dauer eines Herzschlags war er genug.

Als wir zurückwichen, weinten wir beide.

Ich griff nach ihrem Handgelenk, küsste ihre Finger und ließ sie los.

»Ioanna, ich …«

»Ich liebe und werde geliebt«, hatte die antike Dichterin Sappho einst angeblich gesagt, »wir sind jetzt ein Teil des Himmels.«

»Sag es nicht«, unterbrach ich sie. Nicht jetzt. Nicht kurz bevor sie die Wahrheit über den Tod ihres Großvaters erfuhr. Es würde uns beide nur noch mehr quälen.

Sie weinte heftiger.

Ich ertrug es nicht länger.

»Weihnachten«, wisperte ich. »Vor der Kathedrale. Ich werde da sein.«

»Weihnachten«, echote sie, schniefte, nickte.

Ich wandte mich um und begann zu rennen.

Sie ließ mich gehen.

III

»Warum entscheiden sich so viele für den Tod, wenn wir ihnen doch die beste Alternative bieten?«

»Menschen haben Angst vor dem Unbekannten.«

»Und der Tod ist ihnen bekannt?«

»Über den Tod haben sie immerhin Geschichten gehört.«

»Ich hätte mich auch für den Tod entschieden, hättest du mich nicht …«

»Pssst. Ich möchte diese Worte nie wieder aus deinem Mund hören.«

Ioanna

25. DEZEMBER
DREI JAHRE ZUVOR
KURZ NACH MITTERNACHT

Sterianis Freundin nahm sich das Leben, als die beiden kurz vor dem Schulabschluss standen. Ich hatte meine Schwester bis zu diesem Zeitpunkt noch nie so leiden sehen, mit ihrem ganzen Körper, wie ein Tier. Fast einen Monat lang war sie kaum ansprechbar. Ich war nicht stolz darauf, aber ich war sauer auf ihre Freundin, weil Sterianis Trauer sie mir für ein paar unerträglich lange Wochen wegnahm. Dann kam der Tag, an dem sie aufstand und plötzlich wieder meine Schwester war. Sie verbot uns nie, über ihre Freundin zu sprechen, aber das musste sie auch nicht. Unsere Eltern und ich erwähnten sie nicht. Und doch dauerte es Jahre, bis ich aufhören konnte, an sie zu denken. Ich hatte sie nie besonders gut leiden können, aber nach ihrem Tod entwickelte ich eine seltsame Faszination für sie. Was hatte sie dazu getrieben? War es eine einzelne große Entscheidung gewesen? Hatte sie aus mehreren kleinen Schritten bestanden? Hätte jemand es verhindern können?

Früher hatte ich psychische Krankheiten nicht verstanden, insbesondere, wenn die betroffene Person privilegiert war wie Sterianis Freundin. Ihre Eltern hatten Kohle ohne Ende, das einzige nennenswerte Problem, das sie von außen betrachtet zu haben schien, war Leistungsdruck, weil sie auf eine krasse Universität ins Ausland wollte. Wenn *ich* ein Problem hatte, dann setzte ich mich damit auseinander. Mit dem Kopf durch die Wand. Ein Problem so lange in sich gären lassen, bis es explodierte und alles in Reichweite zerstörte? Nein, danke.

Wenn ich ehrlich war, dann hatte ich Menschen, die sich das Leben nahmen, immer für die größten Schwächlinge gehalten. Es war der einfachste Ausweg. Ich war stolz darauf gewesen, mein Leid zu ertragen. Ich hatte nie kapiert, dass es nicht zwingend Leid war, das Menschen bis ans Ende und darüber hinaus führte, sondern die Abwesenheit dessen. Bis ich selbst am Abgrund gestanden hatte, ohne Schmerz, ohne Glück, ohne auch nur die entfernteste Erinnerung an Gefühle, und bereit gewesen war, ins Meer zu springen, zu schwimmen, bis ich das Festland erreichte, und dem erstbesten Menschen in die Augen zu sehen.

Ich hatte nicht sterben wollen, weil alles wehtat. Sondern weil ich keine weitere Sekunde dieser Sinnlosigkeit ertrug. Tagein, tagaus Monotonie. Gefangen in meinem Kopf. Nichts würde sich je ändern. Nichts. Die meiste Zeit über erinnerte sich da draußen niemand an mich, ich war nicht real, ich existierte nicht. Was waren zwölf Tage und zwölf Nächte gegen die Ewigkeit?

Niemand suchte sich dieses Schicksal aus. Niemand wollte so leben. Und zum ersten Mal fragte ich mich, ob Sterianis Freundin mit ihrer Tat Stärke gezeigt hatte. Weil sie dem Abgrund berechnend in die Augen gesehen und ihm erklärt hatte, dass sie sein Spiel nicht mehr mitspielte. Sie hatte die Kontrolle über ihr eigenes Leben übernommen. Sie war ausgestiegen. Wer war ich, diese Entscheidung zu verurteilen? Was hatte ich von Bedeutungslosigkeit verstanden? Oh, meine Eltern sahen mich nicht als die, die ich wirklich war? Oh, ich war so einsam, oh, niemand würde mich je lieben? Oh, ich armes hilfloses Mädchen!

Werd verdammt noch mal erwachsen!

Ich war auch in diesem Jahr nach Dodekada gekommen. Natürlich war ich das. Ich hatte meinen Selbstzerstörungsplan nicht in die Tat umgesetzt, sondern mein Hirn über die vergangenen Monate hinweg mit allem zugestopft, was ich fand, um zu überleben. Bücher, Sex, Gespräche mit den anderen, noch mehr Sex, noch mehr Bücher.

Und dann war der Tag gekommen, an dem eine Leiche an die Klippen der Insel gespült worden war. Chrisanthi hatte sie entdeckt und nach uns gerufen. Nicht panisch, sondern gelassen, emotionslos, als wäre es nicht das erste Mal, dass sie etwas Derartiges erlebte.

War es im Juni oder im Juli gewesen? Ich erinnerte mich kaum. Nur an ihren Anblick.

Nackt, aufgedunsen, mit tiefschwarzen Augenhöhlen. Es war keine menschliche Leiche. Es war eine Leiche ohne Herz im Brustkorb. Ihr Name war Virginia. Schon Tage zuvor war das Gerücht auf der Insel umgegangen, dass sie abgehauen war. Nicht, um Abwechslung in einem Gebirge in der Nähe zu finden, sondern weil sie einen Menschen aufsuchen wollte.

Selbst im Tod war sie noch schön. Wir verbrannten sie am Strand und streuten die Asche ins Meer. Niemand sprach ein Wort. Bei Menschen sorgten Selbstmörder für Nachahmungstäter. Unter Monstern stellten sie eine Abschreckung dar.

Nach diesem Tag dachte ich nie wieder an die Möglichkeit.

Ich hatte eine Schuld zu begleichen. Ich hatte einen Menschen zu beschützen.

Und wie immer war ich nicht auf meine Gefühle vorbereitet gewesen.

Die Uhr schlug Mitternacht, die Schneeflocken wirbelten vom Himmel, und ich stand vor der Kathedrale und schluchzte mir die Seele aus dem Leib.

Mir war klar, dass ich mich beruhigen sollte, so würde ich nur das Interesse sämtlicher Kirchgänger auf mich ziehen, obwohl doch nur eine auf mich aufmerksam werden sollte. Falls sie überhaupt hier war.

Jemand sprach mich an, ein älterer Herr, wenn mein Tränenschleier mich nicht täuschte. Ich nahm das Taschentuch entgegen, das er mir hinhielt, verbarg mein Gesicht darin, schickte ihn zum Teufel, als er mehrmals wissen wollte, wie es mir ging, da das die denkbar beschissenste Frage war. Er murmelte irgendetwas über die »Jugend von heute« und suchte das Weite.

Vergeblich versuchte ich, die Leute zu scannen, um *sie* nicht zu verpassen, während ein Blitzlichtgewitter an Gedanken in meinem Kopf wütete, von denen einer schlimmer war als der andere:

Wie konntest du ihr das antun? Du hast es geschworen! Wie schwach kann man sein? Sie braucht dich. Wenn du nicht mehr da wärst, wer würde sonst auf sie aufpassen? Dir steht die ganze Welt offen, Natur, Wissen, Vergnügungen, Freiheit, und du heulst rum, weil du ein paar Monate lang nicht mit Menschen reden darfst? Wenn Steriani dich so sehen könnte! Sie würde dir das niemals verzeihen. Und was ist mit deinen Eltern? Glaubst du wirklich, sie würden über deinen Tod hinwegkommen, sollten sie je davon erfahren? Wen interessiert es noch, dass du auf Frauen stehst? Willst du wirklich ein Klischee sein? Weswegen heulst du eigentlich rum? Du hast es ernsthaft nicht ertragen, dass deine Eltern ein Problem mit deiner Sexualität hatten? Wie erbärmlich bist du? Oder geht es viel tiefer? Erträgst *du* es nicht? Rennst du immer noch einem Märchen von Normalität hinterher?

»Ioanna!«

Jemand befand sich vor mir. Dunkle Umrisse. Eine Berührung wie ein Gebet. Da waren Finger, die sich um meine schlossen, heiße Finger, der schmerzhafteste Kontrast zur feuchten Kälte des Schnees, eine Stimme, die in meinem Kopf widerhallte, und ich wurde mitgerissen. Noch immer nahmen mir Tränen die Sicht, ich blinzelte heftig, und als ich endlich etwas erkennen konnte, waren wir an der Rückseite der Kathedrale angelangt, geschützt vor den Menschenmassen.

Daphnes Wangen waren gerötet. Ihr Blick tanzte über mein Gesicht, versuchte verzweifelt, sich an etwas festzuhalten.

Fuck, ich hatte vergessen, wie schön sie war. Diese Augen. Diese riesengroßen dunklen Augen. Der Mund. Der Mund …! O Gott, ich ertrug das nicht.

»Was ist los?«, wisperte sie.

Wie viele Minuten nach Mitternacht war es? Die Kirchenglocken schlugen noch immer ohrenbetäubend laut.

Mir war so schlecht.

»Daphne.« Meine Stimme war ein einziges Krächzen. Sie ließ mich los, und automatisch heulte ich heftiger. Wütend wischte ich mir über die Augen. »Woher weißt du …«

Ein Lächeln breitete sich auf ihrem Gesicht aus. Es war so perfekt, dass mir die Luft wegblieb.

»Gott, ist das seltsam«, murmelte sie. »Ich … Also, ich weiß wegen der Aufzeichnungen, wer du bist. Aber ich fühle es nicht. Oder vielleicht doch.« Ihr Blick zuckte zu meinem Mund. »Nicht ganz. Nicht alles. Aber ich fühle *etwas*.«

Zitternd atmete ich aus. »Du bist so schön.«

Sie lachte. Nervös. Irgendwie aufgekratzt. »Du auch. Aber wieso weinst du?«

Weil ich das Gewicht der Entscheidung spüre, die ich fast getroffen hätte. Weil ich um ein Haar nie wieder dein Gesicht gesehen, nie wieder deine Nähe gespürt hätte. Weil du hier bist und weil du weißt, wer ich bin.

»Es ist … Es ist zu viel.«

Plötzlich wurde ihr Blick ganz sanft. Als sie meine Hände erneut in ihre nahm, erbebten wir beide. »Darf ich?«, wisperte sie, eine Sekunde nachdem sie es bereits getan hatte.

Ich konnte nur hilflos nicken. Sie durfte alles, *alles*.

Ruckartig beugte sie sich vor, verharrte nur Millimeter vor meinem Mund.

Ihr Herz raste. Meines hätte geschrien, wäre es noch ein Teil von mir gewesen. Ich wollte ihren Mantel aufreißen, jeden Zentimeter Kleidung vernichten, bis ich am Ursprung angelangt war. Ich wollte mein Ohr gegen das heftige Pulsieren in ihrem Brustkorb pressen und mich in ihm verlieren.

Ich will doch nur ein Mensch sein.

Und dann wurde ich zu einem. Nur für einen Augenblick. Nur für ein paar hektische Herzschläge. Nur für eine Ewigkeit.

Sie küsste mich, und ich küsste sie.

Sie küsste mich, und ich war real.

Ihre Lippen waren heiß und weich, sie verbrannten mich, sie verschmolzen mit meinen, ihre Zunge suchte meine, nicht vorsichtig, nicht um Erlaubnis bittend. Mit beiden Händen packte sie mein Gesicht und zog mich näher, und ich ergab mich. Ich würde weitere Jahre voller Sinnlosigkeit ertragen, wenn ich sie im Gegenzug küssen durfte.

Als sie zurückwich, schimmerten ihre Augen verdächtig.

»Ich … Ich verstehe nichts … und gleichzeitig alles, ergibt das Sinn?«

Ein ersticktes Lachen brach aus mir hervor. Es tat weh zu lachen. Es tat weh, hier zu stehen, mit ihr, und an all die Möglichkeiten zu denken.

Ich krallte mich an ihrer Mitte fest. »Alles, was du sagst, ergibt Sinn für mich.«

Mit einem kleinen Lächeln zog sie mich näher, in eine feste Umarmung, schlang ihre Arme um mich, bis ihr Herzschlag zu meinem wurde.

»Du bist wirklich hier«, wisperte sie in mein Ohr. Ihr heißer Atem hielt alle Kälte der Welt fern.

»Ich bin wirklich hier.«

Eine Weile sagten wir gar nichts, hielten uns nur fest, ertranken in diesem Augenblick.

»Erste Raunacht«, murmelte ich dann, bemüht um einen lockeren Tonfall, weil ich die Wucht der Gefühle kaum aushielt. »Was hast du im letzten Jahr gelernt? Und was wünschst du dir fürs nächste?«

Daphne holte tief Luft und atmete zittrig aus.

»Wenn ich etwas sage, das ich selbst nicht verstehe, aber gerade sehr heftig in mir spüre, wirst du denken, ich habe den Verstand verloren?«

Ich wollte bis in alle Ewigkeit hier verweilen, an ihren warmen Körper gepresst.

Mein Atem stockte. »Wenn du den Verstand verlierst, verliere ich ihn auch.«

Sie holte tief Luft. Die Kirchenglocken hatten aufgehört zu läuten. Aus weiter Ferne hörte ich die Gespräche der Leute vor der Kirche. Glückwünsche. Freude. Leben.

Und dann sagte sie etwas, was noch nie jemand zu mir gesagt hatte. Weder meine Eltern noch Steriani. Und erst recht keine Fremde. Sie hatten andere Worte gefunden, aber nicht diese. Nein, diese würden von nun an für immer Daphnes sein. Drei Worte, und die Welt würde nie wieder dieselbe sein.

Da war keine Furcht in ihrer Stimme. Sie war sich sicher, obwohl ihre Erinnerung nicht ansatzweise zurückgekehrt war. Sie war sich sicher, weil sie auf ihr Gefühl vertraute.

Und ich?

Ich folgte ihr geradewegs in diese Katastrophe. Ich würde ihr überallhin folgen.

Ich dich auch, schrie ich lautlos in den Wind. Ich dich auch, ich dich auch, ich dich auch.

Erst später, viel später, zu spät, würde ich an diesen Moment zurückdenken und realisieren, dass sie mir meine Fragen nicht beantwortet hatte.

Ioanna

5. JANUAR
DREI JAHRE ZUVOR
ABENDDÄMMERUNG

Wie oft hatte ich mir das in den vergangenen Monaten vorgestellt? Tausendmal? Millionenmal? Daphne und ich. Ein Ort, an dem uns niemand störte.

Draußen heulte der Wind immer lauter. Schnee wirbelte an den winzigen Fenstern der Berghütte vorbei, in der wir nun schon das dritte Mal gemeinsam waren. Die Holzscheite im Kamin knackten, während ich in Zeitlupe den Träger ihres schwarzen BHs runterschob und mich vorbeugte, um ihre Schulter zu küssen.

Wir saßen nur in Unterwäsche nebeneinander auf dem Sofa und hätten frieren müssen, da das Kaminfeuer nicht gegen die Kälte draußen ankam. Doch ich brannte, und Daphne schien es ähnlich zu gehen.

Ich hatte als Mensch nie zweimal mit einer Frau geschlafen. Nicht weil ich das nicht gewollt hatte, sondern weil ich jede sich bietende Gelegenheit ergriffen hatte aus Angst, niemals eine weitere zu bekommen. Und weil sich diese Gelegenheiten oft als beschissen herausgestellt hatten. In irgendwelchen schmutzigen Clubtoiletten in Athen. Im Auto einer Schulkameradin, bevor sie sich mit ihrem Freund traf.

Sex als Kalikanzari außerhalb der Raunächte zählte nicht. Sex ohne Gefühle war nichts als Sport.

»Alles okay?«, flüsterte Daphne.

Ich richtete mich auf. Ihre Augen waren riesig, ihre Wangen gerötet. Das Verlangen stand ihr ins Gesicht geschrieben.

»Ja, wieso?«

Sie nahm meine Hände in ihre und verschränkte unsere Finger miteinander. »Du zitterst wie in der Nacht, in der wir uns zum ersten Mal geküsst haben. Woran hast du gerade gedacht?«

Seufzend wich ich ihrem Blick aus. »Daran, dass die Situation neu für mich ist.«

Im nächsten Moment hatte sie eine meiner Hände losgelassen und mein Kinn angehoben, sodass ich sie ansehen musste.

»Versteck dich nicht vor mir«, murmelte sie.

»Das letzte Mal ist so lange her.« Ich holte Luft. »Ich weiß nicht mal mehr, was dir gefällt.«

Ein Lächeln zupfte an ihren Lippen. »Ich frische gerne deine Erinnerung auf.« Dann wurde sie wieder ernst und beugte sich vor, bis ihre Stirn an meiner lehnte und ihr süßer Duft mich umhüllte. Erneut atmete ich tief ein. »Ist das alles?«, fragte sie.

Ich schloss die Augen und zwang mich, die Wahrheit zu sagen. »Es ist neu für mich, mit jemandem zu schlafen, dem ich nicht peinlich bin. Jemand, der mich …«

Bevor ich den Satz beenden konnte, trafen ihre Lippen auf meine.

Mit einem Stöhnen erwiderte ich den Kuss. Ich packte ihr

Gesicht und zog sie näher, während sich unsere Zungen berührten. So behutsam wir uns eben noch ausgezogen hatten, so grob gingen wir jetzt miteinander um. Sekunden später waren wir nackt. Sie zerrte an meinen Haaren, ich stieß sie nach hinten, bis ich auf ihr lag. Im Rekordtempo begannen wir, unsere Hüften gegeneinander zu bewegen, bis wir den perfekten Takt fanden. Heißkalte Stöße durchfuhren mich. Die Hütte verschwand aus meiner Wahrnehmung. Da war nur Daphne.

Irgendwann packte sie mich bei der Taille und schob mich von sich runter, sodass wir Seite an Seite lagen.

»Ich will dich so sehr, dass es wehtut«, brachte sie schwer atmend hervor.

Schwindel erfasste mich.

Ich weiß genau, was du meinst, wollte ich erwidern, doch da hatte sie bereits ihre Hand zwischen meine Beine geschoben und begann, mich mit Zeige- und Mittelfinger zu streicheln. Ganz langsam. Hoch und runter. Und mir entwich nur noch ein Schrei.

Wieder küssten wir uns wie Ausgehungerte. Ich krallte mich an ihren Schultern fest und erbebte unter ihren Berührungen.

Es war nicht nötig, meine Erinnerung aufzufrischen, genauso wenig wie ihre. Unsere Körper erinnerten sich. Sie wusste, wie sehr ich es liebte, wenn sie mich küsste, während mich ihre quälend langsamen Berührungen zwischen meinen Beinen Sterne sehen ließen. Sie erinnerte sich daran, wie sehr ich den Augenkontakt brauchte, um mich zu vergewissern, dass das zwischen uns real war und sie sich nicht jeden Moment in Luft auflösen würde.

Ich wiederum wusste, dass sie beinahe den Verstand verlor, wenn ich ihre Brüste mit meiner Zungenspitze umspielte, kurz bevor ich sie mit meinen Fingern zum Kommen brachte.

Und dass es ihr den Rest gab, wenn ich, inmitten der Wellen ihres Höhepunkts, nach unten rutschte und mit dem Mund weitermachte, bis sie meinen Namen schrie.

Woran ich mich noch erinnerte: Sobald ihr Orgasmus verklungen war, lachte Daphne. Als wäre sie jedes Mal aufs Neue schockiert über ihren eigenen Körper. Darüber, dass er zu solchen Empfindungen in der Lage war. Manchmal lachte sie, bis sie weinte.

Auch jetzt liefen ihr Tränen über die Wangen und tropften auf die weiße Bettwäsche. Es dauerte nur Sekunden, bis ihr Glück ins Gegenteil umschlug.

Unwillkürlich rückte ich unter der Decke näher und nahm sie fest in den Arm. Nackte Haut auf nackter Haut. Zwei Herzschläge, die in ein paar Stunden nur noch einer sein würden.

»Hey! Hey, ich bin hier«, wisperte ich in ihr Ohr und versuchte, die Tränen wegzuküssen.

Komm herbei, komm herbei, Tod,
und versenk in Zypressen den Leib.

»Noch ein paar Stunden«, gab sie mit erstickter Stimme zurück.

Lass mich frei, lass mich frei, Not.

Wie ging es weiter? Die mittleren Verse konnte ich mir nie merken. Nur an das Ende erinnerte ich mich, und mir war auch klar, wieso.

Ob Lieb' ans Herz mir tödlich kommt,
Treu' hält es.

»Ich wünschte, ich könnte mit dir tauschen.«

Von einer Sekunde auf die andere erstarrte ich.

»Sag so was nicht.«

Aus großen nassen Augen schaute sie mich an. »Wieso? Du leidest. Seit Jahren leidest du und ich …«

»Es geht mir gut.« Ich versuchte mich an einem Lächeln, obwohl es sich anfühlte, als hätte ich Nägel geschluckt. »Wir sind zusammen. Alles ist gut.«

»Ioanna.« Sie setzte sich auf, fuhr sich fahrig mit dem Handrücken über beide Wangen. Die Decke rutschte runter und entblößte ihren Oberkörper. Obwohl sie sonst so schnell fror, schien sie jetzt keine Notiz davon zu nehmen. »Ich meine es ernst.« Sie schob ihr Kinn vor. »Auch ich leide, aber das ist etwas anderes. Es ist besser, unwissend zu sein, als immer exakt zu wissen, was dich umtreibt, aber nichts dagegen unternehmen zu können. Du redest nie mit mir über die Zeit, in der wir getrennt sind. Du erzählst mir nie von der dunklen Seite. Ich bin nicht nur für das Glück da, weißt du? Ich kann auch den Rest aushalten.«

»Es gibt keine dunkle Seite«, sagte ich leise, damit sie die Lüge nicht heraushörte. »Ich kann nichts fühlen, also auch keinen Schmerz. Hör auf, dir den Kopf darüber zu zerbrechen. Ich möchte die Zeit mit dir genießen.« Gerade wollte ich mich vorbeugen, um meine Lippen wieder auf ihre zu pressen, da schnellten ihre Hände vor und packten meine Schultern.

Ich hielt inne.

Verdammt, Daphne.

Wieso konnte sie nicht lockerlassen?

»Ich glaube dir nicht.« Sie klang, als wäre sie wieder den Tränen nahe. »Die Abwesenheit von Schmerz bedeutet nicht Glück.«

Ich habe nie behauptet, glücklich zu sein, wenn ich von dir getrennt bin.

»Ich bin *jetzt* glücklich. Das ist alles, was zählt.«

Sie schüttelte den Kopf. »Wenn es einen Weg gäbe …«

»Es gibt aber keinen!«

Die Kälte in meiner Stimme ließ sie zusammenzucken.

Reue überschwemmte mich. »Bitte …«

»Nein! Ist das ein Spiel für dich?«

Meine Geduld war am Ende. »Ein Spiel?« Ich schüttelte ihre Hände ab. »Ein Spiel, ist das dein Ernst?«

Wut funkelte in ihren Augen. »Wie soll ich es sonst verstehen? Du willst mich nur für eine gute Zeit? Ein bisschen Ablenkung von deinem trostlosen Dasein?«

Ihre Tränen liefen wieder. Daphne war der einzige Mensch, den ich kannte, der tatsächlich vor Wut weinte. Früher hätte ich mich darüber lustig gemacht. Jetzt brach es mir das Herz.

»Hör auf«, wisperte ich. »Das ist kein Spiel.«

»Wenn du es ernst meinst«, ein Schluchzen zerriss ihre Worte, »dann verstehst du, wie sehr auch ich es ernst meine.«

»Daphne.« Behutsam nahm ich ihr Gesicht zwischen meine Hände. »Daphne …«

Meine Lippen streiften ihre. Sie erbebte.

»Ich würde alles für dich tun«, brachte sie hervor.

Und zum ersten Mal, zum ersten Mal seit jener Nacht vor zwei Jahren, seit jener Nacht am vereisten See, bekam ich es ernsthaft mit der Angst zu tun.

Ich küsste sie, während sich Kälte in mir ausbreitete. Ich küsste sie ein letztes Mal, während ich bereits wusste, was ich im Begriff war zu tun. Ich hatte gehofft, die letzten Stunden vor Mitternacht mit ihr verbringen zu können, aber ich hatte keine Wahl. Es gab nur einen Ausweg aus diesem Gespräch.

»Daphne, du kennst mich nicht mal.«

Ich wich zurück.

»Was?«

»Du kennst mich nicht«, wiederholte ich und zwang mich, die Worte hart und kalt klingen zu lassen. Ich stand vom Bett auf und griff nach meinem Slip. »Wie viel Zeit haben wir miteinander verbracht?«

Mit hastigen Bewegungen zog ich mich an.

Schweigend beobachtete sie mich. Dann schlich sich Trotz in ihre Miene. »Egal, was du versuchst zu tun, es wird nicht funktionieren. Ich weiß, was ich fühle.«

Ich lachte. Es tat weh, aber das war in Ordnung. Schon bald würde der Schmerz Geschichte sein.

»Du bist fast noch ein Kind, Daphne.« Ich legte den Finger in die Wunde. Man musste jemanden nicht lange kennen, um zu wissen, wo es schmerzte. Zeit kam nicht gegen Gefühle an. »Du hast keine Ahnung von irgendwas. Ich bin hier, weil ich keine andere Wahl habe. Du bist buchstäblich die erstbeste Person, die mir in dieser Silvesternacht damals über den Weg gelaufen ist. Es ist reiner Zufall, dass du in mein Leben getreten bist. Und natürlich habe ich mich an dich geklammert. Du warst … Du bist so … so menschlich. All deine Gefühle sind wie eine Droge für mich.«

Es war keine Lüge. Es waren Gedanken, die mich das gesamte Jahr über heimsuchten. Wenn man keine Gefühle hatte, um das Erlebte zu untermalen, was blieb noch übrig?

Der Verstand. Und der sagte mir vor allem eines: wie lächerlich es war, von Liebe zu sprechen, wenn man jemanden nur ein paar Tage kannte.

Daphne erwiderte nichts, sondern schüttelte den Kopf. Ihr Tränenfluss stoppte allerdings.

»In einer anderen Realität, in der wir beide Menschen wären und es keinen Fluch gäbe, hätten wir uns niemals gefunden. Wir sind keine Seelenverwandte, Daphne. Wir sind einfach einsam. Wir leben ein Märchen, das uns für ein paar Tage von unserem Elend ablenkt. Weißt du, wie viele Leute sich tagtäglich in Affären stürzen, um diesen kurzen Rausch zu verspüren, den jemand Neues verspricht? Hinzu kommt der Reiz des Verbotenen. Und dass ich während dieser zwölf Tage alles so extrem fühle. Und du? Du bist ein Chamäleon. Das warst du schon, bevor du mich kennengelernt hast. Du analysierst immer erst die Emotionen deines Gegenübers, und dann schlüpfst du genau in die Rolle, die von dir verlangt wird. Außerdem fühlt es sich aufregend an, dass ich kein Kerl bin, oder? Du …«

»Halt den Mund!« Sie tastete nach ihrem Shirt und streifte es sich über, als wäre ihre Nacktheit zu intim für dieses Gespräch. Als bräuchte sie mehr Schichten zwischen sich und meinen Worten. Mit wütenden Bewegungen warf sie ihre Haare zurück. »Du weißt genau, dass du der erste Mensch bist, bei dem ich kein Theater gespielt habe. Von Anfang an hast du mich herausgefordert. Ich war immer ehrlich zu dir. Ich habe mir nichts vorgemacht. Das weiß ich, weil ich mich noch nie zuvor so frei gefühlt habe.« Sie atmete tief durch, schüttelte den Kopf. »Glaubst du, ich *wollte* mich in dich verlieben? Glaubst du, es ist einfach, jemanden zu lieben, der nie da ist? An den ich mich nicht *erinnere?*«

»Ja.« Ich zwang mich zu einem boshaften Grinsen. »Genau das glaube ich. Es ist so viel einfacher, als eine reale Beziehung zu führen. Man kann das ganze Leid auf die Umstände schieben. Man kann sich gegenseitig glorifizieren. Was wir hier machen, Daphne, ist, den Wunsch von einer perfekten Liebe zu zelebrieren. Aber es ist nicht real. Es wird nie real sein. Wir haben nie genug Zeit, um es real zu machen. Der einzige Grund, aus dem ich zu dir zurückkehre, ist diese verdammte Langeweile.«

»Es *ist* real!«, rief sie. »Es ist …«

Ich lachte, obwohl ich schreien wollte. »Liebe?«, stieß ich verächtlich hervor. »Wolltest du das sagen, ja? Was ist schon Liebe? Was bedeutet das?«

Ein Lodern in ihren Augen. Ein Verglühen.

Mit einem Satz war sie bei mir. Erneut bekam sie meine Schultern zu fassen und stieß mich nach hinten, bis mein Rücken gegen den Schrank polterte. Sie ließ mir keine Zeit, sondern presste ihre Lippen auf meine, griff fast gewaltsam in meine Haare, zog daran, zog mich näher, bis kein Blatt mehr zwischen uns passte.

Ich wollte sie zurückstoßen, aber ich war nicht vorbereitet auf die Wucht ihrer Gefühle. Oder waren es meine?

Unser Stöhnen im Einklang. Ihr Geruch. Ihr Geschmack.

»Ich wünschte, ich könnte mit dir tauschen«, hatte sie gesagt.

Abrupt stieß ich sie von mir. »Das ist Lust«, keuchte ich. »Verlangen. Keine Liebe.«

Eine Weile sah sie mich wortlos an. Dann füllten sich ihre Augen wieder mit Tränen. »Ist mir egal.«

»Was?«

Sie trat einen Schritt zurück und fuhr sich mit beiden Händen durch die Locken. »Es ist mir egal, was es ist«, sagte sie. »Wenn du nur bei mir bist, weil ich damals zufällig da war und du mich für meine Menschlichkeit ausnutzen willst, dann ist es eben so.«

Was zur Hölle …?

»Schau mich nicht so an, Ioanna. Ich bin nicht so naiv, wie du denkst. Wie alle denken!« Sie schniefte. »Mir ist klar, dass ich unter gewöhnlichen Umständen nie die Chance auf so eine Liebesgeschichte hätte.«

»Wovon redest du?«

»Ich bin nichts Besonderes«, erwiderte sie in nüchternem, fast gelangweiltem Ton. Als handelte es sich um einen unumstößlichen Fakt, mit dem sie sich bereits lange abgefunden hatte. »Man entscheidet sich nicht für mich, wenn man eine Wahl hat. Das ist nichts Neues für mich. Mein Leben lang habe ich mir etwas vorgemacht. Aber ich bin fertig damit. Seit ich dich kenne, kann ich niemandem mehr etwas vormachen. Du hast mir gezeigt, wie es sich anfühlt, wenn ich ich selbst bin und dafür akzeptiert werde. Ich will nicht mehr zum Davor zurück. Also war ich ehrlich zu mir. Ich verstehe schon. Wenn es für dich nicht real ist, dann komme ich damit klar. Aber du hast nicht das Recht, mir zu sagen, was *ich* fühle. Du bist das Realste, was ich je erlebt habe. Das bedeutet, solange du mich willst, werde ich da sein.«

Ich wollte sie anschreien. Wollte ihr sagen, dass sie keine Ahnung hatte, was sie mit mir anstellte. Dass sie aufhören sollte, sich selbst kleinzumachen, um endlich zu kapieren, wie wertvoll sie war, selbst wenn ihr das nie jemand auf die Art gezeigt hatte, wie sie es brauchte.

Aber ich konnte nicht. Es gab wirklich nur einen Weg. Und der führte genau in die entgegengesetzte Richtung.

»Ich bin der Grund, aus dem dein Großvater tot ist.«

Sie stolperte zurück, als hätte ich sie geschlagen.

»Ich habe es dir absichtlich nicht gesagt, damit ich ein paar schöne Tage mit dir verbringen kann.«

Das war die beschissene Wahrheit. Ich hätte es ihr von Anfang an beichten und ihr die Wahl lassen können. Aber ich hatte nur an mich gedacht.

»Du wirst dich heute daran erinnern, kurz bevor die Uhr Mitternacht schlägt.«

Sie öffnete den Mund und schloss ihn wieder. Eine einzige Frage stand ihr ins Gesicht geschrieben: Warum?

»Ich bin kein Mensch, Daphne.« Ebenfalls die Wahrheit. »Ich wollte die Narrative bestimmen. Deshalb habe ich dieses kleine Detail ausgelassen.« Ich brannte meinen Blick in ihren und hoffte, sie sah die Reue darin nicht, die mich von innen heraus zerfraß. »Schreib es auf. Nicht digital. Auf Papier. Schreib es auf, damit du dich nächstes Jahr erinnerst. Schreib es auf, damit du nie wieder auf die Idee kommst, mich retten zu wollen.«

Daphne

27. DEZEMBER
GEGENWART
KURZ NACH MITTERNACHT

Die Wohnung ist leer, doch nichts deutet darauf hin, dass Ari für längere Zeit zu seiner Mutter gegangen ist. Nur sein Mantel und seine gefütterten Winterstiefel sind weg. Seit ich mich gestern Nacht von ihm getrennt habe, habe ich nichts mehr von ihm gehört.

Wahrscheinlich hat er noch Kleidung von früher in seinem alten Kinderzimmer. Seine Mutter wohnt ebenfalls in Dodekada, aber wir waren nie bei ihr zu Besuch – sie ist jedes Mal zu uns in die Wohnung gekommen, wenn ich sie eingeladen habe. Ari hat sie, seit wir zusammengekommen sind, soweit ich weiß, auch nie allein besucht. Ihr Verhältnis ist kompliziert. Meinen Fragen danach ist er immer ausgewichen. Ich habe stets angenommen, dass die Erinnerung an seinen Vater in seinem alten Zuhause besonders schmerzhaft ist und er es deshalb meidet. Außer in Ausnahmesituationen wie dieser, nehme ich an …

Als ich die verspiegelte Schranktür schließe, schrecke ich vor meinem Anblick zurück. Blutunterlaufene Augen, Mascaraspuren auf den Wangen, zerzaustes Haar. Ich sinke zu Boden und vergrabe das Gesicht in den Händen.

Wie soll ich herausfinden, was real ist und was nicht?

Ioanna hat gesagt, ich soll mich auf meine Gefühle verlassen. Aber meine Gefühle sind beeinflusst von meinen Erinnerungen. Meinen subjektiven Erinnerungen. Ich besitze nicht genug Wissen.

Und wo steckt sie? Wann werde ich sie wiedersehen? Warum habe ich ihr nicht mehr Fragen gestellt?

Okay. Durchatmen.

Mit dem Rücken lege ich mich auf den Teppich und starre an die Decke.

Die Fakten. Erst zu Ari. Das ist einfacher als alles, was mit Ioanna zusammenhängt, denn er hat nichts mit Magie zu tun.

Meine Obsession mit ihm hat früh begonnen, auch wenn ich mir das erst später eingestanden habe. Er ist damals niemand gewesen, der gern im Fokus stand, sogar weniger als ich. In der Mittelschule waren wir zum ersten Mal in einer Klasse. Befand ich mich damals in einer neuen Situation, scannte ich den Raum und teilte die Menschen in zwei Kategorien ein: die, an die ich mich hängen konnte, weil sie mir sozialen Schutz verschaffen würden, und jene, durch die ich zur Zielscheibe für andere werden würde. Ein Blick auf Ari, und ich habe ihn in die zweite Kategorie eingeordnet. Er hat gelitten. Dieser Schmerz in seinen Augen hat mich wochenlang verfolgt. Für gewöhnlich mied ich Zielscheibe-Menschen, weil ich fürchtete, alle würden dann merken, dass sie und ich gleich waren. Dass ich viel besser zu ihnen als in die erste Kategorie passte. Aber Ari habe ich nie ganz ausblenden können. Irgendwie war ich immer zufällig in der Nähe, wenn sie ihn schikanierten. Sein Schließfach unter Wasser setzten, seinen Kopf in der Kloschüssel versenkten, ihn verspotteten, ausgrenzten, beleidigten. Ari wehrte sich nicht. Er redete zu leise. Er interessierte sich zu viel für Zahlen und zu wenig fürs Coolsein. Aber vielleicht stimmt das nicht. Vielleicht hat er nur nicht gewusst, wie man zum Chamäleon wird, so wie ich.

Ich erinnere mich genau an den Moment, ab dem sich alles geändert hat. In der Oberstufe, am ersten Schultag im neuen Jahr. Wir hatten alle von dem schlimmen Unfall gehört. Ein Feuer in der Werkstatt von Aris Vater. Niemand wusste Genaueres, erst später machte das Gerücht die Runde, dass Aris Vater nach diesem Unfall verschwunden war. Natürlich hackten sie trotzdem auf ihm herum. Wenn ich mir sicher war, dass er es nicht mitbekam, beobachtete ich ihn. Das leichte Zittern in seiner rechten Hand, die Härte um seinen Mund.

Alexandros war damals der Anführer unserer Stufe – groß, gut aussehend, sportlich, arrogant, immer einen Chor aus ergebenem Gelächter hinter sich. »Na, hast du in den Ferien ein bisschen gezündelt, Psycho?«, hat er Ari zugezischt.

Zum ersten Mal hat Ari nicht den Blick gesenkt, wenn jemand mit ihm sprach. »Wenn du deine Fresse nicht hältst, zünde ich dich als Nächstes an«, hat er zurückgegeben, laut genug, dass der gesamte Raum es mitbekam. Und dann hat er gelächelt.

Zuvor war er einfach nur ein mitleiderregender Typ gewesen. Danach machte er uns Angst. Er wirkte mit einem Mal so viel älter als wir.

Alexandros hat gelacht. Bis heute erinnere ich mich an diesen nervösen, beinahe hysterischen Laut. Ich erinnere mich, weil ich nicht verstanden habe, wie man von einem Tag auf den anderen Respekt bekommen konnte, ganz ohne sich zu verstellen. Und weil mir nichts mehr Panik bereitete als unberechenbare soziale Strukturen.

Die Veränderung danach war nicht aufzuhalten. Erst wanderten die Mädchen zur anderen Seite über. Nach und nach nahmen sie Ari in Schutz, wenn jemand es wagte, etwas gegen ihn zu sagen. Ich hielt mich bedeckt, aber da ich meinen Freundinnen überallhin gefolgt wäre, verbrachte auch ich plötzlich viel mehr Zeit mit ihm. »Ich fand ihn schon immer süß«, wurde jetzt in den Mädchentoiletten getuschelt. »Hinter dieser Nerd-Fassade steckt so viel mehr.« Und kurz darauf: »Stille Wasser sind tief. Er weiß genau, was er mit seinen Lippen und seinen Händen machen muss, wer hätte das gedacht?« Die Jungs folgten später, aber sie folgten. Alle.

In unserem Abschlussjahr war Aristotelis Nikolaidis der beliebteste Kerl im Jahrgang. Und Alexandros einer seiner besten Kumpel. Niemand redete mehr über die Vergangenheit. Alle taten, als wäre es schon immer so gewesen. Aber ich behielt Ari im Auge und wartete auf die Eskalation. Es lief mir eiskalt den Rücken herunter, wenn er mit ihnen, mit *uns*, lachte. Ich bekam Herzrasen, wenn alle gebannt verstummten, sobald er den Mund öffnete. Meine Obsession war heftiger denn je, doch nicht weil er jetzt zu den Coolen gehörte und ich ihn deshalb anziehender fand, sondern weil ich es nicht verstand. Er war ein Rätsel, das ich nicht lösen konnte, obwohl ich Menschen sonst in Sekundenschnelle durchschaute.

Mir ist klar, wie das klingt.

»Wie hast du dich mir gegenüber gefühlt, bevor wir zusammengekommen sind? Hast du mich nicht auch glorifiziert? War ich nicht der Mittelpunkt deiner Welt, weil du mich nicht haben konntest?«, hat er mich gefragt, bevor er zu seiner Mutter abgehauen ist.

Ist das die Wahrheit? Ich habe ihn gewollt, weil ich ihn nicht haben konnte?

Ruckartig setze ich mich auf und schüttele den Kopf. Nein. Mein Crush hat so begonnen. Aber das ist nicht der Grund, aus dem wir zusammengekommen sind. Im Gegenteil.

Ich komme auf die Beine, laufe zu den Bücherregalen und greife nach dem gerahmten Bild. Das erste Foto, das von mir und Ari aufgenommen worden ist. Bei einem Ausflug in die Berge.

Nach Papous Tod haben er und die anderen ständig versucht, mich zu Aktivitäten zu überreden, um mich auf andere Gedanken zu bringen. Es hat Monate gedauert, bis ich mitging. Noch heute bin ich ihnen dankbar dafür, dass sie nie zu fragen aufgehört haben, egal, wie oft ich abgesagt oder sie ignoriert habe. Selbst Nikoletta. Selbst Thalia. Man kann über sie sagen, was man will, in Krisensituationen sind sie zur Stelle.

Bei dem Ausflug, von dem das Foto stammt, war Frühling, fast Sommer. Doch als wir auf dem Gipfel ankamen, hat es zu regnen begonnen, und wir haben einen Unterschlupf vor dem kleinen Kloster gefunden. Irgendjemand hat eine Einwegkamera ausgepackt. Kreischend und lachend sind ein paar von ihnen in den Regen gelaufen. Ich habe mich geweigert, mich fotografieren zu lassen. Der Tag war gut, doch diese lebendige Freude um mich herum erinnerte mich daran, dass es in mir ganz anders aussah. Ari hat mich beiseitegenommen, außer Hörweite der anderen. Er hat einen Arm um meine Schultern geschlungen und mich dicht an sich gedrückt. Das ist auf dem Foto zu sehen. Wir beide, aus der Ferne, sein Arm beschützend um mich gelegt. Auf dem Foto wirkt es viel zu vertraut.

Ich habe mich damals taub gefühlt, aber nicht so taub, dass mich seine Körperwärme kaltließ. »Ich weiß, wie es ist«, sagte er. »Wenn man um jemanden trauert, aber gleichzeitig erleichtert ist, dass die Person weg ist.«

Ich war zu schockiert, um mich loszureißen. »Was?«

»Dein Großvater. Er hat dich nicht gut behandelt.«

Bevor ich ihm widersprechen konnte, fuhr er fort: »Es ist okay, Daphne. Mir geht es genauso. Auch ich habe meinen Vater verachtet. Und trotzdem bin ich traurig.«

Ich habe Papou geliebt. Das war es, was ich sagen sollte.

»Dein Vater ist doch nicht tot?«, brachte ich stattdessen hervor.

»Meine Mutter wartet jeden Tag auf seine Rückkehr. Aber für mich ist er tot. Um ehrlich zu sein, war er das schon lange vor seinem Verschwinden.«

»Wie … Wie meinst du das?«

Er seufzte und drückte mich fester an sich. »Kennst du das, wenn man mit jemandem redet und die Person ist nicht richtig da? Äußerlich ist alles wie immer, aber irgendetwas Entscheidendes fehlt? Die Seele oder … oder die Menschlichkeit oder so?«

Ja, Ari, wollte ich sagen. Ja, ich kenne das, seit diesem Januar. Aber in deinem Szenario bin *ich* die Person, der etwas fehlt.

Doch wieder waren es andere Worte, die mir entfuhren: »Was ist passiert? Bei dem Unfall, meine ich.«

Er löste sich von mir. Für einen Moment befürchtete ich, ihn verärgert zu haben. Doch Ari knöpfte, ohne mich aus den Augen zu lassen, sein Hemd auf, bis die Brandnarben auf seiner Brust alles waren, was ich sah.

»Er hat gesagt, er habe etwas Schreckliches getan. Hat irgendwas von Schuld und Reue gefaselt und davon, dass ich viel besser sei als er. Damals hab ich mir noch was auf seine Worte eingebildet. Damals war ich noch schwach. Du erinnerst dich sicher.« Es war das erste Mal – und sollte das einzige Mal bleiben –, dass Ari auf seine Veränderung nach den Winterferien zu sprechen kam, und ich lief vor Scham rot an, weil ich nie etwas unternommen hatte, um ihm zu helfen.

»Jedenfalls dachte ich, jetzt würde alles gut werden. Er würde sich ändern. Dabei war das sein Abschied. Einen Tag später war er weg. Ich habe seine Werkstatt angezündet und wäre dabei beinahe selbst draufgegangen. Und in dem Moment habe ich kapiert, dass er recht hat. Ich bin tatsächlich besser als er. Stärker. Genau wie du besser als dein Großvater bist. Denn du hast überlebt.«

Bewegungslos starrte ich ihn an, während er seelenruhig sein Hemd wieder zuknöpfte. Ich erinnere mich noch genau an das Gelächter der anderen, wie weit weg und unpassend es mir vorkam.

»Du … Du warst das? Wirklich?«, flüsterte ich. Reflexartig streckte ich die Hand nach seinen Narben aus, als er bei der Hälfte der Knöpfe angelangt war.

Mit einer schnellen Bewegung griff er nach meinem Handgelenk. So fest, dass er mir wehtat, doch der Schmerz war eine willkommene Abwechslung zu meiner Taubheit. Er kettete mich ans Hier und Jetzt.

Dann griff er auch nach meinem anderen Handgelenk und zog mich näher. »Hast du dir nie gewünscht, die Welt brennen zu sehen, Daphne?«

Ich wusste nicht, wie mir geschah. Ohne darüber nachzudenken, stellte ich mich auf die Zehenspitzen und presste meine Lippen auf seine.

Und so lernte ich, dass nicht nur Schmerz die Taubheit fernhält.

Doch bis Ari zu meinem größten Anker wurde, sollten noch weitere zwei Jahre vergehen.

Ich stelle das Bild zurück ins Regal. Wir sind nicht immer

glücklich gewesen. Aber seit diesem Moment wieder und wieder miteinander kollidiert. Schmerz und Schmerz verbindet. Er hat meine hässlichen Seiten sehen wollen, und im Gegenzug hat er mir seine gezeigt. Wir sind erst zusammengekommen, nachdem ich Ioanna kennengelernt hatte, auch wenn ich das zu diesem Zeitpunkt nicht gewusst habe. Die Leere in mir habe ich auf den Verlust meines Großvaters geschoben. Jedes Mal, wenn ich Ari geküsst, mit ihm geschlafen, ihn gehalten habe, fühlte ich mich schuldig. Schuldig gegenüber Papou, nahm ich an, weil ich so kurz nach seinem Tod wieder fast so etwas wie glücklich war. Der Kuss mit Ioanna hat mir die Wahrheit offenbart. Ich fühle mich schuldig, weil *sie* diejenige ist, die ich küssen sollte.

Stöhnend fahre ich mir übers Gesicht. Mein Kopf hämmert. Ich habe keine Ahnung, wie ich Licht in die Dunkelheit bringen kann. Was, wenn Ari mehr weiß, als er vorgibt? Was, wenn Menelaos recht hat und Ioanna mich nur ausnutzt? An wen kann ich mich wenden? Wem kann ich wirklich vertrauen?

Eins ist sicher – hierbleiben kann ich nicht. Je länger ich mit meinen Gedanken allein bin, desto schlimmer wird es.

IV

»Du hast gehört, was er gesagt hat.
Wir müssen aufpassen.«

»Mach dir keine Sorgen,
er kümmert sich darum.«

»Und das wird reichen?«

»Unterschätze niemals die Wirkung
von derartigem Kontrollverlust.
Sie wird zur Vernunft kommen, ich bin mir sicher.
Es ist nicht das erste Mal, dass wir es
mit einer Masochistin zu tun haben.«

Ioanna

25. DEZEMBER
ZWEI JAHRE ZUVOR
NACH MITTERNACHT

Ich kannte mich mit Neid aus. Früher hatte ich ihn jedes Mal empfunden, wenn ich einen Mann und eine Frau Hand in Hand auf der Straße sah. Warum durften sie ihre Liebe zur Schau stellen? Warum starrte ihnen niemand hinterher, überrascht im besten Fall, angewidert oder erregt im schlimmsten? Eifersucht hingegen war mir fremd gewesen. Bis ich *diese* Frau mit *diesem* Mann sah.

Die Kirchenglocken verschluckten jegliche Geräusche und ließen den Boden vibrieren. Dieses Jahr gab es keine weiße Weihnachten. Es war ungewöhnlich mild, der Himmel klar, sodass man Sterne sehen konnte.

Ich hatte mich vor wenigen Minuten hinter einem Verkäufer positioniert, der kleine Ikonen und Bibeln auf einem Tisch unter einer Plastikplane anbot, nachdem ich ihn gegrüßt und ihm frohe Weihnachten gewünscht hatte.

Menschentrauben strömten aus der Kirche. Zuerst sah ich

Kiriaki, im violettfarbenen Festtagskostüm unter dem Wintermantel. Sie lachte, als der junge Mann neben ihr sich runterbeugte, um ihr einen Kuss auf die Wange zu geben. Seine dunklen Haare fielen ihm in die Stirn. Die Frau an seiner anderen Seite streckte eine Hand im Lederhandschuh aus und strich ihm die Haare zurück. Als sich ihre Blicke kreuzten, schien die Welt stehen zu bleiben.

Ich wünschte mir, noch ein Herz zu haben, das ich mir aus der Brust reißen konnte. Diesmal hätte ich es nicht so schnell wie beim ersten Mal hinter mich gebracht, nein, ich hätte mir Zeit gelassen, damit der Schmerz alles überlagerte.

Daphnes Haar steckte unter einer weißen Wollmütze, ihre Lippen und Wangen glänzten rot. Aus der Entfernung konnte ich mir nicht sicher sein, doch die Szene wirkte alles andere als traurig.

Ari hielt ihre Hand fest, umschloss sie mit seiner und raunte ihr etwas ins Ohr, was ihr ein Lächeln ins Gesicht zauberte.

»Warten Sie auf jemanden, junge Dame?«, drang die Stimme des Verkäufers wie durch Watte an meine Ohren.

Ich sagte nichts. Schaffte es weder zu nicken noch den Kopf zu schütteln. Mein Blick haftete auf ihren verschränkten Händen, ihren leuchtenden Augen und lachenden Mündern. Es war viel zu auffällig, ich musste aufhören, aber ich konnte nicht.

Beruhig dich. Es geht ihr gut. Das ist alles, was zählt.

Ja. Das allein zählte. Dafür war ich hier. Alles andere war purer Egoismus.

Scheiße, sie sahen so vertraut aus. Viel vertrauter als sie und ich. Natürlich. Sie kannten sich schon seit ihrer Kindheit.

Daphnes angetrunkene Stimme in meinem Kopf: »Ich meine keine Schwärmerei. Ich meine das, wovon alle reden.

Das einzig Wahre. Ich würde gern wissen, wie es sich anfühlt, sich vollkommen nach jemandem zu verzehren. Ich will nicht mehr atmen können, wenn er vor mir steht. Ich will Herzrasen und Verzweiflung und Leidenschaft. Alles auf einmal.«

Das war der wahre Fluch – mich an jedes Detail zu erinnern.

Wann war aus Schwärmerei Wirklichkeit geworden? War er das einzig Wahre für sie? Hatte sie sich ihm geöffnet wie mir?

Ich biss mir auf die Lippen, bis Blut hervorquoll. Sekunden später war die Wunde verheilt, doch der Metallgeschmack blieb.

Sie liefen an der Kirche vorbei in Richtung der Autos, die am Rand der Auffahrt geparkt standen, und wurden unterwegs immer wieder durch jemanden aufgehalten, der sie mit Küsschen rechts und links begrüßte.

»*Chronia polla*«, riefen sie. »Wie schön, euch zu sehen. Alles gut? Schwere Zeit, nicht? Aber mit jedem Jahr wird es besser. Frohe Weihnachten! Gott segne euch, Kinder. Gut seht ihr aus.«

Noch entdeckte ich keine anderen Kalikanzari, aber es konnte sich nur noch um Minuten handeln, bis sie sich unter die Leute mischten. Der Menschenauflauf, die festliche Stimmung, die vielen klopfenden Herzen, es war ein gefundenes Fressen für uns alle.

Ich hielt den Blick stur auf Daphne gerichtet. Ihre helle Mütze leuchtete wie ein Wegweiser in der Dunkelheit.

Wie schon damals wünschte ich mir, in ihren Kopf schauen zu können. Liebte sie ihn? Machte er sie glücklich? War er alles, was sie sich je erträumt hatte? Wann hatte das zwischen ihnen begonnen? Hatte sie den ersten Schritt gemacht oder er? Hatte sie ihren zweiten ersten Kuss mit ihm gehabt?

Ich sollte noch nicht so empfänglich für diese Gefühle sein. Wie sollte ich die nächsten Tage überleben?

Wieso, wieso hatte ich nie an diese Möglichkeit gedacht? Wie verblendet war ich eigentlich?

Mit genug Sicherheitsabstand folgte ich ihnen. Ich musste jedes neues Detail aufsaugen. Es war alles, was mir blieb.

Meine Tränen waren heiß und erbarmungslos. Wütend wischte ich sie weg, wollte nichts verpassen, doch da war sie schon ins Auto gestiegen. Ari hatte ihr die Tür aufgehalten. Verflucht zuvorkommend.

Ich wollte einen Mord begehen.

Als hätte er meine Gedanken gehört, ruckte sein Kopf in meine Richtung.

Ich schaute nicht schnell genug weg. Vielleicht hatte ich aber auch gar nicht wegschauen wollen. Vielleicht hoffte ich, ihn mit meinem Blick verbrennen zu können.

Ausdruckslos sah er mich an. Da war keine Überraschung in seiner Miene, kein Argwohn, nichts. Er sah mich an, als hätte er mich erwartet.

Ich schüttelte den Kopf. Unsinn!

Je länger unser Blickkontakt hielt, desto kleiner wurde meine Wut.

Es spielte keine Rolle, dass er ein Mann war. Er war ein Mensch. Das hatte sie verdient. Es – *er* – war ihre reale Chance auf Glück. Auf eine Zukunft.

Und ich? Ich war nicht nur eine Lügnerin und die Mörderin ihres Großvaters. Ich war ein Monster.

Wie sollte ich jemals mithalten?

Ari stieg auf der Fahrerseite ein, und der Motor heulte auf.

Ich sah zu, wie das Auto wendete und den Hang hinabfuhr.

Und dann begann ich zu rennen. Den Berg hinunter, den nächsten hinauf, bis ich die Wälder erreichte, die Dorfgrenze.

Ich rannte, bis meine Gefühle nur noch eine entfernte Erinnerung waren. Ich rannte die ganze Nacht lang, durch Täler und über Berge, bis ich das Meer erreichte.

Und dann stürzte ich mich in die eisigen Wellen und schrie ihren Namen.

35

Daphne

27. DEZEMBER
GEGENWART
KURZ NACH MITTERNACHT

Nachdem ich Jacke, Schal und Schuhe angezogen habe, verlasse ich die Wohnung und trete in die eisige Dunkelheit. Selbst wenn Jiajia schon schläft – ich werde sie wachklingeln. Vielleicht kann sie mir helfen.

Mit gesenktem Blick und zügigen Schritten laufe ich los. Doch ich komme nicht weit. Als ich in die Straße einbiege, wo ich von Menelaos und der anderen Frau überfallen worden bin, sehe ich eine Gestalt in schwarzem bodenlangem Gewand vor einer verriegelten Ladentür stehen.

Ich blinzele heftig. Bilde ich mir das ein? Was tut die Person um diese Uhrzeit allein auf der Straße?

Gerade will ich sie ansprechen, da dreht sie sich zu mir um.

»Daphne, richtig?«

Irgendwoher kommt mir die Stimme bekannt vor. Sie spricht mit leichtem Akzent.

Obwohl mein erster Impuls ist abzuhauen, laufe ich auf sie zu. Es ist eine Frau – schulterlanges schwarzes Haar, lange Nase, helle, von Krähenfüßen gerahmte Augen, entspannte Gesichtszüge, obwohl sie mit nackten Füßen im Schnee steht. Ich schätze sie auf Mitte vierzig.

»Kennen wir uns?«

Meine Frage hallt wie ein Déjà-vu in mir wider. Wie oft habe ich sie schon ausgesprochen?

»Ja, aber ich weiß nicht, ob du dich erinnerst. Mein Name ist Zivana.«

Langsam reicht es mir.

»Klären Sie mich auf«, presse ich hervor. »Bitte.«

»Du warst noch klein. Fünf oder sechs wie meine Klelia. Ihr wart damals in einer Klasse. Ich habe dich manchmal nach der Schule abgeholt, wenn deine Jiajia keine Zeit hatte.«

Klelia. In den Tiefen meiner Erinnerung regt sich etwas. Grundschule. Ein Mädchen mit Korkenzieherlocken und grüner Brille, für die sie gehänselt wurde. Der Vater kam aus der Gegend hier, ihre Mutter aus Serbien. Wir sind nicht eng befreundet gewesen, aber haben nicht weit voneinander entfernt gewohnt. Ihre Mutter ist irgendwann schwer krank geworden, danach habe ich sie nie wiedergesehen. Als alle auf die Mittelschule gekommen sind, ist sie mit ihrem Vater und ihren Geschwistern weggezogen.

»Ich erinnere mich«, sage ich fast lautlos. Meine Gedanken wandern zu Menelaos. »Lassen Sie mich raten – Sie sollten auch tot sein?«

Ihre Augen glänzen. »Sollte, sollte.« Ein heiseres Lachen entfährt ihr. »Ich habe mich gegen den Tod entschieden, Daphne.«

»Bereuen Sie es?«

Keine Ahnung, wieso ich immer noch hier stehe und dieses

Gespräch weiterführe. Ich brauche Antworten – aber werde ich sie von ihr bekommen?

Sie lacht lauter. »Am Ende der Raunächte. Aber das ist ganz normal, so geht es den meisten von uns. Die restliche Zeit über bin ich zufrieden mit meinem Schicksal.«

Zivana wirkt alles andere als zufrieden auf mich.

»Ist Ihnen nicht kalt?«

»O doch. Ich habe diese Empfindung vermisst.«

Meine Nackenhaare richten sich auf. Verzweiflung macht sich in mir breit.

»Ich weiß nicht, wo Ihre Tochter ist«, stoße ich hervor.

Klelias Mutter wirkt kein bisschen beunruhigt. »Ich schon. Auf Kreta. Sie hat vor zwei Jahren geheiratet. Einen Mann mit warmer Stimme und zu langen Haaren, die immer etwas ungewaschen aussehen. Manchmal sitze ich am Strand, strecke meine Füße ins Wasser und stelle mir vor, wie wir durchs Meer verbunden sind.«

»Wieso … sind Sie nicht bei ihr?«

Sie lächelt, als hätte ich etwas besonders Naives gesagt. »Weil ich eine Kalikanzari bin, Schätzchen.«

Ich will sie nach Ioanna fragen. Ich will wissen, was das bedeutet – eine Kalikanzari zu sein. Ich will keine Sage, sondern die harten Fakten. Ist Ioanna die meiste Zeit über auch zufrieden mit ihrem Schicksal?

»Du scheinst nicht überrascht zu sein«, sagt sie und streckt eine Hand nach mir aus. »Aber aufgewühlt bist du trotzdem.«

Ihre Finger sind kalt wie meine. Menschlich.

Ich gebe mir Mühe, nicht zurückzuzucken. »Haben Sie sich aus freien Stücken für dieses … Leben entschieden?«

Sie schüttelt den Kopf und gibt meine Hand wieder frei. »Das tut niemand von uns. Wir stecken zu tief in unserem Leid, um die Wahrheit zu erkennen.«

»Was für eine Wahrheit?«

Als Zivana dieses Mal lächelt, wirkt sie viel jünger. »Schmerz ist nicht unausweichlich, sondern eine Entscheidung. Ich bin dankbar dafür, dass ich ihn nicht mehr empfinden muss. Deshalb kommen wir während der Raunächte her – um uns daran zu erinnern, wie gut wir es haben.«

Ich kneife die Augen zusammen. Das klingt nicht wie ein Fluch. Das klingt wie ein ausgefeiltes Gehirnwäsche-Programm.

»Wer steckt dahinter?«, will ich wissen. »Wer entscheidet das alles?«

»Ach, Liebes. Du hast die Geschichten doch bestimmt unzählige Male gehört.«

»Ja.« Ich schnaube. »Geschichten. Aber keine Fakten.«

Sie lacht. »Niemand weiß, wie es begann. Es gibt verschiedene Überlieferungen. Manche sagen, der Ursprung geht auf eine Mutter zurück, die ihr Kind verlor. Ich hingegen halte es für wahrscheinlicher, dass es um einen romantischen Betrug ging. Du kennst doch sicherlich dieses Zitat: Die Hölle selbst kann nicht wüten wie eine verschmähte Frau?«

Stirnrunzelnd nicke ich.

»Ja, ich glaube, darin liegt unser Ursprung. In einer Version der Legende, die bei uns zu Hause erzählt wird, sind die Karakondžula, so nennen wir sie, dafür bekannt, sich an Männern zu rächen, die Ehebruch begehen. Das kann kein Zufall sein. Die Karakondžula kauern während der Raunächte im Dunkeln über der Haustür, während sich die Betrüger aus dem Haus schleichen, um ihre Mätressen zu besuchen. Ihre Ehepartnerinnen schlafen natürlich nichts ahnend. Sobald die Widerlinge zurückkehren, springen die kleinen Monster auf ihre Rücken, graben ihre langen scharfen Nägel in ihre Nacken und zwingen sie, in den Wald zu laufen und bis zum Morgengrauen dort herumzurennen. Wenn sie zurückkehren, mit blutender, zerfleischter Haut und außer Atem, sind sie gezwungen, ihren Ehefrauen ihre Sünden zu beichten. Tun sie es nicht, kehren die Karakondžula in der nächsten Nacht zurück und werden noch brutaler. In zwölf Nächten kann eine Menge Schaden angerichtet werden, und es gibt Überlieferungen von Leichen, die Anfang Januar mit zerfetzten Rücken im Wald gefunden wurden.«

Mit jedem weiteren Wort ist meine Übelkeit größer geworden.

»Sie glauben ernsthaft, der Fluch der Kalikanzari oder Karakondžula oder wie auch immer ist wegen einer außerehelichen Affäre entstanden?«, stoße ich hervor. Die Geschichte von der Mutter und ihrem toten Kind erscheint mir irgendwie plausibler.

Zivana rümpft die Nase. »Du bist zu jung, um das zu verstehen.«

Ich unterdrücke das Bedürfnis, die Augen zu verdrehen. »Sind Sie auch betrogen worden?« Ist das der Grund, aus dem sie an *diese* Version der Geschichte glaubte?

Sie erwidert nichts, starrt nur ins Leere.

Das hier ist die reinste Zeitverschwendung. Ich brauche nicht noch mehr Märchen, die meinen Kopf verstopfen.

»Ich muss los«, bringe ich hervor. »Danke für das Gespräch.«

»Liebe ist eine Lüge«, flüstert sie wie zu sich selbst. »Schenkst du ihr Glauben, bist du verloren.«

Ioanna

31. DEZEMBER
ZWEI JAHRE ZUVOR
KURZ VOR SONNENUNTERGANG

»Hier, trink.«

Ich zuckte zusammen und drehte mich um.

Neben mir stand Chrisanthi mit einer dampfenden Tasse in der Hand. Ihre weißen Haare steckten in einem Haarnetz, und sie trug Winterkleidung – Pullover, Cordhose, Stiefel. Ein untypischer Anblick auf der Insel.

Die letzten sechs Tage hatte ich versucht, die anderen zu meiden, die auf der Insel geblieben waren. Aber heute war nicht irgendein Tag. Ich würde bald eine Entscheidung treffen müssen.

»Danke«, nuschelte ich und nahm ihr die Tasse aus der Hand, während sie sich neben mich auf die Steine niederließ.

Wir befanden uns am Ufer des Meeres, hinter uns felsige Berge und Burgruinen, vor uns der glühende Horizont. Der Himmel erstrahlte in den schönsten Gold- und Rottönen, als wollte er zum Jahresende noch mal alles geben.

Ich streckte mein Gesicht in den nach Nelken duftenden Dampf und lauschte dem Wellenbrechen.

»Weißt du noch, als du mich in der Umkleidekabine bei den heißen Quellen gewürgt hast?«, durchbrach Chrisanthis Stimme die Stille.

Meine ersten Raunächte als Kalikanzari. Als könnte ich sie je vergessen.

»Bist du gekommen, um dir eine Entschuldigung abzuholen?«

Sie lachte. »Nein. Ich wollte sehen, wie es um dich steht.«

Mit beiden Händen umklammerte ich die Tasse, wohl wissend, dass sie heiß sein sollte. »Du hattest recht, als du gesagt hast, es wird der Moment kommen, in dem ich freiwillig hierbleibe.«

Keine Antwort.

»Ein Teil von mir hat es nicht geglaubt«, fuhr ich fort. »Dass wir nur in Dodekada etwas spüren.«

Ihr entwich ein leises Seufzen. »Mir ging es genauso, als ich das erste Mal auf der Insel geblieben bin. Ich dachte, es würde irgendeine Art von Widerhall in mir geben, aber da war nichts.«

Auch bei mir gab es keinen Widerhall. Jedes Mal, wenn ich die Augen öffnete, sollte der Schmerz frisch sein. Daphnes Gesicht. Aris Gesicht. Ihre Hände, ineinander verschlungen. Doch ich erinnerte mich an meine Eifersucht wie aus einer Geschichte. Sie gehörte nicht mehr zu mir.

Ich nahm einen großen Schluck. »Wer ist dieses Jahr dran?«, wollte ich wissen.

»Sie heißt Evangelia. Kurze Haare. Ausladende Hüften. Ein stilles Geschöpf, etwas älter als du. Sie …«

»Ich weiß schon«, fiel ich ihr ins Wort. Ich war ihr kurz nach den letzten Raunächten begegnet. Sie war so dankbar für ihre *Rettung* gewesen, dass ich mir geschworen hatte, sie zu meiden. Vielleicht war es auch einfach Neid, weil sie ungefähr in meinem Alter war und so viel besser mit ihrem Schicksal klarzukommen schien als ich vor drei Jahren.

»Andreas hat sich letztes Jahr für sie entschieden, weil sie genau wie er von ihrem Partner betrogen wurde und jahrelang nicht über den Schmerz hinwegkam«, fuhr Chrisanthi fort. »Aber im Gespräch hat sich herausgestellt, dass darunter ein viel größerer Abgrund lag. Sie hat mir von ihren Eltern erzählt. Genau wie du wurde sie verstoßen.«

Eine andere Version von mir wäre vielleicht schockiert gewesen. Ganz langsam wandte ich ihr mein Gesicht zu. »Woher weißt du von meinen Eltern?«

Mit Sicherheit hatte ich ihr nicht davon erzählt. Ich hatte niemandem hier etwas von mir erzählt. Nichts von Bedeutung, jedenfalls.

Stirnrunzelnd erwiderte sie meinen Blick. »Despina hat es gespürt. Deshalb hat sie dich ausgewählt.«

Despina, die Frau, die mich markiert hatte. Despina, mit der ich, statt sie zu hassen, im Bett gelandet war. Wieder und wieder, weil es im ersten Jahr das Einzige gewesen war, was mich von der Monotonie abgelenkt hatte. Despina, der ich todsicher auch nichts von meiner Vergangenheit erzählt hatte.

»Was meinst du damit?«, fragte ich. »Gespürt?«

Als Antwort schlug mir aufrichtige Verwirrung entgegen. »Du hast dich nie gefragt, wie wir diejenigen auswählen, die wir erlösen?«

Wovon redete sie?

»Du hast dich nie gefragt, aus welchem Grund du Stefanos markiert hast?«

»Das … Das war Zufall.« Ich war weggerannt, um Daphne zu retten. Sie im Wald zu treffen, war ebenfalls Zufall gewesen.

Chrisanthis kaum vorhandene Augenbrauen wanderten in die Höhe. Als ich nichts erwiderte, wurde ihre Miene fast mitleidig.

»Ich kannte ihn nicht gut«, sprach sie weiter. »Wir haben im Laufe der Jahre immer wieder nur ein paar wenige Worte gewechselt. Über andere habe ich erfahren, was mit seinem Sohn geschehen ist. Anscheinend haben sich die beiden vor dessen Tod nicht versöhnt. Ich weiß nicht, wie Stefanos' Verhältnis zu seinen eigenen Eltern war, aber ich nehme an, der Schmerz zwischen Elternteil und Kind besteht immer aus demselben Stoff, ob man nun die Rolle des Kindes einnimmt, wie du und Despina, oder die des Elternteils, wie Stefanos.«

»Du meinst …«

»Wir erkennen unseren eigenen Schmerz im Herzen anderer, Ioanna.« Ein Lächeln erschien auf ihren Lippen. »Damit wir diese erlösen können, wie auch uns einst jemand erlöst hat.«

Ich nahm noch einen großen Schluck Tee in der Hoffnung, er würde die Kälte vertreiben, die sich in mir ausbreitete.

War es wirklich Kälte? Oder die Erinnerung daran?

»Warum hat mir nie jemand etwas davon erzählt?«

»Vielleicht warst du nicht bereit, es zu hören.«

Natürlich hatte ich mitbekommen, dass die meisten Kalikanzari dankbar für ihr Schicksal waren. Wenn ich ehrlich war, dann gab es Tage, an denen es auch mir so ging. Ich wusste nur nicht, ob ich so weit gehen würde, es als Erlösung anzusehen. Die Abwesenheit von Schmerz bedeutete auch die Abwesenheit von jeglichem anderen Gefühl.

Daphnes Gesicht erschien vor meinem inneren Auge, und das Rauschen des Meeres kam mir mit einem Mal unnatürlich laut vor. Wenn ich mich am Anfang zu ihr hingezogen gefühlt hatte, weil wir dieselbe Art von Schmerz in uns trugen …

Wenn auch die neue Kalikanzari diesen Schmerz am allerbesten kannte …

Ich stellte die Tasse auf den Steinen ab und richtete mich auf. »Es werden nur Opfer ausgewählt, denen es nicht gut geht?«

Erneut spiegelte sich Verwirrung in Chrisanthis Augen. »Opfer?«

»Erlöste«, korrigierte ich mich hastig.

Sekundenlang antwortete sie mir nicht. Sie schien mit sich zu ringen. Dann …

»Ioanna, wir reden hier nicht von einer Gemütsverstimmung, sondern von einem tief sitzenden, universalen Schmerz.«

Zum ersten Mal, seit ich Daphne mit Ari vor der Kirche gesehen hatte, spielte die Eifersucht in meiner Erinnerung keine Rolle mehr. War sie glücklich genug mit ihm? Vertrieb er die Dunkelheit? Hatte ein einziger Mensch die Macht dazu? War sie in Sicherheit? Konnte ich mich darauf verlassen?

»Danke«, stieß ich hervor.

Und wie schon einmal während dieser Raunächte rannte ich – diesmal nicht von ihr weg, sondern auf sie zu.

37

Ioanna

31. DEZEMBER
ZWEI JAHRE ZUVOR
KURZ VOR MITTERNACHT

Ich fand Evangelia zuerst. Vor einer Taverne in der Nähe des Friedhofs, auf dem Boden vor kahlem Gebüsch und umringt von streunenden Katzen. Die bunt gescheckten Geschöpfe waren abgemagert und miauten um die Wette. Evangelia hatte einen Teller in der Hand, auf dem sich mehrere gegrillte Doraden befanden. Mit einem besonnenen Lächeln auf den Lippen zupfte sie Fleisch von den Gräten und warf es den Katzen hin.

»Es ist eine Schande, dass wir sie nicht verstehen können«, sagte sie, ohne aufzusehen.

Ich ließ mich neben sie sinken und versuchte, mein Keuchen zu unterdrücken. Außerdem war es eine Herausforderung, vor lauter Erleichterung nicht in Tränen auszubrechen.

»Meiner Meinung nach sind sie ziemlich gut darin, ihre Bedürfnisse zu zeigen«, erwiderte ich so gelassen wie möglich.

»Ja – aber die Menschen hören sie *sprechen*.«

An Silvester standen angeblich die Tore zur Unterwelt offen, Geisterwesen trieben Seite an Seite mit uns durch die Gassen, Tiere konnten sprechen und die Zukunft vorhersagen.

»Das sind Gerüchte.«

Evangelia hob den Kopf, setzte gerade zur Antwort an, doch mein Anblick ließ sie wohl vergessen, was sie eigentlich hatte sagen wollen. »Du triefst.«

Ich schnitt eine Grimasse. »Auf die Schnelle konnte ich kein Boot auftreiben.«

Sie musterte mich neugierig aus braunen Augen. »Wieso hattest du es so eilig?«

»Ich wollte deinen großen Moment nicht verpassen.«

Sie nahm mir meinen Bullshit nicht ab.

»Man munkelt, du wolltest dieses Jahr gar nicht ins Dorf.«

»Was soll ich sagen?« Mit einem breiten Grinsen griff ich nach dem obersten Fisch auf ihrem Teller, riss ein Stück ab und fütterte die rot-weiße Katze vor mir, die auf meinen Oberschenkel kletterte und sich genüsslich das Maul leckte. Sogleich kamen zwei weitere dazu, versuchten, sich gegenseitig beiseitezudrängen. »Ich bin ein durch und durch schwaches Geschöpf.«

»Das glaube ich nicht«, sagte sie sanft.

Ich wagte es nicht, sie direkt anzusehen. Mitternacht nahte in großen Schritten, und es fiel mir gerade nicht leicht, meine wahren Gefühle zu verschleiern.

»Und?« Plauderton. Lässig. »Weißt du schon, wer es wird?«

Ihr Blick schien mich von allen Seiten zu durchbohren. »Wieso? Hast du einen Vorschlag?«

Es klang herausfordernd.

Ich presste die Lippen aufeinander. Ja. Alle außer Daphne. Wirklich alle. Es ist mir egal, wen es trifft.

Was ich in den letzten Tagen über mich herausgefunden hatte: Weder der Schmerz noch seine Abwesenheit änderten etwas an meiner Überzeugung. Evangelia hatte recht – ich war nicht schwach. Nicht, wenn es um *sie* ging. Ich war bereit, alles auszuhalten, solange sie ein Mensch blieb.

Meine Wut auf Steriani war nie ferner gewesen. Doch ich hatte verstanden, dass sie sich geirrt hatte. Es ging nicht darum, um jeden Preis zusammen zu sein. Sondern darum, die eigenen Bedürfnisse für den Menschen, den man liebte, zurückzustellen.

»Sie reden über dich«, erklang Evangelias Stimme, als ich nicht antwortete.

»Ach ja?«

»Ja. Du bist eine kleine Masochistin, sagen sie. Hast dich so sehr an deinen Schmerz gewöhnt, dass es dir immer noch schwerfällt, ihn ziehen zu lassen. Ich verstehe das sehr gut.«

Was, wenn ich ihr eine runterhaute? Sie zum Teufel schickte? Ihr ganz genau zeigte, was ich von Mitläuferinnen wie ihr hielt?

Stattdessen setzte ich meine liebenswürdigste Miene auf und drehte mich zu ihr, während ich die Kätzchen weiter fütterte. Ihr kratziges Fell, das sanfte Vibrieren ihres Schnurrens erdete mich. »Du verstehst das?« Zur Sicherheit klimperte ich zusätzlich mit den Wimpern.

»Ich bin auch in den Schmerz hineingeboren worden«, erwiderte sie. »Eine ganze Weile habe ich mich dort wohlgefühlt. Gewohnheiten sind schwer abzulegen, selbst wenn sie uns schaden, nicht wahr?«

Ich presste mir meine freie Hand auf die linke Brusthälfte und nickte treuherzig. »So wahr.«

Sie seufzte. »Irgendetwas stimmt nicht mit dir.«

Mit einem Mal klang ihre Stimme hart.

»Mit uns allen stimmt etwas nicht. Sonst wären wir keine Monster.«

»*Monster?*« Ihre Stimme überschlug sich. Sie schien das Wort als persönliche Beleidigung aufzufassen.

Gegen meinen Willen musste ich lachen. »Du wirst heute Nacht das Herz eines Menschen stehlen. Als was würdest du dich denn bezeichnen, etwa als Heldin?«

»Ich werde nicht zulassen, dass du dich gegen die Mission stellst«, zischte sie.

Die Mission? Wovon zur Hölle redete sie?

Mein Lachen verebbte. Genug von den Spielchen. »Wer ist dein Opfer?«

Ein gefährliches Glitzern in ihren Augen. »Was führst du im Schilde?«

Ich biss die Zähne zusammen und erhob mich, nachdem ich den Katzen den restlichen Fisch hingeworfen hatte. »Ich suhle mich in meinem Schmerz«, brachte ich hervor. »Das macht man so als Masochistin.« Ein Atemzug. Zwei. Drei. »Sag's mir.«

»Eine Kellnerin.« Sie nickte nach hinten, in Richtung Taverne. »Spürst du nicht, wie sie leidet? Du solltest es spüren – ihr habt ein ähnliches Trauma.«

Bisher hatten die pochenden Herzschläge hinter uns nichts als ein unbedeutendes Hintergrundrauschen gebildet. Jetzt wurden sie lauter.

Ein ähnliches Trauma. Als hätte sie irgendeine Ahnung von meinem Leben.

»Ach, wurde sie auch von ihren Eltern verstoßen, weil sie gern Frauen vögelt?«, fragte ich mit zuckersüßem Lächeln.

Evangelia starrte zu mir hoch. »Nein. Sie wurde von ihrer Schwester betrogen.«

Ihr Gesicht bebte, franste an den Rändern aus, verdoppelte sich.

»Fick dich«, stieß ich hervor. Und damit wandte ich ihr den Rücken zu und ließ sie dort sitzen.

Alles in Ordnung. Ich hatte das getan, wofür ich gekommen war. Daphne war in Sicherheit. Solange jemand anders markiert wurde, war alles okay.

Warum also liefen mir Scheißtränen übers Gesicht und nahmen mir die Sicht?

38

Ioanna

31. DEZEMBER
ZWEI JAHRE ZUVOR
MITTERNACHT

Ich war wirklich eine Masochistin. Wieso sonst hätte ich mich durch den Wald kämpfen sollen, anstatt Dodekada den Rücken zu kehren? Es war keine Nostalgie. Es war der pure Selbsthass.

Ein Rascheln und das Trappeln von Pfoten neben mir.

In diesem Moment wünschte ich mir, tatsächlich die Sprache der Tiere verstehen zu können. Vielleicht hätten sie mich von den ganzen Herzschlägen abgelenkt, die wie Pistolenschüsse in mir widerhallten.

Ich beschleunigte meine Schritte, bis der See in Sicht kam.

Im Gegensatz zu damals hielt sich dort nicht nur ein Mädchen, sondern wie erwartet Dutzende von Menschen auf. Und die Wasseroberfläche war auch nicht gefroren, sondern glänzte wie Öl im Mondschein. Die feine Brise bescherte dem See eine Gänsehaut.

Ich blieb im Schutz der Bäume stehen und schloss die

Augen. Konnte ich wirklich ihren speziellen Schmerz spüren? War es mir bisher nur nie aufgefallen, weil ich zu sehr auf meinen fokussiert gewesen war? Oder gab es überhaupt keine Unterscheidung zwischen ihrem und meinem?

Im nächsten Moment grölte jemand, und dann begannen sie mehrstimmig, von zehn abwärts zu zählen.

Zehn.

Erst jetzt fiel mir auf, dass es lauter Paare waren. Eine ganze Gruppe Männer und Frauen, die in Zweierkonstellationen am Ufer standen.

Neun.

Bereit für den Neujahrskuss.

Acht.

Früher, ganz früher, war ich auch zu solchen Feiern eingeladen worden. Sie hatten mich mit irgendeinem armen Typen zusammengeworfen, der übrig geblieben war, und wenn er bloß daran gedacht hatte, auch nur eine Hand auf meinen Rücken zu legen, hatte ein Todesblick von mir ihn eines Besseren belehrt.

Sieben.

Aus der Entfernung erkannte ich sie nicht alle, doch ich war mir sicher, die meisten waren mir in den letzten Jahren bei den heißen Quellen oder bei den *Bouzoukia* – Bars oder Clubs mit Livemusik wie der Ort, an dem Daphne aufgetreten war – begegnet. Nikolettas rote Haare waren nicht zu übersehen.

Sechs.

Mein Blick blieb nicht lange an ihr hängen – es gab nur ein Paar, das mich interessierte, und dieses hätte ich aus jeder Entfernung ausmachen können. Daphne und Ari trugen beide lange schwarze Mäntel und helle Schals. Als wollten sie ganz sichergehen, dass jeder sah, wie gut sie zueinander passten.

Fünf.

Was für eine grausame Ironie des Schicksals, dass ich an ebendiesem See zum ersten Mal daran gedacht hatte, sie zu küssen, und jetzt gleich dabei zusehen würde, wie sie *ihn* küsste.

Vier.

Als wäre ich nichts als eine Illusion gewesen.

Drei.

Nicht seinen Namen hatte sie vergessen, sondern meinen.

Zwei.

Alles okay. Solange sie glücklich war, war es okay.

»Ich will dein Herz«, hatte ich gezischt und war dann geflohen, um sie zu retten. In gewisser Weise wiederholte sich alles. Noch immer wollte ich ihr Herz, noch immer würde ich gehen, um sie zu schützen.

Eins.

»Frohes neues Jahr!«, riefen sie.

Meine Knie gaben nach, und Sekundenbruchteile später spürte ich Matsch und feuchtes Gras an meinen Händen.

Der Wald, der See, die Gestalten vor mir erbebten und verschwammen vor meinen Augen, während das Herz in meiner Brust zu schlagen begann.

Ich kippte vornüber. Mein Schluchzen zerriss die Luft. Es war eine Gnade, dass ich den Moment verpasste, in dem sich ihre Lippen berührten.

Egal, wie oft ich es erlebte, es wurde nie weniger heftig. Das rauschende Blut in meinen Ohren. Der verführerische Gefühlscocktail. Mein Puls, so gewaltsam und stark.

Wie immer konnte ich nicht sagen, wie lange es dauerte, bis ich wieder zu mir kam. Als ich mich erhob, standen die Leute nach wie vor in Zweiergrüppchen beieinander, manche ineinander verschlungen, manche Hand in Hand.

Daphne und Ari küssten sich noch immer. Seine Hand

umschloss ihren Nacken, ihr Gesicht zeigte in meine Richtung.

Ich weiß, wie du schmeckst, Daphne. Ich weiß, wie du küsst. Ich weiß, wie du unter seinen Händen zerfällst.

Ich musste hier weg. Es gab keinen Grund, mich auch nur eine weitere Sekunde zu quälen.

Doch in dem Moment, in dem ich mich abwenden wollte, schlug sie die Augen auf, ohne ihre Lippen von seinen zu lösen.

Während sich ihr Blick in meinen bohrte.

Unerbittlich. Unausweichlich.

Daphne

27. DEZEMBER
GEGENWART
NACH MITTERNACHT

Die dritte Raunacht steht für Gelassenheit und dient dazu, auf die innere Stimme zu hören.

Inzwischen kommen mir die ganzen Rituale und ihre Bedeutungen wie ein grausamer Scherz vor. Ich kann mich an keine Zeit in meinem Leben erinnern, in der ich weniger gelassen gewesen bin. Ganz zu schweigen davon, dass meine innere Stimme gerade wirklich der unzuverlässigste Wegweiser ist.

Statt zu klingeln, zücke ich meinen Schlüssel und öffne die Tür zum Haus meiner Großeltern. Es ist seltsam, wie es sich nicht mehr wie mein Zuhause anfühlt, seit ich mit Ari zusammengezogen bin. Nur ist auch unsere gemeinsame Wohnung in den letzten Stunden alles andere als ein Rückzugsort gewesen.

Wo gehöre ich hin? Ist es ein Ort? Oder ein Mensch? Muss ich endlich lernen, mein eigenes Zuhause zu sein?

Der Flur ist dunkel, doch die Lampe im Wohnzimmer brennt.

Nachdem ich Jacke und Schuhe ausgezogen habe, schleiche ich auf Zehenspitzen dem Licht entgegen, bis ich die Umrisse meiner Großmutter auf dem Sofa ausmachen kann. Sie sitzt leicht vorgebeugt und hat die Augen geschlossen; ihre Lesebrille ist nach unten gerutscht, und in ihrem Schoß liegt das Alte Testament.

Das Haus ist zu groß für eine Person. Und die Geister der Vergangenheit sind in jeder Ecke zu finden.

Sie wirkt so still. Unnatürlich still. Kalte Finger schließen sich um mein Herz und drücken zu.

Nicht du auch noch. Bitte. Ich weiß, unser Verhältnis ist nicht mehr wie früher, aber ich brauche dich.

Und dann, schlimmer, viel schlimmer, so schlimm, dass ich nächtelang daran zurückdenken werde, eine Flut von Erleichterung.

Wenn du nicht mehr bist, muss ich auch nicht mehr …

Meine Großmutter stößt ein Seufzen aus, und ich sehe, wie sich ihre Brust hebt und senkt.

»Jiajia?«

Meine Stimme zittert.

Sie blinzelt. »Oh, Daphne!« Mit einem Mal sitzt sie kerzengerade. »Liebes, wie spät ist es?«

Ich lasse mich neben sie aufs Sofa sinken. »Nach Mitternacht.«

»Geht es dir gut?«, fragt sie stirnrunzelnd, und es schwingt eine weitere Frage mit: Was tust du hier um diese Uhrzeit?

»Ich brauche deine Hilfe.«

Voller Sorge mustert sie mich.

»Als du gefragt hast, ob mit Ari und mir alles in Ordnung ist«, fahre ich fort, »was meintest du genau?«

»Das habe ich doch bereits gesagt. An Weihnachten, nach der Kirche warst du so …«

Ich nicke hastig. »Das ist alles? Oder erinnerst du dich vielleicht auch daran, wie es die letzten Jahre um Weihnachten war?«

»Wie meinst du das?«

Ehrliche Verwirrung. Hand in Hand mit einer weiteren Portion Sorge.

»Jiajia, etwas stimmt nicht. Es passieren … Dinge. Und ich kann mich nicht auf meine Erinnerung verlassen. Ich hatte gehofft, du würdest dich besser erinnern.«

»Ob mit Ari und dir etwas nicht stimmt?«

Ich schüttele den Kopf. Dann nicke ich.

Okay. Ich muss endlich ehrlich zu ihr sein. Sonst komme ich nicht weiter.

»Hast du die letzten Tage eine Frau namens Ioanna gesehen? Sie hat ein Zimmer im Gasthaus bezogen.«

Noch mehr Verwirrung breitet sich auf ihrem Gesicht aus. »Nicht dass ich wüsste, nein.«

»Und in der Vergangenheit?«, fahre ich drängend fort.

»Vor ein paar Jahren?« Sie öffnet den Mund, hält dann inne.

»Papou hat sie kurz vor seinem Tod im Gasthaus schlafen lassen. Sie ist ungefähr so alt wie ich.«

»Ioanna«, wispert sie. »Doch, ja. Ich erinnere mich dunkel. Eine Schönheit. Sie war aus Athen, wenn ich mich nicht irre? Aber wir haben so viele Gäste …«

»Nein. Sie war damals kein zahlender Gast.«

Jiajia sieht mich an, als zweifle sie an meinem Verstand. »Daphne, du zitterst.«

Ich packe ihre Hände. Sie sind viel zu heiß an meinen kalten. Zeit für die schlimmste Wahrheit, die mir Ioanna in ihrem Brief gestanden hat: »Sie ist der Grund, aus dem Papou tot ist.« Meine Augen füllen sich mit Tränen. »Und trotzdem kann ich nicht aufhören, sie zu …« Ich breche ab.

»Was redest du da, mein Mädchen?«

»Kalikanzari«, würge ich das Wort hervor und kann nicht glauben, wie schnell ich in diese Rolle geschlüpft bin, obwohl ich Ioanna noch vor wenigen Stunden nicht geglaubt habe. »Weißt du, was es mit ihnen auf sich hat?«

Meine Großmutter reagiert anders als ich auf dieses Wort. Sie lacht mich nicht aus. Ihr Blick wird fiebrig, und sie umschließt meine Hände fester. »Du klingst wie deine Mutter«, haucht sie beinahe lautlos.

»Was?«

»Ich glaube an einen allmächtigen Gott.« Sie holt tief Luft. »Geister, Hexerei, das ist alles Aberglaube, der vom Teufel stammt. Aber wenn schlimme Dinge passieren, klammern wir Menschen uns an alles, was uns eine Erklärung liefern könnte. Als dein Vater gestorben ist, habe ich mich an Gott gewandt. Deine Mutter … Deine Mutter war nicht religiös. Deswegen hat sie eine andere Erklärung gebraucht.«

Regungslos starre ich sie an. Ausgerechnet die Frau, die mich sitzen gelassen hat, weiß Bescheid?

»Was hat das mit den Kalikanzari zu tun?«, wage ich, zu fragen, als Jiajia nicht weiterspricht.

Sie lässt mich los und fährt sich übers Gesicht. »Darauf hat Maria sich versteift. Ganze Tage hat sie nach dem Tod deines Vaters mit Recherche verbracht, wie sie es genannt hat, ist im Dorf von Tür zu Tür gegangen und hat die Leute befragt. Wir haben einige Beschwerden erhalten.«

Meine Hände sind schweißnass. Ich kralle sie ineinander. Es hat keinen Sinn, mit meiner Großmutter zu diskutieren, wenn ihre Erinnerung noch nicht zurückgekehrt ist. So sehr es mir widerstrebt, ich muss mit jemandem reden, der mich ernst nimmt, wenn ich über die Kalikanzari spreche.

Also ringe ich mir ein müdes Lächeln ab. »Bitte entschuldige. Ich bin in letzter Zeit irgendwie nicht ich selbst. Wäre es okay, wenn ich heute hier schlafe?«

»Natürlich, mein Schatz.« Die Sorge in ihrem Blick bleibt. »Was ist mit Ari?«

»Nichts.« Lächeln, verdammt! Überzeugender. »Es ist alles okay.«

»Weiß er, dass du hier bist?«

Ich nicke. Wenn ich ihr von unserer Trennung erzähle, werde ich sie nur beunruhigen.

So viel dazu, dass ich ehrlich sein wollte …

Wir stehen beide auf.

Zehn Minuten später liege ich in meinem alten Kinderzimmer unter der Bettdecke, mein Handy in den zitternden Händen.

Was gäbe ich dafür, Ioannas Nummer zu haben! Obwohl mit ihr die Verwirrung angefangen hat, scheint sie die Einzige zu sein, die mich versteht. Warum hat sie mir einen Brief geschrieben, statt mich anzurufen oder mir eine Nachricht auf dem Handy zu schicken? Weshalb haben wir nicht wenigstens einen Treffpunkt ausgemacht für danach, wenn ich mich von Ari getrennt habe? Warum ist sie aus ihrem Zimmer im Gasthaus ausgezogen? Wie soll ich mit der Ungewissheit klarkommen?

Ich presse die Lippen aufeinander. Klicke auf meine Kontakte und scrolle runter. Ich habe sie nicht unter Mama eingespeichert, sondern unter Maria.

Seit Papou gestorben ist, hat mich niemand mehr dazu zwingen können, ans Telefon zu gehen, wenn sie anrief. Sobald ich alt genug war, um zu verstehen, dass sie mich verlassen hat, habe ich mir geschworen, niemals etwas von ihr zu verlangen. Jahr für Jahr schickt sie mir Geld, das ich nicht anrühre. Ich nehme mir ständig vor, es zu spenden, bringe es aber nicht mal über mich, auf den Kontostand zu schauen. An manchen Tagen gelingt es mir, so zu tun, als läge sie gemeinsam mit meinem Vater unter der Erde. Tote Eltern erscheinen mir erträglicher als solche, die mich aus freien Stücken verlassen haben.

Ich klicke auf den grünen Hörer und presse mir das Handy ans Ohr.

Es klingelt und klingelt. Mein Atem kommt mir viel zu laut vor. Ich starre auf die Umrisse der Möbel in der Dunkelheit. Das Zimmer ist nach meinem Auszug unverändert geblieben. Als hätte ich ein Stück meines Ichs hier zurückgelassen.

Klick.

»Daphne?«

Scharf sauge ich die Luft ein.

Sie klingt hellwach.

»Hallo.«

Und ich klinge, als wäre ich mit den Nerven am Ende.

Ein Räuspern. »Was ist passiert?«

Beinahe lache ich los. Tja, das ist mein Verhältnis zu der Frau, die mich zur Welt gebracht hat.

»Ich muss dir ein paar Fragen stellen.«

Eine kleine Pause entsteht.

»Ja, natürlich«, flüstert sie dann, und ihr Schmerz, der mit den Worten durch die Leitung sickert, groß und dunkel und dickflüssig, verstopft mir die Kehle und raubt mir für ein paar Augenblicke den Atem.

Natürlich kann ich sie mitten in der Nacht anrufen, und sie geht dran. Natürlich wird sie alles tun, worum ich sie bitte. Sie hat eine lebenslange Schuld zu begleichen.

»Woran ist mein Vater gestorben?«

Schweigen.

Die Stille ist dermaßen laut, dass sie auf meine Ohren drückt.

»Daphne …«

»Sag es mir. Sag mir, was du glaubst. Es ist mir egal, wie realitätsfern es klingt.« Ich senke die Stimme, obwohl Jiajias Zimmer am anderen Ende des Flurs liegt und meine Tür geschlossen ist. »Es ist mir auch egal, was meine Großmutter davon hält.«

Stille.

Dann: »Ich denke, jemand hat ihn getötet.«

Ich kneife die Augen zusammen, bis bunte Lichtpunkte vor mir explodieren.

»Wer?«

»Kein Mensch.«

»Ein Kalikanzari?«

Ein dumpfes Krachen ertönt. Ihre hektischen Atemzüge verstummen. Es raschelt.

»Entschuldige«, wispert sie Momente später.

Hat sie ernsthaft das Telefon fallen lassen?

»Antworte auf meine Frage.«

»Ja.«

»Ja – was?«, knurre ich.

»Ich glaube, es war ein Kalikanzari.«

Schwindel überfällt mich.

»Was weißt du darüber?«

»Was weißt *du* darüber?«, gibt sie zurück, inzwischen panisch.

Es ist eine Herausforderung, sie nicht anzubrüllen. »Ich stelle die Fragen.«

»Das Dorf, in dem du lebst, ist verflucht.« Ihre Stimme versagt. Sie schluckt hörbar. »Mir ist klar, wie das klingt. Ich habe es deinem Vater gesagt und deinen Großeltern auch, aber sie wollten nicht hören. Es …«

»Ich weiß.«

Wieder schweigt sie.

Also stelle ich die Frage, die ich ihr mein Leben lang habe stellen wollen.

»Denkst du, ich bin auch verflucht?«

»Was …« Ein Schniefen ertönt. »Was redest du da, Daphne?«

Ich schlage die Lider auf. Es dauert eine Weile, bis in der Dunkelheit des Zimmers keine bunten Flecken mehr vor meinen Augen tanzen. »Ich würde es verstehen.«

»Nichts davon hat etwas mit dir zu tun! Genauso wenig wie es die Schuld deines Vaters war. Du warst ein wehrloses Kind. Ich wollte dich zu mir holen, weit weg von …«

»Warum hast du es nicht getan?«

Zu spät bemerke ich die Tränen, die mir die Wangen hinablaufen und auch meiner Stimme anzuhören sind.

»Mein Gott, ich habe es immer wieder versucht. Ich habe gebettelt, ich habe gedroht, aber sie wollten dich nicht deinem Zuhause entreißen. Sie meinten, du bist dort glücklich. Außerdem haben sie mich für unzurechnungsfähig gehalten. Weil ich … Weil ich an Verschwörungstheorien geglaubt habe.«

»Du hättest bleiben können«, bringe ich erstickt hervor.

»Ja, das hätte ich. Aber ich hatte Angst davor, was passieren würde. Und ich habe getrauert. Es war nicht so einfach.«

Ich könnte ihr weitere Vorwürfe machen. Sie war die Erwachsene, ich das Kind. Für mich war es auch nicht einfach.

Aber das ist nicht der Grund, aus dem ich angerufen habe.

»Glaubst du, mein Vater ist ein Kalikanzari geworden?«

Sie stockt kurz. »Daphne, er ist tot.«

»So wie mein Großvater?«

»Wie … Wie meinst du das?«

»Papou ist auch während der Raunächte gestorben.«

»Nein. Dein Großvater ist am Ende der Raunächte gestorben. Das ist ein Unterschied.«

»Wie viel weißt du über die Kalikanzari?«, zische ich.

Ein paarmal atmet sie tief durch. »Daphne, komm zu mir. Wir können hier in Ruhe über alles reden. Ich habe ein freies Zimmer. Ich kann dir ein Ticket kaufen und …«

Wie oft sie mir das schon angeboten hat! Doch genau wie damals begreift sie nicht, dass mein Zuhause *hier* ist. Dass es keine Rolle spielt, wie unglücklich ich an einem Ort bin. Es liegt nicht am Ort. Das Unglück ist in mir.

V

»Ich habe Angst. Wieso habe ich Angst?
Wieso geht sie nie weg, obwohl ich jetzt schon
so lange sicher bin?«

»Das ist die Erinnerung an früher.
Ich wünschte, wir hätten sie dir gemeinsam
mit dem Schmerz nehmen können.«

»Erinnere ich mich,
damit ich nicht in Versuchung komme?«

»In Versuchung?«

»Etwas zu ändern.«

»Du kannst nichts ändern, selbst wenn du es wolltest.
Was wir getan haben, ist unwiderruflich.«

Ioanna

31. DEZEMBER
EIN JAHR ZUVOR
NACH SONNENUNTERGANG

Keine Fehltritte dieses Jahr. Kein unnötiges Leid wie im letzten. Daphne würde mich nicht entdecken, ich würde ein Geist sein.

Ich war stolz auf mich, dass ich die erste Hälfte der Raunächte nicht in Dodekada verbracht hatte. Ich hatte dazugelernt. Während der Großteil der Kalikanzari pünktlich zur Weihnachtsnacht die Insel verlassen hatte, war ich von den Klippen in die schäumenden Wellen gesprungen, hatte die köstliche Kälte genossen und mich in Taubheit gehüllt.

Etwas hatte sich verändert. Eifersucht war ein mächtiges Gefühl, aber ihr Nachhall nicht halb so schlimm wie der meiner Sehnsucht. Während Winter zu Frühling, Frühling zu Sommer und Sommer zu Herbst wurde, hatte ich mir den Anblick von Daphne und Ari in Erinnerung gerufen. Was mich in jenem Moment beinahe entzweigerissen hatte, war mit Abstand zu einem Geschenk geworden.

Zum ersten Mal, seit ich eine Kalikanzari geworden war, hieß ich mein Schicksal mit offenen Armen willkommen. Zum ersten Mal sah ich die leuchtende Kehrseite des Fluchs. Die Abwesenheit von Gefühlen war ein Segen. Daphne war in Sicherheit, es ging ihr gut, sie hatte jemanden, der sie und den sie liebte. Einen Menschen, der zu ihr passte. Und ich hatte die Freiheit, zu tun und zu lassen, was ich wollte.

Ich suchte das Gespräch mit den anderen, erzählte diesmal auch von mir. Ich fragte sie nach ihren Leben. Lauschte verschiedenen Versionen derselben Geschichte. Erst war da unbeschreibliches Leid, dann kam Frieden. Sie hatten recht. Wir waren alle frei.

Bevor der Dezember anbrach, spielte ich mit dem Gedanken, nie wieder in das Dorf zurückzukehren. Ganze Tage verbrachte ich damit, meinen Blick auf den Horizont zu richten, bis meine Augen von der Anstrengung tränten, und mich zu fragen, was Stefanos gewollt hätte. Ich wünschte mir, ihm zu verstehen geben zu können, dass dieses Dasein nicht nur ein Fluch war. Ich wünschte mir, er hätte mehr Zeit gehabt. Ich hatte mich geirrt. Wir hatten uns beide geirrt.

Doch als die Raunächte begannen und ich im eisigen Wasser verharrte, während Kalikanzari nach Kalikanzari in das Boot stiegen, das sie zum Festland bringen würde, sah ich Daphnes Gesicht detailliert vor mir. Jung, menschlich, voller Möglichkeiten. Sie war nicht verloren, wie ich es gewesen war. Sie hatte andere Optionen.

Also kehrte ich zurück.

Es würde eine saubere Angelegenheit sein. Daphne hatte ihre große Liebesgeschichte bekommen – sie brauchte mich nicht mehr. Aber ich musste sichergehen. Die Kellnerin vom Vorjahr – Fofo – war fest entschlossen, jemanden zu retten, der genauso viel Leid in sich trug, wie sie es als Mensch getan hatte.

Ich hatte Vorarbeit geleistet.

Am Anfang hatte ich aus Verzweiflung mit Fofo geredet, doch mit der Zeit deshalb, weil ich mich gut mit ihr verstand. Sie war witzig, unberechenbar, und sie hakte nie weiter nach, wenn ich von mir erzählte.

Es regnete in Strömen, als ich wieder festen Boden unter den Füßen hatte. Ich trug einen dunklen Kapuzenpullover, Mütze und Schal, um mit der Dunkelheit zu verschmelzen. Diesmal hatte ich genug Zeit eingeplant. Mit einem Boot war ich zum Festland nach Platamonas gelangt, ein Küstenort am Fuße des Olymps, dann hatte ich einen Bus erwischt, der mich über Larisa, Farkadona und Trikala nach Dodekada fuhr. Zu Beginn war er überfüllt. Ich quetschte mich in die letzte Reihe zwischen einen schlafenden Typen und eine Mutter mit Kleinkind, und die Vorstellung von ihren Herzschlägen lullte mich in einen wirren Schlaf. Bei jedem Stopp stiegen mehr Leute aus, bis ich die einzige Passagierin war. Niemand wollte ans Ende der Welt fahren.

Zum ersten Mal seit langer Zeit dachte ich an meine Schwester. In solch einen Bus waren Steriani und ich damals auch gestiegen. Ich hatte mich beschwert, wieso wir uns nicht einen Mietwagen nehmen konnten, sie hatte darauf beharrt, Geld zu sparen. Dort vorn, auf den zwei Plätzen direkt vor der Toilette, hatten wir gesessen. Sie hatte mir Apfelschnitze gereicht, ich hatte die Augen verdreht. »Wann hattest du bitte Zeit, die vorzubereiten?«

Steriani fand immer die Zeit. Selbst unsere Flucht hatte sie perfekt organisiert.

»Iss und nerv mich nicht.«

Ich stopfte mir den Mund mit zu vielen Schnitzen voll, bis sie lachte.

»Du musst dich nicht den Rest deines Lebens um mich

kümmern, weißt du?«, murmelte ich später und legte meinen Kopf auf ihre Schulter.

»Ach ja? Und wer soll sich sonst um dich kümmern?«

»Ich mein's ernst.«

Eine Weile lang hatte sie gar nichts gesagt, mir nur übers Haar gestrichen. Und ich hatte die Berührung zugelassen, auch wenn alles in mir sich dagegen wehrte. Die Zeiten, in denen ich mich nachts nach einem Albtraum in ihr Bett gelegt und mich an sie geklammert hatte, waren längst vorbei. Beiläufiger Körperkontakt mit meiner Schwester oder sonst jemandem war nichts, was mir leichtfiel.

Vielleicht wird es nie vorbei sein, dachte ich damals, ohne zu ahnen, wie viel schlimmer es noch werden würde, während ich ihren vertrauten süßlichen Geruch einatmete. Vielleicht ist mein Leben inzwischen der wahre Albtraum.

»Es macht mir nichts aus, mich um dich zu kümmern«, sagte Steriani schließlich leise, aber trotzig.

Ich nahm den Kopf von ihrer Schulter und sah sie herausfordernd an. »Ernsthaft? Du willst nicht endlich mal für dich leben?«

»Ich …«

»Es ist vorbei«, unterbrach ich sie und zwang mich zu einem Lächeln. Wenn ich schon nicht mich selbst davon überzeugen konnte, dann wenigstens sie. »Wir sind jetzt frei. Du musst nicht mehr den Gegenpol zu ihnen darstellen. Du kannst einfach … du sein. Ich brauche dich nicht mehr.«

Ich würde ihren Blick niemals vergessen. Als hätte ich ihr eine reingehauen.

»Schon mal daran gedacht, dass ich diejenige bin, die dich braucht?«, stieß sie hervor.

Ich erinnerte mich nicht mehr, was danach geschehen war. Eine von uns hatte das Thema gewechselt, weil es uns zu emotional wurde. Wahrscheinlich hatte ich einen Witz gerissen.

Wäre alles anders gekommen, wenn ich darauf beharrt hätte, es auszudiskutieren? Wenn ich ihr gesagt hätte, wie ungesund das klang?

»Endstation!«, rief der Fahrer nach hinten. »Bitte aussteigen.«

Ich kletterte aus dem Bus. Streckte mein Gesicht in den Regen. Inhalierte die Luft.

Tränen stiegen mir in die Augen, und bevor ich etwas dagegen unternehmen konnte, liefen sie über.

Ich war zurück, und meine Gefühle waren es auch.

41

Daphne

30. DEZEMBER
GEGENWART
ABEND

»Möchtest du noch etwas trinken?«

Ich ringe mir ein Lächeln ab und schüttele den Kopf. Alexandros anzulächeln, erfordert normalerweise schon eine besonders große Portion Willenskraft, doch heute kostet es mich genauso viel, wie jede andere Person hier anzulächeln – alles.

Es war eine beschissene Idee herzukommen. Aber es mangelt mir gerade wirklich an Alternativen.

»Bist du sicher, Daphne?« Alexandros grinst, während er dem Schäferhund, der um seine Aufmerksamkeit bettelt, den Kopf tätschelt. »Du siehst aus, als könntest du noch was vertragen.«

»Sie hat Nein gesagt.«

Unsere Köpfe zucken beide in Richtung Tür, wo Ari mit einer Platte voller Mezze erschienen ist. Er trägt noch seine Jacke, hat aber die Schuhe ausgezogen. Der vertraute Anblick seiner löchrigen rot-weiß gepunkteten Socken versetzt mir einen Stich.

Sein Tonfall passt nicht zu seinem gelösten Lächeln. Alles in mir zieht sich zusammen.

Alexandros lacht, öffnet den Mund, wird aber von seiner Frau unterbrochen, die aus der Küche nach ihm ruft. Mit einem Augenrollen setzt er sich in Bewegung, den Hund im Schlepptau.

Ausgerechnet Thalia hat mich heute auf den Hof von Alexandros und ihr eingeladen. Als das Telefon geklingelt hat, war ich gerade dabei, meine komplette Wohnung auf den Kopf zu stellen. Ich habe den Anruf atemlos entgegengenommen.

»Ari wird nicht da sein«, hat sie gesagt. »Er ist kurzfristig beruflich verreist.«

Ich habe eigentlich nicht zusagen wollen, aber sie hat mich überrumpelt. Nein sagen habe ich noch immer nicht gelernt.

Und jetzt bin ich hier.

Obwohl Thalia und Alexandros seit Jahren verheiratet sind, ist es immer noch ungewohnt, dass sie inzwischen dieses riesige Haus – fast 300 Quadratmeter – bewohnen und den Hof von seinen Eltern übernommen haben. Ich erinnere mich daran, dass mir hier schon immer zu kalt gewesen ist, selbst im Sommer. Die Inneneinrichtung geht inzwischen auf Thalias Kappe – sie hat einige dunkle Möbel durch weiße ersetzen lassen, überall stehen beigefarbene Vasen mit Wildblumensträußen, an den Wänden hängen im Gegensatz zu früher kaum Fotos, nur abstrakte Kunstwerke. Schwarze Farbkleckse auf beigem Hintergrund. Beige ist Thalias Lieblingsfarbe.

Nikoletta und Michalis sind ebenfalls gekommen, genau wie eine junge Frau namens Eva, die ich nicht kenne, und … jetzt auch mein Ex-Freund. Der angeblich verreist ist. Danke für nichts, Thalia.

Ich bin ihr nicht wirklich böse. Ich habe gerade größere Probleme als die seltsame Stimmung zwischen Ari und mir.

Nachdem ich bei Jiajia übernachtet habe, bin ich wieder nach Hause zurückgekehrt. Weil ich irgendetwas tun musste, habe ich jede freie Sekunde, in der ich nicht im Gasthaus gearbeitet habe, mit der Suche nach Hinweisen verbracht. Auch in den Wald bin ich erneut gegangen, habe am See gewartet, aber nicht zu lange – aus Angst, Ioanna könnte mich in der Wohnung oder im Gasthaus erwarten.

Ich habe Jiajia heute Morgen wieder mit Fragen bombardiert. Inzwischen ist es mir egal, ob sie mich für unzurechnungsfähig hält. Ich bin verzweifelt. Immerhin eines habe ich herausfinden können: Ihr zufolge ist Ioanna unter falschem Namen in das Zimmer gezogen – Kassandra. In unserem Gästebuch gibt es auch nur eine Kassandra, keine Ioanna. Als hätte ich sie mir nur eingebildet. Es fehlt nicht mehr viel, und ich raste komplett aus.

»Hi«, bringe ich hervor und beginne automatisch Platz auf dem Tisch vor mir zu machen, damit Ari die Platte in der Mitte abstellen kann. Für einen Moment starre ich auf das Essen, um nicht ihn anzustarren. Frittierte Auberginen- und Zucchinischeiben, gefüllte Weinblätter, gegrillte Paprika, Löwenzahnsalat, verschiedene Dips, die nach *Tsatsiki*, *Tarama* und *Tirokafteri* aussehen.

»Hi«, echot er, ich schaue auf und – er lächelt?!

Ich werfe einen verstohlenen Blick in Richtung Küche. Der Duft nach Muscheln in Weißweinsoße liegt in der Luft, das bemerke ich erst jetzt. Nikoletta schneidet Brot in der Küche, Eva ist soeben in den Keller verschwunden, um mehr Wein zu holen, und Alexandros streitet sich mit gedämpfter Stimme mit Thalia, wer nach den Kindern sehen soll. Das ist vielleicht meine einzige Gelegenheit.

»Ich wusste nicht, dass du kommen wirst«, sage ich leise zu Ari. Seit er zu seiner Mutter gegangen ist, haben wir uns nicht mehr gesehen. »Thalia meinte – ach, egal. Ich kann gehen, wenn du willst. Kopfschmerzen vortäuschen oder so …«

»Bleib.« Sein Lächeln vertieft sich. »Ich hätte eigentlich gar nicht hier sein sollen. Es gab einen Software-Notfall bei diesem Start-up in Katerini, für das ich schon letztes Jahr gearbeitet habe, aber ich konnte ihn remote lösen. Ich hätte wissen müssen, dass es sich bei dem Notfall nicht wirklich um einen handelt. Sie neigen zu Übertreibungen.« Er stellt die Vorspeisenplatte auf den Tisch und weicht nicht zurück, sodass uns nur noch Zentimeter trennen. »Wenn du willst, gehe *ich*.«

Auf einmal fällt mir das Schlucken schwer. Die letzten Tage sind zu viel gewesen, aber ich habe mich zusammengerissen. Seine Freundlichkeit droht meine Selbstbeherrschung zu zerstören. Warum ist er so nett zu mir?

»Quatsch!« Ich hoffe, er hört nicht die Tränen, die ich mit aller Macht zurückzuhalten versuche. »Wenn es für dich okay ist, ist es auch für mich okay.«

Ich würde ihn gern fragen, wie es für ihn ist, bei seiner Mutter zu übernachten, aber ich weiß nicht, ob es zu früh für so ein vertrautes Gespräch ist.

»Es ist mehr als okay, Daphne.« Er weicht zurück und strafft die Schultern. »Wir sind erwachsen. Wir schaffen das.«

»Oh, hallo, Ari!« Nikoletta stößt mit einem gefüllten Brotkorb zu uns. Ihr Blick zuckt zwischen ihm und mir hin und her. »Ich dachte, du arbeitest?«

»Überraschung!« Mit müdem Lächeln erwidert er ihren Blick.

»Ich finde es schön, dass wir heute alle vereint sind«, flüstere ich und starre auf ihre Goldkette mit Sternanhänger, um ihr nicht ins Gesicht sehen zu müssen. »In der sechsten Raunacht geht es immerhin um Freundschaft.«

Genau wie Thalia hat Nikoletta mich begrüßt, als wäre nichts geschehen, was mein schlechtes Gewissen nur verstärkt. Ja, sie haben beide Mist geredet, aber sie sehen mich immer noch als Teil der Gruppe und laden mich trotzdem ein. Das muss doch etwas zählen, oder?

»Sehe ich genauso.«

Ich schaue auf. Sie lächelt warm.

»Du ... Du hast etwas Lippenstift an den Zähnen.«

»Siehst du!« Nikoletta reibt sich mit dem Zeigefinger über die Zähne. »Einer der vielen Gründe, wieso ich dich brauche. Wer sonst ist so ehrlich zu mir?«

Auch ich muss lächeln. Es fühlt sich nach Waffenstillstand an.

Fünf Minuten später sitzen wir alle mit gefüllten Gläsern und vollen Tellern am Tisch. Ari neben mir, Eva gegenüber von mir. Ihre schwarzen Haare sind mit goldenen Spangen zurückgehalten und offenbaren ihr herzförmiges Gesicht. Sie muss ungefähr in unserem Alter sein. Ich habe die Gelegenheit verpasst, jemanden zu fragen, wer sie ist.

Eva hebt ihr Weinglas. »Danke für die Einladung«, sagt sie und schaut zu Thalia. »Es wärmt mir das Herz, hier sein zu dürfen, obwohl wir uns noch nicht lange kennen. Ich würde heute gern auf das Gleichgewicht von Schatten und Licht anstoßen. Wo Tiefen sind, da sind auch Höhen.«

Sofort spüre ich Aris Blick auf mir. Ich presse die Lippen aufeinander und widerstehe dem Bedürfnis, mein Gesicht zu ihm zu drehen, so wie auch schon unzählige Male, wenn wir auf Jiajias Drängen hin einen Gottesdienst besucht und uns über die Menschen hinweg angesehen haben. Seine Miene würde mich zum Lachen bringen. Mir ist, auch ohne ihn anzuschauen, klar, was er sich gerade denkt: Was für ein Gelaber!

»Es braucht Mut, um sich dem Schmerz hinzugeben, aber viel mehr Mut braucht es, das Glück zuzulassen. Wahre Zufriedenheit können wir nur durch die Balance, durch den Mittelweg erlangen. Lasst uns heute auf das Gleichgewicht trinken.«

Wir stoßen an, und ich kann mich nicht länger dagegen wehren – ich linse zu Ari rüber. Er hat ein scheinheiliges Lächeln aufgesetzt und nickt eine Spur zu enthusiastisch.

Ehe ich mich kontrollieren kann, entfährt mir ein amüsiertes Japsen, das ich hastig mit einem Husten überspiele.

Ari kichert leise und klopft mir auf den Rücken.

»Schön gesagt«, ruft Thalia. »Auf das Gleichgewicht! Prost und weißer Boden!«

Wie befohlen, trinken wir auf ex. Die beruhigende Wirkung des Weins setzt Sekunden später ein. Mit einem Mal kommt mir alles nicht mehr so schwer vor.

»Ich will nicht unhöflich sein«, sagt Ari zu Eva, während er Weißbrot in Tsatsiki tunkt. »Aber wer bist du?«

Schon wieder muss ich mir ein Lachen verbeißen.

Eva lächelt breit. »Thalia und ich sind heute auf dem Bauernmarkt ins Gespräch gekommen. Ich habe von dem *Manouri* an ihrem Stand probiert und war hin und weg!«

»Also habe ich sie direkt auf unseren Hof eingeladen«, klinkt Thalia sich ein. »Um ihr zu zeigen, wie wir ihn herstellen.«

»Unsere Thalia!« Nikolettas Augen blitzen. »So gastfreundlich.«

Alexandros gibt eine Mischung aus Schnauben und Lachen von sich. »Das kannst du laut sagen.«

Haben sie ein Problem mit der Anwesenheit einer Fremden? Oder stört sie etwas Bestimmtes an ihr?

Michalis, Nikolettas Mann, legt ihr eine Hand auf den Arm, als sie nach der Weinkaraffe greifen will.

Nikolettas Augen werden schmal. Abrupt zieht sie ihre Hand zurück, greift nach ihrer Gabel und spießt eine Olive auf, als denke sie dabei an sein Gesicht.

Ari und ich tauschen einen Blick. Wieder muss er nichts sagen, um mir zu verstehen zu geben: Ärger im Paradies?

Michalis wendet sich an Eva. »Woher kommst du, Eva? Bist du erst kürzlich hergezogen?«

»Ich bin auf der Durchreise«, erwidert sie mit einem Lächeln. »Ich habe nicht vor, lange zu bleiben.«

Auf der Durchreise ... Diese Ausrede habe ich schon einmal gehört. Wieso antwortet sie nicht auf die erste Frage?

Thalia nickt überschwänglich. »Sie reist ganz allein, könnt ihr euch das vorstellen? So mutig muss man erst mal sein!«

»Was ist denn dein Ziel?«, frage ich und kann nicht verhindern, dass meine Stimme misstrauisch klingt. »Wenn du nur auf der Durchreise bist?«

»Eine kleine Insel in der Nähe von Platamonas. Du kennst sie bestimmt nicht.«

Ich öffne den Mund, will mehr wissen, doch sie spricht weiter – mit erhobener Stimme.

»Ich bin sehr dankbar für die heutige Einladung. Diese Zeit des Jahres ist besonders hart für mich, weil sie mich daran erinnert, was mir fehlt.«

Betretenes Schweigen von allen Seiten.

»Eine Familie, die mich liebt und unterstützt«, fährt sie unbeirrt fort. »Freundschaften, die mich stärken, statt mich runterzuziehen.«

Thalia rutscht auf ihrem Stuhl hin und her, Nikolettas Brauen wandern immer höher, Alexandros und Michalis sind mit einem Mal sehr beschäftigt mit dem Essen. Nur Ari und ich schauen Eva direkt an.

Sie lächelt tapfer. »In eurer Gesellschaft finde ich Trost. Und bei dem Gedanken, dass ich nicht allein mit diesen Gefühlen bin.« Sie nimmt einen großen Schluck Wein und schaut in die Runde, bis alle nacheinander aufsehen. »Kennt ihr den Ursprung der Kalikanzari?«

Nicht.

Ihr.

Ernst.

Nikoletta lacht schrill, Thalia runzelt die Stirn, der Rest gibt sich unbeeindruckt.

»Was haben eigentlich alle mit diesen verdammten Kalikanzari?«

Erst als sämtliche Augenpaare am Tisch zu mir zucken, realisiere ich, dass ich die Worte laut ausgesprochen habe.

Eva lächelt nach wie vor. »Na, das liegt doch auf der Hand. Der Weltenbaum wächst hier. Der Ursprung der Legende geht auf dieses Dorf zurück.«

Ich lache. Was bleibt mir auch anderes übrig? Wenn ich nicht lache, werde ich zu schreien beginnen und nie wieder damit aufhören.

»Lass mich raten«, zische ich. »Du bist auch irgendwann in den letzten Jahren gestorben und während der Raunächte von den Toten auferstanden?«

Eine Weile herrscht Stille. Rauschendes Blut in meinen Ohren. Zitternde Hände. Beißende Säure in meiner Kehle.

»Daphne, was redest du da?«, höre ich Thalias Stimme wie aus weiter Ferne, doch ich ignoriere sie. Mein Blick ist unverwandt auf Eva gerichtet. Ich will ihr das beschissene Lächeln aus dem Gesicht schlagen.

»Was ist *deine* Theorie, welche Legende den Kalikanzari

zugrunde liegt? Ehebruch?« Ich werde mit jedem Wort lauter. »Eine Mutter, die um ihr totes Baby trauert?«

»Ich denke, sie geht auf die Beziehung zwischen Eltern und Kind zurück und darauf, was mit der Seele geschieht, wenn dieses Fundament von Anfang an wackelig ist.« Ihr Blick wird mitfühlend. »Ich sehe deinen Schmerz, Daphne.«

Okay. Mir reicht es.

»Du hast keine Ahnung, wer ich bin.«

Ich schiebe meinen Stuhl zurück und erhebe mich. Das Zittern überträgt sich langsam, aber sicher auf meinen gesamten Körper.

»Daphne …« Das ist Ari.

Ich ignoriere auch ihn. Wenn ich ihm jetzt in die Augen sehe, werde ich in Tränen ausbrechen.

»Bitte entschuldigt mich«, sage ich zu niemand Bestimmtem und fliehe aus dem Raum.

Ioanna

31. DEZEMBER
EIN JAHR ZUVOR
KURZ VOR MITTERNACHT

Eine Stunde später wünschte ich mir, nie zurückgekehrt zu sein.

Mein erster Stopp war das Gasthaus *To asteraki*, und obwohl ich weder Daphne noch ihrer Großmutter begegnete, war es lächerlich einfach, an Informationen zu kommen.

Daphne lebte inzwischen mit Ari zusammen. In einem kleinen gemütlichen Apartment in Marktplatznähe. »Anscheinend waren sie schon ineinander verliebt, als sie Kinder waren«, hieß es. »Man munkelt, dass er ihr bald einen Heiratsantrag machen wird.«

Ich erfand irgendeine Ausrede und stürzte nach draußen. Das ist gut, wiederholte ich in Gedanken und unterdrückte das Bedürfnis zu schreien. Das ist sehr gut.

Als Nächstes begegnete ich ein paar feierwütigen Kalikanzari, die vor freudiger Erregung, bald wieder ein Herz zu haben, zitterten. Sie klärten mich darüber auf, dass sich Fofo in einer Kneipe befand, in der heute eine Silvesterfeier stattfand, und sich bereits für eine Zielperson entschieden hatte. Nachdem ich mich vergewissert hatte, dass es nicht Daphne war, hätte ich gehen sollen. Ich hatte getan, wofür ich gekommen war, doch genau wie im Vorjahr zog es mich in die Wälder.

Die kühle Rationalität der letzten Monate kam mir so weit weg vor. Ich bestand aus glühendem Schmerz. Erinnerungsfetzen unserer gemeinsamen Zeit fluteten mein Hirn, und obwohl sie nichts Neues waren, obwohl ich mich das ganze Jahr über daran erinnert hatte, war es etwas völlig anderes, sie mit Emotionen erneut zu durchleben.

Bitte lass sie glücklich sein, dachte ich, während ich mich zwischen Bäumen und dornigen Gebüschen den Hang hinauf kämpfte. Bitte lass sie mich vergessen haben. Aber ganz besonders: Bitte lass sie nicht am See sein.

Als Kind hatte ich versucht, mein Leben so in die richtigen Bahnen zu lenken. Wenn ich etwas wirklich wollte, stellte ich mir den schlimmstmöglichen Ausgang vor, denn ich war davon überzeugt, dass dieser dann nicht eintreten würde, da ich ihn in Gedanken bereits durchgespielt hatte. Ich hatte mir eingebildet, auf diese Weise die Kontrolle zu haben. Mir war nicht ganz klar, ob ich zu einem Gott oder zum Universum sprach, doch es war immer diese Art Formulierung.

Bitte lass die Klausur heute besonders anstrengend sein. Bitte lass mich versagen. Bitte mach, dass ich mich niemals in einen Jungen verliebe. Bitte lass Steriani sterben. Bitte mach, dass ich mich für immer nur zu Mädchen hingezogen fühle. Bitte lass Mama und Papa bis an ihr Lebensende nicht verstehen, wer ich wirklich bin.

Irgendwann hatte ich damit aufgehört. Vielleicht, als mir bewusst geworden war, dass mich diese Gedankenspiele nicht vor Schmerz bewahrten, sondern ihn nur verstärkten.

Die Bäume wuchsen hier oben auf dem Berg nicht mehr so dicht beieinander, silbriges Licht brach durch ihre Äste. Der Regen hatte aufgehört. Und auch sonst gab es nichts, was die Waldgeräusche übertönte. Kein Grölen wie im letzten Jahr, kein betrunkenes Stimmengewirr.

Wie lange war es noch bis Mitternacht? Zehn Minuten? Fünf?

Nachdem ich die Kapuze meines Pullovers, die irgendwann zurückgerutscht war, wieder aufgesetzt und meinen Schal vor meine untere Gesichtshälfte geschoben hatte, trat ich auf die Lichtung. Meine Brust hob und senkte sich hektisch. Egal, wie oft ich hier hoch rannte, die Anstrengung nahm nicht ab.

Der glitzernde See war verlassen. Das war mein erster Eindruck.

Doch dann bewegte sich etwas am Ufer. Eine Gestalt, die auf dem Rücken gelegen hatte und sich jetzt aufrichtete.

Lange dunkle Haare, die im Wind wehten. Ein bodenlanger schwarzer Mantel.

Es könnte ein Zufall sein. Aber sollte ich es darauf ankommen lassen?

Ich stolperte zurück, wollte wieder eins mit dem Wald werden.

»Hey!«, brüllte sie. »Bleib stehen!«

Der Wind trug ihre Stimme schneller zu mir. Die Stimme, die ich zuletzt vor zwei Jahren gehört hatte. »Du bist das Realste, was ich je erlebt habe«, hatte sie gesagt, bevor ich dem Desaster mit meinem Geständnis ein Ende bereitet hatte. »Das bedeutet, solange du mich willst, werde ich da sein.«

Ich erstarrte, während sie losrannte.

Unmöglich …

Sie konnte mich unmöglich erkennen. Ich war viel zu weit weg. Und heute war erst die Mitte der Raunächte.

Aber sie hat dich auch schon mal ganz am Anfang erkannt, oder etwa nicht?

Mein Körper gehorchte mir nicht mehr. Wie von Geisterhand bewegt, setzte ich einen Fuß vor den anderen. Nicht so schnell wie sie, aber dennoch auf sie zu statt von ihr weg.

Daphne prallte gegen mich. Meine Hände schnellten vor, umfassten ihre Schultern, um sie zu stützen.

Ihr Anblick war ein Schock.

Wie oft musste ich es noch erleben, um zu verstehen, dass Erinnerung und Realität nichts gemeinsam hatten?

Ihre Haare waren lang und wild gelockt. Ihr Gesicht war runder, ihre Wangen gerötet wie so oft. Sie war geschminkt. Grünes Glitzer auf ihren Augenlidern. Seidig schwarze Wimpern. Und das Kleid unter dem Mantel …

»Ich habe kaum mehr reingepasst«, brachte sie atemlos hervor. »Aber es war mir wichtig, dass es genau dasselbe ist.« Mit glänzenden Lippen und entschlossenem Blick sah sie mich an. »Erinnerst du dich?«

Sie trug das Kleid vom ersten Jahr. Und auch ihr Make-up war das gleiche.

Bevor ich etwas erwidern konnte, ertönten Kirchenglocken aus der Ferne.

Daphne streckte beide Hände aus und schob meine Kapuze nach hinten. Als Nächstes zog sie mir den Schal aus.

Selbst wenn ich mich hätte wehren wollen, ich konnte nicht. Denn in diesem Augenblick regte sich etwas in dem schwarzen Loch in meiner Brust. Mein gesamter Körper erbebte, meine Sicht verschwamm. Jetzt war nicht mehr ich diejenige, die Daphne stützte, sondern andersrum.

Wie immer konnte ich nicht sagen, wie lange es dauerte. Sekunden, Minuten, ein halbes Leben …

»Ioanna.«

Ich brach in Tränen aus. Ich war nicht darauf vorbereitet gewesen. Es war so lange her.

Im nächsten Moment hatte sie mich an sich gezogen und in eine feste Umarmung geschlossen. Mein rasendes Herz an ihrem rasenden Herz. Sie murmelte beruhigende Worte, die ich nicht verstand, weil ich so heftig schluchzte.

Kein Fehltritt dieses Jahr. Ich war mir so sicher gewesen.

Stefanos' Gesicht erschien vor meinem inneren Auge. Es gab mir die Kraft, mich aus ihrer Umklammerung zu lösen.

»Woher …«, begann ich, doch als sie zu einer Erklärung ansetzen wollte, schüttelte ich den Kopf. Spielte es eine Rolle, wieso sie mich erkannte?

Ich war nicht mehr dieselbe wie vor zwei Jahren. Ich würde es nicht noch einmal ertragen, ihr etwas vorzuspielen.

»Egal, was du denkst, über mich zu wissen, Daphne …«

Wut blitzte in ihren dunkelbraunen Augen auf. »Ich weiß, dass du eine Kalikanzari bist. Ich weiß, dass du letztes Jahr zurückgekommen bist und Ari und mich an diesem See gesehen hast. Ich weiß, was in den beiden Jahren davor geschehen ist. Ich weiß, dass du dich in mich verliebt hast, genau wie ich mich in dich verliebt habe.«

Nein. Es waren genau die Worte, nach denen ich mich gesehnt hatte. Nein, nein, das konnte nicht sein. Woher zur Hölle …

Es spielt keine Rolle, verdammt noch mal!

»Daphne.« Mit aller Macht unterdrückte ich ein weiteres Schluchzen. »Du weißt nicht, was ich getan habe.«

Sie schnaubte. »Ich weiß alles, und es ist mir egal!« Ich sollte etwas erwidern, aber sie kam wieder näher und nahm mein Gesicht zwischen ihre Hände. »Ich will dich trotzdem, krieg das in deinen Kopf!«

»Dein Großvater …«, zischte ich.

»… ist tot.« Und dann – dann *verdrehte sie die Augen*. »Deinetwegen, ich weiß. Du hast seinen Herzschlag gestohlen.«

Mein Atem stockte.

»Was?«

»Du wolltest erst mein Herz, aber dann bist du abgehauen, um mich vor diesem Schicksal zu bewahren. Du bist Papou begegnet, hast ihn markiert, und er hat sich gegen ein Dasein als Kalikanzari entschieden.« Sie holte tief Luft. »Ich weiß Bescheid. Und ich habe dir dafür verziehen, dass du es vor mir geheim gehalten hast.«

Willst du mich verarschen?

»Daphne, ich habe ihn *umgebracht!*« Ich schrie die Worte.

Als ich mich erneut losreißen wollte, verstärkte sie ihren Griff, und die Wut in ihren Augen nahm zu. »Du kannst nichts dafür. Du warst vollkommen hilflos.«

»Woher willst du das …«

»Hat man als Kalikanzari eine Wahl?«, fauchte sie.

»Du hast den Verstand verloren«, gab ich genauso wütend zurück.

Sie lachte bitter. »Glaub mir, zum ersten Mal, seit wir uns kennengelernt haben, ist mein Verstand vollkommen intakt.«

Ich krallte meine Finger in ihren Unterarm. »Wie ist das möglich? Wie kannst du dich erinnern?«

Ihr Blick wurde triumphierend. »Das habe ich dir zu verdanken. Du hast mir gesagt, ich soll alles aufschreiben, weißt du noch?«

Natürlich. Ich erinnerte mich an jedes gottverfluchte Detail.

»Als ich dich letztes Jahr in der Silvesternacht gesehen habe, ist meine Erinnerung zurückgekehrt; anschließend habe ich mit Jiajia gesprochen. Ihre Erinnerung ist hauptsächlich am 1. Januar zurückgekommen, weil das der Tag war, an dem Papou ihr damals gesagt hat, dass er markiert worden ist. Das hat eine so starke Emotion in ihr ausgelöst, dass sie sich schneller an die Kalikanzari und alles, was damit zu tun hat, erinnert hat. Gemeinsam haben wir die Wahrheit zusammengesetzt. Jeden Tag habe ich darauf gewartet, dass du zurückkehrst.« Ihre Stimme klang plötzlich belegt, und sie senkte den Blick. »Als du nicht wiedergekommen bist, habe ich damit begonnen, alles aufzuschreiben. Alles, woran Jiajia und ich uns erinnern konnten. Am Ende der Raunächte wusste ich vollständig Bescheid. Ich habe die Aufzeichnungen bei Jiajia gelassen und sie gebeten, mich im nächsten Jahr daran zu erinnern, sobald *sie* sich erinnert.«

Ich hatte keine Ahnung, was ich sagen, wo ich überhaupt anfangen sollte.

Statt mich weiterhin gegen ihren Berührung zu wehren, ergab ich mich. Ich hatte so viel Zeit damit verbracht, mich davon zu überzeugen, dass es keine Zukunft für Daphne und mich gab. Und jetzt stand sie unmittelbar vor mir und war sich sicherer, als ich es mir je gewesen war?

»Ich habe mich von ihm getrennt«, fuhr sie leiser fort und klang dabei bedauernd. Ihr Gesicht zeigte allerdings nichts als Entschlossenheit. »Letztes Jahr, direkt nachdem ich mich erinnert habe. Und auch dieses Jahr, kurz nach Weihnachten, als mir Jiajia die Aufzeichnungen gegeben hat. Ich weiß, was ich will, Ioanna.«

Ihr Blick verdunkelte sich, als ich nichts erwiderte. »Aber du bist einfach weggeblieben. Du hast mir wehgetan. Deshalb habe ich mich dazu entschieden, alles wieder zu vergessen. Ich … Ich habe das mit ihm nicht geplant. Es ist einfach passiert.«

Sie glaubte, sich vor mir rechtfertigen zu müssen, während sie mir das Schlimmste überhaupt verziehen hatte.

»Du liebst ihn«, sagte ich sanft und schaffte es zu lächeln. »Das habe ich mir für dich gewünscht.«

Heftig schüttelte sie den Kopf. Schniefte. Nickte. »Als die Raunächte vor sechs Tagen angefangen haben, habe ich nicht abgewartet, ob du diesmal kommst. Ich habe es nicht ertragen, länger mit ihm zusammen zu sein, selbst wenn du mich nicht willst.«

»Daphne, das ist absurd.«

»Dann ist es eben absurd.«

»Natürlich will ich dich.«

Ich wollte mir auf die Zunge beißen. Wollte die Worte zurücknehmen. Wollte mich endgültig von ihr losreißen und …

Blitzschnell kam sie näher. Bevor ich etwas dagegen tun konnte, hatte sie ihren Mund auf meinen gepresst.

Ich sollte mich wehren. Ich sollte mich wirklich, wirklich wehren.

Scheiß drauf!

Meine Finger wanderten in ihr Haar, und ich zog sie näher und näher. Sie schmeckte so gut. Ich hatte vergessen, wie gut. Genau wie beim ersten Mal lag keine Vorsicht in ihrem Kuss, sondern die pure Notwendigkeit.

In diesem Moment zerschlug sie all meine Überzeugungen, die ich mir das letzte Jahr über aufgebaut hatte. Was hatte mein Leben für einen Sinn, wenn ich nicht fühlen konnte?

Was tat ich auf dieser Welt, wenn ich nicht vor Schmerz fast umkam, vor Glück beinahe zersprang?

Viel zu schnell wich sie zurück. Schwer atmend legte sie ihre Stirn an meine. »Ioanna?«

»Daphne?«

»Du musstest mir nicht mein Herz stehlen, um mir mein Herz zu stehlen.«

Daphne

30. DEZEMBER
GEGENWART
KURZ VOR MITTERNACHT

Im Flur ziehe ich mir meine Schuhe und Jacke an und trete nach draußen. Es hat zu regnen begonnen. Ein feiner Sprühregen, wie Glitzer.

Neben dem steinernen Haus, in dem Thalia mit ihrer Familie und ihren Schwiegereltern, die wie die Kinder bereits schlafen, wohnt, befindet sich der Stall.

Ich laufe darauf zu, lege den Riegel um und schlüpfe hinein. Der Geruch nach Heu und Mist steigt mir in die Nase. Das Schnaufen eines Pferdes ist von weiter weg zu hören. Mein Atem hinterlässt eine weiße Wolke in der Dunkelheit.

Mit beiden Händen fahre ich mir übers Gesicht. Es war ein Fehler herzukommen. Ich verschwende meine Zeit. Statt Normalität vorzutäuschen, statt am Tisch mit der falschen Kalikanzari zu sitzen und mir ihr Geschwätz anzuhören, könnte ich das Dorf nach Ioanna durchkämmen.

Ioanna …

Ist sie real? Bin ich es?

Wie soll ich das eine weitere Sekunde aushalten? Ich bin ihren Entscheidungen völlig ausgeliefert. Was, wenn sie längst Dodekada verlassen hat? Wenn sie nie wieder zurückkehrt? Was dann?

Ich habe mich von Ari getrennt. Wegen nichts weiter als einem Kuss. Wie habe ich mir so sicher sein können? *Er* ist da. Er ist ganz sicher real. Und er hasst mich nicht, obwohl ich ihm allen Grund dazu gegeben habe.

Ein Vibrieren in meiner Jackentasche lässt mich zusammenzucken.

Mit bebenden Fingern ziehe ich mein Handy hervor.

Jiajia.

Ich nehme das Gespräch an und presse mir das Display ans Ohr.

»Ich erinnere mich.«

Unvermittelt schießen mir Tränen in die Augen.

»Woran?«, hauche ich.

»An das Mädchen.« Ihre hektischen Atemzüge sind zu hören. »Daphne, du hattest recht. Sie hat sich Kassandra genannt, aber sie sah genauso aus wie das Mädchen, das Stefanos bei sich aufgenommen hat. Ioanna. Ich erinnere mich. Und damals … Ich habe dich noch nie so glücklich erlebt.«

Ich erstarre. Auch die Zeit scheint stehen zu bleiben. Genau wie mein verdammtes Herz.

Nur meine Tränen, meine Tränen laufen weiter. Strömen mir übers Gesicht. Verglühen mich.

»Nein, glücklich ist das falsche Wort«, wispert sie. »Es war mehr als das. Du warst … du. Du hast dich nicht mehr verstellt.« Ihre Stimme versagt. Sie räuspert sich. »Ich weiß nicht, was mit mir geschieht. Meine Erinnerung …«

»Mir geht es genauso«, bringe ich hervor.

Das ist der Fluch.

Eine ganze Weile erwidert sie nichts. Hinter mir vernehme ich Hufgescharre, gedämpftes Trappeln, den leisen Schrei eines Hahns.

»Daphne, ich habe das Haus durchsucht.«

»Was? Wonach?«

»Du hast im Januar Aufzeichnungen hier im Bücherregal hinterlassen. Erinnerst du dich?«

»Nein.« Ich schniefe. Aber das muss nichts bedeuten. »Hast du was gefunden?«

»Nein. Es tut mir leid.«

Scheiße! Aufzeichnungen. Das kann nur eines bedeuten.

»Ich finde auch das Buch nicht mehr.«

»Welches Buch?«

»Es war ein fremdsprachiges. Du hast Zettel zwischen die Seiten gesteckt.« Sie seufzt. »Da sind Lücken in meinem Gedächtnis. Mehr kann ich dir nicht …«

»Jiajia, war es Shakespeare?«

Ihre Stille sagt mir alles, was ich wissen muss.

»Woher …«

»Ich melde mich«, raune ich. Und dann nehme ich das Handy vom Ohr und beende den Anruf.

Mein Herz schlägt viel zu schnell.

Ich verlasse den Stall und trete auf den Hof, lehne mich von draußen gegen die Holzlatten.

Genau in dem Moment öffnet sich die Haustür.

Ari rauft sich die dunklen Locken. Er trägt weder Schuhe noch Jacke, trotzdem kommt er auf mich zu.

»Daphne!« Die Sorge in seiner Stimme passt nicht zu den Geschehnissen am Tisch. Er klingt regelrecht panisch.

Ich wische mir mit dem Handrücken übers Gesicht, als könne ich damit verhindern, dass er die Tränen sieht.

»Daphne …«, wiederholt er zärtlicher.

Meine Miene erstarrt.

Ari bleibt stehen. Es trennt uns nur noch ein Meter.

Ich bohre meinen Blick in seinen. »Wenn ich dir eine Frage stelle, schwörst du, mir die Wahrheit zu sagen?«

Ari ist nicht gerade ein Zuhause für mich gewesen, aber er ist dem verdammt nahe gekommen. Ihm ist bewusst, dass er nicht meine große Liebe ist. Ich habe ihm nie etwas vorgemacht.

»Ich weiß nicht, ob ich dich lieben kann«, habe ich ihm am Anfang unserer Beziehung gesagt. »Ich weiß nicht, ob ich in der Lage bin, irgendjemanden zu lieben.«

Ich bin zu jung, habe ich mir gedacht. Zu kaputt.

Voller Verständnis hat er mein Gesicht zwischen seine Hände genommen. »Mir geht es genauso.«

Und ich habe ihm geglaubt.

Die letzten Jahre haben uns gezeigt, dass wir uns geirrt haben. Wir konnten uns sehr wohl gegenseitig lieben. Vielleicht nicht auf diese große berauschende Art, über die Bücher geschrieben werden. Unsere Art von Liebe war stiller. Sie bedeutete Beständigkeit und Respekt und Verständnis für die Dunkelheit des anderen. An manchen Tagen war ich diejenige, die auf Abstand ging, an manchen verschwand er, mal, wenn er zur Arbeit ging, mal direkt vor meinen Augen, ohne die Wohnung oder überhaupt das Bett zu verlassen. Ich fragte nie, wohin er ging, wenn sein Blick leer wurde, und im Gegenzug hakte auch er nicht nach, wenn ich mal wieder weinend aufwachte. Wir waren füreinander da. Wir kannten uns, ohne uns wirklich zu kennen.

Und jetzt? Wer ist der Mensch unter dem so vertrauten Gesicht?

»Frag mich alles«, sagt er. Die Angst ist aus seiner Stimme verschwunden. Pure Entschlossenheit schlägt mir entgegen.

»Weißt du von den Aufzeichnungen?«

Keine Regung in seiner Miene.

»Nicht nur deine Erinnerung kehrt zurück, weißt du?«, hat er gesagt. »Auch ich erinnere mich.«

Jiajia erinnert sich an Bruchstücke. Ich auch. Und Ari? Was, wenn wir uns alle an andere Puzzlestücke erinnern und zusammen das ganze Bild erhalten?

»Die ich im Haus meiner Großeltern hinterlassen habe?« Meine Stimme überschlägt sich.

»Ja.«

Mein Magen dreht sich um. »Ja?!«

Er will es nicht mal leugnen? Wieso klingt er so ruhig, verdammt?

»Weißt du deshalb, wer Ioanna ist?«, speie ich aus.

»Nicht nur.« Jetzt wirkt er fast genervt. »Ich erinnere mich auch immer mehr an die letzten Jahre. Die Aufzeichnungen waren nur eine Bestätigung.«

»Was hast du mit ihnen gemacht?«, bringe ich hervor.

»Ich habe sie verbrannt.«

Ein ersticktes Lachen befreit sich aus meiner Kehle. Wie poetisch! Er hat ihre Aufzeichnungen verbrannt, ich ihren Brief. Wahrscheinlich stand in beiden das Gleiche. Hätte ich ihr eher geglaubt, wenn ich diese abwegige Geschichte zweimal gelesen hätte? Oder macht es keinen Unterschied?

So oder so – es ist ein weiterer Beweis, dass die Vergangenheit real ist. Dass *Ioanna* real ist.

»Ich dachte, ich könnte so verhindern, dass du zu ihr zurückgehst«, beantwortet Ari eine Frage, die ich nicht gestellt habe.

»Was weißt du über sie?« Ich bin nicht wütend auf ihn. Er hat jeden Grund, wütend auf mich zu sein, aber er ist es nicht. Es geht hier um so viel mehr als uns. »Über die Kalikanzari?«, füge ich hinzu, als er nichts erwidert.

»Ich weiß, dass sie Monster sind, Daphne.« In seiner Stimme schwingt eine seltsame Endgültigkeit mit.

»Monster.« Schon wieder muss ich lachen. »Was macht jemanden zum Monster? Verflucht worden zu sein? Kein Herz zu haben? Unsterblichkeit?«

»Die Abwesenheit von Gefühlen.«

»Was macht das aus uns?«, entfährt es mir. »Aus dir und mir?«

Er blinzelt mehrmals. »Bitte?«

Es gibt kein Zurück mehr.

»Was haben wir all die Zeit über getan? Haben wir gefühlt? Oder haben wir uns taub, wie wir waren, aneinandergeklammert, weil das die Einsamkeit erträglicher gemacht hat?«

Abrupt tritt er einen Schritt vor, bis mir sein vertrauter Geruch in die Nase steigt.

Seine Miene ist zu entspannt. Den ganzen Abend lang ist er zu entspannt gewesen. Aber ist das nicht sein Markenzeichen? Hat er nicht schon immer einen kühlen Kopf bewahrt, egal, wie schlimm es wurde?

»Willst du nicht mehr von deinem Leben?«, wispere ich. Je ruhiger er bleibt, desto heftiger wütet das Chaos in mir.

Seine Mundwinkel zucken. »Du meinst, das, was du glaubst, mit ihr zu haben?«

Ich will antworten, doch in diesem Moment erklingen Kirchenglocken, so ohrenbetäubend laut, dass sie jedes Gespräch unmöglich machen.

Mitternacht. Die nächste Raunacht ist angebrochen. In genau vierundzwanzig Stunden wird das Jahr vorbei sein. Das Geräusch ist eine schmerzhafte Erinnerung daran, wie mir die Zeit davonrinnt.

Als die Glocken verstummen, ertönt ein Rascheln hinter uns aus dem Stall. Und dann leise, aber unverkennbar, eine Stimme: »Die Zukunft sieht schwarz aus.«

Jemand seufzt. »Dunkel, nicht schwarz. Noch besteht Hoffnung. Noch könnte sie die richtige Entscheidung treffen.«

Meine Augen weiten sich. Ari sieht mich nach wie vor seelenruhig an.

»Sie hat ihre Entscheidung bereits getroffen«, kommt es von der ersten Stimme.

»Nein, nein, hör genauer hin. Hörst du nicht, wie ihr Herz rast? Sie hat Angst.«

»Nur weil sie Angst hat, bedeutet das nicht, dass sie ihre Meinung ändern wird.«

»Daphne …«

Ich zucke zusammen. Nicht Ari hat meinen Namen ausgesprochen, sondern jemand im Stall.

Bevor ich darüber nachdenken kann, wirble ich herum, schiebe den Riegel zur Seite und reiße die Tür auf.

»Daphne?« Das ist Ari hinter mir. »Alles in Ordnung?«

Ich kann nicht auf ihn achten – ich muss wissen, wer im Stall ist. Ohne zu zögern, trete ich in die Dunkelheit.

Im ersten Moment sehe ich überhaupt nichts.

»Wer ist da?«, rufe ich.

Sie haben so nah geklungen. Weit können sie also nicht gekommen sein. Ich ziehe mein Handy aus der Hosentasche und betätige die Taschenlampen-Funktion.

Während ich im Stall herumleuchte, tritt Ari neben mich. Eine Sekunde später huscht eine Ratte an uns vorbei.

Meine Nackenhaare stellen sich auf.

»Daphne, was machst du?«

»Hast du sie nicht gehört?«, zische ich. »Sie haben was von der Zukunft gesagt – und meinen Namen.«

Ebenso fadenscheiniges Gerede wie das von Eva und den anderen Kalikanzari, aber etwas ist anders. Das hier fühlt sich persönlicher an. Nur für mich bestimmt.

Ich nehme meinen ganzen Mut zusammen und laufe los, untersuche jeden Zentimeter des Stalls. Erst kommen die Pferde dran, dann die Schweine, die Kühe und schließlich die Hühner. Als ich alles abgegrast habe, beginne ich von vorn.

»Wer sollte um diese Zeit hier sein?«, erklingt Aris Stimme hinter mir, ruhig, viel zu ruhig, immer so gottverdammt ruhig.

»Glaubst du, ich habe mir die Stimmen eingebildet?«, gebe ich zurück, ohne mir die Mühe zu machen, mich nach ihm umzudrehen.

Die Tiere scheinen der Reihe nach aufzuwachen. Aus riesigen Augen blinzeln sie mich an.

Jemand ist hier. Jemand muss hier sein. Meine Erinnerung wurde vom Fluch manipuliert, aber ich bilde mir nichts ein. Das gehört nicht zur Magie der Kalikanzari.

Wie kannst du dir da so sicher sein?, wispert die Panik in mir.

Als ich wieder bei den Pferden ankomme, schiebt ein braunweiß geschecktes sein Maul vor und stößt weißen dampfenden Atem aus seinen Nüstern.

Es hebt den Kopf wie zum Wiehern, und dann … dann erklingt die erste der beiden Stimmen, die ich vernommen habe.

»Du oder sie? Wer wird es sein, Daphne?«

Eine Sekunde lang verharre ich in Schockstarre, dann stolpere ich zurück – geradewegs in Aris Arme.

Meine Handytaschenlampe ist zu Boden gerichtet, doch ich sehe trotzdem die Umrisse eines zweiten Pferdes, das den Kopf in unsere Richtung dreht.

»Sei nicht so grausam«, sagt die zweite Stimme. »Wir wissen, wie es enden wird.«

Meine Beine geben nach. Ari reagiert nicht schnell genug, sodass wir beide zu Boden gehen. Ich spüre die Kälte und das kratzige Heu. Ich spüre Aris Wärme. Ich spüre alles und nichts zugleich.

»Lass los«, erklingt wieder die erste Stimme. »Hör auf, dich dagegen zu wehren, Kleines. Wir kennen die Wahrheit in deinem Herzen. Es ist in Ordnung.«

Die Pferde. Das sind die Pferde.

»Daphne«, flüstert Ari hinter mir, und vor lauter Erleichterung, eine menschliche Stimme zu hören und zu wissen, dass sie tatsächlich zu einem Menschen gehört, steigen mir Tränen in die Augen.

»Bitte sag mir, du hörst sie auch«, bringe ich hervor.

Ich stecke mein Handy zurück in die Hosentasche, krabble von ihm weg und richte mich mühsam auf.

»Wovon redest du?«, flüstert Ari. In der Dunkelheit sehe ich, wie er zu mir hochschaut.

Als ich nichts erwidere, steht er ebenfalls auf.

»Lass uns ins Haus zurückgehen«, sagt er, plötzlich beschwichtigend. »Ich glaube, du brauchst Ruhe und ein großes Glas Wasser und …«

Helles Rauschen in meinem Kopf verschluckt den Rest seiner Worte.

Ich bin okay. Ich bilde mir das nicht ein. Ich verliere nicht den Verstand, auch wenn alles darauf hindeutet. Auch wenn Ari die Stimmen nicht hört. Es gibt für alles eine Erklärung – genau wie für die Lücken in meiner Erinnerung.

»Hör auf, dich dagegen zu wehren, Kleines.«

Was ich brauche, ist das Gegenteil von Ruhe. Ich brauche Ioanna.

VI

»Glaubst du, es ist Liebe?«

»Das ist nicht von Bedeutung.«

»Aber glaubst du, sie denkt, sie liebt sie?«

»Natürlich tut sie das. So rechtfertigt sie ihr Verhalten.
So rechtfertigen alle ihr Verhalten, die anderen schaden.«

»Lass mich mit ihr reden.«

»Auf gar keinen Fall.«

»Bitte. Greif ein, wenn nötig. Aber ich muss sie
die Wahrheit spüren lassen.«

»In ihrem Zustand wird sie die Wahrheit nicht zulassen.
Sie denkt, es gibt eine andere Rettung als die durch uns.«

»Sie irrt sich.«

»Ja, das tut sie.«

Ioanna

1. JANUAR BIS 5. JANUAR
EIN JAHR ZUVOR
KURZ VOR MITTERNACHT

Es kam, wie es kommen musste. Die nächsten Tage waren wir unzertrennlich. Genauso gut hätte ich das gesamte Jahr über auf die Raunächte hinfiebern können. Es fühlte sich an, als hätte ich nie daran gezweifelt, dass Daphne meine Zukunft war.

Sie tischte ihrer Großmutter eine Ausrede auf, weshalb sie die nächsten Tage nicht im Gasthaus mithelfen konnte, und wir verschanzten uns in der Hütte. Weit weg von den Kalikanzari und Daphnes Alltag.

»Warum hast du ihr nicht die Wahrheit gesagt?«, wollte ich in der zweiten Nacht wissen. Es war das erste Mal, dass ich spürte, wie sie etwas vor mir zu verbergen versuchte. »Es ist besser so.«

Auch wenn sich ihre Großmutter an mich erinnerte – ich nahm an, dass sie kein großer Fan war. Dazu hatte sie jedes Recht. Ich hakte nicht weiter nach.

Dafür stellte ich Daphne jede andere erdenkliche Frage:

Bist du glücklich? Womit hast du die Leere gefüllt? Singst du noch? Ist Ari so, wie du ihn dir damals vorgestellt hast? Vermisst du deinen Papou?

Sie beantwortete jede einzelne. Keine Geheimnisse mehr, versprachen wir uns in der ersten gemeinsamen Nacht, als wir uns nackt unter drei Decken aneinanderkuschelten. Zum ersten Mal keine Angst davor, was geschehen würde, wenn dic letzte Raunacht anbrach und sie sich an meinen Verrat erinnerte.

Das bedeutete, dass auch ich zum ersten Mal ehrlich sein musste. Ich wehrte mich nicht dagegen. Die Worte flossen förmlich aus mir heraus, als hätten sie all die Zeit nur darauf gewartet. Nicht ohne Gefühle war ich frei gewesen, sondern hier, in ihren Armen.

Ich erzählte ihr von der Insel, die für Menschen unerreichbar war, von den anderen Kalikanzari, ich erzählte ihr, was ich über die Auswahl und das Markieren der Menschenopfer herausgefunden hatte und dass ich glaubte, ihren Großvater aus diesem Grund ausgewählt zu haben.

»Siehst du«, murmelte sie und wischte mir zärtlich die Tränen weg. »Du konntest nie etwas dafür. Es war nicht deine Wahl.«

Umhüllt von ihrer Wärme, fragte ich mich zum ersten Mal, ob ich Vergebung verdient hatte.

Ich erzählte ihr von der Einsamkeit, die nie ganz weg ging, egal, ob ich mit den anderen kommunizierte oder nicht, als wäre diese kein Gefühl, sondern etwas viel Grundlegenderes, das selbst der Fluch uns nicht nehmen konnte.

Sobald es mir zu viel wurde, gab ich ihr meine Aufzeichnungen, in denen ich versucht hatte, Worte für meine innere Leere zu finden. Ich kannte sie inzwischen auswendig, doch es war etwas anderes, ihre Wirkung in Daphnes Miene zu lesen.

Wenn ich ehrlich bin, hatte ich geschrieben, *und etwas anderes als Ehrlichkeit bleibt mir nicht, dann ist der wahre Grund, aus dem ich ins Dorf zurückkehre, diese verdammte Langeweile. Es ist nicht die Erinnerung an meine Gefühle für sie. Es ist die Aussicht auf etwas anderes als Sinnlosigkeit. Ich würde alles für diesen Kick tun. Aber das ist nicht der einzige Kick. Ich habe andere Optionen.*

Ich erzählte Daphne, dass ich früher versucht hatte, mir das Leben zu nehmen, weil mir die Erinnerung an den Schmerz die Erinnerung an meine Menschlichkeit für ein paar Sekunden zurückgebracht hatte, ich mich aber im letzten Moment umentschieden hatte.

»Ich habe auch darüber nachgedacht«, flüsterte sie, legte die Aufzeichnungen beiseite und drückte ihre Lippen gegen meinen Hals.

Augenblicklich erstarrte ich.

»Meistens konnte ich mich ablenken, und der Gedanke an Ari und Jiajia hat geholfen, aber …« Sie brach ab, griff nach meinem Gesicht und drehte es in ihre Richtung.

»Das ist nicht das Gleiche wie bei mir«, sagte ich, härter als beabsichtigt.

Sie zog die dunklen Brauen zusammen.

»Daphne, das darfst du mir niemals antun.«

Ein Seufzen entwich ihr. »Vergiss, dass ich was gesagt habe.« Sie gab mir einen Kuss.

Ich erwiderte ihn nicht, sondern richtete mich auf und beugte mich über sie.

Ihr Gesicht, so lebendig und überhitzt. Plötzlich sah ich es ganz still vor mir. Leichenblass. Kalt. Bei der Vorstellung wurde mir übel. Selbst ohne Gefühle würde ich mir ihren Tod niemals verzeihen. Eine Welt, in der Daphne nicht lebte, war keine, in der ich existieren konnte.

Sterianis Worte in meinem Kopf: »Wenn du stirbst, sterbe ich auch.«

»Du musst es mir versprechen«, wisperte ich.

Sie lächelte. »Küss mich.«

»Versprich es mir erst.«

Mit beiden Händen umfasste sie mein Gesicht und verdrehte die Augen. »Ich verspreche dir, ich bringe mich nicht um, bis du wieder bei mir bist.«

»Ich meine es ernst!«, rief ich.

Ruckartig zog sie mich an sich. »Ich auch, Baby. Versprochen.«

Als sie mich diesmal küsste, küsste ich sie zurück.

Weißt du, was du mit mir machst?, dachte ich. Weißt du, wie viel Macht ein einziger Kuss von dir über mein Leben hat? Und dann: Weißt du, wie viele Menschen ich vor dir geküsst habe? Weißt du, dass es sich anfühlt, als würde ich mit dir etwas völlig anderes tun?

»Lass mich heute die Kontrolle haben«, brachte sie keuchend hervor. »Ich will alles mit dir machen, was ich mir ausgemalt habe.«

Wie sollte ich mich dagegen wehren?

Es waren nicht ihre Küsse. Es war alles, was dahinter lag. Wie sie mir damit nicht nur sagte, du bist es wert, von mir geküsst zu werden, sondern auch, du bist es wert, meine Zeit einzunehmen. Du bist es wert, in meiner Lebensgeschichte aufzutauchen. Du bist es wert. Du bist alles wert.

Ihre Finger wanderten unter mein Shirt, während sich ihre Lippen wieder meinem Hals widmeten. Irgendwann hatte sie herausgefunden, was es mit mir machte, wenn sie mich dort küsste. Wie ich schauderte und bebte. Wie ich zerfloss. Wie ich bereit war, für alles, innerhalb von Sekunden.

Doch Daphne ließ sich Zeit. Immerzu ließ sie sich Zeit, als

würde uns die Ewigkeit gehören und nicht nur zwölf Nächte im Jahr. Gemächlich strich sie über meine Brüste, über meinen Bauch, über meinen Slip, verharrte dort, während ich mein Gesicht drehte, um ihren Lippen zu begegnen.

Wenn mein Mund auf ihren traf, starb ich und wurde neugeboren, wieder und wieder, in Dauerschleife. So weich. So heiß.

Dich zu lieben, heißt jede Nacht in deinen Armen zu sterben.

Sie schob ihren Zeigefinger unter meinen Slip. Ich spürte ihr Lächeln an meinen Lippen. Als ich stöhnte, stöhnte sie mit mir.

Sie streichelte mich, bis ich Sterne sah, und dann, kurz bevor ich zum Höhepunkt kommen konnte, wich sie zurück, zog mir das Shirt und die Unterhose aus, diesmal alles andere als langsam, tat das Gleiche bei sich, bis sie nackt und schutzlos zwischen meinen Beinen kniete. Im ersten Jahr hätte sie sich das niemals getraut. Sich mir derart zur Schau zu stellen, unter flackendem Kerzenlicht. Unrasiert. Unvorteilhaft.

»Schau mich an«, flehte sie, während ihr Blick quälend langsam über meinen ebenfalls entblößten Körper glitt.

»Ich schau dich an.«

»Schau mich an und merk dir alles. Jede Eigenheit. Jeden unperfekten Zentimeter. Alles, was *zu viel* ist. Alles, was ich mein Leben lang verstecken wollte. Schau mich an. Ich will nicht, dass du dich an eine Traumversion von mir erinnerst.«

Mein Körper zitterte noch immer vor lauter Verlangen. »Du *bist* perfekt, Daphne.«

In ihren Augen glänzten Tränen. »Nein, bin ich nicht. Ich bin besser als perfekt. Ich bin echt.«

Sie beugte sich über mich und drückte ihren Mund zwischen meine Beine. Einen Atemzug später begann sie zu lecken und zu saugen, bis ich nicht nur stöhnte, sondern der gesamte Raum in Stücke gerissen wurde.

Wir schafften es nicht, in unserer perfekten Traumwelt zu bleiben. In unserer vierten Nacht auf der Hütte wachte ich davon auf, dass das ganze Schlafsofa wackelte. Daphne hatte sich beide Hände vor den Mund geschlagen und versuchte so, ihr Schluchzen zu ersticken. Mit Erfolg – dafür schlitterte sie geradewegs in eine Panikattacke. Minutenlang redete ich auf sie ein, bis sie sich beruhigte.

»Ich ertrage den Gedanken nicht, dass ich mich bald nicht mehr an dich erinnere«, brachte sie erstickt hervor. »Und dann in seinen Armen liege und nicht weiß, warum ich mich so taub fühle.«

Sie wandte sich jedes Mal von mir ab, wenn ich sie zu mir drehen wollte, als wäre mein Anblick zu viel.

Ich flüsterte ihren Namen. »Schau mich an. Du und ich, egal, ob du dich erinnerst.« Ich strich ihr übers Haar. »Du und ich, egal, ob ich es fühle. Du und ich, auch wenn du bei ihm bist.«

Abrupt drehte sie sich zu mir.

Ich legte eine Hand an ihre nasse Wange. »Du und ich, ja?«

Sie schüttelte mich ab, schnappte hektisch nach Luft. »Wie kannst du es wagen? Wenn ich bei ihm bin? Was ist falsch mit dir? Wieso sollte ich bei ihm bleiben, wenn ich mich erinnere?«

»Ich meine nur …«

»Nein! Ich kann das nicht. Wie oft soll ich das noch durchmachen? Ich vergesse, ich falle in seine Arme, ich erinnere mich, ich falle in deine. Das ist alles so … so …«

»Ich werde mich an uns erinnern, bis du dich wieder erinnern kannst«, wiederholte ich die Worte, die ich in unserem zweiten Jahr zu ihr gesagt hatte.

Frische Tränen liefen über meine Finger.

»Und ich werde für dich fühlen, bis du wieder fühlen kannst«, erwiderte sie nach einer Weile. »Kannst du mir schreiben?«

»Hmm?«

»Wenn du nächstes Weihnachten zurückkommst?« Ihre Stimme klang so flehend, dass ich ihr in diesem Augenblick alles versprochen hätte. »Meine eigenen Aufzeichnungen haben geholfen, aber vielleicht würde es mein Erinnerungsvermögen beschleunigen, wenn du mir alles aus deiner Sicht beschreiben würdest?«

»Natürlich.« Ich lächelte. »In dem Jahr, nachdem ich dich kennengelernt habe, habe ich so viele Stunden damit verbracht, unsere gemeinsame Zeit zu dokumentieren. Es war das Einzige, was irgendwie geholfen hat.«

Zaghaft erwiderte sie mein Lächeln. »Und Körperkontakt. Körperkontakt hilft auch, oder?«

Ich nickte.

»Dann komm an Weihnachten vor die Kathedrale und berühre mich!«, rief sie. »Gib mir einen Brief. Erinnere mich. Lass nicht locker.«

»Okay.« Ich zog sie zu mir und küsste sie. »Okay, Daphne.«

»Versprich mir, dass du kommen wirst.«

»Ich schwöre es.«

»Warte nie wieder bis Silvester. Bitte. Verschwende nie wieder so viel von unserer Zeit.«

Das Schlucken fiel mir schwer. »Ich verspreche es.«

»Und selbst wenn ich dich am Anfang nicht erkennen werde – ich liebe dich. Das darfst du nie vergessen. Egal, was passiert, daran musst du denken. Nichts kann etwas daran ändern.«

»Daphne, das ist absurd«, hatte ich ihr vor nur wenigen Tagen gesagt.

Niemand konnte so etwas versprechen. Niemand konnte

die Zukunft vorhersagen und garantieren, dass es eine geben würde. Kein Mensch und erst recht kein herzloses Monster. Sie könnte sich ernsthaft in Ari verlieben – oder in jemand anderen, mit dem sie eine reale Chance hatte. Ich könnte mich wieder daran erinnern, wieso ein Leben ohne Gefühle besser war, und mich diesmal so sehr davon überzeugen, dass ich nicht ins Dorf zurückkehrte.

»Ich weiß«, flüsterte ich.

Aber so war es von Anfang an zwischen uns gewesen, oder? Gegen jede Vernunft. Ich hätte mich niemals in sie verlieben sollen. Ich war kein Mensch.

Ihre Lippen auf meinen, und alles ergab Sinn. Meine Lippen auf ihren, und jeder Zweifel löste sich in Luft auf.

Wenn das falsch ist, dachte ich, während unsere verbliebene Zeit wie Sandkörner zwischen den Fingern zerrann, dann will ich nie wieder etwas richtig machen.

Als wir uns voneinander lösten, dauerte es eine ganze Weile, bis ich unsere Umgebung wieder wahrnahm.

Ich roch das Benzin, bevor mir der Geruch von verbranntem Holz in die Nase stieg. Ich hörte das Knistern, bevor ich die Flammen sah, die an den Fenstern von Stefanos' Hütte emporstiegen.

45

Daphne

31. DEZEMBER
GEGENWART
KURZ NACH MITTERNACHT

Der Regen wird zu Hagel und dann zu Schnee. Obwohl die Scheibenwischer alles geben, verschwimmt die Straße immer wieder vor meinen Augen. Als das Auto an einer vereisten Stelle ins Rutschen gerät, schießt mein Puls in die Höhe, und ich verringere das Tempo.

An der nächsten Ampel greife ich nach meinem Handy und versuche, Jiajia anzurufen. Ein hohes Piepsen. Kein Empfang.

Eine Reihe von Flüchen verlässt meinen Mund.

Ich hätte niemals auf den Hof fahren sollen. Ich bin genauso schlau wie vorher, nur dass ich jetzt einen weiteren Grund habe, den Verstand zu verlieren.

Als ich endlich *To asteraki* erreiche, parke ich das Auto in der Nebengasse, wo meine Großmutter es zuletzt stehen hatte. Normalerweise teile ich mir ein Auto mit Ari, doch das hat er genommen, als er zu seiner Mutter gefahren ist, also ist mir nur der Wagen meiner Jiajia geblieben. Ich ziehe mir meine

Kapuze über und laufe los. Obwohl es gerade mal ein paar Schritte vom Gasthaus zu Jiajias Zuhause sind, brauche ich ewig – der Wind peitscht mir ins Gesicht, und ich muss immer wieder stehen bleiben, um meine Kapuze hochzuziehen.

Auf der Straße begegnet mir kein Mensch – und glücklicherweise auch kein Tier. Als das Haus in Sicht kommt, heule ich vor Erleichterung fast los. Jiajia weiß Bescheid. Gemeinsam werden wir Antworten finden. Es ist nicht einmal die Hälfte der Raunächte vergangen. Mir bleibt noch Zeit, um Ioanna zu finden.

Falls sie noch in Dodekada ist, gibt es mehrere Optionen, wo sie sich aufhalten könnte: das Gasthaus, Jiajias Haus, meine Wohnung (weiß sie von meiner Wohnung?), der See im Wald, unser letzter Treffpunkt am Baum, Papous abgebrannte Hütte. Ich werde alle Orte noch einmal aufsuchen. Alles wird gut werden.

»Daphne!«

Mein Magen überschlägt sich. Ich wirble herum.

Und da, im Schein der nächsten Straßenlaterne, zwischen wütenden Schneeflocken, steht sie. Diesmal ist sie angemessen gekleidet – eine dicke Daunenjacke, Schal, Mütze, Handschuhe. Ihr Gesicht ist beinahe zur Hälfte verhüllt, und doch brauche ich keine Sekunde, um sie zu erkennen. Ihre Stimme ist unvergleichlich.

Mit wenigen Schritten überquere ich die Straße, bis ich bei ihr angekommen bin.

Ich packe sie bei den Schultern. »Na endlich!«, schreie ich. »Weißt du, wie lange ich …«

»Nicht so laut! Wir müssen weg hier.« Ihre Augen glühen. »Es ist nicht sicher.«

Ich mustere ihr Gesicht. Im Schein der Straßenlaterne

wirkt es ausgemergelt. Die Schatten unter ihren Augen sind wie in ihre Haut gebrannt, ihr Make-up ist verschmiert.

»Warum ist es nicht sicher? Was ist passiert?«

Sie schüttelt den Kopf, umschließt meine Handgelenke, löst meinen Griff von ihren Schultern und packt dann meine Hand.

»Wir können zu meiner Jiajia.«

»Nein, können wir nicht.«

Ihre Stimme klingt viel zu schrill. Was zum Teufel ist mit ihr geschehen?

»Okay, okay, dann lass uns ihr Auto nehmen und abhauen. Es steht gleich dahinten.«

Ich kann mir nichts Besseres vorstellen, als mit ihr im Auto zu sitzen und das Gaspedal durchzutreten.

»Jeder weiß, dass du entweder ihr oder Aris Auto fährst!«, stößt sie aus, und bevor ich etwas erwidern kann, rennt sie los.

Widerstandslos lasse ich mich mitziehen. Angesichts ihrer Miene bleibt mir jeder weitere Vorschlag im Hals stecken. Zum ersten Mal, seit sie wieder in mein Leben getreten ist, scheint sie diejenige zu sein, die einem Zusammenbruch näher ist als ich.

Wir eilen durch die verlassenen Gassen. Jedes Mal, wenn wir in eine neue einbiegen, hält sie inne, um sich zu vergewissern, dass uns niemand folgt und die Luft vor uns rein ist.

»Wir müssen leere Plätze meiden«, zischt sie mir atemlos zu. »Und stattdessen zwischen den Wohnhäusern bleiben. Auf keinen Fall dürfen wir uns irgendwo aufhalten, wo dein Herzschlag der einzige ist.«

Nach einer halben Ewigkeit kommen wir hinter meiner alten Grundschule zum Stehen. Aus der Ferne sind ein paar Motorroller zu sehen, Popmusik läuft, und das Gelächter von einer Gruppe Jugendlicher schwappt zu uns herüber.

»Hier.«

Sie zieht mich zum Eingang der Turnhalle, bis wir vollständig in Dunkelheit gehüllt sind. Trotzdem dauert es nur ein paar Herzschläge lang, bis ich ihr Gesicht ausmachen kann.

»Was ist passiert?«, wiederhole ich im Flüsterton.

Mit einem frustrierten Stöhnen lehnt sie sich gegen die graffitibesprühte Wand. »Es tut mir leid. Ich wollte nicht ... Ich hätte viel früher ... Sie wissen Bescheid, Daphne.«

»Die anderen Kalikanzari?«, frage ich verwirrt. Wo ist das Problem?

Sie nickt. »Ich war nicht aufmerksam. Sie haben mich festgehalten, mir Fragen gestellt. Was ich mit dir will. Was mein Plan ist. Menschen und Kalikanzari dürfen keine Beziehung miteinander eingehen. Vor allem keine ernsthafte.«

»Menelaos wusste von dir«, wispere ich. »Er hat was davon geschwafelt, dass du mich manipulierst und eigentlich nur möchtest, dass ich dir mein Herz schenke.«

Wortlos starrt sie mich an.

»Ich bin fast durchgedreht!«, fahre ich fort. »Gib mir deine Handynummer. Noch einmal halte ich das nicht aus. Wir brauchen irgendeine Möglichkeit, miteinander zu kommunizieren.«

Ein hohles Lachen entweicht ihr. »Glaubst du nicht, das hätte ich längst getan, wenn es möglich wäre?«

Verständnislos sehe ich sie an.

»Glaubst du, ich habe Spaß daran, handschriftliche Briefe für dich zu verfassen, wenn ich dich auch einfach anrufen könnte?« Sie holt tief Luft. »Der Fluch verhindert sämtliche Kommunikationsmöglichkeiten, die das hier vereinfachen könnten.«

»Und das konntest du mir nicht früher sagen?«

»Früher?« Wieder lacht sie, diesmal noch freudloser. »Weil

ich dich mit noch mehr Details hätte konfrontieren sollen, die du mir nicht glaubst?«

Okay. Guter Punkt.

»Ich glaube dir jetzt.« Ich lasse mich neben sie gegen die Wand sinken und wende ihr mein Gesicht zu, verzweifelt auf der Suche nach irgendeiner Art von Nähe, ohne es zu wagen, erneut Körperkontakt zu initiieren. »Ich erinnere mich immer noch nicht an alles, aber ich glaube dir.«

Keine Regung. Ihr Atem geht nach wie vor viel zu hektisch.

»Und ich habe mich von Ari getrennt, so wie ich es dir gesagt habe«, fahre ich fort. »Er hat deine Aufzeichnungen verbrannt. Aber das hat nichts gebracht. Ich erinnere mich trotzdem. Und Jiajia erinnert sich auch.«

»Deine, nicht meine«, haucht sie fast lautlos.

»Was?«

»Das waren deine Aufzeichnungen.« Sie seufzt. »Und ich kann ihm nicht verübeln, dass er sie vernichtet hat.«

»Wie … Wie meinst du das?«

»*Du* hast alles aufgeschrieben. Der Brief, den ich dir am Anfang der Raunächte übergeben habe, war nur eine zusätzliche Maßnahme. Du selbst hast dir auch Briefe geschrieben, um dich zu erinnern.«

Was zur Hölle …?

Inzwischen ist mir klar, dass der Fluch mich alles vergessen lässt, aber das macht die Angelegenheit nicht weniger gruselig.

Und was will sie damit sagen, dass sie es ihm nicht verübelt? Bereut sie es? Haben sie die letzten Tage daran erinnert, dass ihr das mit mir zu riskant ist?

»Ich verstehe nicht, was das Problem der anderen Kalikanzari ist«, sage ich, als sie nicht weiterspricht. »Du hast gesagt, eine Beziehung zwischen …«, mir und dir, will ich sagen, doch die Worte kommen mir nicht über die Lippen, »… Menschen und Kalikanzari ist verboten, aber wieso?«

Sichtbar beißt sie die Zähne zusammen. »Es ist einfach so.«

Ich stoße mich von der Wand ab und stelle mich dicht vor sie. Die letzten Tage über habe ich die ganze Zeit an sie gedacht. Und jetzt ist sie hier. Ich werde mich nicht von ihrer abweisenden Art beirren lassen.

»Du verheimlichst mir etwas«, flüstere ich.

Sie kneift die Augen zusammen. »Bitte, lass es gut sein.«

Ich taste nach ihrer Hand und umschließe sie mit meiner. Durch den Handschuhstoff spüre ich die Wärme ihrer Haut. Menschlich.

»Du kannst mir vertrauen.«

Ihre Lider flattern wieder auf. »Vertraust du mir denn?« In ihre Stimme hat sich Bitterkeit geschlichen.

»Ja.«

»Das ist alles andere als schlau.«

Und plötzlich sind da Worte in meinem Kopf. Meine Worte. Keine Ahnung, wann ich sie zuletzt ausgesprochen habe, doch in diesem Moment bin ich mir sicher, dass wir dieses Gespräch nicht zum ersten Mal führen.

»Ich habe nie behauptet, ich wäre schlau.«

Ich sehe ihre Tränen nicht, aber ich höre sie. Das erstickte Einatmen, das leise Keuchen. Sie will mir ihre Hand entziehen, doch ich bin schneller, umklammere sie mit beiden Händen.

»Lass uns von hier abhauen«, flüstere ich.

Für den Bruchteil einer Sekunde bin ich mir sicher, dass sie verneinen wird.

Dann nickt sie. »Bist du dir sicher?«

Ich weiß nicht, woher ich den Mut nehme, doch statt einer Antwort beuge ich mich vor und küsse sie.

Ihre Lippen schmecken nach Salz und Verzweiflung.

Egal, wie distanziert sie eben noch gewesen ist, als mein Mund auf ihren trifft, erwidert sie den Kuss mit einer solchen Wucht, dass meine Knie weich werden.

Mein Herz rast, dafür steht die Welt ganz still. Eine ganze Weile denke ich gar nichts mehr. Ich löse mich in diesem Moment auf, werde eins mit ihr und bestehe aus purer Sicherheit. Das ist es. Genau danach habe ich mich mein Leben lang verzehrt.

»Wir sollten uns immer küssen«, hauche ich, nachdem ich zurückgewichen bin. »Wenn wir uns küssen, verschwinden auf einen Schlag alle Zweifel.«

Als sie diesmal lacht, klingt es endlich echt. »So geht's mir auch.«

Ich streiche mit den Daumen über ihre Wangen. »Haben sie dir wehgetan?«

»Schlimmer.« Sie schluckt hart. »Sie haben mir Zeit mit dir gestohlen.«

Ein Ziehen in meiner Brust. »Lass uns keine weitere Sekunde verschwenden.«

Ihr Blick ist derart traurig, dass ich mich erneut vorbeuge, um sie zu küssen. Ich küsse sie so lange, bis ihre Mundwinkel zucken.

»Ich hätte vorgeschlagen, dass wir uns in der Hütte verkriechen, aber die gibt es ja nicht mehr«, murmele ich schließlich. Keine Ahnung, wer sie angezündet hat, aber nach dem, was ich gerade von Ioanna erfahren habe, waren es wahrscheinlich Kalikanzari, die uns auf die Schliche gekommen sind. »Können wir Dodekada verlassen?«

Reflexartig schüttelt sie den Kopf, dann runzelt sie die Stirn. »Wir könnten es versuchen. Aber es würde bedeuten, dass meine Gefühle verschwinden.«

Ihre Worte sollten mir Angst machen. Doch wenn die Alternative ist, dass uns hier jederzeit jemand auflauern kann, dann werde ich das in Kauf nehmen.

»Kein Problem«, erwidere ich so lässig wie möglich. »Ich habe genug für uns beide.«

Da grinst sie. »Scheiße, ich hab dich so vermisst!«

Die nächsten Minuten vergehen wie Sekunden. Jedes Mal, wenn eine von uns etwas sagen will, erstickt die andere die Worte mit ihrem Mund.

Währenddessen ziehen vor meinem inneren Auge Bilder und Empfindungen vorbei. Unsere Körper ineinander verschlungen. Ich habe nie gewusst, wie weich sich ein Mensch anfühlen kann. Flammen, die rote Worte verzehren. Ihr Stöhnen in meinem Ohr. Meine Finger um ein Mikrofon geschlossen. Ioanna in der Menge. Ioanna in einem kurzen Rock. Ioanna in Unterwäsche. Ioanna ganz ohne Kleidung. Geflüsterte Versprechen unter einer Bettdecke. Ein glänzendes Ein-Euro-Stück. Das Geräusch, wenn Schlittschuhe auf Eis treffen und beschleunigen.

»Es gibt ein Hotel in Larisa«, flüstert sie mir irgendwann ins Ohr. »*Nostos.* Zwischen dem Alcazar-Stadion und dem archäologischen Museum. Meine Schwester und ich hätten fast dort übernachtet, aber wir haben uns dann dazu entschieden, Geld zu sparen und erst im nächsten Dorf nach einer Unterkunft zu suchen, weil das günstiger war.«

»Ich kann mir nichts Besseres vorstellen, als mich mit dir in einem Hotelzimmer einzuschließen.«

Wir sehen uns an, glückstrahlend in einer Sekunde, wehmütig in der nächsten.

Ja, nichts Besseres. Außer einer Zukunft. Eine reale Chance auf ein gemeinsames Leben, nicht bloß zwölf Tage und zwölf Nächte im Jahr. Wenn überhaupt.

»Sie hat ihre Entscheidung bereits getroffen«, hallt die Stimme aus dem Stall in mir wider.

Woher auch immer die Tiere diese Gewissheit nehmen – sie haben recht. Ich habe mich längst entschieden. Ich brauche meine vollständige Erinnerung dafür nicht.

»Sag mal, hörst du auch Tiere sprechen?«, entfährt es mir.

Für einen Moment starrt sie mich an, dann ertönt ihr Kichern. Es klingt so gelöst, dass ich es am liebsten aufnehmen würde für schwere Zeiten, wenn ich daran erinnert werden muss, wofür ich all das hier tue.

»Ich wünschte!«, flüstert sie. »Hast du nie von dem Aberglauben gehört?«

»Nicht dass ich wüsste.« Falls ich davon gehört habe, dann wahrscheinlich als Kind und in meiner Jugend während der Raunächte. Und das habe ich dann logischerweise direkt wieder vergessen.

Ioannas Lippen verziehen sich zu einem geheimnisvollen Lächeln. »In der Mitte der Raunächte, an Silvester, noch bevor die Wilde Jagd beginnt, sprechen Tiere angeblich in der Sprache der Menschen und können ihnen die Zukunft vorhersagen. Hört man sie allerdings sprechen, fällt man danach angeblich tot um.« Sie gräbt ihre Finger in meine Hüfte und zieht mich ruckartig näher. »Du kommst mir irgendwie noch ziemlich lebendig vor.«

Ich muss grinsen und will sie erneut küssen, doch sie wird wieder ernst.

»Was waren es für Tiere? Und was haben sie gesagt?«

»Pferde.« Ich zucke mit den Schultern. »Und es war nur esoterisches Gerede. Nichts Konkretes.«

Falls sie merkt, dass ich lüge, lässt sie es sich nicht anmerken.

»Wir sollten gehen. Ich glaube, es ist zu gefährlich, vorher bei dir zu Hause vorbeizuschauen. Lass uns direkt los, okay? Alles, was wir brauchen, können wir unterwegs besorgen.«

»Okay.«

Mein schlechtes Gewissen ist riesig, aber ich werde Jiajia später davon erzählen. Sie muss nicht alles wissen. Ich bin mir immer noch nicht sicher, ob sie ein Problem mit Ioanna hat, weil sie kein Mensch ist oder weil sie eine Frau ist.

Ioanna stößt sich von der Wand ab und greift nach meiner Hand.

Genau in dem Moment, als wir loslaufen, nehme ich Schritte wahr. Sekunden später tauchen mehrere Gestalten in der Dunkelheit auf. Zuerst halte ich sie für die Teenager, die wir zu Beginn gehört haben, doch dann registriere ich ihre Umrisse. Sie sind älter. Groß. Zwei Männer, eine Frau.

Ioanna lässt meine Hand los, als hätte sie sich verbrannt. Ich schaue in ihr Gesicht, zurück zu den Neuankömmlingen, wieder zu ihr.

Sie schluckt hart. »Renn«, bringt sie so leise hervor, dass ich mir nicht sicher bin, ob ich es mir nur einbilde.

»Ioanna!«, ruft der größere der beiden Männer. »Hast du immer noch nicht deine Lektion gelernt?«

»Renn«, sagt sie, diesmal lauter.

»So dramatisch.« Das ist der andere Mann. »Wir haben kein Problem mit deiner Menschenfreundin. Wir haben ein Problem damit, dass du sie als Spielzeug benutzt.«

Sie sind jetzt so nah, dass ich ihre Gesichter erkenne. Bei den beiden Männern regt sich etwas in meiner Erinnerung, die Frau habe ich noch nie gesehen. Jedenfalls fühlt es sich so an.

»Daphne, nicht wahr?«, kommt es von der Frau. Sie hat goldblondes Haar, das ihr schmales Gesicht sanft umspielt. Ihre schwarzen Augenbrauen bilden einen harten Kontrast dazu.

Ich rühre mich nicht. Mein Herz schlägt mir bis zum Hals.

»Daphne, es wäre besser, wenn du gehst«, sagt die Frau freundlich. »Was auch immer sie dir versprochen hat, es ist gelogen. Sie handelt nur in ihrem eigenen Interesse.«

»Ihr habt keine Ahnung …«, entfährt es mir, bevor ich darüber nachdenken kann.

Ioanna seufzt leise.

»Wir wissen im Gegensatz zu dir, womit wir es zu tun haben, Kleines. Wir sind nicht mehr zu Emotionen in der Lage. Und auch Ioanna ist es nicht.«

»Hau endlich ab!«, faucht Ioanna.

Ich blinzele heftig. Sie meint mich. Automatisch stolpere ich einen Schritt zurück. Diese Feindseligkeit in ihrer Stimme!

Und da kapiere ich. Die Show ist für die anderen gedacht.

Alles in mir wehrt sich dagegen, sie mit den drei Kalikanzari allein zu lassen. Aber wenn sie ihnen schon einmal entwischt ist, dann gelingt es ihr vielleicht auch ein zweites Mal?

Ich starre sie an, versuche sie verzweifelt dazu zu bringen, mir in die Augen zu sehen, um mir auf stumme Art zu vermitteln, dass sie an unserem Plan festhält. Dass wir uns in Larisa treffen und alles gut werden wird.

Ioanna macht keine Anstalten, meinen Blick zu erwidern. Also nicke ich und tue, was sie von mir verlangt – ich renne.

46

Daphne

31. DEZEMBER
GEGENWART
KURZ NACH MITTERNACHT

Ich fühle mich wie ferngesteuert. Nachdem ich zum Auto zurückgerannt bin, fahre ich trotz des Risikos zu Aris und meiner Wohnung. Sein Auto parkt zum Glück nicht vor der Wohnung. Trotzdem könnte er jeden Moment auftauchen, aber ich würde schon mit ihm fertigwerden. Ich habe sowieso nicht vor, lange hierzubleiben. Die Kalikanzari haben mich die ganze Zeit über beobachtet, also könnten sie auch jetzt in der Nähe sein. Allerdings haben die drei bei der Turnhalle kaum Interesse an mir gezeigt – sie sind wegen Ioanna gekommen.

In Windeseile packe ich einen kleinen Koffer und schmeiße die erstbeste Kleidung hinein, die ich finde. Während ich alles für meine Flucht vorbereite, tobt in mir ein Sturm. Die Sorge um Ioanna wechselt sich mit der Erinnerungsflut ab, in der ich zu ertrinken drohe. In den letzten Tagen ist es schleppend vorangegangen, jetzt bricht alles auf einmal über mich ein.

»Deine Erinnerung kehrt zurück«, hat Ioanna am Anfang

gesagt. »Aber wenn wir es übertreiben, dann wird es dir zu viel und dein Körper macht dicht.«

Wieder einmal hat sie recht behalten. Zweimal muss ich ins Bad rennen und mich übergeben. Meine Hände sind schweißnass. Aber das nehme ich in Kauf. Die wenigen Minuten mit Ioanna haben ausgereicht, um mich zu befreien. Eine Stunde nachdem ich sie mit den Kalikanzari allein gelassen habe, erinnere ich mich an alles. An das erste Jahr. An das zweite. An das dritte. Und auch an das letzte. Mein Körper rebelliert. In der Mitte der Raunächte sollte sich kein Mensch an alles erinnern. Aber meine Gefühle für sie sind stärker als jeder Fluch.

Als ich fertig mit Packen bin, verfrachte ich den Trolley in den Kofferraum von Jiajias Auto und laufe zu Fuß zum Haus meiner Großeltern. Das Auto werde ich erst später brauchen. Zuerst habe ich noch etwas anderes zu erledigen. Auch das ist ein Risiko, aber es ist notwendig. Ich kann es Jiajia nicht antun, einfach so von der Bildfläche zu verschwinden. Im schlimmsten Fall werden die Kalikanzari wieder dort auftauchen.

Bloß nicht daran denken, was sie gerade mit Ioanna anstellen …

Jiajia reißt die Tür nach dem ersten Klingeln auf, als hätte sie die letzten Stunden nur auf mich gewartet.

Ihr Gesicht ist bleicher als sonst. »Daphne!«

Sofort falle ich ihr um den Hals. Sekundenlang rührt sie sich nicht, dann tätschelt sie unbeholfen meinen Rücken. Sobald sie sich von mir lösen will, umklammere ich sie fester.

»Danke«, wispere ich und versuche vergeblich, meine Tränen zurückzuhalten. »Für alles.«

»Was ist los, Daphne?«

Sie klingt alarmiert.

»Alles ist gut.« Lügen war noch nie ein Problem für mich. »Ich muss für ein paar Tage verreisen. Tut mir leid.«

Energisch schiebt sie mich zurück. »Rede mit mir. Was ist passiert?«

Trotz der Tränen versuche ich zu lächeln. »Ich habe Ioanna gefunden. Und ich erinnere mich an alles.«

Panik flackert in ihren Augen auf. »Was bedeutet das?«

Ich weiche ihrem Blick aus. »Ich muss das tun, Jiajia.«

»Wovon redest du?«, ruft sie schrill.

Meine Tränen nehmen mir die Sicht. Ihr so vertrautes Gesicht verschwimmt. Schon wieder sind da Erinnerungsfetzen in meinem Kopf, aber sie hängen weder mit Ioanna noch mit den Raunächten zusammen.

Meine Großmutter und ich, in meiner Kindheit, in meiner Jugend und schließlich in meinen jungen Erwachsenenjahren. Meine Großmutter, die immer versucht hat, mich von Papous Launen abzuschirmen, selbst wenn sie selbst am allermeisten darunter litt. Meine Großmutter, die nie nur meine Großmutter war, sondern auch immer schon meine Mutter gewesen ist.

Statt einer Antwort schließe ich sie erneut in die Arme. Wir zittern beide, und im nächsten Moment weint sie ebenfalls.

»Tu das nicht«, flüstert sie.

»Danke, dass du mir ein Zuhause gegeben hast«, bringe ich hervor. »Danke für die Liebe. Danke für alles, was meine Eltern mir nicht geben konnten.«

Abrupt schiebt sie mich zurück. Ihre Hände schließen sich viel zu fest um meine Schultern. »Ich will nichts davon hören.« Obwohl ihre Augen nass sind, wirkt sie plötzlich wütend. »Du kannst es dir sparen.«

Ich muss weg. Lange werde ich dieses Gespräch nicht mehr ertragen, ohne zusammenzubrechen.

»Daphne, ich war dir nie ein gutes Vorbild.«

»Was?«

»Auch ich war mit der Situation überfordert. Ich war so sehr in meiner Trauer gefangen. Aber ich …«

»Du warst perfekt, Jiajia.«

Sie schüttelt den Kopf. »Lass mich ausreden.« Ein paarmal atmet sie tief durch, ehe sie fortfährt: »Deine Mutter hat etwas getan, wofür ich sie in der Vergangenheit verachtet habe. Aber inzwischen ist mir bewusst geworden, dass sie stark war. Sie hat sich selbst gewählt, indem sie gegangen ist.«

Ich erstarre. Auch jetzt noch, in diesem Augenblick, wenn mir eigentlich alles andere egal sein sollte, droht mich die Erwähnung meiner Mutter in die Knie zu zwingen.

»Ich habe mich nie selbst gewählt, Daphne. Und das bereue ich nicht, denn es würde bedeuten, dass ich die Zeit mit dir bereue. Aber damit habe ich dir beigebracht, dass Liebe Aufopferung bedeutet.«

Als hätte sie mich geschlagen, stolpere ich einen Schritt zurück.

»Ich will, dass du dich selbst wählst, meine Kleine. Bitte, wiederhole meine Fehler nicht. Tu, was du tun musst. Sei egoistisch. Denk nicht an andere Menschen. Denk ein einziges Mal in deinem Leben nur an dich selbst.«

Meine Augen weiten sich. Was will sie mir damit sagen? Gibt sie Ioanna und mir ihren Segen?

Doch ihre nächsten Worte belehren mich eines Besseren.

»Ich weiß, du denkst, du liebst sie. Ich weiß, sie macht dich glücklich und frei. Aber du kannst sie nicht retten, genauso wenig, wie ich deinen Großvater retten konnte. Ich dachte immer, Liebe ist das Einzige, was uns retten kann. Aber Menschen wie du und ich, Daphne, wir benutzen den Vorwand von Liebe, um uns selbst zu vernachlässigen.«

Nein. Nein, in diese Richtung kann ich nicht weiterdenken.

Nicht, nachdem ich meine Entscheidung bereits getroffen habe.

Mit letzter Kraft ringe ich mir ein Lächeln ab. »Ich verreise nur für ein paar Tage, Jiajia. Mach dir keine Sorgen.«

Sie umschlingt sich selbst, als müsste auch sie sich davon abhalten, auseinanderzufallen.

Rasch wende ich mich ab. Ich kann nicht mehr. So will ich sie nicht in Erinnerung behalten.

Als ich bereits losgelaufen bin, erklingt noch einmal ihre Stimme hinter mir. »Das hat Stefanos auch gesagt.«

Alles in mir schreit danach, mich umzudrehen und ihr die Wahrheit entgegenzubrüllen. Die ganze Wahrheit. Doch stattdessen beschleunige ich meine Schritte, ich werde schneller und schneller. Nein, ich bin noch nicht fertig, sondern schlage den Weg zum *Fengari* ein, die Bar, in der ich mich mit Thalia und Nikoletta getroffen habe. Jedes Mal, wenn meine Beine müde werden und meine Lunge zu brennen beginnt, reicht der Gedanke an Ioanna aus, und ich werde schneller. Wo ist sie gerade? Was passiert mit ihr? Wird sie bestraft? Meinetwegen?

Kein Stillstand. Die Zeit läuft mir davon. Schmerz ist bedeutungslos. Ich werde stark sein. Heute Nacht werde ich stark sein. Und egal, was passiert, ich werde nicht wie die Frau sein, die mich auf die Welt gebracht hat.

Ich habe einen Plan.

Keuchend stoße ich die Tür auf. Die Bar ist verlassen, kein Vergleich zum letzten Mal, als ich hier gewesen bin. Kein Geschnatter, keine Musik, die aus den Boxen dringt. Georgios sitzt mit seinem Akkordeon in den Händen auf einem Hocker neben der Bar und ist darüber eingenickt. Sein leises Schnarchen ist bis zum Eingang zu hören. Außer ihm befindet sich nur eine einzige Gestalt in der Bar, in einem Sessel am Kamin, und starrt in ihren Drink.

Menelaos hebt nicht den Kopf, auch nicht, als ich mich unmittelbar neben ihm befinde. Er seufzt. »Was willst du, Daphne?«

»Ich will einen Namen.«

47

Ioanna

31. DEZEMBER
GEGENWART
NACH SONNENUNTERGANG

Sobald Daphne weg ist, raste ich aus. Ich wehre mich, bis wir die Dorfgrenze überschreiten. Ich schreie die anderen an, verfluche sie, ich bettle, ich flehe, ich versuche es mit logischen Argumenten. Nur um von einer Sekunde auf die andere zu verstummen.

Niemand spricht mit mir. Nicht, als ich brülle, und auch nicht, als ich völlig erschöpft in mich zusammensacke. Sie haben meine Arme und Beine gefesselt und mich in den Kofferraum eines Autos geworfen. Ich bin ein Problem, das beseitigt werden muss. Nein, nicht ich. Meine Gefühle. Wie letztes Mal, als ich während der Raunächte Dodekada wieder verlassen habe, ist es, als wäre ich nie dort gewesen. Ich habe noch immer Daphnes Geschmack auf der Zunge, noch immer ihr perfektes Gesicht in jedem einzelnen Detail vor mir, nur spielt es plötzlich keine Rolle mehr. Wer sie ist. Wie ich zu ihr stehe. Unsere gemeinsame Geschichte. Das Versprechen an ihren

Großvater. Nichts spielt mehr eine Rolle. Ich habe endlich meine Ruhe.

Als wir Minuten – oder sind es Stunden? – später zum Stehen kommen und die Kofferraumtür mit einem Klicken aufspringt, wehre ich mich nicht mehr, sondern halte meine Hände ergeben in die Höhe.

Die aufkommende Brise riecht nach Salz und Fisch.

Andreas' gutmütiges Gesicht erscheint über mir. Sein zotteliges braunes Haar weht im Wind. Er ist nach mir zum Kalikanzari geworden, nachdem er fast ein ganzes Jahrzehnt seiner Ex-Partnerin hinterhergetrauert hat, die ihn wegen einem anderen verlassen hat. Er ist ein Mann weniger Worte, und ich habe auf der Insel kaum mit ihm gesprochen.

»Geht's wieder?«, fragt er sanft, beinahe besorgt.

Aber nein, für Sorge fehlt ihm die Menschlichkeit.

Ich nicke. »Sorry für den Aufstand.«

»Schon gut.«

Nachdem er meine Fesseln mit einem Taschenmesser durchtrennt hat, hält er mir eine seiner riesigen Pranken hin. Dankend ergreife ich sie und lasse mich nach draußen ziehen.

Wir befinden uns am Hafen von Platamonas. Dort draußen, auf dem Ägäischen Meer, zwischen den nördlichen Sporaden und den drei Fingern Chalkidikis, befindet sich eine Insel, die auf keiner Karte zu finden und für keinen Menschen begehbar ist.

Triantafillos, einer der ältesten Kalikanzari, mit dem ich immer nur übers Wetter geredet habe, und Despina sind auf dem Boot zugange.

Ich strecke meine Arme und massiere meine Gelenke. »Woher wusstet ihr, wo ihr mich findet?«

Andreas zuckt mit den Schultern. »Das Mädchen. Es wird rund um die Uhr bewacht.«

»Hm.« So etwas Ähnliches habe ich mir schon gedacht. Beim nächsten Mal werde ich …

Ein Lachen entfährt mir. Es wird kein nächstes Mal geben. Der Spuk ist vorbei. Zumindest für diese Raunächte.

Ich lasse mir von Despina ins Boot helfen, nehme dann mit einer Hand die Whiskyflasche entgegen, die sie mir hinhält, und greife mit der anderen in die weiße Papierbox mit dem unverkennbaren Christophou-Bäckerei-Aufdruck.

»Sie ist schön«, kommentiert Despina nüchtern, den Blick auf den dunklen Horizont gerichtet. »Sie erinnert mich an dich.«

»Schönheit ist vergänglich«, gebe ich zurück, trinke abwechselnd von dem ekelhaften Zeug und beiße von einer mit Nugat gefüllten Schokopraline ab.

Das Meer glänzt metallisch schwarz im Mondlicht. Die Gischt am Boot erinnert mich an frisch gefallenen Schnee.

Als Triantafillos den Motor zum Brummen bringt und wir uns in Bewegung setzen, schließe ich die Augen und lächle.

Es ist unüberlegt von ihnen gewesen, mich in Dodekada gefangen zu halten, wo ich noch ein Opfer meiner Gefühle war – und dementsprechend die Motivation hatte, mich zu wehren. »Anweisung von oben«, hat Andreas gemurmelt, was auch immer das bedeutet. »Du sollst die Tragweite deiner Entscheidungen spüren.«

Inzwischen haben sie sich wohl dagegen entschieden, mir eine weitere Lektion zu erteilen. Zu riskant. Gefühle sind unberechenbar. Sie geben mir die Kraft zu kämpfen.

Ich bin es leid zu kämpfen. Daphnes Gesicht steigt vor meinem inneren Auge in die Höhe und explodiert in Millionen Scherben vor dem Nachthimmel.

Was auch immer mit ihr geschieht, es liegt nicht mehr in meiner Verantwortung.

Ioanna

31. DEZEMBER
GEGENWART
NACH SONNENUNTERGANG

Niemand fesselt mich. Niemand hält mir einen Vortrag. Wir tauschen ein, zwei Banalitäten über das Wetter aus, und dann nicke ich im sanften Schaukeln der Wellen für den Rest unserer Fahrt an Despinas Schulter ein, die mir immer wieder übers Haar streicht.

Ich träume von meinem alten Kinderzimmer, das ich mir mit Steriani geteilt habe. Stockbett. Sie unten, ich oben. »Wenn Einbrecher kommen, werden sie zuerst auf mich aufmerksam werden«, hat sie damals zu mir gesagt. »Ich werde mit ihnen kämpfen. Hab keine Angst. Ich werde dich immer beschützen.«

Ich träume davon, in meinem Bett zu liegen und meine Eltern draußen streiten zu hören, bis sie, unmittelbar nachdem es am schlimmsten geworden ist, in Gelächter ausbrechen. Mamas Lachen klingt, als würde sie ersticken, und ich spüre, wie auch meine Mundwinkel zucken.

Ich träume von der Schule, die mir wie ein einziges Schlachtfeld vorgekommen ist, aber plötzlich ein Schlaraffenland voller Möglichkeiten ist.

Ich träume davon, wie ich Steriani auf den Fluren nicht ignoriere, sondern ihr Angebot annehme und fortan mit ihrer Freundesgruppe abhänge.

Ich träume davon, mich in den ersten Jungen zu verlieben, der mich nach einem Date fragt.

Ich träume davon, ein gewöhnliches Leben zu haben.

Ich träume von Frieden.

Und als ich erwache und kaum mehr Wind weht, als die Klippen und der Turm vor uns in die Höhe ragen, weiß ich, dass nichts davon wahr ist, außer der Frieden.

Alles ist okay. Ich bin okay.

»Du sollst nach oben«, sagt Andreas, während er unser Boot an den zerklüfteten Klippen vertäut.

Ich bin gerade dabei, mir den Schlaf aus den Augen zu reiben, und verharre mitten in der Bewegung. »Was?«

»Jetzt sofort.«

Er klingt nicht unfreundlich, doch es liegt eine Endgültigkeit in seiner Stimme, die mir seltsam unpassend vorkommt. Sie klingt zu leidenschaftlich. Zu emotional.

Ich bin noch nie im Turm gewesen. Der Turm ist tabu, das wissen wir alle. Ich kann nicht sagen, woher ich das weiß, ob mir das jemand im ersten Jahr gesagt hat oder ob ich es mir selbst zusammengereimt habe.

Er liegt in der Nähe des Ufers, nur wenige Meter von den Booten entfernt. Ein steiler, gewundener Pfad, der von knorrigen Bäumen gesäumt ist, markiert den einzigen Zugang. Während ich ihn entlanglaufe, schlagen Wellen gegen die Klippen, und weiße Schaumkronen werden vom Wind in meine Richtung gewirbelt. Mit jedem weiteren Schritt scheint die Temperatur zu sinken. Nebel wabert um meine Beine.

Andere Kalikanzari sind von hier aus nicht zu sehen, denn die umliegenden Felsen versperren die Sicht auf die restliche Insel.

Es gibt keinen Grund, wieso ich nicht gehorchen sollte.

Ich nehme die verwitterten Treppenstufen nach oben, die sich um das hohe schwarze Gebäude schlängeln, und lasse meine Finger am reifbenetzten Gemäuer entlanggleiten, bis ich vor einer dunkelroten Tür stehe. Kurz halte ich inne, lasse den Blick hinter mich gleiten, berausche mich an der Aussicht, dem weiten schwarzen Meer, am Horizont der Hauch eines glitzernden Festlands, unter mir die Insel, die in den letzten Jahren zu meinem Zuhause geworden ist. Vielleicht sogar das einzige richtige Zuhause, das ich je hatte.

Ich hebe die Hand, um anzuklopfen, aber genau in diesem Augenblick schwingt die Tür nach innen auf. Nichts ist zu sehen. Bodenlose Finsternis, dunkler als das Meer hinter mir.

»Ioanna.«

Die Stimme ist hoch und glockenhell. Sie klingt viel zu jung.

Ich trete über die Schwelle. Sollte ich Angst haben? Vermutlich hätte ich Angst, wäre ich noch in Dodekada.

Das Zischen eines Streichholzes ist zu hören, dann erhellt das Licht einer einzelnen Kerze den Raum.

Mein Blick zuckt reflexartig nach unten.

Eine Gestalt hält die Kerze in ihren Händen. Eine Gestalt, die mir gerade mal bis zur Hüfte reicht. Sie ist barfuß, trägt ein langes Kleid und hat zwei geflochtene schwarze Zöpfe. Ein Mädchen, kaum älter als zwölf.

»Setz dich«, sagt sie und deutet mit ausgestreckter Hand, in der sich die Kerze befindet, in eine Ecke des Raumes, wo ein Hocker steht.

Ich gehorche.

Sobald ich sitze, kommt sie auf mich zu, bleibt direkt vor mir stehen und lächelt, was im Schein der flackernden Flamme gespenstisch wirkt.

»Wer bist du?«, frage ich.

Ihr Lächeln wird breiter. »Ich bin du. Du bist ich. Wir sind alle eins.«

Vor ein, zwei Stunden wäre ich genervt gewesen und hätte mich wahrscheinlich über sie lustig gemacht – oder mich erst gar nicht auf ein Gespräch mit einem Kind eingelassen –, jetzt seufze ich bloß.

»Weißt du, weshalb du hier bist?«

Ich neige leicht den Kopf. »Weil ich gegen die Regeln verstoßen habe.«

Zufrieden nickt sie. »Weißt du, wieso du das getan hast?«

»Je mehr Abstand ich von Dodekada habe, desto weniger Sinn ergibt es für mich.«

»Das war nicht meine Frage.«

»Ich wollte etwas fühlen. Und … sie hat mich fühlen lassen.«

Für den Bruchteil einer Sekunde werden ihre Augen schmal. Dann nickt sie erneut. »Daphne hat dich daran erinnert, wie es ist, ein Mensch zu sein, nicht wahr? Vor allem an die verlockenden Seiten.«

»Ja.«

»Hast du dich je gefragt, wie es für sie ist?«

Ich runzle die Stirn. »Ja, natürlich.«

Unter ihrem linken Auge zuckt es. »Schmerz ist immer egoistisch.«

Irgendwie klingt dieses Kind nicht wie ein Kind.

»Ich habe ihrem Großvater versprochen, auf sie aufzupassen.«

Ich habe keine Ahnung, wieso ich das gesagt habe. Vermutlich, weil ich es außerhalb des Dorfs nicht für notwendig halte, andere Kalikanzari anzulügen, denn das erfordert eine starke emotionale Motivation.

»Aber du hast nicht auf sie aufgepasst, Ioanna. Du hast versucht, sie zu einem Teil deiner Welt zu machen.«

Was? Was redet sie da?

»Es war nur während der Raunächte. Wir hatten ein bisschen Spaß. Sie vergisst es doch immer wieder. Das richtet keinen irreparablen Schaden an.«

»Spaß?«, echot sie. Wäre ich mir nicht sicher, dass eine solche Empfindung hier nicht möglich ist, würde ich meinen, Entsetzen aus ihrer Stimme herauszuhören. Die Kerze in ihren Händen zittert ganz leicht.

»Wie ich bereits gesagt habe, ich wollte etwas fühlen. Sie hat mich fühlen lassen. Es war wie eine Droge.«

Das scheint sie zu besänftigen. »Genau aus diesem Grund kehren die Kalikanzari während der Raunächte ins Dorf zurück. Um sich daran zu erinnern, was diese Droge mit uns anrichtet.«

Seltsam. Sie spricht von Kalikanzari, als wäre sie kein Teil davon, aber dann bezieht sie sich doch mit ein.

»Wieso habe ich dich noch nie gesehen?«, will ich wissen. »Wenn du auch eine von uns bist?«

Seit wann gibt es Kinder auf der Insel? Ich habe bisher niemanden gesehen, der wesentlich jünger als ich wirkt. Die auserwählten Menschen haben immer schon eine Weile gelebt. Ihr Schmerz muss sich über Jahre manifestiert haben, damit sie infrage kommen, so habe ich angenommen. Kann ein Kind so viel Schmerz empfinden, dass es unerträglich wird?

Ja, natürlich. Täglich passieren auch Kindern namenlos schreckliche Dinge. Aber ich habe noch nie von einem Kind gehört, das sich bewusst gegen sein Leben entschieden hat.

Und um zu einem Kalikanzari zu werden, muss es sich außerdem das Herz aus der Brust schneiden. Wie ist das möglich?

»Es geht jetzt nicht um mich«, erwidert das Mädchen, »sondern um die Konsequenzen deines Schmerzes.«

Wortlos starre ich sie an. Sie hat lange seidige Wimpern. Ihre Wangen sind rund und glänzen im Kerzenschein rot.

»Weshalb hast du dich für dieses Dasein entschieden, Ioanna?«

Das ist einfach.

»Wegen meiner Schwester.«

»Nein«, erwidert sie sanft. »Du hast es für *dich* getan. Deine Schwester war nur der letzte Tropfen.«

Hitze steigt in mir auf. Einen Scheiß habe ich für mich getan, will ich schreien. Wäre es nach mir gegangen, wäre ich schon längst nicht mehr hier. Steriani war der Grund. Sie und sonst niemand. Sie hat es nicht ertragen, ohne mich weiterzuleben, nachdem sie mir ihr ganzes Leben geopfert hat. Also habe ich ihr diesen Wunsch erfüllt. Was hätte ich sonst tun sollen?

»Wieso bist du noch hier, wenn es nur um deine Schwester ging?«, antwortet sie, als hätte ich meine Gedanken laut ausgesprochen. »Wieso hast du dir nicht längst das Leben genommen?«

Daphne. Das Versprechen an Stefanos. Daphne.

Noch immer bringe ich kein Wort über die Lippen. Denn wie soll ich ihr etwas erklären, was ich selbst nicht verstehe? Wenn ich nichts fühle, wenn ich wirklich, wirklich nichts empfinde, was treibt mich dazu, trotzdem jedes Jahr zurückzukehren?

»Du klammerst dich an deinen Schmerz, als wäre er das Letzte, was dich am Leben hält«, sagt sie. »Dabei ist er das Letzte, was zwischen dir und deinem wahren Potenzial steht.

Und, schlimmer noch, er zieht auch andere unschuldige Menschen mit dir in den Abgrund.«

Mir reicht es. Hitze verteilt sich in jedem Zentimeter meines Körpers, bis es sich anfühlt, als würde ich innerlich schmelzen. Ich springe auf, wobei sie reflexartig nach hinten stolpert, sodass die Flamme gefährlich flackert.

»Wer bist du?«, frage ich erneut, nur dass ich es diesmal schreie. Die Worte brechen aus mir hervor, groß und scharf und kalt. Ich weiß nicht, wie mir geschieht. Ich weiß nicht, woher die Wut kommt, die meine gesamte Gelassenheit innerhalb von Sekunden niederbrennt.

In ihren Augen lodert etwas auf, als hätte ich sie mit meiner Wut angesteckt wie mit einer Krankheit. »Ich bin der Ursprung!«, ruft sie, und dann poltert die Kerze zu Boden und erlischt mit einem Fauchen.

Ich will mich an ihr vorbeidrängen, zur Tür. Wieder weiß ich nicht, wieso, ich weiß nur, ich muss weg von hier. Mit einem Mal ist mir schwindelig. Ein einziger Satz läuft in Dauerschleife durch mein Gehirn.

Die Zeit läuft mir davon.

Nach einem Schritt werde ich gepackt und nach hinten gedrückt. Heißer Atem streicht über mein Gesicht, und ich erstarre. Jemand hat mich an den Schultern gepackt. Riesige, kräftige Hände. Jemand, der größer ist als ich.

Was zum …

»Beruhige dich«, sagt eine tiefe, kehlige Stimme, die ich noch nie gehört habe. Müsste ich raten, würde ich sie einem Mann mittleren Alters zuordnen.

Wieso muss ich mich beruhigen? Wieso zur Hölle bin ich nicht ruhig? Wo ist mein innerer Frieden hin?

Keine Zeit.

Ich hole aus und ramme ihm mein Knie zwischen die Beine.

Ein leises Ächzen ertönt, sein Griff lockert sich.

Ich ergreife die Chance und reiße mich endgültig los. In drei großen Schritten bin ich bei der Tür angekommen, stoße sie auf und stürze die Treppenstufen nach unten.

Alles in mir schreit danach, mich umzudrehen, nachzusehen, ob ich den Verstand verliere, ob sich dort oben wirklich ein Mann befindet, wo eben noch ein kleines Mädchen gewesen ist, doch ich widerstehe dem Bedürfnis. Von weiter weg höre ich Stimmen, oben im Turm ertönt ein scharfer Pfiff, doch mein Weg nach unten ist frei. Ich renne. Ich renne, bis ich den Strand erreiche. Sie haben unser Boot nur notdürftig angebunden, doch meine Hände zittern so stark, dass ich mehrere Anläufe brauche, um die Bug- und Heckleinen zu lösen, während ich den Motor warm laufen lasse.

Was passiert mit mir?

Daphne. Du musst zu Daphne.

Hinter mir ertönen Schritte und Stimmen, die durcheinanderrufen.

Nachdem ich den Rückwärtsgang eingelegt habe, drehe ich das Steuerrad in Richtung Wind, der mir von der Seite entgegenschlägt. Sobald das Heck frei in Richtung Fahrrinne liegt, fahre ich rückwärts und drehe dabei das Steuer. Als ich freie Bahn habe und im Vorwärtsgang nach vorn sause, werden die Rufe hinter mir lauter.

Doch ich habe es geschafft.

49

Ioanna

1. JANUAR
GEGENWART
NACH MITTERNACHT

Als ich das Festland erreiche, breche ich auf schneebedeckten Kieselsteinen zusammen. Ich mache mir nicht die Mühe, das Boot anzulegen, sodass es hinter mir zurück ins Meer treibt.

Sobald ich wieder zu Atem gekommen bin, richte ich mich mühsam auf und wanke in Richtung Zivilisation. Im Sommer ist Platamonas angeblich ein gut besuchter Urlaubsort, jetzt ist kaum etwas los. Meine Beine zittern und wollen alle paar Meter unter mir nachgeben, doch ich stütze mich an allem ab, was ich zu greifen bekomme, und kämpfe mich weiter. Die namenlose Panik, die in mir aufgestiegen ist, bekommt endlich einen Namen, als ich an einer Sportkneipe vorbeihaste, aus der Gegröle nach draußen dringt, dicht gefolgt vom Geräusch klirrender Gläser, die gegeneinanderstoßen.

»Auf uns! Frohes neues Jahr!«

Fuck. Fuck. Fuck.

Ich habe sie nicht beschützt. Das erste Mal, seit ich zur

Kalikanzari geworden bin, war ich während der Wilden Jagd nicht in ihrer Nähe.

Nein. Alles wird gut. Es gibt unzählige Menschen in diesem verdammten Dorf. Warum sollte ausgerechnet sie ausgewählt werden?

Um mich zu bestrafen.

So funktioniert es nicht. Diese ganze hirnverbrannte Sekte denkt, sie rettet Menschen. Niemand wird Daphne auswählen, um mir eine Lektion zu erteilen.

Obwohl die Erschöpfung versucht, mich mitzureißen, bin ich plötzlich genauso klar im Kopf wie vorhin mit Daphne. Ich muss nicht nach Dodekada, sondern nach Larisa – zu Daphnes und meinem Treffpunkt. Hoffentlich hat Daphne auf mich gehört. Hoffentlich hält sie an unserem Plan fest. Und hoffentlich hat sie es rechtzeitig dorthin geschafft …

Meine größte Sorge war, dass ich in Larisa nichts für sie empfinden würde, doch selbst auf der Insel sind meine Gefühle nicht verschwunden.

Was auch immer gerade mit mir passiert, es ist größer als der Fluch. Und wenn es mir gelingt, gegen jede Regel und Vernunft etwas für sie zu empfinden, dann wird sie es auch schaffen, trotz aller Hindernisse zum Hotel zu kommen.

Das ist es, was wir sind – Wahnsinn und Hoffnung in einem.

50

Ioanna

1. JANUAR
GEGENWART
KURZ VOR SONNENAUFGANG

Ich weiß natürlich, was mit Kalikanzari passiert, die während der Raunächte dem Dorf fernbleiben – gar nichts. Da ich selbst jedes Mal vor Silvester schwach geworden bin, habe ich in den letzten vier Jahren immer wieder einen warmen, kräftigen und schmerzhaften Herzschlag in meiner Brust gespürt, der eine knappe Woche später wieder verschwand. Es ist das erste Mal um diese Zeit, dass ich nichts als Ruhe in meiner Brust spüre, aber dafür Chaos in jedem Zentimeter meines restlichen Körpers.

Die Fahrt nach Larisa – erst per Anhalter im Lastwagen mit einem Typen, der mir nur gebrummte Antworten gibt, und dann in einem Bus ohne Ticket, das mir dank einer Heulattacke vom Fahrer erlassen wird – zieht an mir vorbei, als wäre es nicht mein Leben, sondern das einer Fremden, die ich hinter einer milchigen Glasscheibe stehend betrachte. Irgendwann zwischen 1 und 3 Uhr ergreift mich ein Zittern, das meine Zähne zum Klappern bringt, und es lässt nicht nach. Nicht, als die Stadt in Sicht kommt, nicht, als der Himmel heller wird, nicht, als im Radio wieder und wieder ein frohes neues Jahr gewünscht wird. Also zittere ich und weine und würge über der schmutzigen Bustoilette, spucke meinen Mageninhalt und bittere Galle in die Schüssel.

Als wir nur noch Minuten von der Bushaltestelle in Larisa entfernt sind, drehe ich mich um und wecke die Frau mit pinkfarbenem Haar hinter mir.

Ein Ruck geht durch ihren Körper, und sie blinzelt hektisch. »W… wo sind wir?«

»Tut mir leid«, krächze ich. »Darf ich kurz dein Handy benutzen? Meins hat keinen Akku mehr.«

Sekundenlang starrt sie mich an, als bräuchte ihr Gehirn eine gewisse Zeit, um in die Gänge zu kommen, dann zieht sie mit einem Seufzen ihr Handy aus der Vordertasche ihres Rucksacks und entsperrt es, ehe sie es mir reicht.

»Danke«, bringe ich hervor und drehe mich mit dem Telefon in der Hand um, damit sie die Tränen, die mir schon wieder über die Wangen strömen, nicht sieht.

Meine Finger fliegen über das Display. Es gibt nur eine einzige Adresse, an die ich mich erinnere. *To asteraki*. Google spuckt eine Telefonnummer aus, und ich klicke auf Anrufen.

Außerhalb der Raunächte käme das einem Selbstmord gleich. Jeglicher Kontakt zu Menschen wäre unmöglich. Aber jetzt sollte es funktionieren, oder? Immerhin befinde ich mich nicht in Dodekada und kann auch problemlos mit Menschen sprechen.

Es klingelt eine halbe Ewigkeit. Schniefend wische ich mir mit der freien Hand über die Wangen, während ich das Handy mit der anderen immer fester an mein Ohr drücke.

Dann ein Klicken.

»Hallo?« Kiriakis Stimme klingt hellwach. Bei ihrem Klang lasse ich beinahe das Handy fallen.

Ich räuspere mich. »Hier ist Ioanna.«

Eine Pause entsteht. So lang, dass ich mich frage, ob sie wieder aufgelegt hat.

»Wo ist sie?«

Kiriaki klingt nicht wütend oder verzweifelt, sondern unendlich müde. Unwillkürlich brennen meine Augen wieder.

»Ich weiß es nicht«, wispere ich.

»Sie hat sich von mir verabschiedet.« Daphnes Großmutter wirkt, als hätte sie vergessen, mit wem sie spricht. Ihre Stimme ist durchtränkt von Resignation. »Ioanna, sie hat sich von mir verabschiedet, wie mein Mann sich damals von mir verabschiedet hat.«

Rote Punkte legen sich über mein Sichtfeld. Punkte, die größer und größer werden, bis ich nichts als Blut sehe. Kein Wort kommt mir über die Lippen.

»Bitte, gib sie frei«, fleht Kiriaki. »Auf mich will sie nicht hören, sie ist so stur … Bitte, tu was. Vielleicht hört sie auf dich.«

Ich zwinge mich, tief durchzuatmen. »Ich muss sie nicht freigeben. Ich bin nur noch fünf Tage hier. Danach wird alles sein wie zuvor.«

Ein ersticktes Geräusch erklingt am anderen Ende der Leitung. »Nichts ist wie zuvor«, keucht sie. »Nicht, seit du in unser Leben getreten bist. Es ist nicht deine Schuld, ich habe dir Stefanos' Tod nie übel genommen. Ich weiß, du hattest keine Wahl, aber Daphne …«

Einen Moment lang bilde ich mir ein, ein heftiges Pulsieren in meiner Brust zu spüren. Es ist wie ein Erwachen aus einem besonders schlimmen Albtraum. Es ist Terror und Schönheit zugleich, weil man weiß, dass man das Schlimmste überstanden hat. Dann wieder Stille.

»Ich habe Stefanos versprochen, Daphne vor meinem Schicksal zu bewahren«, erwidere ich, und zum ersten Mal klinge ich, als hätte ich die Situation unter Kontrolle. »Ich habe es geschworen. Das ist der Grund, aus dem ich immer wieder zurückkehre.«

Statt einer Antwort schluchzt Kiriaki leise.

»Aber du hast nicht auf sie aufgepasst, Ioanna«, hallt die Stimme des Mädchens im Turm in mir wider. »Du hast versucht, sie zu einem Teil deiner Welt zu machen.«

»Es wird alles gut«, höre ich mich sagen. »In fünf Tagen wird alles gut.«

»Sie ist nicht mehr in Dodekada«, bringt Kiriaki hervor, als hätte sie keines meiner Worte gehört. »Ich habe sie überall gesucht. Sie ist weg. Genau wie mein Auto.«

Ich erstarre. Auf einen Schlag ist meine Umgebung wieder gestochen scharf. Das hässliche grün-blaue Muster des Sitzüberzugs. Das Kondenswasser an den Fensterscheiben. Die grauen Gebäude, die den Busbahnhof säumen.

Ohne die bewusste Entscheidung zu treffen, lasse ich das Handy sinken und beende das Telefonat. Ich drehe mich zu der Frau hinter mir um und gebe es ihr zurück. »Danke.«

Sekunden später kommt der Bus zum Stehen, und ich springe auf. Hinter mir flucht jemand, als ich losrenne und dabei auf nichts und niemanden Rücksicht nehme. Im nächsten Augenblick bin ich draußen und atme die abgasverpestete Luft ein. Ich kenne den Weg von hier, es ist knapp eine halbe Stunde zu Fuß. Schon wieder renne ich, während der Phantomherzschlag in meiner Brust von Neuem loslegt. Jedes Mal, wenn ich mich zu sehr darauf konzentriere, realisiere ich, dass ich ihn mir nur einbilde. Als endlich die grünen Neonbuchstaben in Sicht kommen, überfällt mich Schwindel, und ich muss mich am Straßengeländer festhalten, um nicht zu stürzen.

Nostos Hotel.

Nostos ist ein Teil des Worts Nostalgie und bedeutet Heimkehr oder Rückkehr, danach sind auch die Gesänge in der Odyssee benannt, die Odysseus' Heimkehr beschreiben. Der andere Teil – *Algos* – bedeutet Schmerz.

»Eines Tages können wir uns nicht nur dieses, sondern das teuerste Hotel des Landes leisten«, höre ich Sterianis Stimme von damals. »Dafür werde ich sorgen, Schwesterchen.«

Ich weine, noch bevor ich sehe, dass jemand auf mich zurennt. Ich weine, weil ich für eine Sekunde, für einen eingebildeten Herzschlag lang, glaube, dass alles gut werden wird. Ich weiß nicht, woher ich die Gewissheit nehme. Aber in diesem Moment glaube ich mir selbst, was ich zu Kiriaki gesagt habe.

Alles wird gut werden. Nicht erst in fünf Tagen. Jetzt und hier.

Und genau in diesem Moment ertönt mein Name.

Daphne rennt auf mich zu und ich auf sie. Wir fallen einander in die Arme, und dann lachen wir so lange, bis wir begreifen, dass wir schluchzen.

Ob Lieb' ans Herz mir tödlich kommt,
Treu' hält es.

51

Ioanna

1. JANUAR
GEGENWART
KURZ VOR SONNENAUFGANG

»Ich kann nicht glauben, dass du hier bist.«

»Ich auch nicht.« Daphne streicht mir eine wirre Haarsträhne hinters Ohr. »Es fühlt sich an wie eine Parallelwelt.«

Unser Hotelzimmer ist klein und nicht besonders schön. Die rot-goldene Tapete soll wohl schick aussehen, wirkt aber lieblos und heruntergekommen. Außer einem Doppelbett, einem Tisch und einem Stuhl gibt es keine Möbel, und das Zimmer liegt zur Straßenseite, weswegen der Verkehr von der Schnellstraße nur zu deutlich zu hören ist. Es fühlt sich trotzdem an wie der schönste Ort der Welt.

Schon jetzt betrachte ich jeden Zentimeter des Raums und weiß, dass er in meiner Erinnerung magisch sein wird.

Wir liegen einander zugewandt auf dem Bett und halten es kaum eine Minute aus, ohne uns zu küssen.

»Erzähl mir noch einmal von Anfang an, was passiert ist«, verlange ich zum dritten Mal.

Daphne seufzt, kommt meiner Bitte aber dennoch nach. »Ich war zu Hause, habe meinen Koffer gepackt, dann bin ich zu meiner Jiajia gegangen, um mich zu verabschieden. Damit sie sich keine Sorgen macht, wenn ich mich bis zum Epiphanienfest nicht mehr melde. Und zu guter Letzt habe ich Menelaos gefragt, wer die Kalikanzari ist, die dieses Jahr für das Markieren zuständig ist, damit es niemanden erwischt, den ich kenne.«

Wie bei den letzten Malen kostet es mich meine gesamte Willenskraft, sie nicht anzuschreien. Wie konnte sie so verantwortungslos sein?

»Du hättest einfach mich fragen können«, wispere ich.

»Wann denn?« Sie zieht die Brauen zusammen. »Du warst nicht da. Und außerdem hättest du mich davon abgehalten, auf Jiajia, Ari und die anderen aufzupassen.«

Ja, natürlich hätte ich das. Weil ich ein egoistisches Monster bin, dem es nur um das Wohl eines einzigen Menschen geht.

»Wie hast du es überhaupt geschafft, auf sie aufzupassen?«, will ich wissen.

Daphne lächelt. »Ich habe sie alle unter einem Vorwand ins Gasthaus bestellt und bis nach Mitternacht gewartet. Erst dann bin ich losgefahren.«

»Du bist unglaublich. Was, wenn es dich erwischt hätte?«

Ihr Blick wird ernst. »Die Gefahr bestand nicht. Mein Schmerz ist nicht so groß.«

Ich erstarre. Nur zu gut erinnere ich mich an ihre Worte vom Anfang der Raunächte. »Du hast zu mir gesagt, du warst allein im letzten Jahr schon tausendmal kurz davor …«

Blitzschnell beugt sie sich vor und küsst mich.

Ich will dieses Gespräch zu Ende führen, trotz aller Erleichterung müssen wir darüber reden, denn wer garantiert mir, dass sie in diesem Jahr stark bleiben wird?

Doch ihr Mund auf meinem fegt jeden vernünftigen Gedanken aus meinem Kopf. Stöhnend vergrabe ich meine Hände in ihren Haaren und erwidere den Kuss mit aller Leidenschaft, die ich verloren geglaubt habe. Mein Inneres zieht sich zusammen. Mir ist so heiß. Die Welt steht in Flammen, und ich will für immer mit ihr brennen.

Daphne weicht zuerst zurück. »Du bist noch … du.«

Ich kann nichts erwidern. Ich kann nur von ihren strahlenden Augen zu ihren glänzenden Lippen und wieder zurück starren.

»Ich dachte, du hast keine Gefühle mehr, wenn wir nicht in Dodekada sind, aber es fühlt sich genauso heftig wie zuvor an.« Ein Kichern bricht aus ihr hervor. Es ist so schön, das es mir wehtut. »Du schaust mich an, als würdest du auf der Stelle tot umfallen, wenn ich es von dir verlangen würde.«

Du hast recht, will ich sagen, ich würde sterben für dich.

Aber es gibt etwas Wichtigeres. Etwas Größeres.

»Ich will nicht für dich sterben«, flüstere ich und streiche behutsam mit dem Daumen über ihre rissige Unterlippe. »Das wäre einfach. Ich will für dich leben, Daphne.«

Sämtliche Freude weicht aus ihrem Gesicht, Stück für Stück, bis nichts als Wehmut übrig bleibt.

»Erzählst du mir die Wahrheit?« Beim letzten Wort versagt beinahe ihre Stimme.

»Die Wahrheit?«

»Über den Anfang, als du zur Kalikanzari wurdest.«

Ich schlucke hart.

Sie hat mal zu mir gesagt, dass sie nicht nur für das Glück da ist, dass sie auch den Rest aushalten kann. Ich habe abgeblockt, weil ich, wenn ich ehrlich bin, nie daran geglaubt habe, dass das zwischen uns wirklich real sein könnte. Doch diesmal hat sich etwas geändert. Diesmal sind meine Gefühle auf der Insel zurückgekehrt. Diesmal hat nicht mal der Fluch gegen das ankommen können, was ich für sie empfinde. Also muss ich den Teil in mir loslassen, der sie vor allem Übel der Welt abschirmen will. Nur so können wir real sein.

»Ich werde dir nur ein einziges Mal davon erzählen«, höre ich mich sagen. »Und ich möchte kein Mitleid.«

»Okay«, wispert sie. »Okay, das schaffe ich.«

Seufzend ziehe ich sie in meine Arme, bis ihr Kopf auf meiner Brust liegt und ihr Körper dicht an meinen geschmiegt ist.

Und dann schließe ich die Augen und lasse zum ersten Mal seit fast sechs Jahren die Erinnerung an den Anfang vom Ende zu.

52

Ioanna

5. JANUAR
SECHS JAHRE ZUVOR
KURZ VOR MITTERNACHT

Das Dorf unter uns glitzerte in der Dunkelheit, doch es war mir noch nie so weit weg vorgekommen. Steriani konnte nicht aufhören zu weinen, dafür waren meine Augen trocken und meine Schritte entschlossen. Jedes Mal, wenn sie langsamer wurde, packte ich ihre Hand und zog sie weiter. Ich konnte sie nicht ansehen. Seit ich meine Entscheidung getroffen hatte, sah ich immer ein wenig an ihr vorbei, aus Sorge, auseinanderzubrechen, sollten sich unsere Blicke treffen. Unser Leben lang war es ihre Aufgabe gewesen, auf mich aufzupassen. Jetzt war ich diejenige, die die Kontrolle übernahm. Das war ich ihr schuldig.

Zunächst hatte ich nicht verstanden, was mit mir geschehen war, als die schöne blonde Frau in der Silvesternacht ihre flache Hand auf mein Herz gelegt hatte, während wir im Keller dieser Dorfkneipe miteinander getanzt hatten. Ich war zu sehr in ihren dunklen Augen versunken, war in Gedanken schon dabei gewesen, sie zu küssen und ihr aus ihrem Kleid zu helfen. Gleichgesinnte in diesem Kaff, wer hätte das gedacht?, war mir durch den Kopf geschossen. Der Boden hatte zu vibrieren begonnen, und auch sie war in vollkommener Ekstase erzittert. Ich wusste noch, dass ich mich gefragt hatte, ob man zum Höhepunkt kommen konnte, ohne auch nur berührt zu werden, und falls ja, dass ich das auch erleben wollte. Eine halbe Ewigkeit war ich unter ihrer Berührung erstarrt, und als sie mich wieder freigab, war da nichts als eine tiefe Ruhe in mir gewesen. Despina hatte sich vorgebeugt, ihre rostbraun geschminkten Lippen hatten mein Ohrläppchen gestreift und mir eine Gänsehaut beschert. »Du hast fünf Nächte, um dich zu entscheiden«, hatte sie gesagt und mich mit diesen Worten stehen lassen.

Steriani war von der Toilette zurückgekehrt, mit glasigem Blick und verschwitzten Haarsträhnen, die an ihren Schläfen klebten. »Lass uns schlafen gehen«, hatte sie gemurmelt. »Ich bin so müde.«

Hatte ich es ihr noch in dieser Nacht gesagt? Oder war es am nächsten Morgen gewesen? Die Stunden nach Silvester verschwammen in meiner Erinnerung. Nur an die Gewissheit erinnerte ich mich ganz genau. Ich hatte eine Entscheidung zu treffen. Despina hatte mir nicht mehr erklärt, doch ich hatte es gewusst. War das der Fluch?

Ich war mir sicher gewesen, was ich tun würde. Ich hatte nicht mal darüber nachdenken müssen. Steriani würde endlich frei von mir sein. Sie würde leiden, aber sie würde darüber hinwegkommen. Und ich müsste nie wieder mit einem schlechten Gewissen aufwachen, nie wieder an unsere Eltern denken, nie wieder versuchen, einen Sinn in alle dem zu finden.

Dann hatte ich meiner Schwester die Wahrheit gesagt. Und sie war durchgedreht.

»Nein!«, schrie sie und sank zu Boden. »Ich ertrage das nicht noch einmal!«

Ich nahm ihre Hand und presste sie auf meine Brust.

»Was ist damit?«, flüsterte ich. »Glaubst du, das ist besser?«

Wir hatten beide nie etwas mit Magie anfangen können. Religion, Spiritualität, nichts war uns ferner gewesen, denn wir waren in einer Familie groß geworden, in der nur harte Fakten zählten. Aber genau wie ich akzeptierte sie es in Sekundenschnelle. Vielleicht, weil dies nicht die Magie war, die wir aus Büchern kannten, sondern jene, die uns in Albträumen heimsuchte. Und mit Albträumen waren wir beide vertraut.

»Alles ist besser als der Tod!«, brüllte Steriani.

Ich hatte stundenlang auf sie eingeredet, hatte ihr eine Version ihres Lebens vor Augen geführt, in der sie frei von mir war, frei von dieser Verantwortung, und endlich tun und lassen konnte, was sie wollte. Thessaloniki. Ihre Freunde. All die Möglichkeiten.

Wie naiv ich gewesen war! Ich hatte wirklich geglaubt, sie mit Logik überzeugen zu können.

Plötzlich hatte sie sich beruhigt, und ich hatte angenommen, dies sei der Moment, in dem ich sie endlich überzeugt hatte. Bis sich ihre Nägel in meine Schultern gruben und sie mich mit diesem gruseligen Blick niederstarrte. »Wenn du stirbst, sterbe ich auch.«

Ich versuchte, nach Luft zu schnappen, doch der Sauerstoff erreichte meine Lunge nicht.

»Tu, was du tun musst. Aber das ist es, was passieren wird. Wenn du weg bist, wird es mich auch nicht mehr geben.«

»Steriani, wir kennen die Alternative nicht, wir wissen nicht, wie schlimm …«

»Es ist mir egal.« Ihre Stimme klang seltsam hohl. »Hauptsache, du lebst. Wenn du nicht lebst, lebe ich auch nicht mehr.«

Vollkommene Sicherheit in einer Sekunde, nur um in der nächsten meine Meinung zu ändern.

Also hatte ich Despina aufgesucht, das Messer entgegengenommen, ihren Anweisungen gelauscht. Und jetzt erklommen wir den Berg, auf dem der Weltenbaum wuchs.

Erst als wir am höchsten Punkt ankamen, versiegten Sterianis Tränen. Ich wollte ihre Hand loslassen, doch ihr Griff verstärkte sich reflexartig.

Hätte ich noch einen Herzschlag gehabt, hätte er sich spätestens jetzt beschleunigt.

»Vielleicht ist es etwas Gutes«, wisperte sie. »Vielleicht kannst du mich nächstes Jahr auch markieren.«

Ich wollte kotzen. Ich wollte schreien. Ich wollte mich losreißen und den Berg wieder nach unten schlittern, und dann weiter, immer weiter, bis dieses gottverdammte Dorf, in dem wir doch nur einen Zwischenhalt hatten einlegen wollen, hinter uns lag.

»Vielleicht«, erwiderte ich mit einem Lächeln und zog das Messer aus meiner Jackentasche. Endlich schaffte ich es, mich von ihr zu lösen. »Du musst nicht zuschauen«, flüsterte ich. »Ich will nicht, dass du mich so siehst.«

»Ich bin, wo du bist.«

Für wie lange noch? Für wie lange, Steriani?

Wir hatten eine Flasche Rum mitgenommen. Eine Empfehlung von Despina: »Damit du nicht die Nerven verlierst. Der Schmerz ist nicht so schlimm, wie du denkst, aber deine Angst könnte dir in die Quere kommen.«

Ich setzte mich im Schneidersitz unter den kahlen Baum und nahm ein paar kräftige Schlucke. Der Boden unter mir war vereist, doch ich spürte die Kälte nicht.

Steriani hockte sich zu mir. »Du bist nicht allein. Egal, was passiert. Vergiss das nie.«

Es waren die letzten Worte, an die ich mich erinnerte.

Was als Nächstes geschah, hatte nichts mit mir zu tun. Ich verließ meinen Körper und schaute von außen zu, wie ich meine Jacke öffnete, dann mein Hemd, wie ich mich auszog und die Kleidung fein säuberlich gefaltet neben mich legte. Wie ich die Erde erst mit dem Messer lockerte und wie dann meine Hände zu graben begannen. Wie ich Steriani wegstieß, als sie mir helfen wollte. Wie ich grub und grub, bis meine Hände aufrissen. Wie ich dann das Messer gegen mich selbst richtete. Wie ich erst nur an der Hautoberfläche kratzte, winzige Blutperlen zum Vorschein brachte und dann verstand, dass es schnell und schmerzhaft oder langsam und noch viel schmerzhafter ging. Ich entschied mich für Ersteres. Schnitt, bis mir der Schmerz die Sinne nahm. Ich schnitt, bis Sterianis Schreien alles war, was ich je gehört hatte und für immer hören würde. Als ich tief genug gekommen war, griff ich in meinen Brustkorb und dachte für einen Moment, wie angenehm das warme Blut auf meiner eisigen Haut war. Das fleischige Organ selbst war kalt, es schlug seit Tagen nicht mehr. Zwischen meinen Händen fühlte es sich klein und zerbrechlich an. Mit einer einzigen schnellen Bewegung hätte ich es zerquetschen können.

Und dann dachte ich nur noch: Warum schreit sie so? Es tut doch nicht mehr weh.

Es war nicht schwer, mir das Herz aus der Brust zu schneiden. Viel schwerer würde es sein weiterzuleben.

Aber das wusste ich in diesem Moment noch nicht.

Ioanna

1. JANUAR BIS 5. JANUAR
GEGENWART
KURZ VOR SONNENAUFGANG

Daphne weint nicht, bemitleidet mich nicht und stellt auch keine Fragen. Nichts in ihrer Miene deutet darauf hin, dass sie schockiert ist oder angesichts meiner Worte zusammenbrechen wird. Sie hebt den Kopf, nimmt mein Gesicht zwischen ihre Hände und küsst mich.

Vor lauter Dankbarkeit, dass sie keine große Sache daraus macht und mich nicht zwingt, tiefer in diesen Moment einzutauchen, bin ich diejenige, die plötzlich mit den Tränen kämpft. Doch je länger sie mich küsst, desto mehr weicht das Gefühl meinem Verlangen.

Nasse Hitze zwischen meinen Beinen. Ich packe Daphne an den Schultern, drücke sie auf die Matratze und beuge mich über sie, um den Kuss zu vertiefen und mein Bein zwischen ihre Schenkel zu pressen.

Innerhalb von Sekunden keuchen wir beide und beginnen, uns mit rhythmischen Bewegungen aneinanderzureiben.

Unsere Küsse werden hungriger, unsere Finger wandern, ich packe ihre Brüste, sie gräbt ihre Nägel in meinen Hintern. Schon bald reicht es nicht mehr, wir weichen zurück, um uns auszuziehen, alles auf einmal. Ich habe keine Lust, mir Zeit zu lassen, wir haben keine Zeit, nie haben wir Zeit. Doch hier, in diesem Hotelzimmer, weit weg von unseren Leben, steht sie mit einem Mal still. Unsere Körper verschmelzen, wir küssen, saugen, lecken, zerren, streicheln, liebkosen. Das ist die wahre Realität, das ist alles, was ich je wollte, in ihrem Schoß, in der Kuhle ihres Nackens, zwischen ihren Brüsten, ihren Beinen. Ihr Geruch, ihr Geschmack, ihre Wärme, der einzige Ort auf der Welt, an dem ich auseinanderfallen darf und mit ihrer Hilfe jemand Neues, Starkes, Unbezwingbares werde.

Nein, ich habe mich geirrt, die Zeit bleibt nicht stehen, sie wird formbar, zum ersten Mal in meinem Leben gehorcht sie mir, die nächsten Minuten werden zu Stunden, werden zu Tagen, es spielt keine Rolle, ob es draußen hell oder dunkel ist. Wir stehen nur auf, um ins Badezimmer zu verschwinden oder beim Zimmerservice Essen zu bestellen. Immer wieder nicken wir ein, mal sie, mal ich, mal beide gleichzeitig, und wenn wir wieder erwachen, geht es von vorne los. Oder haben wir nie aufgehört?

Selbst in meinen Träumen schlafe ich mit ihr. Meine Finger in ihr, benetzt mit ihrer Feuchtigkeit, meine Finger zwischen ihren Lippen, meine Finger, die sich hauchzart um ihren Hals legen, ihre Finger, die mir den Rücken zerkratzen.

Wie schon vor einiger Zeit gehen mir erneut Worte von Sappho durch den Kopf: »Ich brenne und begehre: Ich verbrenne an dir.«

Es gibt keine blutigen Herzen mehr, keine Taubheit, keine Insel. Es gibt nichts als sie und mich, Daphne und Ioanna, so wie es von Anfang an hätte sein sollen, so wie es jetzt für immer sein wird.

»Wenn ich bei dir bin, fühlt es sich an, als hätte ich weder eine Vergangenheit noch eine Zukunft«, sagt sie, und es könnte mich traurig stimmen, aber ich weiß, was sie meint. Mir geht es genauso. Es gibt nur das Hier. Die köstliche, berauschende Gegenwart.

Dann lege ich mein Ohr zwischen ihre nackten Brüste und lausche auf den Herzschlag, der mir in den vergangenen Jahren so vertraut geworden ist.

Nichts.

Ich hebe den Kopf. In den letzten Tagen hat sich ihr Puls immer wieder beschleunigt – beim Sex, beim Schlafen, beim Aufwachen. Ich habe ihn so deutlich gehört, es war fast, als würde er in mir widerhallen. Natürlich kann das nicht sein. Ich habe keinen Herzschlag, wir befinden uns nicht in Dodekada.

Daphnes Augen sind geschlossen, ihre Lippen bilden einen nach unten zeigenden Halbmond. »Komm wieder her«, murmelt sie. »Mir ist kalt ohne dich.«

Statt ihrer Aufforderung nachzukommen, presse ich meine Handfläche auf ihre linke Brusthälfte.

Augenblicklich öffnet sie die Augen. Wie aus einem Reflex packt sie mein Handgelenk und reißt sich los.

Ich starre sie an.

Und da ist es. Bamm, bamm, bamm, es klopft schneller und schneller. Nur nicht in ihrer Brust. Oder?

»Daphne«, beginne ich, doch meine Stimme versagt, die Panik schnürt mir die Kehle zu.

Sie lächelt. Ich kenne dieses Lächeln. So hat sie auch gelächelt, wenn ihr Großvater etwas von ihr verlangt hat, was sie nicht tun wollte, aber tun würde.

Eisige Kälte legt sich um mich.

»Komm her«, wispert sie erneut, doch die Angst hat sich auch in ihre Stimme geschlichen.

Verliere ich den Verstand? Bilde ich mir das nur ein?

Wie in Trance hebe ich die Hand und presse sie auf meine eigene Brust.

Da ist etwas. Leise. Als befänden sich unendlich viele Schichten zwischen mir und dem Pochen, als wäre es weit, weit weg. Aber es ist da.

Ein Herzschlag.

Das ist nicht möglich.

»Was hast du getan?«, höre ich mich sagen, und dann schriller, lauter: »Daphne, was hast du getan?«

Ich weiß nicht, wer von uns zuerst auf die Beine kommt, meine Sicht verschwimmt, Schwindel überfällt mich, doch plötzlich stehen wir nackt auf gegenüberliegenden Seiten des Bettes.

»Es ist alles okay«, erwidert sie.

»Wo ist dein Herzschlag?«, brülle ich.

»Ioanna …«

Nein.

Tränen nehmen mir die Sicht, während ich mit großen Schritten das Bett umrunde und unmittelbar vor ihr stehen bleibe. Wieder hebe ich eine Hand, doch sie schlägt sie weg, bevor ich auch nur in die Nähe ihrer Brust kommen kann.

»Sag mir, was du getan hast!«, schreie ich.

Und da sehe ich ihr Lächeln zwischen meinem Tränenschleier. Ein echtes Lächeln. Eins, das nur für mich bestimmt ist.

»Ich habe einen Weg gefunden.«

Bevor ich etwas tun kann, liegt ihre Hand auf meinem Herz.

Auf dem schlagenden Herz in meiner Brust. Auch sie weint jetzt, glitzernde Tränen auf cremefarbener Haut.

»Es hat funktioniert«, haucht sie.

»Was …«

»Ich muss zurück ins Dorf«, sagt sie mit einem Schniefen, und ihr Lächeln verschwindet. »Ich muss zum Weltenbaum.«

Ich weiß nicht, wie mir geschieht. Im nächsten Moment habe ich nach ihren Schultern gegriffen und drücke sie aufs Bett, setze mich mit meinem ganzen Gewicht auf sie, damit sie nicht fliehen kann, beuge mich über sie wie zum Kuss, nur dass ich mir eine Sekunde, eine ganze verdammte Sekunde lang, sicher bin, ich werde sie schlagen, nur um dann meine Hand erneut auf die Stelle zu drücken, unter der ihr Herz schlagen sollte.

Das Pochen, das ich die letzten Stunden, Minuten, Tage vernommen habe, ist nicht ihres. Es ist meines. Und es wird lauter. Wie ist das möglich? Wir befinden uns nicht in Dodekada.

Die Stimme ihrer Großmutter in meinem Kopf: »Ioanna, sie hat sich von mir verabschiedet, wie mein Mann sich damals von mir verabschiedet hat.«

Ein Schluchzen lässt meinen Körper erbeben.

Daphnes Stimme: »Ich wünschte, ich könnte mit dir tauschen.«

»Nein!«

Ruckartig fährt sie hoch, wirbelt mich herum, bis sie diejenige ist, die auf mir sitzt.

Ihr Blick lodert. »Doch!«, schreit sie. »Und nichts, was du tust, wird etwas daran ändern können! Ich habe mich entschieden!«

Meine Schwester hat mir keine Wahl gelassen. Es ist nicht

meine Entscheidung gewesen, sondern Erpressung. Ich habe Daphne nie erpresst.

Aber ist das die Wahrheit? Ist das wirklich die Wahrheit? Ist es keine Erpressung, ein Monster zu sein und einen Menschen zu lieben? Ist es keine Erpressung, diesem Menschen sein ganzes Leid aufzubürden? Habe ich ihr nicht die Entscheidung genommen, indem ich zurückgekehrt bin, wieder und wieder und wieder? Indem ich ihr die Wahrheit gesagt habe? Indem ich sie zu einem Teil meines Lebens gemacht habe?

»Ich will dein Herz«, habe ich ihr gesagt, damals am See, und gedacht, ich würde sie schützen.

Und dann sie, Jahre später, ebenfalls am See: »Du musstest mir nicht mein Herz stehlen, um mir mein Herz zu stehlen.«

Nein, nein, nein.

Am Rande bekomme ich mit, wie sie mich freigibt, wie sich die Matratze neben mir senkt, wie sie aufsteht. Raschelnde Kleidung. Schritte, die sich entfernen.

Ich kann nicht atmen. Ich kann nichts mehr erkennen außer Schatten und Farben. Ein hohes kreischendes Quietschen verschluckt sämtliche Geräusche.

Atmen. Ich muss atmen.

Mein Herz, *ihr* Herz, schlägt schneller, trommelt von innen auf mich ein, härter und härter. Ich presse beide Hände darauf, versuche verzweifelt, es zu verlangsamen.

Ich muss atmen, bitte, ich muss atmen.

Zeit spielt keine Rolle mehr. Da sind nur ich und mein Schmerz. Ich und mein Egoismus. Ich und die Konsequenz meiner Entscheidungen.

Als ich wieder zu mir komme, bin ich schweißüberströmt und allein im Hotelzimmer.

Daphne hat ihr Handy auf dem Nachtisch zurückgelassen.

Ein Dutzend Anrufe und Nachrichten blinken auf dem Display. Doch ich habe nur Augen für das Datum. Für die Uhrzeit.

5. Januar. Kurz vor halb elf.

In vierundneunzig Minuten sind die Raunächte vorbei.

54

Ioanna

5. JANUAR
GEGENWART
KURZ VOR MITTERNACHT

Ich habe keine Nerven, per Anhalter zu fahren. Auf der Straße vor dem Hotel stehen eine Reihe von Taxis mit laufendem Motor. Ich renne darauf zu, klopfe gegen die Scheibe des vordersten Autos und ziehe die Hysterische-Frau-Nummer ab, bis ein Fahrer mit buschigem Schnauzer und voller Sorge in den Augen aussteigt. In der Aufregung vergisst er, den Schlüssel aus dem Zündschloss zu ziehen. Nachdem ich etwas von »Sie müssen mir helfen!« gestammelt und auf eine unbestimmte Stelle in der Dunkelheit gedeutet habe, rennt er, ohne zu zögern, los. Ich schlüpfe auf den Fahrersitz, drehe den Schlüssel und fahre los.

Sein Schreien erklingt hinter mir, und irgendwann bilde ich mir ein, Polizeisirenen zu hören.

Nach drei Kilometern fühle ich mich sicher, doch in mir hallen die Sirenen die gesamte Fahrt über wider.

Ich bin zu spät. Ich werde es nicht rechtzeitig schaffen.

Und selbst wenn – was soll ich tun? Was *kann* ich noch tun?

Du hast genug getan, schreit mein Selbsthass.

Ich weiß nicht, wie ich es schaffe, ohne einen Unfall zu bauen. Mein letztes Mal hinter einem Steuer ist Jahre her, doch das Adrenalin peitscht durch meine Adern, Seite an Seite mit der Panik, und beides schärft meine Sinne.

Die Zeit rast. Die letzten Tage ist sie wie in Zeitlupe vergangen, jetzt holt sie auf.

Als das Straßenschild einen Kilometer bis Dodekada anzeigt, breche ich in Tränen aus. Mir bleiben nur noch fünfzehn Minuten.

Wofür?

Verdammt, wofür?

Sie sollte nicht allein sein. Niemand sollte allein sein. Wenn ich schon ihr Leben zerstört habe, dann sollte ich wenigstens bis zum Schluss ihre Hand halten.

Doch als ich endlich den richtigen Berg finde und das Taxi unten an der Straße parke, ertönen bereits die Kirchenglocken.

Mitternacht. Das Ende der Raunächte.

Mein Ende, wenn ich hierbleibe.

Ich überlege keine Sekunde. Obwohl es lebensmüde ist, beginne ich, zu rennen.

Ich kann nicht hier sein, ich darf nicht hier sein, wenn ein Mensch in der Nähe …

Egal. Alles ist egal. Daphne ist markiert worden. Und wenn sie es geschafft hat, wenn sie rechtzeitig den Weltenbaum gefunden hat, dann …

Fuck! Sie hat wirklich geglaubt, mit mir tauschen zu können. Und dafür hat sie sich zu einer Ewigkeit voller Sinnlosigkeit verdammt.

An meiner Seite.

Keuchend bleibe ich stehen. Es sind nur noch wenige Meter. Die langen kahlen Äste des Baums auf dem Gipfel kommen bereits in Sicht.

Ich stütze mich auf meinen Oberschenkeln ab, schnappe gierig nach Luft.

Hoffnung schlägt ihre Wurzeln in mich. Selbstsüchtige, widerlich süße Hoffnung.

Ja, sie hat ihrem Leben ein Ende bereitet. Ihrem menschlichen Leben.

Was, wenn es ein Monster braucht, um ein Monster zu lieben?

Verschwinde, wispert eine kleine Stimme in meinem Kopf. Wenn du mit ihr zusammen sein willst, musst du verschwinden.

Die Kirchenglocken läuten noch immer. Wie lange noch? Wie viele Sekunden?

Genau in dem Moment, in dem ich mich umdrehen will, erscheinen die Umrisse einer Gestalt über mir am Hang.

Ich erstarre.

Bevor ich etwas tun kann, rennt sie auf mich zu. Größer als ich, breiter, braune verwuschelte Haare und Augen, die vor Wut Funken sprühen.

Als Ari vor mir zum Stehen kommt, ist es längst zu spät für eine Flucht. Die Kirchenglocken sind verstummt. Stille drückt auf meine Ohren.

»Was hast du getan?«, schreit er. »Was hast du ihr angetan?«

Ein Blick. Eine Nachricht. Jegliche Kontaktaufnahme mit einem Menschen außerhalb der Raunächte, und unsere Tage sind gezählt. Die Regel ist unmissverständlich. Das ist das Schicksal der Kalikanzari.

Doch nicht aus diesem Grund kommt mir kein Wort über die Lippen. Nicht aus diesem Grund hört die Welt auf, sich zu drehen.

Mein Herz. Daphnes Herz in meiner Brust. Es schlägt weiter.

»Was hast du getan?«, wiederholt Ari, leiser diesmal, verzweifelter, und packt meine Schultern. Als er zu Boden geht, werde ich mitgerissen.

Wir starren uns an. Alles verzehrende Panik.

»Was hat *sie* getan?«, bringe ich hervor.

»Sie hat sich das Herz aus der Brust geschnitten.«

Sein Blick wird leer. Seine Stimme eisig. Erst jetzt bemerke ich das Blut auf seinem Hemd.

Daphne ist zur Kalikanzari geworden. Aber das ist nicht alles.

Meine Zähne schlagen aufeinander. »W… wie kannst du dich daran erinnern?«

Nein, nein, das ist die falsche Frage. Wie kann ich noch am Leben sein?

Für *mich*.

Sie ist für mich zur Kalikanzari geworden.

Erkenntnis blitzt in Aris Augen auf. Dieselbe grausame Erkenntnis, die auch mich durchfährt.

Bevor ich etwas dagegen tun kann, hat er meine Schultern losgelassen und eine Hand auf meine Brust gepresst.

Sekunden später lässt er mich los, als hätte er sich verbrannt. Er wirkt, als wäre ihm schlagartig übel geworden.

Mein Herz rast und rast. Lebendig, wütend, panisch.

Das Herz eines Menschen.

Sein Schlagen ist in den letzten Tagen keine Einbildung gewesen. Meine Wut auf der Insel, meine menschliche Wut, ebenso wenig. Ich habe wirklich geglaubt, meine Gefühle für Daphne seien stärker als jeder Fluch. Dabei sind es *ihre*, die dem Fluch getrotzt haben.

Daphne ist nicht markiert worden. Sie hat sich markieren

lassen. Ihr Herz für meine Menschlichkeit. Ihr Leben für meines.

Und ich?

Ich, eine Kalikanzari, ohne Gefühle, aber mit einwandfreiem Erinnerungsvermögen, habe geschworen, mich an sie zu erinnern, bis sie sich wieder an mich erinnern kann.

Die Raunächte sind vorbei. Ich bin keine Kalikanzari mehr, sonst wäre ich jetzt tot. Ich bin wieder ein Mensch geworden. Und ich werde meinen Schwur nicht brechen. Denn obwohl mein Gedächtnis gelöscht, jede Spur von Magie beseitigt sein sollte …

»Ich erinnere mich an alles«, krächze ich.

PLAYLIST

Lindsey Stirling – *Carol Of The Bells*
Thanos Petrelis – *To Aima Mou (Eihe To Hroma Tou Ouranou)*
Muco – *Running Away Out Of The Window*
BATHSHEBA – *Something About Her*
Elli Kokkinou – *De Ginetai*
Ariana Grande – *God is a woman*
Faouzia – *Born Without a Heart*
Evangelia – *Fotiá*
League of Legends, Cailin Russo, Chrissy Costanza – *Phoenix*
Neoni – *Paranoia*
Juniper Vale – *Fractions*
Madalen Duke – *Born Alone Die Alone*
Marina Kaye – Only The Very Best – *Balavoine(s)*
Samuel Kim, Aloma Steele – *What Could Have Been*
First to Eleven – *I Kissed a Girl*
Halflives – *Victim*
Paloma Faith – *Only Love Can Hurt Like This*
Indila – *Love Story – Version Orchestrale*
Apparat – *Goodbye*
Harry Lightfoot, Audiomachine – *I Will Find You*
Anna Vissi – *Treno*

Agnes Obel – *The Curse*
PVRIS – *ANYWHERE BUT HERE*
t.A.T.u. – *All The Things She Said*
Within Temptation – *Angels*
BELLSAINT – *Landmines*
Cloudy June – *Devil Is A Woman*
Louane – *Tu m'as dit*
LP – *Cling to Me*
BEGINNERS – *Making Love to the Dead*

INHALTSWARNUNG

»Twelve of Nights – Das gestohlene Herz«
enthält potenziell belastende Inhalte.

Diese sind:

Depression, psychische Erkrankungen,
selbstverletzendes Verhalten, Suizid, Trauer, Verlust.